Oct. 24 Naples Harbour.

cared Giovanni

words will tell you what
d what situation we are
on account of the Quaran-
e to be opened for the pur...
Health Office.— We have to
days and are, at present
sea air has been benefi-

西山清先生退職記念論文集

知の冒険

イギリス・ロマン派文学を読み解く

市川　純・伊藤健一郎・小林英美
鈴木喜和・直原典子・藤原雅子
編

音羽書房鶴見書店

はじめに

　今から二十年以上も前のこと、当時の英語英文学科はまだ必修だらけのカリキュラムが余命を保っており、若手の先生方は同じ授業をいくつも担当されていた。西山清先生もそのお一人で、一年生は例外なく、テムズ・テレビ制作の *Six Centuries of Verse* に準拠した英詩の授業を受けたのである。今と違ってオリエンテーションのようなことは一切なく、毎回の授業もじつに淡々としたものだった。黙々となされる英語の板書、そしてビデオの視聴。受験英語しか知らない私のような学生には、ジョン・ギールグッドの解説がさっぱりわからない。宿題のプリントに並ぶのは、『ベオウルフ』やミルトンらの詩行。注釈はもちろんない。最大の関門は英語による質疑応答。学生はみな戦々恐々、当てられないよう天にも祈る気分だった。先生の風貌もまたいけなかったか。一分の隙もないダンディな洋装は、映像で見る英詩の世界と完璧にマッチしていたが、学生を拒むかのような薄茶入りの眼鏡と時折発せられる凄みの利いた叱責に、学生は震えおののいた。ある時のこと、当てられた学生とのやりとりがどうにも噛み合っていなかった。先生が問いただされると、「朝の礼拝」をホテルのモーニング・サービスと勘違いしていたことが判明。苦笑をこらえきれなくなった先生は、学生に背を向け笑い始めた。この珍事に、教室が一時騒然となったことは言うまでもない。いつも何十人と落第していたと思われるこの「語学」を、私は辛くもパスすることができた。しかし、授業で聴いた名優たちの朗読は、英語の "unknown modes of being" となって私の脳裏に取り憑いたのである。

　なぜ私だけが、人生が決まるほどの感化を受けたのか。この問いはしだいに「個性」や「死」といった哲学的問題と結びつき、いつしかキーツを論じることが、自己発見と同じことを意味するようになっていた。早稲田でこの詩人を研究する者が多いのは偶然だろうか。百年ほど遡れば、のちに東洋美術に進んだ會津八一が古代ギリシアの美に打れ、キーツで卒論を書いた。

[i]

帝大から移ってきたラフカディオ・ハーンに影響されたようだ。日夏耿之介がオード論で文学博士を受けたのは、ナチス・ドイツがポーランドに侵攻する半年ほど前のこと。そして先ごろ、ミレニアム・イアーには、キーツの全訳と評伝で名高い出口保夫先生が早稲田を去られ、西山先生が院生を指導されるようになった。爾後十五年あまり、キーツ研究に打ち込んだ先生の門弟は十指にあまるほどだ。

　大学を取り巻く今の環境を思うと、一研究者として暗澹とした気持ちにならざるをえないが、恩師の退職を機に、脈々たる伝統の存在を感じられることは喜ばしい。たしかに、われわれ門下生が、「西山イズム」の何を受け継いでいるかと省みると、何か一つのモノを見出すのはそう容易なことではないと気づかされる。研究テーマがそれぞれにユニークなのは当然であるとして、だれもかれもが韻文を扱っているわけではなく、テクストが置かれている文化や歴史の文脈に、こだわる者もいればそうでない者もいる。思えば、六名の編集委員にしてみたところで、キャリアのどの段階で先生の薫陶を受けたかとなれば、人それぞれなのである。しかるに、ここに掲載された弟子たちの論文は、どれも同じ磁場の中にあるように感じられる。私は放蕩息子さながらに、早々に研究室を飛び出してしまったから、その微弱な作用に敏感なのかもしれない。今更のように惜しまれるのは、新旧の研究者が集い、切磋琢磨するあの研究室。そこではやがて、師匠も同志の一人に感じられる精神が芽生えてくる。おそらくこれは、早稲田に根づいた学統のなせる業ではないか。その昔、「御大」（出口先生）と話をされる西山先生のお姿に見たモノもそれであった。

　本書を手にされた方の中には、エッセイの部門が見当たらないのを寂しく思われた向きもあるだろう。ご寛容を乞うしかないが、これには硬派な研究書を世に送り出したいという、編集委員一同の思惑が関係している。イギリス・ロマン派に関するものとしか規定を設けなかったものの、英語論文、キーツ関連の日本語論文、その他ロマン派関連の日本語論文という、収まりのよい三部構成をとることができた。西山研究室から誕生した論文は、先生と親交の深い方々から頂戴した六篇の玉稿に比べると、まだまだ未熟であるか

もしれない。だがそれでも、新しい領域に分け入らんとする開拓者の精神が宿っているように思うのは私だけだろうか。

　少し前まで、西山ゼミのシラバスには、「知の冒険に挑め」という学生への檄が記されていた。門下生にとって、学究生活の原点とも言ってよい、懐かしくも身の引き締まる言葉である。本書の表題にこれよりもふさわしい言葉はあるまい。

　2017 年 2 月

鈴木　喜和

目　次

はじめに ･･ 鈴木 喜和　　i

I

"Young Poets":
John Keats, Leigh Hunt, and "To Autumn" ･･････････ Nicholas Roe　2

"A damp, drizzly November in my soul":
Some Notes on Romantic Melancholy and Travelling (Maritime …
Peripatetic), for Nishiyama-san ･････････････････ Christoph Bode　23

About Mrs Christina M. Gee, the last curator of Keats House ･････　35

Keats, Zimmerman, and the Sympathetic Solitude
･･ Yoshikazu Suzuki　36

A "Melancholy Grace":
Endymion and Keats's Creative Powers of the Imagination
･･ Hiroki Iwamoto　55

II

『美術年鑑』とロマン派文学
西山《学》へのオマージュとして ･･･････････････････ 笠原 順路　80

歌い継がれる「つれなき美女」
歌曲に翻案されたキーツ詩の最初の事例 ･･･････････ 小林 英美　90

「イザベラ」における愛・身体・労働 ･･････････････ 藤原 雅子　110

「レイミア」における交錯する視線 ･･･････････････ 田中 由香　122

チャップマン訳のホメロスの読書体験がキーツにもたらした発見
　読書行為の断片性 ………………………………………… 伊藤　健一郎 137

キーツと自然科学
　『エンディミオン』に表出された「強烈さ」 ……………… 鳥居　　創 152

III

ドイツ神秘主義とサミュエル・テイラー・コウルリッジ
　コウルリッジによるヤコブ・ベーメの解読、その共感と批判
　………………………………………………………… 直原　典子 170

『女性の虐待、またはマライア』における精神病院 ……… 市川　純 190

「マイケル」における未完成の羊囲いの意味
　ワーズワスのステイツマン像に見られる「土地を継承する感覚」
　………………………………………………………… 大石　瑶子 206

エリザベス・ギャスケルの『シルヴィアの恋人たち』における
ロマンティシズムの探求 ………………………………… 木村　晶子 221

トマス・ムーア『アイリッシュ・メロディーズ』の両義性
　「息の詩学」とヤング・アイルランドからイェイツへの影響 … 及川　和夫 236

顕微鏡的博物学とシャーロット・スミス
　『詩の手ほどきについての会話集』(1804) を中心に ……… 鈴木　雅之 254

西山清先生略歴及び業績一覧 …………………………………… 273
編集後記 …………………………………………………………… 277
英語論文索引 ……………………………………………………… 279
日本語論文索引 …………………………………………………… 283
論文執筆者一覧 …………………………………………………… 295

CONTENTS

Foreword.. SUZUKI Yoshikazu i

I

"Young Poets":
John Keats, Leigh Hunt, and "To Autumn"........... Nicholas ROE 2

"A damp, drizzly November in my soul":
Some Notes on Romantic Melancholy and Travelling (Maritime
Peripatetic), for Nishiyama-san .... Christoph BODE 23

About Mrs Christina M. Gee, the last curator of Keats House 35

Keats, Zimmerman, and the Sympathetic Solitude
.... SUZUKI Yoshikazu 36

A "Melancholy Grace":
Endymion and Keats's Creative Powers of the Imagination
.... IWAMOTO Hiroki 55

II

Annals of the Fine Arts in Its Grecian and Haydonian Context:
To Professor Nishiyama and His Disciples with Respect and Love
.... KASAHARA Yorimichi 80

Regeneration of "La Belle Dame sans Merci" in the World of
Music: A Victorian Adaptation by C. V. Stanford
.... KOBAYASHI Hidemi 90

Love, Labour, Body in "Isabella"................ FUJIWARA Masako 110

[vii]

viii

The Interplay of Various Glances in "Lamia"...... TANAKA Yuka 122

Reading as a Fragment:
Keats's Reading of "Chapman's Homer" .... ITO Kenichiro 137

Keats and Science:
"Intensity" in *Endymion* .... TORII So 152

III

German Mysticism and Samuel Taylor Coleridge:
Coleridge's Reading of Jakob Böhme........... NAOHARA Noriko 170

The Mad-House in *The Wrongs of Woman: or, Maria*
.... ICHIKAWA Jun 190

The Significance of the Unfinished Sheepfold in "Michael":
A Feeling of Inheritance.................................... OISHI Yoko 206

Elizabeth Gaskell and Romanticism in *Sylvia's Lovers*
.... KIMURA Akiko 221

The Ambiguity of *Irish Melodies* by Thomas Moore:
The Poetics of Breath and its Influences on the Young Irelanders
and W. B. Yeats .... OIKAWA Kazuo 236

Microscopic Natural History and Charlotte Smith's *Conversations
Introducing Poetry* (1804) .... SUZUKI Masashi 254

Professor Kiyoshi Nishiyama's Brief Curriculum Vitae
and Research Results... 273
Editor's Postscript 277
Index.. 279
Contributors.. 295

凡例

1. 本書の書式は、原則として『MLA 英語論文執筆者への手引き』(*MLA Handbook for Writers of Research Papers*) 第 7 版 (New York: Modern Language Association of America, 2009) に拠った。日本語論文に関しては、日本語表記に対応するための改変をしたうえで適用した。

2. 一次、二次資料を問わず、出典は原則として引用文末尾もしくは本文中の括弧内に該当ページ（詩の場合は行数）を記すことで表示した。

3. 本書での「イギリス」は、国名 The United Kingdom of Great Britain and Northern Ireland を指し、各地域については、イングランド、スコットランド、ウェールズ、北アイルランドとして、区別して書いた。

I

"Young Poets":
John Keats, Leigh Hunt, and "To Autumn"

Nicholas Roe

> NAPOLEON returns to exile, the allies again set about breaking their promises; Popery and the Inquisition are restored; Divine Right is openly preached. . . .
>
> (Leigh Hunt, "Bonaparte in St. Helena. No. IV" *Examiner* 1 Dec. 1816 753)

With Napoleon exiled on St Helena and the Bourbon monarchy restored at Paris, by 1816 history appeared to have come full circle. Henceforth Louis XVIII would rule by "divine right" as legitimate monarch of France—"not for his private and personal advantage," claimed a correspondent in *The Times*, "but for the general good of Europe" ("To the Editor of the Times").

Others were less confident of this "general good." William Hazlitt, for example, taking Napoleon's defeat as a personal slight, poured his scorn for Bourbon *"legitimacy"* into an article for the *Examiner*: "twenty years of a war . . . to restore this detestable doctrine, which in England first tottered and fell headless to the ground with the martyred Charles; which we kicked out with his son James, and kicked back twice with two Pretenders to the throne of their ancestors . . . which the French ousted from their soil in 1793, in imitation of us, and a second time in 1815, in imitation of us" ("The Times Newspaper" 760). Worse still, the editor of *The Times*, John Stoddart— a former Bonapartist turned ultra-royalist—had welcomed the French restoration "of order and legitimate rule" (*The Times* 1 Oct. 1816 2).[1]

[2]

"Young Poets"   3

What image could adequately convey Hazlitt's contempt for "this detestable doctrine" and its effects? Writing swiftly, he seized upon Milton's image of Satan "close at the ear of Eve" (*Paradise Lost* 4.800) and merged it with memories of Henry Fuseli's gothic masterpiece "The Nightmare": "now that they have restored this monstrous fiction . . . [it] sits squat like a toad or ugly nightmare on the murdered corpse of human liberty, stifling a nation's breath, sucking its best blood, smearing it with the cold deadly slime of nineteen years' accumulated impotent hate, polluting the air . . . and choking up the source of man's life" (760). Gathered into this grotesque scene are the "devilish art" and "inordinate desires" (*Paradise Lost* 4.801, 808) that link Satanic influence with the malevolent suggestion of "nightmare"—a word denoting "suffocation or great distress experienced during sleep,"[2] often traced to supernatural causes such as a vampire "sucking [a nation's] best blood."[3] Such are the "monstrous" effects of reviving a defunct *ancien regime* and the sensations of suffocating pressure, of "stifling" and "choking," signal Hazlitt's fears for freedom of speech, and an ensuing "*political nightmare* by which . . . vigour and energy are paralysed" ("Morning Post and Gazetteer"). Determined that his own voice would continue to be heard, he signed-off with "*To be continued*" and dispatched his manuscript.[4]

Hazlitt's essay appeared in the *Examiner* on 1 December, and ran to four columns. Immediately beneath it, the editor Leigh Hunt inserted a short article of his own headed "Young Poets": "Many of our readers . . . have perhaps observed . . . a new school of poetry rising of late, which promises to extinguish the French one that has prevailed among us since the time of Charles the 2d." While appearing to offer a companionable ramble through some recent poetry, Hunt deliberately hooked his article to Hazlitt's by identifying a neoclassical "French" school of poetry as another oppressive consequence of restored monarchy ("Young Poets" 761). This was, however, hardly fresh news: Thomas Gray's notes to his *Progress of Poesy* (1757) had

4

claimed that, following Charles II's restoration in May 1660, the "Italian School" in English poetry (derived from Dante and Petrarch, and extending from Chaucer to Spenser and Milton) had been superseded by "a new one . . . on the French model, which has subsisted ever since."[5] Gray's idea of poetry's "progress" had been repeated many times, most recently by Hunt himself in the *Examiner*—"We shall . . . endeavour . . . to wean the general taste . . . from the lingering influence of the French school back again to that of the English . . . from the poetry of modes and fashions to that of fancy, and feeling, and all-surviving Nature" ("Round Table. No. 2")—and in *The Feast of the Poets*:

> We are much more likely to get at a real poetical taste through the Italian than through the French school,—through Spenser, Milton, and Ariosto, than Pope, Boileau, and their followers. . . . We must study where Shakespeare studied, —in the fields, in the heavens,—in the heart and fortunes of man. . . . (*The Feast of the Poets* 59–60).

Hunt's history of English poetry, outlined here, proved influential in its alignment of Spenser, Shakespeare, and Milton as "natural" poets against the neoclassical "modes" represented by Dryden, Pope and Boileau. Furthermore, he linked "genius" with "perpetual youth": "as if a great poet could ever grow old, as long as Nature herself was young" ("Round Table. No. 2"). Now, Hunt informed his *Examiner* readers, "a new school of poetry" was countering the "French" and it had recently been noticed by an article in "the *Edinburgh Review* just published": "the new school, or, as they may be termed the wild or lawless poets" ("Art. II. *Christabel*" 59).

Hunt appears to have known that Hazlitt was also the author of this piece—it was in effect a seed of his article "Mr. Coleridge's Lay-Sermon," subsequently published in the *Examiner*, which in turn would grow into his masterpiece "My First Acquaintance with Poets."[6] Hazlitt's "wild and law-less poets" had belonged to the former generation of *Lyrical Ballads* (1798) and those inspired achievements were now long past. The moment was right for Hunt "to notice three young writers, who appear to us to promise a consid-erable addition of strength in the new school": Percy Bysshe Shelley, John Hamilton Reynolds, and John Keats ("Young Poets" 761). Their poetical youth, allied to "Nature," announced a continuing revival of English poetry.

And the rest is indeed history, one might be tempted to add—the story of how Shelley and Keats found readers through the *Examiner* has been often told.[7] Hunt first encountered Shelley, briefly, back in 1810 and had recently received from "Elfin Knight" (i.e. Shelley) a manuscript of "Hymn to Intellectual Beauty"; on the day that "Young Poets" was published, he sent Shelley a letter offering to forward a copy (*Fiery Heart* 141–42, 278–79). Keats's sonnet "To Solitude" was published in the *Examiner* on 5 May 1816 and, more recently, Charles Cowden Clarke had given Hunt a set of Keats's manuscripts (among them were "How many bards gild the lapses of time" and "To Charles Cowden Clarke"). Their first meeting occurred on Saturday 19 October, Hunt's birthday, and since then Keats had made several more visits, on some occasions staying overnight.[8] So there had been plenty of time for Hunt to reflect upon these young poets; unlike John Hamilton Reynolds, who was comparatively well published, Shelley and Keats were unknown to the reading public and consequently in need of an introduction that the *Examiner*'s editor could readily supply. Yet Hunt paused—and when "Young Poets" eventually appeared, six weeks after he first met Keats, it was apparently in response to the arrival of copy for Hazlitt's article on the French monarchy rather than a spontaneous gesture of poetic fellowship.

"In sitting down to this subject," Hunt begins, "we happen to be restricted by time to a much shorter notice than we could wish" ("Young Poets" 761). As he picked up his pen there were just minutes to spare before the *Examiner* went to press—a "restriction" that suggests what he wrote was coloured by Hazlitt's article and, in particular, by multiple senses of its keyword, "restoration": a return to or reinstatement of the past, and also a renovation for the future. Thus as the *Examiner*'s readers glanced from Hazlitt's angry paragraphs to Hunt's "new school" they encountered two seemingly contrary tendencies of "restoration": at Paris, a reinstatement, as if brought back from death or the grave (*OED* "revive" sense 2 a); and in England, a "new" poetry of youth and renewal. If the former signalled a deadly resurgence, the latter looked confidently to future promise.

In what follows Hunt shuttles carefully and to advantage between these different shades of meaning: "In fact," he writes, "it is wrong to call it a new school, and still more so to represent it as one of innovation, its only object being to restore the same love, of Nature, and of *thinking* . . . which formerly rendered us real poets" ("Young Poets" 761). Readers were encouraged to see his "new school" supplanting the effects of French neoclassicism by connecting with "the old poets" who, according to Hunt, "are beautiful and ever fresh": Chaucer, Spenser and Shakespeare ("Round Table. No. 2"). Having introduced Shelley and Reynolds, Hunt turns to "the youngest of them all, and just of age . . . JOHN KEATS": "he has not yet published any thing except in a newspaper; but a set of his manuscripts was handed us the other day, and fairly surprised us with the truth of their ambition, and ardent grappling with Nature" (761). To demonstrate this Hunt quoted in full Keats's sonnet "On First Looking into Chapman's Homer"; as this *Examiner* version differs significantly from the text usually reproduced in modern editions, it should be quoted in full here:

ON FIRST LOOKING INTO CHAPMAN'S HOMER

MUCH have I travel'd in the realms of Gold,
    And many goodly States and Kingdoms seen;
    Round many western Islands have I been,
Which Bards in fealty to Apollo hold;
But of one wide expanse had I been told,
    That deep-brow'd Homer ruled as his demesne;
    Yet could I never judge what men could mean,
Till I heard CHAPMAN speak out loud and bold.
Then felt I like some watcher of the skies,
    When a new planet swims into his ken;
Or like stout CORTEZ, when with eagle eyes
    He stared at the Pacific,—and all his men
Looked at each other with a wild surmise,—
    Silent, upon a peak in Darien.
Oct. 1816.   JOHN KEATS.

                                    ("Young Poets" 761–62)

Hunt located the sonnet strategically so that his article closed with "a wild surmise" and feelings of "powerful and quiet" expectation. His implication was clear: by attending to what "formerly rendered us real poets" Keats had set his eyes ambitiously on future achievement: the word "promise" echoes throughout Hunt's article, and its final sentence settles on thoughts of "poetical promises." The contrast between Hazlitt's "stifling" and "choaking," in a year of "broken promises," could hardly have been made more striking.

For Keats, the impact of "Young Poets" was immediate and decisive. Henry Stephens, a fellow student at Guy's Hospital, recalled that Hunt's article "sealed [Keats's] fate and he gave himself up more completely than before to Poetry" (*Keats Circle* 2: 211). Within weeks he would leave Guy's Hospital to devote himself full-time to writing. While that transition has been thoroughly explored and documented,[9] however, the more gradual effects of Hunt's article in forming Keats's ideas and creativity have perhaps not yet been fully appreciated. Certainly, as Stephens recalled, it was an introduction that he is unlikely to have forgotten or outgrown; indeed, fourteen months later Hunt's idea of restored poetic continuity underwrites Keats's regard for "the old Poets" over his contemporaries and (after two years) his assurance that—despite "attacks"—he would be enrolled "among the English Poets" (*Letters* 1: 224–5, 393, 394). This essay argues that "Young Poets" had far-reaching influence on Keats and on modern poetic culture, principally through its emphasis on the formative significance of poetic youth—of which Keats, "youngest of them all," was Hunt's star example. Responding to this dynamic, the essay traces how a comment in "Young Poets" on "incorrect" rhyme in the "Chapman's Homer" sonnet helped Keats to create a poem of genius. I then glance back to investigate Keats's most youthful impulse to rhyme and then, via a consideration of "sonic energy" in his poetry, conclude with an assessment of how Hunt's ideas of England's "poetical promise" set against an invasive "French idiom" continued to shape Keats's thinking about poetry and some distinctive aspects of language in his last masterpiece, "To Autumn."

In December 1816, "Young Poets" and the "Chapman's Homer" sonnet amounted to trailers for *Poems, by John Keats*, then being prepared for publication. The book's most ambitious poem "Sleep and Poetry" contains a history of poetry very similar to Hunt's in *The Feast of the Poets* and "Young Poets," and describes Keats's room at Hunt's house with portraits of Alfred and the Polish hero Kosciusko—a suggestive juxtaposition of an "old" king and a "new" patriot (Cox, *Poetry and Politics* 103). In the medium term, Hunt provoked the famous "Cockney School" attacks in *Blackwood's*

Magazine—marvellous concoctions of satire, snobbery and abuse printed above a mysterious initial: "Z." By announcing a new wave of "Young Poets," Hunt had also hit upon a formula subsequently copied countless times. The later eighteenth century had seen a "juvenile tradition" of promising child prodigies, extending from Beattie's *Minstrel* (1771) to the Brontës and including the earliest works of Wordsworth and Coleridge, Southey and Hemans, and Hunt's own first collection *Juvenilia: or, A Collection of Poems Written Between the Ages of Twelve and Sixteen* (1801).[10] Thomas Chatterton and Robert Burns had been youthful poets too; both were unfortunately short-lived, and each became a potent figure of Romantic myth—yet no one had thought of them as leading or belonging to a distinct coterie or "school" of young writers. Hunt's "Young Poets" broke fresh ground in that it announced a concerted movement of poetical youth, Keats prominent among them, and his influence continues in the burgeoning modern culture of youthful poets. Sustaining Hunt's role as a cultural impresario, innumerable poetry magazines and web sites routinely announce the latest generations of "poetic youth" and "new voices." A Google search on 9 April 2016 found "Young Poets Network," "Foyle Young Poets of the Year Award," "Dove Cottage Young Poets Group," "Young Poets' Competitions," "The Yale Series of Younger Poets," "Suffolk Young Poets Competition," "Shropshire Young Poets," and "Top 12 Young Poets from the USA." The Keats-Shelley Memorial Association awards an annual prize for "Young Romantics" as part of its guardianship of the Keats-Shelley legacy.

Scores more could be added to these latest generations, and their competitive energy—evident above—bears out Hunt's contention that young poets contrive and thrive through opposition; each begins "with something excessive, like most revolutions," before settling into a steadier aspiration to "original fancy" ("Young Poets" 761). It was not a matter of chance, then, that "youngest of them all" John Keats proved crucial in Tony Harrison's schoolboy *coup* against the establishment, recalled in his sixteen-line sonnets "Them and [uz]." The setting is a Leeds Grammar School classroom, where young Harrison starts reciting Keats's "Nightingale Ode":

> 4 words only of *mi 'art aches* and . . . 'Mine's broken,
> you barbarian. . . .' *He* was nicely spoken.
> 'Can't have our glorious heritage done to death!'
> . . . .
> 'Poetry's the speech of kings! You're one of those
> Shakespeare gives the comic bits to: prose!
> All poetry (even Cockney Keats?) you see
> 's been dubbed by [ʌs] into RP,
> Received Pronunciation. . . .'
>
> > ("Them & [uz] I" 3–5, 7–11; 1st ellipsis in orig.)

Harrison's second sonnet lobs back his riposte to the "'art broke" English master and his "RP":

> I chewed up Littererchewer and spat the bones
> into the lap of dozing Daniel Jones
> dropped the initials I'd been harried as
> and used my *name* and own voice: [uz] [uz] [uz],
> ended sentences with by, with, from
> and spoke the language that I spoke at home.
>
> > ("Them & [uz] II" 3–8)

Harrison's burly half rhymes, "believe [ʌs] / Receivers," "occupy / poetry," "harried as / [uz] [uz] [uz]" are flung off the homespun glottals "I spoke at home"—as if elbowing a space to make himself heard. Not "nicely spoken," these edgy effects recall a startling rhyme in "On First Looking into Chapman's Homer" that Hunt in "Young Poets" had claimed was technically "incorrect":

> But of one wide expanse had I been told,
>> That deep-brow'd Homer ruled as his demesne;
>> Yet could I never judge what men could mean,
> Till I heard CHAPMAN speak out loud and bold.

According to the *OED* two pronunciations are available: "dimayn" or "dimeen"; an attempt by one of my students at "dimeznee" seems unlikely. Hunt slyly recommended that this "incorrect" rhyme "might easily be altered," which it might if one simply changes the inflection of the word; yet, with either pronunciation, it serves as a rhyming—or half-rhyming—holdfast for the whole sonnet, running on from "seen" and "been" through "ken" and "men" to the wonderful closing line: "Silent, upon a peak in Darien." Part of the sonnet's greatness arises from its bracing juxtaposition of sound and silence, and quibbling on "demesne" has strategic effect for lending unequivocal emphasis to what follows: "I heard CHAPMAN speak out loud and bold." The revised version of the sonnet published in Keats's 1817 volume shows that he acted on Hunt's suggestion, and cunningly did not alter his "incorrect" rhyme. Instead, he deleted "Yet could I never judge what men could mean," inserted a line of genius—"Yet did I never breathe its pure serene"—and decisively claimed his poetic domain.[11]

We know a good deal about Keats's own schoolroom, where Charles Cowden Clarke introduced him to Spenser and other poets as a respite from his medical apprenticeship *circa* 1810–1813. His earliest surviving poems date from that time, although these were revivals of an instinct for rhyme that had been present much earlier—as for Tony Harrison—in language spoken at his childhood home and therefore, in Hunt's terms, "after real nature" ("Young Poets" 761). Keats's friend the painter Benjamin Robert Haydon tells us that "An old Lady . . . told his brother George, when she asked what John was doing, and on his replying that he had determined to become a Poet—[said] that this was very odd, because when he could just speak, instead of answering questions put to him, he would always make a rhyme to the last word people said, and then laugh" (2: 107). Dating back to 1802 this anecdote gives us a vivid glimpse of Keats (like all children, perhaps) starting to create from "language that [he] spoke at home"—what Robert Burns called "native language."[12] Fourteen years later, as Keats was preparing his first collection for the press, dodging questions to "make a rhyme" seemed like a promise of great things to come—indeed, the whole of that book forms a generously rhymed effusion that springs from a single question: "Was there a Poet born?" (*Poems* 88; "I stood tip-toe" 241).

Rhyme shares the doubled senses of "restoration" apparent in "Young Poets," pivoting from the return of one sound to cast forwards with another. John Wilson Croker expected rhyming couplets "to inclose a complete idea" (Matthews, *John Keats* 112), whereas Keats had with childish delight fastened upon rhyme's alternative potential to lead onwards to a fresh start (compare "[as/uz] [as/uz] [as/uz]"). From the outset poetry for Keats formed a counterpoint to life's contingencies, and at times he thought that there was an extempore, one could even say "jazzy" aspect to his creativity that Hunt seems to have sensed when he described Keats's "ardent grappling" ("Young Poets" 761). "Things which I do half at Random are afterwards confirmed by my judgment," Keats said, while cautioning that his "half at Random" compositions were also nourished inwardly "as naturally as leaves to a tree" (*Letters* 1: 142, 238). Poetry was a way of answering back, a reminder that he had been a schoolboy fighter—"he would fight anyone," we are told, "morning, noon or night" (*Letters* 2: 163–64). Later he took on a butcher

"Young Poets"   13

and landed blows that "told" until his opponent was defeated.

It is not surprising, then, that Keats measured his sense of poetic advance as a boxer calculates "reach" to deliver a punch, and he was aware of a rhythmical music to rounds in the ring. In his complex experimental sonnet, "If by dull rhymes," Keats spars his way through an elaborately interlaced rhyme scheme abcabdcabcdede and concludes with a brisk half-rhyming one-two, "crown/own," like a boxer's jab and cross. Having joined "the Fancy" at a prize fight between two celebrated boxers, Jack Randall and Ned Turner, Keats saw and heard how Randall "broke out with fresh energy" and "*peppered* the face of his opponent, like a footman's stylish knock at a door—it was ditto, ditto, ditto, ditto, till Turner went down covered with blood" ("Grand Scientific Pugilistic Match" 3; "Grand Pugilistic Combat" 3).[13] Afterwards Keats re-enacted the rapidity of Randall's blows, rapping a series of brisk iambs on a window-pane until the repetition of sounds— "ditto, ditto"—announced a distinct rhythmical sequence. That sound, and its pugilist associations, would return to him in "The Eve of St Agnes" where "the frost-wind blows / Like Love's alarum pattering the sharp sleet / Against the window-panes" (322–24) warning Porphyro and Madeline to keep up their guard. Written just days after the Randall/Turner match, the rhymes and rhythms and latent violence of Keats's great romance were the "stylish" signature of a prize-fighting poet's Fancy.

The sonic energy of Keats's language—its powerful auditory presence— may sometimes communicate more immediately than the literal "meaning" of each line; such, at least, was Seamus Heaney's recollection of his own first encounters with Keats, "overawed by the dimensions of the sound" (*Preoccupations* 26). For example, the resonant first line of the "Nightingale Ode" draws the phrases "heart aches" and "drowsy numbness pains" into a strange cooperation before we register the sensory contradictions entailed by "aches," "drowsy," "numbness" and "pains." Likewise, in "To Autumn" the phrases "moss'd cottage-trees" and "sweet kernel" seem ripened by their own music as if in anticipation of T. S. Eliot's "auditory imagination":

the feeling for syllable and rhythm, penetrating far below the conscious levels of thought and feeling, invigorating every word; sinking to the most primitive and forgotten, returning to the origin and bringing something back, seeking the beginning and the end. It works through meanings, certainly, or not without meanings in the ordinary sense, and fuses the old and obliterated and the trite, the current, and the new and surprising, the most ancient and the most civilized mentality.

("Matthew Arnold")

A sub- or pre-conscious feel for language was evident in young Keats's leap to "rhyme to the last word people said," as later in his 'half at Random' impulses of composition; equally, a restorative communication with the old and forgotten—with what "Young Poets" had said "formerly rendered us . . . poets"—can be overheard in his Shakespearean roundelay "O Sorrow," in "Robin Hood," "Lines on the Mermaid Tavern," "La Belle Dame sans Merci," and in almost every word of "To Autumn."

Settled in lodgings at Winchester in September 1819, Keats was confronted by increasing ill-health and, as he thought, his bodily failure to sustain "the height" (this probably meant progress with and completion of "Hyperion"). He was there, he tells us, to find a library, and literature and language were certainly at the forefront of his thoughts: at Winchester he finished "Lamia," revised "The Eve of St Agnes," and began to study Italian. The season itself had lyrical qualities too: "I always somehow associate Chatterton with autumn," he told John Hamilton Reynolds; unlike Milton in *Paradise Lost*, Keats thought, Thomas Chatterton "is the purest writer in the English Language. He has no French idiom, or particles like Chaucer—'tis genuine English Idiom in English words . . . English ought to be kept up" (*Letters* 2: 167).

Reynolds had been one of Hunt's "Young Poets" and could be expected to notice that, almost three years on, Keats was drawing on what Hunt had said while pointing to much earlier literary periods than the restoration of Charles II. Informing his claims about Chaucer, Milton and Chatterton was an idea of the history of the language, for Chaucer's "French idiom" came in after the Norman Conquest of 1066 and had been noted in studies of the English language with which Keats was apparently familiar. Joseph Priestley's influential *Rudiments of English Grammar*, for example, frequently cites and cautions against "French idiom." "If I have done any essential service to my native tongue," Priestley writes,

> I think it will arise from my detecting in time a very great number of *gallicisms*, which have insinuated themselves into the style of many of our most justly admired writers; and which, in my opinion, tend greatly to injure the true idiom of the English language. . . . I do not suppose, that they designedly adopted those forms of speech, which are evidently French, but that they fell into them inadvertently, in consequence of being much conversant with French authors.
>
> (*Rudiments of English Grammar* x–xi)

Priestley's book was written and marketed for use in schools, and as Keats's schoolmaster John Clarke was "on familiar terms with Dr. Priestley" it is quite possible that he used *Rudiments of English Grammar* in his teaching at Enfield (*Recollections of Writers* 5). This would explain Keats's awareness of "French idiom" and "particles,"[14] while his claim that Chatterton's poetry was an "English idiom" echoed one side of a debate about the authenticity of his controversial "Rowley Poems." Siding with those who connected

16

Chatterton's language with "very early English poetry" and "ancient writers" (Chatterton, *Works* 1: cliv–clv), Keats linked him with pre-Norman, Anglo-Saxon culture and, in Winchester especially, with the achievements of King Alfred as a poet, translator, and inventor of the English nation.

In the great poem Keats composed at Winchester, we can hear him harvesting a hoard of old English words to show how "English ought to be kept up":

Season of mists and mellow fruitfulness,
  Close bosom-friend of the maturing sun;
Conspiring with him how to load and bless
  With fruit the vines that round the thatch-eves run;
To bend with apples the moss'd cottage-trees,
  And fill all fruit with ripeness to the core;
   To swell the gourd, and plump the hazel shells
With a sweet kernel; to set budding more,
And still more, later flowers for the bees,
Until they think warm days will never cease,
   For summer has o'er-brimm'd their clammy cells.

Who hath not seen thee oft amid thy store?
  Sometimes whoever seeks abroad may find
Thee sitting careless on a granary floor,
  Thy hair soft-lifted by the winnowing wind;
Or on a half-reap'd furrow sound asleep,
  Drows'd with the fume of poppies, while thy hook
   Spares the next swath and all its twined flowers:
And sometimes like a gleaner thou dost keep
  Steady thy laden head across a brook;

Or by a cyder-press, with patient look,
　　Thou watchest the last oozings hours by hours.

　Where are the songs of spring? Ay, where are they?
　　Think not of them, thou hast thy music too,—
　While barred clouds bloom the soft-dying day,
　　And touch the stubble-plains with rosy hue;
　Then in a wailful choir the small gnats mourn
　　Among the river sallows, borne aloft
　　　Or sinking as the light wind lives or dies;
　And full-grown lambs loud bleat from hilly bourn;
　　Hedge-crickets sing; and now with treble soft
　　The red-breast whistles from a garden-croft;
　　　And gathering swallows twitter in the skies. ("To Autumn")

"Autumn"; "Season . . ."; "fruitfulness." Keats opens his poem in the "French idiom" that, following Hunt, he associated with Chaucer. "Season" derived from the Old French *seson*, as "fruitfulness" from Old French *fruit*; indeed, the word had been used by Chaucer in his "Prologue" to the *Canterbury Tales*: "Bifil that in that seson on a day, / In Southwerk at the Tabard as I lay . . ." (Chaucer, *Complete Works* 17; 19–20). Keats, a former resident of Southwark who owned an old "black Letter Chaucer," would have noted this (*Letters* 1: 276). What follows in "To Autumn," however, is in effect an archaeology of the English language, as Keats uncovers layer upon layer of the "true idiom of . . . English" that predated those other fourteenth-century French imports "maturing," "conspiring," and "gourd."[15] Sun, bless, thatch, eve, moss, ripeness, apple, hazel, kernel, bee, warm, clammy, winnow, reap, swath, brook, hook, cloud, gnat, sallow, bleat, bourn, hedge, croft, gather and swallow: these are all sturdy old words associated with "genuine English Idiom." The *OED* has hook, sallow, gather and swallow as the earliest, dating from as far back as c.700; hedge is slightly later, from 785; gnat and winnow are ninth-century words; sun, swath and brook are dated to 888 when they appeared, at Winchester, in King Alfred's translation of Boethius's *Consolation of Philosophy*. Bourn, one of Keats's favourite words meaning a stream or brook, can be traced back through Hamlet's "undiscover'd country" to its first recorded use in William Langland's fourteenth-century alliterative poem *Piers Plowman*: "I was wery forwandred and wente me to reste / Under a brood banke by a bourne syde" (1; "Prologue" 7–8).

Given the occasion of "To Autumn," its question "Who hath not seen thee oft amid thy store?" seems to be addressed to the season itself, or to a pagan autumnal presence like the Goddess Ceres. In view of Keats's location, though, I sometimes wonder whether it might invoke another of Keats's shadowy "presiders": the old poet-king of Winchester, summoned in this answering rhyme from his sonnet "To Kosciusko": "Alfred, and the great of yore" (*Poems* 68; 11). "Yore," again, is an Old English word, first recorded c. 900 in Bede's *Ecclesiastical History* and exactly in keeping with the verbal nativeness of "To Autumn." That Keats should have linked Alfred with the Polish freedom fighter is understandable; both were champions of liberty in a "goaded world," and, as previously mentioned, both were depicted in portraits at Hunt's house (*Poems* 78; "Sleep and Poetry" 385–88). Less readily explicable is why Keats should have associated Kosciusko—like Chatterton—with autumn: "GOOD KOSCIUSKO! thy great name alone / Is a full harvest whence to reap high feeling . . ." (1–2). If these opening lines of Keats's sonnet "To Kosciusko" in the *Examiner*, 16 February 1817, seem to anticipate the "granary," "winnowing," "gleaner" and "stubble-plains" of "To Autumn," their earnest of "harvest" and "high feeling" also made good on Hunt's recent praise: "To Kosciusko" was the first Keats poem to appear in the *Examiner* since "Young Poets" was published the previous December.

For Keats the onset of autumn in mid-September 1819 seems to have awakened a cluster of associations that I have attempted to trace throughout this essay: Hunt's "new school" and its revival of what "formerly made us poets": a triangular constellation of Chatterton, Kosciusko and King Alfred; and the *Examiner*'s welcome for Keats's youthful "poetical promises." All of these connections dated from "Young Poets" and, three years on, we can detect the article's lasting effect as "To Autumn" sounds its English words in conscious, or "half at Random" affirmation of Hunt's observation that the "new school . . . promises to extinguish the French." Poised mid-way between summer and winter, the poem also holds its own language in fine equilibrium, as its residual "French idiom" mingles with and is gradually supplanted by an unmistakably English register from the age of "the old poets" and earlier still. This richly imagined process of linguistic restoration is sustained throughout, into the third stanza and up to the poem's final line, where the two ancient words "gathering swallows" embody the whole poem's native genius while ensuring that its English music is heard, still, under autumn skies. In all of these ways, to conclude, the three stanzas of "To Autumn" reveal Keats continuing to be in touch with and inspired by Hunt's "Young Poets," the article that over three past years had done so much, and so momentously, to "seal his fate" as a poet.

Notes

1. John Stoddart (1773–1856) was Hazlitt's brother-in-law. The two men had been acquainted since the 1790s, but had recently quarreled angrily following Stoddart's attack on Hazlitt's support for Napoleon in the *Morning Chronicle*.

2. *OED* senses A 1 a and 2 a. These early senses of the word "nightmare" have been weakened in modern usage.

3. The imagery could also suggest a bloated, leech-like form; however, as leeches were and are used with benign effect to treat various ailments, it seems unlikely that Hazlitt would associate leeches with the "monstrous" entity depicted in his article.

4. Hazlitt published three further essays on "The Times Newspaper" in the *Examiner*, on 15 and 22 December 1816, and 12 January 1817; a letter to the editor signed "Scrutator," published in the *Examiner* on 8 December 1816, was also from Hazlitt's pen.

5. *Poems of Gray, Collins and Goldsmith* 170, note to line 66*ff.*

6. "Mr. Coleridge's Lay-Sermon" *Examiner* 12 Jan. 1817 28–29; "My First Acquaintance with Poets" *The Liberal* 3 1823. Hazlitt's *Edinburgh Review* article elaborated a short notice of Coleridge's *Christabel* volume that appeared in the *Examiner* 2 June 1816 348–49.

7. See for example Cox, *Poetry and Politics* 23.

8. See the closing lines 350–404 of "Sleep and Poetry," *Keats Poems* 77–78.

9. See especially Barnard "First Fruits."

10. See Langbauer *Juvenile Tradition* passim.

11. Charles Cowden Clarke recalled Keats saying that the line "Yet could I never tell what men could mean" [sic] "was bald, and too simply wondering." See Charles and Mary Cowden Clarke, *Recollections of Writers* (London, 1878 rpt. Fontwell, 1969), 130. For Keats's subsequent use of the phrase "serene domain," see "Hyperion," 1.63.

12. See the "Preface" to Burns, Poems iii: "Unacquainted with the necessary requisites for commencing Poet by rule, he sings the sentiments and manners, he felt and saw in himself and his rustic compeers around him, in his and their native language."

13. In boxing slang a "postman's knock" is two successive punches.

14. "You will be astonished to find how inferior [French] is to our native Speech," he told his sister, recommending Italian as "full of real Poetry and Romance" (*Letters* 1: 155).

15. *OED* has "mature" partly from Middle French "maturer"; "conspire" from French "conspirer"; and "gourde" from the French "gourde."

Works Cited

"Art. II. *Christabel: Kubla Khan, A Vision. The Pains of Sleep.* By S. T. Coleridge Esq. London. Murray, 1816." *Edinburgh Review* Sept. 1816: 58–67. Print.

Barnard, John. "First Fruits or 'First Blights': A New Account of the Publishing History of Keats's *Poems* (1817)." *Romanticism* 12.2 "John Keats and his Circle," 12. 2 (2006): 71–101. Print.

Burns, Robert. *Poems, Chiefly in the Scottish Dialect.* Kilmarnock: John Wilson, 1786. Print.

Chatterton, Thomas. *The Works of Thomas Chatterton. Containing his Life, by G. Gregory, D. D. and Miscellaneous Poems.* 3 vols. London: Longman and Rees, 1803. Print.

Chaucer, Geoffrey. *The Complete Works.* Ed. F. N. Robinson. 2nd ed. Oxford: Oxford UP, 1974. Print.

Clarke, Charles and Mary Cowden. *Recollections of Writers.* 1878. Fontwell: Centaur P, 1969. Print.

Cox, Jeffrey. *Poetry and Politics in the Cockney School. Keats, Shelley, Hunt and their Circle.* Cambridge: Cambridge UP, 1998. Print.

"The Grand Pugilistic Combat Between Randall and Turner." *Morning Chronicle* 7 Dec. 1818: 3. Print.

"Grand Scientific Pugilistic Match Between Randall and Turner." *The Morning Post* 7 Dec. 1818: 3. Print.

Eliot, T. S. "Matthew Arnold." *The Use of Poetry and the Use of Criticism.* London: Faber, 1933. 118–19. Print.

Harrison, Tony. *Selected Poems.* Harmondsworth: Penguin, 1984. Print.

Hazlitt, William. "The Times Newspaper." *Examiner* 466 (1 Dec.1816): 759–60. Print.

Haydon, Benjamin Robert. *The Diary of Benjamin Robert Haydon.* Ed. W. B. Pope. 5 vols. Cambridge: Harvard UP, 1960. Print.

Heaney, Seamus. "Mossbawn. 2. Reading." *Preoccupations. Selected Prose 1968–1978.* London: Faber and Faber, 1978. Print.

Hunt, Leigh. *The Feast of the Poets, with other Pieces in Verse.* 2nd ed. London: Gale and Fenner, 1815. Print.

——. "Young Poets." *Examiner* 466 (1 Dec. 1816): 761–62. Print.

"Jane Campion's Bright Star: the Story of John Keats and Fanny Brawne." *World Socialist Web Site.* Web. 22 Apr. 2016.

Keats, John. *The Letters of John Keats 1814–1821.* Ed. Hyder Edward Rollins. 2 vols. 1958. Cambridge: Harvard UP, 1972. Print.

——. *The Poems of John Keats.* Ed. Jack Stillinger. London: Heinemann, 1978. Print.

Langbauer, Laurie. *The Juvenile Tradition. Young Writers and Prolepsis, 1750–1835*. Oxford: Oxford UP, 2016. Print.

Langland, William. *The Vision of Piers Plowman. A Critical Edition of the B-Text*. Introd. A. V. Schmidt. London, Melbourne, Toronto: Dent, 1978. Print.

Lonsdale, Roger, ed. *Poems of Gray, Collins and Goldsmith*. London and Harlow: Longman, Green, 1969. Print.

Matthews, G. M., ed. *John Keats: The Critical Heritage*. London: Routledge, 1971. Print.

"Morning Post and Gazeteer." *The Morning Post* 13 Nov. 1802. Print.

Priestley, Joseph. *Rudiments of English Grammar, Adapted to the Use of Schools*. 3rd ed. London: Rivington, 1772. Print.

Roe, Nicholas. *Fiery Heart. The First Life of Leigh Hunt*. London: Pimlico, 2005. Print.

Rollins, Hyder Edward, ed. *The Keats Circle: Letters and Papers 1816–1878 and More Letters and Poems 1814–1879*. 2nd ed. 2 vols. Cambridge: Harvard UP, 1965. Print.

"Round Table. No. 2." *Examiner* 8 January 1815. This article was by Leigh Hunt. Print.

"To the Editor of the *Times*." *Times* 3 Aug. 1815: 2. Print.

Turley, Richard Marggraf, Jayne Archer, and Howard Thomas, "Keats, 'To Autumn', and the New Men of Winchester." *Review of English Studies* 64 (2012): 797–817. Print.

Wordsworth, William. *William Wordsworth*. Ed. Stephen Gill. Oxford: Oxford UP, 2010. 21st-Century Oxford Authors. Print.

Z. "On the Cockney School of Poetry. No I." *Blackwood's Edinburgh Magazine* 2 (Oct. 1817): 38–41. Print.

——. "Cockney School of Poetry. No IV." *Blackwood's Edinburgh Magazine* 3 (Aug. 1818): 519–24. Print.

"A damp, drizzly November in my soul":

Some Notes on Romantic Melancholy and Travelling (Maritime . . . Peripatetic), for Nishiyama-san

Christoph Bode

Where do you begin when almost all is said and done? What do you say when everything is almost over? What do you have to say as a survivor, with everyone else gone? One way, of course, is to retrace how it all began. Take *Moby-Dick*, for example. Its beginning is not, strictly speaking, the section called "Etymology (Supplied by a late Consumptive Usher to a Grammar School)," nor is it the 10–page section called "Extracts (Supplied by a Sub-Sub-Librarian)"—these have evidently been compiled long after the fact—nor is it that clarion call of a novel opening, "Call me Ishmael." Rather, the beginning of the *action* of *Moby-Dick*, the beginning of its story, its beginning proper, is this:

> Some years ago—never mind how long precisely—having little or no money in my purse, and nothing particular to interest me on shore, I thought I would sail about a little and see the watery part of the world. It is a way I have of driving off the spleen, and regulating the circulation. Whenever I find myself growing grim about the mouth; whenever it is a damp, drizzly November in my soul; whenever I find myself involuntarily pausing before coffin warehouses, and bringing up the rear of every funeral I meet; and especially whenever my hypos get such an

[23]

upper hand of me, that it requires a strong moral principle to prevent
me from deliberately stepping into the street, and methodically knock-
ing people's hats off—then, I account it high time to get to sea as soon
as I can. This is my substitute for pistol and ball. With a philosophical
flourish Cato throws himself upon his sword; I quietly take to the ship.
There is nothing surprising in this. If they but knew it, almost all men
in their degree, some time or other, cherish very nearly the same feelings
towards the ocean with me. (18)

Moby-Dick originates in the spleen, or melancholy—both in the sense that
its action is triggered off by it and in the sense that the book wouldn't be
there if not for the spleen; like so many other works of world literature, it is,
as Tristram Shandy remarks, "written against the spleen." The very existence
of the book is testimony to the fact that its narrator is a survivor, not only of
a catastrophe of epic proportions, but also, as this first paragraph of Melville's
novel shows, a survivor of the aggression that can be both directed against
others and against oneself. To kill yourself or to methodically knock people's
hats off in the streets: that's the alternative that Ishmael evades. The book is
testimony to the fact that you have *sublimated* that aggression: 'I'm still
standing'; others may have perished, though not necessarily through me or
through a failure of mine (although that subtext will re-emerge, here as well
as in the novel). The text is because I am a (sole) survivor. And note how
expertly Melville mixes two accounts of the origin of melancholy: "regulating
the circulation" points back to an earlier psychology of humours, "a damp,
drizzly November" to eighteenth-century climate theory, which identified
England's rain and mists as the cause of the prevalence of the "spleen" in
that part of the world (cf. Goellnicht 196–97). And as with England, so with
New England.

As a protagonist, Ishmael survives because he clings on to the coffin that

Queequeg had built for himself. Somebody else's death—my best friend's death—is my life-buoy. As a narrator, Ishmael lives because he clings on to somebody else's obsession with whales. After the catastrophe, Ishmael lives to see everything *sub specie cetacearum*. In the attempt to make sense of it all, to construct the meaning of it all by way of telling his story, Ishmael has contracted Captain Ahab's disease, but with a vengeance: Ishmael is not only obsessed with one particular whale, he is obsessed with whales in general, in every form and manifestation. In the former instance, this obsession leads to the sinking of the Pequod and all of her crew, except one; in the latter, to a novel about life, the universe, and everything. But it all began in a fit of melancholy. The text is testimony to an overcoming, but also testimony to the effort itself, to the work it took to overcome that fit and the following trauma (if you can call that monument of a text an *overcoming* of trauma and not its performance . . .).

Ishmael goes to sea and then retraces and repeats, by narration, the course of his passage. Now let us move on from maritime travelling to peripatetic:

> I was a Traveller then upon the moor;
> I saw the hare that raced about with joy;
> I heard the woods and distant waters roar;
> Or heard them not, as happy as a boy:
> The pleasant season did my heart employ:
> My old remembrances went from me wholly;
> And all the ways of men, so vain and melancholy. (15–21)

This is, of course, not from Wordsworth's "Intimations Ode," which John Keats called "a Melancholist's dream" (Keats, *Cultural Edition* 368), it is from "Resolution and Independence," and the situation the speaker finds himself in, or recalls finding himself in, is the following: the night's storm

26

> There was a roaring in the wind all night;
> The rain came heavily and fell in floods;
> But now the sun is rising calm and bright;
> The birds are singing in the distant woods;
> Over his own sweet voice the Stock-dove broods;
> The Jay makes answer as the Magpie chatters;
> And all the air is filled with pleasant noise of waters.
>
> All things that love the sun are out of doors;
> The sky rejoices in the morning's birth;
> The grass is bright with rain-drops;—on the moors
> The hare is running races in her mirth;
> And with her feet she from the plashy earth
> Raises a mist; that, glittering in the sun,
> Runs with her all the way, wherever she doth run. (1–14)

But just as unaccountably as this unexpected change of weather, so the mood of the speaker changes radically and becomes one of dejection and depression. Unaccountably, he *falls* into this, from a high into a low, and finds himself no longer in accordance with his environment, which gives no occasion whatsoever to be in this mood, which has no external motivation, but all the trappings of a fit, of something that *happens* to him, although he cannot identify any palpable, outward cause for it—to quote stanza 4:

> But, as it sometimes chanceth, form the might
> Of joy in minds that can no further go,
> As high as we have mounted in delight

"A damp, drizzly November in my soul"   27

In our dejection do we sink as low;

To me that morning did it happen so;

And fears and fancies thick upon me came;

Dim sadness—and blind thoughts, I knew not, nor could name.

(22–28)

It is while travelling upon the moor, in such a mood, that the speaker meets the old leech-gatherer—we are all too familiar with their encounter. What interests me here is the repetition of a pattern that we know from *Moby-Dick*. It is true, of course, that here it is not stated explicitly that the movement in space is *triggered off* by the fit of melancholy; it might just as well be that the two are merely coincidental. But it is a fact that it is while travelling on foot that the speaker finds himself absorbed by these "untoward thoughts" (54), "blind thoughts, I knew not, nor could name" (28) and that through their encounter, "whether it were by peculiar grace, / A leading from above, [or] a something given" (50–51), his static self-absorption—in absolute contrast to his movement in space—is eventually overcome. The pattern I see is that the self's melancholic *auf der Stelle treten*—in English: marking time, not making any headway, prevaricating—initiates the leech-gatherer's repetitions: as the speaker of the poem as protagonist is all focussed upon himself ("his voice to me was like a stream / Scarce heard" (114–15)), and not at all with the old man, he has to renew his question, "How is it that you live?" (126)—"He with a smile did then his words repeat" (127). It is the repetition of first his question, then of the leech-gatherer's words, that eventually brings forth the *meaning* of this encounter for the speaker, just as the narrative repetition of this encounter in this text points the way out of melancholic solipsism: the very fact that this poem here *exists* bears testimony to the overcoming of the melancholy fit.

And it is the compulsive *Wieder-holung*—repetition as gathering/fetching up again, as retrieval, reprise—of the scene (that itself contains various repetitions) that signals a labour completed (*travail*/labour, to travel), a task accomplished. The text traces the labour that will eventually give birth—light at the end of the birth channel?—to a "morning which gives us promise of a glorious day" (91); in German, metaphorically: *bei etwas Geburtshilfe leisten*, in English: 'to help something see the light of day.' And as the text does this, we realize it is itself that which was brought forth. In a threefold Hegelian sense, the text is *Aufhebung* of melancholy: cancellation, preservation, and lifting to a higher level; if you will: to a sublime level. The text is sublimated melancholy.

For reasons of space, I will have to forgo my example of a depressed *sedentary* traveller, Coleridge's "Dejection: An Ode." One might say I'm evading the most difficult instance, for how can you speak of movement in somebody who, by definition, does not move? I think you can, and I guess I will simply have to live with the charge that I'm just trying to keep things—simple.

But Coleridge we must have. Let us therefore turn, however briefly, to "The Rime of the Ancient Mariner." Apart from being a perfect spoilsport and a party pooper *par excellence*, the ancient mariner is, of course, Ishmael's *Doppelgänger* to boot. A sole survivor like him, his going to sea, too, resulted in an epic, long-drawn out disaster, and, again like Ishmael, he survives only to tell the tale, over and over again. In his case, the repetition compulsion is purely *oral* and does not extend to the obsessive collection of everything connected with albatrosses, but his urge to tell his tale is no less *existential* than Ishmael's: his whole existence consists in telling his tale—he only lives on to tell it.

Of course, because of the orality of his repetition compulsion, the scriptural fixation of his tale has to be delegated to somebody else (although the genre of the ballad allows the retention of much of this *first-person* narrative even in writing). But the repetition of the tale, which according to Coleridge and *pace* Mrs. Barbauld, had *too much* of a moral, also infects the author who returns to his tale only to repeat it in modified form. To be sure: it is nowhere said in "The Rime of the Ancient Mariner" that prior to his setting out the ancient mariner suffered from melancholy, and it would be foolish in more than one way to suppose that only because Ishmael did, the mariner did as well. Here, the pattern of 'melancholy—setting out upon journey—encounter—repetition—and overcoming of the melancholy fit in the writing of the poem' is varied in that it is the *author* who obviously sets out upon the journey of writing his poem in a state of distress and severe feelings of guilt. For what is submerged in *Moby-Dick*, viz. the possible guilt of Ishmael in the death of all the crew by his personal failing to intervene, by his failure to rebel against the madness of Captain Ahab, is openly thematized in "The Ancient Mariner": indeed, the whole narrative is guilt-driven, it is an expiatory performance. And even if we did not know Coleridge's epitaph, which in its middle lines reads "O, lift one thought in prayer for S. T. C.; / That he who many a year with toil of breath / Found death in life, may here find life in death!," it would not be presumptuous to assume that the mariner is a stand-in for STC, an externalisation and an embodiment of an extremely downcast and guilt-ridden state of mind—indeed of a conscience that is so depressed with guilt that only the killing of a whole crew and the sinking of a whole ship can be imagined as the objective correlative to what this mind is weighed down by. Having reversed cause and effect by a sleight of hand, I have no scruples to say: the sinking of that ship and its compulsive processing in repetitive narration (to forcefully create some *meaning* out of it all) was a necessary part of the process of overcoming the stasis of melancholy, which hangs like a curse over a vessel built to move.

But wait, what do I see? The mariner's ship, long sunk with skeleton

30

crew, returns like a Flying Dutchman:

> Tho' you should build a bark of dead men's bones,
>   And rear a phantom gibbet for a mast,
> Stitch creeds together for a sail, with groans
>   To fill it out, bloodstained and aghast;
> Altho' your rudder be a Dragon's tail,
>   Long sever'd, yet still hard with agony,
>   Your cordage large uprootings from the skull
> Of bald Medusa; certes you would fail
>   To find the Melancholy, whether she
>   Dreameth in any isle of Lethe dull.
>
> (Keats, *Poetry and Prose* 473–74)

But this is not the mariner's ghost ship, it is the first, discarded stanza from John Keats's "Ode on Melancholy."

As Jeffrey Cox observes in his magnificent edition of John Keats's *Poetry and Prose* (473), Keats "could have drawn upon a long tradition of poems on melancholy, including Elizabeth Carter's 'Ode to Melancholy' (1739), Thomas Warton's *Pleasures of Melancholy* (1747), James Beattie's *The Triumph of Melancholy* (1760), and Byron's friend Robert Charles Dallas's 'The Caverns of Melancholy: An Ode' (1813)," not to forget Charlotte Smith's sonnet "To Melancholy" (1785/86) and the towering monument of Robert Burton's *Anatomy of Melancholy* (1621). But not only the dropped first stanza suggests that Keats has a rather distanced relationship to that tradition and sets out for something completely new, though he is, of course, not without precursors: it is in John Milton's ode to the Goddess Melancholy, "Il Penseroso," that we find, in parts (but only in parts!) a model for the kind of melancholy Keats has in mind: it is a state of mind that, far from being

"A damp, drizzly November in my soul"   31

morbid and numb, displays the acutest sharpening of intellect (and, in Keats, of sensibility): Keats's "wakeful anguish of the human soul" (10) echoes Milton's "hail thou goddess sage and holy, / Hail, divinest Melancholy, / Whose saintly visage is too bright / To hit the sense of human sight; / And therefore to our weaker view / O'erlaid with black, staid wisdom's hue . . . (11–16)."

In its truncated form, Keats's "Ode on Melancholy" is, as Jack Stillinger has remarked, "the most logically constructed of the major odes" (Keats, *Complete Poems* 470), since it follows a dialectic three-step, only with thesis and antithesis reversed: here we have negation first, then affirmation, finally synthesis. Stanza 1 says what you *shouldn't do* when the melancholy fit falls: you should not take drugs that numb and stupefy you (cf. de Almeida 168ff, 295); but rather, as stanza 2 advises, you should seek to intensify, not "drown," the "wakeful anguish of the soul." The melancholy mind is a fertile mind, there is a potentially productive side to the spleen (cf. Goellnicht 173, 196–97), that only comes out, however, if you intensify your awareness by exposing yourself to the finest sensory and sensuous experiences— experiences that will amplify, not annul and level down your wakeful disposition (cf. Vendler 187: "The *Ode on Melancholy* offers a therapeutic theory of aesthetic experience").

Melancholy, the third stanza arrives at this conclusion, is inextricably interwoven with Beauty, Joy, and Pleasure, because the intensity of their enjoyment is of necessity linked with, or based upon, the recognition of their transitoriness. The knowledge that this is transitory does not detract from the pleasure, it *enhances* it immensely—as we burst Joy's grape against our palate, we embrace the uniqueness of the moment and *know* that Beauty, Joy, and Pleasure cannot be had in any other way: in a moment that is here— and gone. Melancholy reflection is not superadded upon the experience in retrospect and does not diminish what we have experienced; quite the contrary: it is always *there* already, *in* the very moment, and it doesn't diminish the experience—no, it's the ultimate kick: to know and feel that this is only *now* is the height of truth and wisdom. Melancholy resides "in the very temple of Delight"—and she is not an unlawful squatter there, no, it is her rightful abode; one could even say: if she didn't dwell there, it wouldn't *be* the temple of Delight.[1]

It has become customary to link "Ode on Melancholy" both to Keats's "vale of soul-making"-letter and to the passages in *The Fall of Hyperion* in which pain and suffering are put forth as necessary prerequisites for the true poet (cf. Vendler 182; Goellnicht 225; Bonnecase 83, 84; Bode 115ff.). I don't want to go into this again. Rather, what interests me here is how it comes to pass that, and here I quote Christine Berthin, "Il n'y a plus de mélancolie à la fin de l'ode sur la mélancolie," how it is that "sublimation et . . . depassement" (133) achieved, how the text negotiates, as Christian La Cassagnère puts it so succinctly, "la stase de la mélancolie et la mobilité du désir" (393).

The uniqueness of the moment can only be captured and preserved in *writing* (see Berthin again, 134: "[l]es mots donnent forme à l'éphémère")— that is the trace the poet leaves behind in the static medium of letters, recording, however, transitoriness and transition, the fleeting evanescence of something ephemeral. Just as the ode's advice is to 'break on through to the other side,' to make melancholy *tip over* into what is normally not associated with it, viz. *not* complete self-absorption but dissolution, giving oneself over to an-other, to absolute pleasure, to sensuous melting and mingling, a "sort of oneness" (1.796), as it was celebrated in *Endymion*, so the inevitable stasis of letters is dissolved in *reading*. The basic figure is the same: melancholy (in Keats's sense) and poetry are the same, because they are both about how to derive movement from stasis—just as joy is only complete in the melancholy recognition of the temporal transience of everything. If that is achieved, Melancholy may well hang the soul of the poet among her trophies (compare the final couplet), *if* only he 'leaves behind' a static form that does allow for mobile and dynamic readings. The poem, *as read*, is the leaving behind of the dead structure, is *enactment*, *performance* of transitoriness, since readings partake of temporality in a way that printed texts never can, as the reader trans-verses the space of *lecture*, upon a sea of signifiers. Handing over is an apt gesture for a poet who followed an aesthetics of "play on" ("Ode on a Grecian Urn" 12) and who was content, when his end was near, to see himself as "one whose name was writ in water."

Then, you can cross out the first stanza—put it *sous rature*—because you do not need that kind of ship, *that* kind of vehicle any more to traverse *that* sea. But as a crossed-out, left-behind stage it still serves its purpose and should remain; not as something that should be printed alongside the other three stanzas as if it were of the same status—it isn't; but neither as something totally discarded. It should be there *sous rature* as something that was *left behind*, but is not denied. John Keats's "Ode on Melancholy" derives from the melancholic insight of transitoriness, and of inevitable loss, the mobility of readings, *lectures*: it celebrates the overcoming of melancholy in the repetitive enactments of reading: mélanco-lire.

What stays, however, in this process of positing and erasing, is the insight that, since all things must pass, every *conscious* en-joy-ment of the moment must include the knowledge of its transience. Our movement through space, if we are fully human, *contains* that happy-melancholy knowledge and is given an appropriate correlative in the freezing/defrosting dialectics of writing and reading.

To fully seize the moment means—to let it go. But before you do, write about it.

Note

1. When Susan Wolfson speaks of "a sensibility tuned to the exquisite evanescence of joy, pleasure, and beauty" (*Keats: Longman Cultural Edition* 368), this, it seems to me, is an *empiricist* reversal of what Keats says, viz. that a sensibility so tuned will experience beauty, joy, and pleasure as *transitory* and *thereby* experience them all the more intensely.

Works Cited

Berthin, Christine. "Keats l'orphelin: entre deuil et mélancolie." *Keats ou le sortilège des mots*. Ed. Christian La Cassagnère. Lyon: Presses Universitaires, 2003. 117–137. Print.

Bode, Christoph. *John Keats: Play On*. Heidelberg: Winter, 1996. Print.

Bonnecase, Dennis. "The Aesthetics of Keats: Intensity and Gusto; Beauty and Death," *Keats ou le sortilège des mots*. Ed. Christian La Cassagnère. Lyon: Presses Universitaires, 2003. 43–89. Print.

La Cassagnère, Christian. *John Keats: Les terres perdues—biographie*. Croissy-Boubourg: éditions arden, 2008. Print.

de Almeida, Hermione. *Romantic Medicine and John Keats*. New York, Oxford: Oxford UP, 1991. Print.

Goellnicht, Donald C. *The Poet-Physician: Keats and Medical Science*. Pittsburgh: U of Pittsburgh P, 1984. Print.

Keats, John. *John Keats: Complete Poems*. Ed. Jack Stillinger. Cambridge/MA, London: Belknap P of Harvard UP, 1982. Print.

——. *John Keats: A Longman Cultural Edition*, ed. Susan J. Wolfson. New York, Boston, San Francisco: Longman, 2007. Print.

——. *Keats's Poetry and Prose*. Ed. Jefffrey N. Cox. New York, London: Norton, 2009. Print.

Melville, Herman. *Moby-Dick*. Eds. Hershel Parker and Harrison Hayford. 2nd ed. New York, London: Norton, 2002. Print.

Milton, John. *The Major Works*. Eds. Stephen Orgel and Jonathan Goldberg. Oxford, New York: Oxford UP, 2008. Print.

Vendler, Helen. *The Odes of John Keats*. Cambridge/MA, London: Belknap P of Harvard UP, 1983. Print.

Wordsworth, William. *William Wordsworth*. Ed. Stephen Gill. Oxford: Oxford UP, 2010. Print. 21st-Century Oxford Authors.

クリスティナ・M・ジー先生

ジー先生にはエッセイの寄稿をお願いいたしましたが、現在は腱鞘炎の悪化によりパソコンでの作業がむずかしいため、写真だけを掲載させていただきました。［編集委員会］

(at the restaurant of Fortnum & Mason, March 2012)
My longtime friend in England, Mrs Christina M. Gee (or, Tina),
the last curator of Keats House, Hampstead

Kiyoshi Nishiyama

1986年の夏いらい、わたしがキーツ・ハウス二階のライブラリーや隣接する図書館書庫の資料を自由に利用できたのは、ひとえにティナが便宜を図ってくれたおかげだった。とりわけ1991年から92年にかけての在外研究のおりには、ほとんど毎日、書斎がわりにライブラリーの席を使用させてもらい、また、館長室で食事やお茶の時間も一緒に楽しんだものだった。わたしにとっては、イギリスでもっとも信頼できる友人。［西山清］

Keats, Zimmerman,
and the Sympathetic Solitude

Yoshikazu Suzuki

When once a person has smok'd the vapidness of the routine of Saciety (sic) he must have either self interest or the love of some sort of distinction to keep him in good humour with it. All I can say is that standing at Charing cross and looking east west north and south I can see nothing but dullness—I hope while I am young to live retired in the Country, when I grow old in years and have a right to be idle I shall enjoy cities more.

Keats's Letter to Georgiana Keats, 15 January 1820.[1]

In a letter of mid-January of 1820, addressed to Georgiana Keats in America, Keats turns to condemn the social life of the town. London is placed on a par with the town Georgiana hates for its crude people and culture, as he does the capital for the tedious company of Hunt, Haydon, and other friends. Given his prolonged socialising, the following comment on how he behaved at a dance party may partake of self-mockery, but he intends to separate himself from other party-goers who seek personal advancement: "I tried manfully to sit near and talk to them [J. H. Reynolds's sisters], to not [*for* no] purpose, and if I had 't would have been to no purpose still" (*Letters* 2: 244). Earlier in the letter, Keats introduces a subtle distinction in the manner of self-sacrifice: "there are great many who will sacrifice their worldly self-interest for a friend: I wish there were more who would sacrifice their passions" (*Letters* 2: 243). This remark is tacitly self-referential. His disillusionment with social customs and personal habits more or less responds to the cheerless situation of his sister-in-law in the Prairies, but at the same time it is due to his recent effort at poetic achievement. The summer of the previous year saw the poet leave the Wentworth Place and his lover, Fanny Brawne. In the provincial towns, Shanklin and Winchester, his passion was channelled into the abstractions of poetry, and he came to believe that poetry should be thanked and paid for, something only second to fine doing (*Letters* 2: 144–45, 146). Whether his companion, Charles Brown, was in or away, often describing himself as "Kepen in solitarinesse" (*Letters* 2: 166, 204, 209)—a phrase taken from "The Eve of St. Mark"—Keats was cherishing his identification with Mark the Evangelist in his devotion to writing a Gospel. In the beginning of 1820, already three months away from the end of his astonishing period of creativity, he is more convinced of his own propensity, and disqualifies what might have been a common practice: he chooses the country for his place of diligence, rather than idleness. To Georgiana, who is waiting for the delayed return of her husband, Keats offers a cheering example from *Robinson Crusoe*: despite the hero's fear of perishing in the distant seas, once reached, the home country finds Crusoe, a born wanderer, regretful and "more content with his Solitude" (*Letters* 2: 240). This is a palliative for her subconscious fear of losing George, now back in the comfort of the home country. But of greater significance to this article is that Crusoe also represents the poet's own feelings, his longing for the sense of rural solitude and its advantages. In closing the letter, he apologises for future silence as he "intend[s] to retire into the Country where there will be no sort of news" (*Letters* 2: 247).

Keats's tendency to "a solitarry (sic) life" (*Letters* 2: 144) is not an awareness that dawned at a recent stage of his career. Rather, it is based on his hard-won and fully-tested belief, expressed throughout his writings for different purposes. Most clearly, Keats presents the hermit figure, religious or secular, as a character for identification like Crusoe or Mark. In letters from Winchester, the hermit symbolises diligence and stoicism: "[I am] becoming accustom'd to the privations of the pleasures of sense. In the midst of the world I live like a Hermit" (*Letters* 2: 186). Although here intending to impress John Taylor, Keats also assumes it in his "flint-worded Letter" (*Letters* 2: 142) to Brawne: "I am as entirely above all matters of interest as the Sun is above the Earth" (*Letters* 2: 141), he writes after an unfeeling comment on his recent silence and a confession of his indifference to personal finances. In an earlier journal-letter to America, he flatly rejects the option of marriage, adding that "my Happiness would not be so fine, as my Solitude is sublime," and that "there is a Sublimity to welcome me home—the roaring of the wind is my wife and the Stars through the window pane are my Children" (*Letters* 1: 403).

Keats's appreciation of solitude dates back to his attempt to find seclusion on the Isle of Wight. To start the composition of *Endymion*, he separated himself from his brothers and the Hunt entourage, practicing Haydon's advice: "Haydon has pointed out how necessary it is that I sho[d] be alone to improve myself" (*Letters* 1: 125). On this occasion, however, he was led to a harassing reflection on his own poetic powers, as he was "in a continual burning of thought as an only resource" and lapsed into the "horrid Morbidity of Temperament" which "would enable me to look with an obstinate eye on the Devil himself" (*Letters* 1: 139, 142). The turmoil of the ambitious-minded Keats informs the first two Books of *Endymion*. A melancholy lover, the hero is alone, sadly pensive, neglecting his duties (*Letters* 1: 475–88). His love-encounter with Cynthia has impaired the integrity of his perception: he finds in a bird "A disguis'd demon, missioned to knit / My soul with under darkness."[2] In search for his immortal lover, Endymion takes a lone journey through the underground, soon stimulating unnerving thoughts of self, "The deadly feel of solitude" (2.284). The course of the story, however, is not towards dismissing solitude as a tenor of life, as it is often believed to be. By encountering frustrated lovers, Endymion is rehabilitated not only to the value of human ties but also, somewhat ironically, to the potential of being alone, a lesson that can be taken from the sublime sentiments of the Indian Maid, as I have discussed elsewhere (Suzuki 120–27). In fact, as a lone traveller, Keats felt comfortable in Box Hill, just as his hero imagines a hermit's life in its own right (4.849–70). This change was a consequence of his brave confrontation with the debilitating melancholy of a solitary life.

Scholars have neglected Keats's struggle with and embrace of solitude. In *Reading Romantic Poetry*, Fiona Stafford has recently recaptured the importance of sociability and friendship in the composition of Romantic poetry, portraying the poets as resistant to solitude or eager to rescue the solitary (34–64). The speakers in Keats's poetry may be solitary, meditative, and often melancholic, and in Shelley's *Adonais* he may emerge like Chatterton, an over-sensitive artist struck down by an unfeeling reception, but his correspondence attests a perpetual dialogue with friends and family in the process of writing, Stafford argues (39–42). Her discussion effectively recovers Keats from the Victorian idea of the "Romantic Genius" as a solitary, abandoned, or ungovernable young man. But placing solitude and friendship, or love, in opposition may not help understand the case; rather it can blind us to a point of view which may have underlain the interplay of Keats's growing love of solitude and his ever-desired connection with Brawne, Brown, and a few others.

Perhaps solitude and friendship did not undermine each other in Keats as strongly as sometimes assumed by modern scholars. His poetry offers suggestive moments. The lovelorn Endymion asks Peona to aid his service for Latmian folk: her role is to assist in the hermit's poetic communication with the world—"to thy tongue will I all health confide" (4.864)—as Brown and Richard Woodhouse were to play for Keats. Furthermore, in "Ode to Psyche," he even attempts to integrate the enjoyment of love into the welfare of the soul: Psyche's shrine in a solitary recess of the poet's mind may be provided with a torch and a casement to "let the warm Love in" (67). What may provide a key to this complexity is not any real-life antithesis of the "Romantic Genius" but an insight from another historical discourse, that is, the eighteenth-century discourse on retirement. Scholars of eighteenth-century culture or literature have recognised friendship as a part of the supposedly "solitary" rural life, as well as books (Havens 260). In "The Choice" (1700), an enormously popular poem, John Pomfret includes not only two male friends but also a "fair creature" (129) in his list of the pleasures of retirement. Interestingly, in the Romantic period, a major impetus to the subject came from the Swiss writer and physician Johann Georg von Zimmerman (1728–95). The English translation of his essay on solitude, *Solitude Considered, with Respect to Its Influence upon the Mind and the Heart* (1791), went through a great many editions, apparently finding more of his readers in Britain than in European countries.[3] An analysis of the work and its reception will explain the logic of Keats's dealings with solitude. Since there is no evidence that Keats ever read it, I take the similarities between he and Zimmerman as a case of cultural connection, rather than that of direct influence.

Around the turn of the eighteenth century, solitude was perhaps the most alluring vein of English literature for the renowned bibliographer, Samuel Egerton Brydges (1762–1837). The first of the ten volumes of *Censura Literaria* (1805–09), a collection of his reviews of English books from the sixteenth and seventeenth centuries, opens with an article on John Evelyn's defence of active life against George Mackenzie's essay on solitude. A reclusive poet, Brydges attempts to refute Evelyn's case, maintaining that his opponent is unfair because he compares the best uses of public life with the abuses of retired life, asking "[w]hy should solitude be passed in torpor, or even in trifling?" (10). Brydges questions, then quotes from a group of English pro-solitude writings whose qualities, he says, have never been equalled. The enlisted writers include not only Cowley, Dryden, Addison, Cowper—rather routinely—but also Zimmerman. From the work of the latter, which "has been so deservedly popular in this kingdom" (10), a passage trying to establish that the foundations of a great character, sage or hero, is formed in solitude is taken and embellished with the lines from Cowper's "Retirement," a satire on the vogue for retirement. Zimmerman's work thus helps the literary-historical critic to make his case—even the accomplishment of Evelyn as a writer is considered to be a beneficial result of his industry in retirement (18).

The pivotal use of the foreign work by the English traditionalist reflects the history of its English editions. *Solitude Considered* was translated from the partial French edition, published three years previously, which means that only the pro-solitude argument of an originally balanced study on the subject was known to English readers until 1797, when a volume offering the opposing argument appeared. Further, the following year, 1798, saw a pirated edition distributed, with the title of *Solitude; Or, the Effects of Occasional Retirement.* Unusually, this version was elaborate in many ways. It came out with a new preface, a life of the deceased author, and handsome illustrations. More than that, it had undergone a thorough reworking: the text and notes were considerably "revised," and now profuse with quotations from English authors, as will be shown below. Combined with the anti-solitude volume in 1800, this edition provided a basis for subsequent cheaper editions, as the title was added to the series of "Walker's British Classics" and "Dove's English Classics."

Apart from eschewing legal issues, the rewriting of *Solitude Considered* involved making it more conventional. This was, in fact, easy work for any talented writer, for Zimmerman attempts to enlighten the Continental Europeans who he believes are becoming more urban and frivolous, through what he sees as the English custom of retirement. Indeed, his work is rich with Anglophile comments, its argument actually propelled by the notions of English writers like Bacon, Milton, Bolingbroke, Pope, Johnson, and Addison. While duly describing hypochondria and suicidal tendencies as an English malady, the author is of the opinion that the heroic character of Englishmen has been fostered in solitude (95–97). The rewriter's effort then comes down to rendering Zimmerman more conversant with the sentiments of English poets, now including Young, Cowper, Thomson, Akenside, James Cawthorn (1719–61), and many others. For example, Thomson's elevated musing helps to expand the moral scope of Zimmerman's notion of melancholy. In the edition of 1791, discussing the workings of the imagination in solitude, the author breaks into the following ejaculation before going on to conjure up charming scenes of nature: "how easy it is to renounce noisy pleasure and tumultuous assemblies for the enjoyment of that philosophic repose which Solitude affords!" (241–42). The pirated edition has "melancholy" (1: 102) instead of "repose," and the full-page passage follows from "Autumn" of *The Seasons*, beginning with "He comes! he comes! in every breeze the power / Of philosophic Melancholy comes!" (1002–03). This emphasises "the soft melancholy which Solitude inspires" (240), which Zimmerman offers in opposition to another type of melancholy which he terms "the most severe" misery of life (63).

Similarly, Young's *Night Thoughts* and *Love of Fame* adds an incisive edge and didactic tone to the moral ramifications of Zimmerman's thought. In particular, his reflections on old age and deathbed, becoming a separate chapter in the 1798 edition, are the more distinct in gloominess due to its display of Young's powerful emotions. Towards the end of the century, linking the idea of retirement with gloomy meditations was surprisingly common. In 1787, George Wright (n.d.) published a selection from the retirement literature including his own poetry and prose, called *Retired Pleasures* (an enlarged edition in 1791). Author of many similar works, and editor of *Night Thoughts*, Wright did much to render rural solitude instructive and useful. Like his *Solitary Walks* (1774), *Pleasing Melancholy* (1793) imitates James Hervey's "Meditations among the Tombs," and deploys the poetry of that persuasion. Illustrated by a wide range of writers of the last century, Zimmerman's opinions were now more complete and authentic as an expression of English sensibilities, even though in all likelihood they gave the impression of being an unusual amalgam, with Young set alongside his favourite authors such as Rousseau and Petrarch.

So alarming for the French translator is Zimmerman's affectionate retelling of episodes in Rousseau's *Confessions*, and so strong for the public, perhaps, are solitude's misanthropic associations, his Preface apologetically begins by an account of the author's social outlook and his idea of solitude. This might suggest the anticipation that the book will reach a wider circle of readers than usually found for writings on the subject. In fact, Zimmerman's work was more than a matter of literary reception—he was labeled either a friendly master in the art of retirement or a dull writer with nothing original to offer.[4] Importantly, in view of the potential impact of retiring habits on public manners and morals, it stimulated political and religious alarmists while the demand was raised for a cheap edition.[5] A review of Elizabeth Gertrude Bayfield's selection, *Gleanings from Zimmerman's Solitude* (1806), articulates the fear felt by a guardian of the orthodox: since Zimmerman's precepts dispense with Christian doctrines and consolations, his follower "will soon become a visionary and a recluse" (*Eclectic Review*, 1806, 1038). "An extravagant imagination will," the reviewer continues, "usurp over his debilitated understanding, and impose upon it a whining sensibility as a substitute for piety and virtue" (1039). With its ambitious presentation of solitude as the true path to happiness and the only asylum for the afflicted, Zimmerman's *Solitude* seemed a dangerous invasion of a diseased sensibility into the realm of sense.

Such a response is nowhere stronger or more extended than in the Preface of Ely Bates's *Rural Philosophy* (1803), a well-reputed retirement manual of the 1800s. The book was initially planned as a summary of Zimmerman's work, Bates says, but the illogical, "superficial," or "wild and romantic" nature of the argument and the mixture of Bacon and Rousseau frustrated him (vi). Bates sees the book's inordinate success as largely due to "the sentimental turn of this age," rather than its own value, going on to complain about "the sentimental system" which is sweeping across every branch of today's society and scholarship (vii–viii). His methodology in *Rural Philosophy*, however, is not to adopt the reasoning of a dry moralist, let alone, the passion of a dreamy philanthropist, but to take the middle ground between the two extremes. Thus the prescriptive approach to the subject— the book was written during the "period of republican frenzy," according to the Advertisement (n.p.)—derives from his recognition that solitude can be the hotbed for a fanatical sensibility that threatens social unity, rather than furthering it.[6] In fact, Zimmerman too condemns fanaticism in the same way, with mention of Lord George Gordon, an alleged instigator of the "Gordon Riots" (*Dangerous Influence* 96), but he also stresses the close link between solitude and the love of liberty, even suggesting its radical outcome:

> Timidity is never the companion of retirement. The man, who has courage to seek the peaceful lonely shades of Solitude, disdains to exercise a base submission to the pride and insolence of The Great, and boldly tears from the face of despotism the mask by which it is concealed. (171)

Bates also pays attention to the education of youth. Again calling for more efforts to counteract and ostracise Voltaire and *philosophes* from the national seats of learning, he states that a young mind should be educated in religion and morality before being exposed to the temptations of the world (146–47), so as not to follow France, where the youth are, as written allegedly in 1797, "delivered up, unarmed and defenceless, into the hands of their worst enemies, to sensual passions and infidel principles" (154). Here and elsewhere Bates's audience are benefactors, teachers, or parents, for he finds the useful employment in retired life involves the education of a son (330–32).

Compared with such reactionary intentions, Zimmerman's essay is remarkable for the encouraging addresses given to the young, as well as the heart-wrenching episodes taken from his own life, for instance, related to the death of his daughter.[7] Perhaps the best example of his followers we can document is Peter L. Courtier (1776–1847), who published "The Pleasures of Solitude" in 1796 aged twenty, apparently inspired by Zimmerman. At the outset, as a votary of Solitude, after addressing with dignity the misguided sons of Mirth, the poet pays tribute to the author of *Solitude Considered*:

O Zimmerman! had I thy various powers,
Thy wide experience, and thy fervent soul,
Then should my glowing periods penetrate
The caverns of the heart, force Vice to blush,
While timid Virtue rais'd her drooping head.
Here let me render, what thy pages claim—
Esteem, affection, gratitude, sincere:
These are thy due from him who has deriv'd
Sublime enjoyments from thy work, and who,
Accustom'd to the contemplative hour,
Would trace the joys that Solitude affords. (8–18)

Included in the sublime and easeful pleasures he shared with his mentor is an occasional retreat to the "romantic haunts" (329) of Solitude in the prime of youth, which concludes this favourably-received poem.

How is then solitude presented by Zimmerman himself? His analytical method and habit of careful elaboration, while averting astute readers, help us to understand the unspoken premise of the theme in English prose. The inwards-turning definition of solitude given in Introduction—"that state in which the soul freely resigns itself to its own reflections" (2)—collapses its usual identification with nature:

> The mind, even amidst the clamours of a popular assembly, may withdraw its attention from the surrounding objects, may retire as effectually within itself, may become as solitary as a monk in his monastery or a hermit in his cell. (5)

Here the figures of monk and hermit function as emblems of exclusive interiority, or self-concentration—which reminds us of Keats's feelings in Winchester, or "[i]n the midst of the world." Simultaneously, subjectivism removes from such a figure its usual connotations: solitude means neither "a total absence from the world" nor being completely alone (5). However, Zimmerman's preference is for "the superior pleasures of a country life," as he intends to teach "the innocent votaries of rural retirement" (7); he was, in fact, a happy wanderer in "the sequestered cloister and the silent cell, the lonely mountain and the sublimely awful grove" (1). In the general survey of his subject in the following chapter, Zimmerman takes an elitist stance: given the difficulties involved, solitude is only for "those distinguished beings who," says he,

can resort to their own bosoms for an antidote against disquiet, who are fearless of the numerous sacrifices which virtue may demand, whose souls are endowed with sufficient energy to drive away the dread of being alone, and whose hearts are susceptible of the pure and tranquil delights of domestic felicity. (10–11)

Zimmerman then compares the soul's progress in the world and in solitude. According to him, the pursuit of the pleasures of sense in the world, led continually and erroneously by fancy, ends in languor and dissatisfaction, on the one hand, and the cultivation of inner resources in solitude brings many advantages, that is, the mind's independence, a panacea for misfortunes, a dignified character, mental vigour, a perfect knowledge of oneself, an intellectual scope, and sound judgment, on the other (12–21). In connection with Keats's embrace of solitude, we may notice the twofold significance of friendship in relation to solitude. The best friendship, elevating the soul from the noisy world, must come to an end like any other human enjoyment, inflicting an inconceivable shock on the heart. Solitude, however, effects a settlement of the situation, Zimmerman claims. Although seeming dreadful at distance, he says, "when wisely applied, it [solitude] will give immediate ease to the most rancorous wound that sorrow ever made, and, in the end, effect a cure" (27). At other times, however, friendship becomes an indulgence. The "protecting care of friendship and of love" tends to enervate "the faculty of self-motion," and therefore "it is proper, by retiring into Solitude, to try the strength of our own powers, and learn to rely upon them" (40). This obtains new vigour and calm for the mind: "[h]e who devotes his days to Solitude, finds resources within himself of which he had no idea, while philosophy inspires him with courage to sustain the most rigorous shocks of fate" (5). On the contrary, the versatility and undecidedness of character, which is crucial to the formulation of what Keats calls "Negative Capability" or "Poetical character," indicates fearfulness, proceeding from "that intellectual weakness, which prevents the mind from thinking for itself" (41) and subjects it to "the violent alternatives of pleasure and pain, of hope and fear, of content and mortification" (46). In this light, Keats's poetic attitude is based on his experience of the world rather than solitude, which perhaps facilitated his malignant reviewers abusing *Endymion*.

If Zimmerman's point of view may be incoherent or janus-like in terms of the traditional city/country debate, it is due to a pathologist's attentiveness, and to his aspiration for a dialectic balance nearing a happy medium. His contention in a chapter is that solitude develops and refines mental faculties including taste. What solitude provides the mind with first and foremost, he says, is the habit of thinking for oneself (128). The desire for solitude is defendable and sometimes even necessary: "The advantages of Solitude are not incompatible with our duty to the public, since they are the noblest exercises in which we can employ our faculties for the good of mankind" (170).[8] This is best demonstrated by original writers like Rousseau, the author's model essayist: the "free and easy" style of writing, whereby one's own mind and character is "publicly . . . *analyze*[d] . . . for the benefit of others," can only be acquired in solitude (191–92; emphasis in orig.). Meanwhile, Zimmerman elsewhere discusses how some motives for retirement only help to increase the misery of the situation, by presenting varied inducements to society or company (*Dangerous Influence* 1–61).[9] The harmful effects of solitude are fully dealt with in their own right, especially those on the imagination and passions. The opening remark there concerns solitude's sycophancy. "When the soul is corrupted," says Zimmerman,

> and myriads of depraved images and wishes swarm in the tainted imagination, Solitude only serves to confirm and aggravate the evil; and by keeping the mind free to brood over its rank and noxious conceptions, becomes the midwife and nurse of its unnatural and

monstrous suggestions. (62–63)

The soul can hardly rise from indolence, indifference, languor, or uneasiness while, in this context, solitude renders one's character unfit for social commerce, often nursing pride and obstinacy—"the inevitable consequences of a solitary life" (65–66)—as he explains with a quotation from Plato, taking scholars as an example (63–67).

At great length exposing the follies generated by solitude, Zimmerman condemns noted solitaries, hermits, monks, ascetics, and mystics, whether Christian or Greek, with Saint Anthony being typically "the dupe of his inflamed imagination, and the prey of his rebellious senses" (89–90). Here his principal focus is on melancholy, one of the "most general and unequivocal" symptoms of which is their propensity to solitude (157). While examining the reasons for this habit of the mind, he shows greater sympathy for modern counterparts by defending Rousseau's later works, "a melancholy and deplorable example of the abjectness of Human Nature" (166) in which its dignity hardly holds among the throng of adversaries. This moves on to a lingering account of the last years of the anatomist and physiologist Albrecht von Haller (1708–77), the victim of a religious type of melancholy aggravated by solitude. Another danger in solitude to which Zimmerman alerts his readers, but with more emphasis, is the dominance of the passions over the soul, above all, love. To the soul with sorrows attendant on unfortunate or unsuccessful passion, says he, "Solitude, so far from affording relief, supplies a most malignant and fatal poison" (202). Again his examples are taken from Egyptian and monastic forms of solitude. For instance, according to him, the virtue and reason of Eloise were impaired by the "riotous sensuality of appetite" (213) which can only be fostered in an institution of secession, chastity, self-denial, and which, as did other greedy passions, led the monks to heated controversy and inhuman violence.

50

It should be recalled, however, that Zimmerman is essentially a panegyrist of love. Although regarding the consuming passion of love as ill-suited as a guiding principle of life, which he believes should be the contentedness of a tranquil mind, in an earlier chapter he claims for love, "the most precious gift of heaven" (345), a distinguished rank among the advantages of solitude, and attempts to show how solitude, or rural seclusion, affects the heart of one in different stages of love. His descriptions of a lone lover are reinforced by the extravagant sentiments of Rousseau and Petrarch in their auto-biographies, and go some way towards explaining Endymion's melancholic existence: for instance, solitude transforms the beloved object into an embodiment of divine perfection and a supreme law of morality, initiating a misery felt to be eternal (353–54). Notably extensive here is his use of Petrarch, the author's best illustration of a solitary lover, but short of the best model for happiness in solitude. Petrarch's retreat to Vaucluse was at first a useless attempt to flee from the shadow of Laura, but finally helped to restore him to tranquility, the victory which Zimmerman says falls only to the vigorous mind (358–65). Through struggling with the violent passion in solitude, he goes on, Petrarch shed his character as an effeminate sonneteer and grew into a sublime sage with a political influence over monarchs in Italy and beyond (367–69). Zimmerman also stresses the significance of Vaucluse for the poet: while his mind was restless and unquiet by nature, in his moments of tranquility the retreat was felt to symbolically be "the Temple of Peace, the residence of calm repose, and a safe harbour against all the tempests of the soul" (370), arguably the equivalent of the Cave of Quietude in *Endymion*, an internal asylum-retreat made for the soul. Zimmerman's conclusion, however, takes a domestic turn: since solitude cannot conquer love, and only purifies its flame, says he,

if . . . you feel an inclination to be happier than Petrarch, share the

Keats, Zimmerman, and the Sympathetic Solitude   51

pleasures of your retirement with some amiable character, who, better than the cold precepts of philosophy, will beguile or banish, by the charms of conversation, all the cares and torments of life. A truly wise man has said, that the presence of one thinking being like ourselves, whose bosom glows with sympathy and love, so far from destroying the advantages of Solitude, renders them more favourable. (370)

Indeed, what follows this advice is an exposition of the joys of matrimony in solitude, by one who owes his happiness to "the fond affection of a wife" (370).

Apparently the passage grabbed the heart of Lamb. In the *Elia* essay "A Quaker's Meeting," Zimmerman is addressed with the title "Master" and asked for "a sympathetic solitude," after an expression of aversion to an "inhuman, shy, single, shade-and-cavern-haunting solitariness" (528). Lamb sees his preferred idea of solitude as being embodied in the act of reading a book through a long winter evening in the silent company of, say, a wife who reads another. Similarly, Zimmerman's suggestion for married love in solitude, itself only that part of the retirement tradition which crystalises itself in the marital pair of Adam and Eve in Miltonic Paradise, points to a desire smouldering in Keats's innermost heart, the desire which surfaces in, especially, the fruition of Endymion's love after he decides to become a lone hermit. Such a start of married life is seemingly abrupt, like Zimmerman's final twisting of Petrarch's celibate greatness into a story of lesser happiness. Nevertheless, it represents a wish that poetic sublimity and happy love would be somehow compatible in the form of "sympathetic solitude," the union of the seeming contraries that his cultural tradition perhaps makes possible or, certainly, offers as an avenue of possibility and speculation for any ambitious poet with a certain strength of mind. Keats saw a good possibility of this union in the summer of 1819, when he produced not only a spate of mature verse, but also love-letters of crucial psychological and literary value. Alongside the letters written to his male friends and the growing sense of sublime solitude, his correspondence with Brawne reveals to us a lover whose language is plaintive and decided, passionate and distant, almost alternately. It seems, however, that the underlying feelings, distracting as they must have been, were not a hindrance to his creativity as a poet. If so, it is possible to maintain that this tour-de-force was on the agenda when the two ideals, the soul and love, formed a unified whole in "Ode to Psyche," and that letter-writing was another vehicle for exploring the human mind in love, with some detachment involved necessarily. Such Petrarchan vigour, alongside his engagement with other states of the mind or heart in solitude, suggests that a literary life can be written of Keats not only as a lover of rural solitude but also as a poet who transformed an alarming solitude into a beneficial one, as if he had been instructed by Zimmerman's celebrated book.

Zimmerman's notion of a wise, regulated, active, occasional, suburban solitude, though there was nothing novel in it, met the demand of the age when the suburbs began to develop for the middle-class residence or retreat. His book seems to have raised imitators as they were treated, by an obscure poet, with sarcasm: "a plenteous crop of fools" (Philip Smyth, "On Zimmerman's Book on Solitude" 2). They ambitiously meditated a plan to be "fond of Solitude" (8) and failed for lack of a deep mind, says the poet. It is no coincidence that Keats came to feel and express pride in his "solitarinesse," while the public was increasingly aware of the difficulties that retirement might offer.

Notes

1. Hyder Edward Rollins, ed., *The Letters of John Keats: 1814–1821*, 2: 244. All references to Keats's letters are taken from this edition.

2. Jack Stillinger, ed., *The Poems of John Keats, Endymion*, 1.701–02. All subsequent references to Keats's poetry are to this edition.

3. The book is found among the titles produced in the largest numbers in the Romantic period (St Clair 131). Zimmerman's popularity is stated in the memoirs of his life in *The Monthly Visitor* of 1798: "There are but few English readers who are unacquainted with the last work [*Solitude Considered*]" (520).

4. Southey depicts the "dainty gentleman, / His sleepy eyes half-closed," as a typical reader of Zimmerman's dull prose ("Epistle to Allan Cunningham," 254–55).

5. A review for the *European Magazine, and London Review* urges such an edition on the affluent (1791, 185).

6. Hunt makes a similar point in the notes to the passage about Wordsworth in *The Feast of the Poets*, claiming that his "morbid" characters "turn our thoughts away from society and men altogether, and nourishes that eremitical vagueness of sensation" which is "the next step to melancholy or indifference" (97).

7. The French translator, admittedly young himself and finding it most useful to youth, quotes the author's address (vi–vii).

8. Zimmerman writes in another place that "The enjoyments of active life may be rendered perfectly consistent with all the advantages of Solitude" (12).

9. Subsequent references in this paragraph are to *Solitude Considered with Respect to Its Dangerous Influence upon the Mind and Heart* (1798).

Works Cited

Bates, Ely. *Rural Philosophy: Or Reflections on Knowledge, Virtue, and Happiness.* 5th ed. London, 1807. Print.

Brydges, Samuel Egerton. *Censura Literaria: Containing Titles, Abstracts, and Opinions of Old English Books, with Original Disquisitions, Articles of Biography, and Other Literary Antiquities.* Vol. 1. London, 1805. Print. 10 vols.

Courtier, Peter L. *Poems: Consisting of Elegies, Sonnets, Odes, Canzonets, and the Pleasures of Solitude.* London, 1796. Print.

Havens, Raymond D. "Solitude and the Neoclassicists." *A Journal of English Literary History* 21 (Dec. 1954): 251–73. Print.

Hunt, Leigh. *The Feast of the Poets, with Other Pieces in Verse.* 2nd ed. London, 1815. Print.

Keats, John. *The Letters of John Keats, 1814–1821*. Ed. Hyder Edward Rollins. 2 vols. Cambridge: Harvard UP, 1958. Print.

——. *The Poems of John Keats*. Ed. Jack Stillinger. Cambridge, Mass: Belknap P of Harvard UP, 1978. Print.

Lamb, Charles. *The Works of Charles and Mary Lamb*. Ed. Thomas Hutchinson. London: Oxford UP, 1934. Print.

Smyth, Philip. *Rhyme and Reason; Short and Original Poems*. London, 1803. Print.

Southey, Robert. *The Poetical Works of Robert Southey*. London, 1844. Print.

Stafford, Fiona. *Reading Romantic Poetry*. Chichester: Wiley-Blackwell, 2012. Print.

St Clair, William. *The Reading Nation in the Romantic Period*. Cambridge: Cambridge UP, 2004. Print.

Suzuki, Yoshikazu. "'Let me thy vigils keep': The Culture of Retirement and the Early Keats." *Essays in English Romanticism* 39/40 (Nov. 2015): 115–31. Print.

Zimmerman, J. G. *Solitude Considered with Respect to Its Dangerous Influence upon the Mind and Heart*. London, 1798. Print.

——. *Solitude Considered, with Respect to Its Influence upon the Mind and the Heart*. 8th ed. London, 1799. Print.

——. *Solitude, Written Originally by J. G. Zimmerman*. 2 vols. London, 1805. Print.

A "Melancholy Grace":
Endymion and Keats's Creative Powers of the Imagination

Hiroki Iwamoto

In his critical anthology *Imagination and Fancy* (1844), Leigh Hunt lastly discusses selections from Keats, and recollects the poetic genius of his own once protégé as well:

> KEATS was a born poet of the most poetical kind. All his feelings came to him through a poetical medium, or were speedily coloured by it. He enjoyed a jest as heartily as any one, and sympathized with the lowliest common-place; but the next minute his thoughts were in a garden of enchantment, with nymphs, and fauns, and shapes of exalted humanity;
>
> Elysian beauty, melancholy grace. (312)

The last four words are from Wordsworth's "Laodamia,"[1] and followed in the original poem by a somewhat paradoxical line: "Brought from a pensive though a happy place" (96). Preserving the Wordsworthian echo of a sort of pleasing sadness, Hunt points to the truth of Keatsian beauty which lies, he sees, not in a word picture of pure loveliness clean of gloom but rather in a harmonious crystallisation of the tension between contrasting, juxtaposed values; the entire poetic "grace" is ultimately increased by the very reality that it still trails a shade of "melancholy." The compiler of the florilegium does not refer to any particular piece of Keats's poetry here, which positively suggests that Hunt holds the term, concerning both "beauty" and "melancholy," to go well with the taste of most of Keats's major works. Among them is, incontrovertibly, considered to be included the story of a love-lorn shepherd prince, *Endymion: A Poetic Romance* (1818).

In the spring of 1817 Keats set about composing the long narrative poem. In this article, I shall not dare to argue that the young poet's initial intention for the work was to make some philosophical inquiry into the idea of melancholy.[2] Nor does it seem, in the first place, plausible that he had any tightly-knit narrative structure in mind before writing. For, at least, according to a letter of his, the primal aim of the mythopoeia was no more than to "make 4000 Lines of one bare circumstance and fill them with Poetry" (1: 170).[3] It is, though, still safe to say that the word "melancholy" could be a significant opener of the mysterious door to the world of the poetic romance in which is depicted Endymion's almost desperate, mad pursuit in search of the *au-delà* 'beyond'—literally far-off for him both physically and psychologically; and that, moreover, such a study would uncover some positive affinity between *Endymion* and the later masterpieces of 1819, including the celebrated "Ode on Melancholy." One critic even calls this poetic romance a portrayal of Keats's "myth of melancholy," as is often apparent in his other works (La Cassagnère). It is true that the hero's longing for the unknown goddess, Cynthia, is gratified, to some extent, by his aesthetic experience with her on a heavenward journey in the fourth and final Book; but the rest of Endymion's solitary, seemingly endless wandering, initiated on the earth but successively tending downward into the realms of the underground and even to the bottom of the sea, is frequently haunted by the shadow of melancholy.

It is, besides, worth noting that Keats, who had experienced the death of close relatives as a child and seen many a corpse during his time as a medical student, was assumedly bound up with a sort of recurring mental gloominess; and such a fitful low state of mind formed, conceivably in an unconscious way, the basis of his literary inclination towards artistic representation of the melancholic humour, and developed his fascination with, for instance, Robert Burton's prose-cento, *The Anatomy of Melancholy* (1621).[4] Indeed, there are a number of artists, even just limited to the literary world of the British Romanticism, who can be reckoned as the ones, though in varying degrees, born under the sign of Saturn. Still, especially from an aesthetic viewpoint, the characteristic temperament of melancholia is of particular significance for the poetry of Keats.[5] For the poet famously and oxymoronically sublimated a personal judgement on the saturnine temperament of the human psyche in the aforementioned ode, presenting the reader his idiosyncratic epistemology that melancholy and beauty are inextricably linked.[6]

It might be helpful here to add a few words concerning the usage of the term "melancholy" in this article. Ancient Greek writers on humoral pathology attached to it a fundamental sense of "sadness-*without*-cause" (Bowring 32, emphasis in orig.). In Keats's poetic romance, however, Endymion suffers from profound sorrow intelligibly *with* cause. That being so, the depression or mental agony of the brain-sick shepherd prince seems dissimilar from the "melancholy" that can be comprehended strictly in its primal sense. Yet, historically speaking, interpretations of the supposed "*without*-cause" nature of melancholy have been in fact a matter of inconclusive debate (Radden 155), and Burton himself discusses in the *Anatomy*, as manifests the work's lengthy subtitle,[7] some "Causes" of melancholy. In the following analysis, therefore, to refer to Endymion's romantic love melancholy I will use the potentially elusive term as one that not just signifies a certain "sadness-*without*-cause" but also embraces the flavour of brooding tendency and depressive moods of the mind "caused" by some particular negative event.

Now, there are already innumerable scholarly contributions to the study of *Endymion*, so much so that it will exceed the capacity of this short article to dig thoroughly into all of such literature. Hence, I would like to pick up and succinctly examine those essential earlier studies that have brought the hero's "melancholy" into focus. One of such critics presents us a symbolic reading of this narrative as the process of Endymion's "transcendence from earthly melancholy to heavenly fulfillment" (Riede 38). The hero's spiritualization is actually the virtual climax in this poetic romance, and a tint of Platonic influence could also be inferred in various places. It is, however, still questionable whether such an allegorical—indeed, rather neo-Platonic—interpretation can accord with the empirical nature of Keats's critical awareness. Another scholar remarks that "Endymion's melancholy is slowly eased by his realisation of the fellowship of people," as well as, in Keatsian terms, an essence, or a thing of beauty; through such harmonious unity, the hero can feel "a sort of oneness" with others (Blades 42). Humanitarian and ethical characteristics are, as this paper shall touch on, definitely worthy of attention in Keats's poetry. Yet even so, can all the intimations of Keatsian melancholy be confined solely to the lack in—and the following desire for—mutual sympathy?

Christian La Cassagnère, furthermore, takes a psychoanalytic approach to the melancholia of Endymion, and discusses Keats's *"poetics of melancholy"* (emphasis in orig.). His article persuasively shows us a crucial link between the poetic romance and the great "Ode on Melancholy" in the light of the works of Burton, Freud, and Lacan. Nonetheless, it might be necessary to mention that, while focusing on the matters concerning Endymion's psychosomatic world, Cassagnère's analysis does not pay much attention to the relationship between melancholy and beauty, and a certain moral orientation behind the veiled myth of melancholy. Taking these things into account, in this article, I would like to read the romance as a poetic reflection of Keats's ethical and aesthetic values—that inherently relate for him to the matter of the authenticity of the imagination—and explore the shadowy region of the hero's mind in which gleams a twilight "melancholy grace."

* * *

Throughout the narrative of *Endymion*, the loitering hero peregrinates chiefly in three spheres, the earth, the sea and the heaven; and these domains are held conventionally—as well as nearly self-evidently—to be governed by the goddess of the moon (Diana/Cynthia). For this reason, the hero's act of leaping headlong into the underworld and sea-floor, and later soaring in heaven has been fairly regarded as, coupled with a literary effect of creating a dynamic tension of up and down, a pattern of Keatsian quest-romance. Withal, the representation of something moving upwards is, generally speaking, accompanied by a conception of transcendence while that of going downwards arrives, again most of the time, on the train of an idea of thoughtful introspection. The latter gravitation is, in other words, a type of—occasionally rather melancholic—self-examination. Endymion's descent into the nether world could be, therefore, interpreted as an act of sinking himself into the "depths of the unconscious" world for eventual unity with the goddess and, at the same time, for his own self-observation (Van Ghent 53).

Yet, whether Keats was in actuality conscious or not, the etymological explanation of the name "Endymion" itself reveals that, in the first place, it has something to do with a sense of "descent"; the name is derived from a Greek word ενδυειν (*endyein*) that means "to enter into, sink into, plunge into, [and] dive" (Klein 247). This word history takes its origin from an ancient astronomic observation that, in pursuit of the beautiful shade of the moon, the sun goes down below the horizon and "enter[s] into" a supposed uncertain realm of Diana. Endymion is, on that account, sometimes identified as a solar deity, or indeed "the Setting Sun Sinking into the Sea" (Klein

248). This image of "going down" intrinsically attributed to his name is moderately indicative of, along with the work's essential quality as a quest-romance, the hero's inward-looking and melancholic tendency—as witness a poetic depiction of his descent into the underground in Book II:

'Twas far too strange, and wonderful for sadness;
Sharpening, by degrees, his appetite
To dive into the deepest. Dark, nor light,
The region; nor bright, nor sombre wholly,
But mingled up; a gleaming melancholy;
A dusky empire and its diadems;
One faint eternal eventide of gems. (219–25)[8]

These lines are, as one might put it, equivalent to an objective correlative of Endymion's ambiguous "gleaming melancholy" in which the accounts of his inner feelings and outer spectacle are literally and faintly "mingled up"; and it should be noted that the poet uses connotative phraseology here in relating the hero's act: "To dive into the deepest." While no particular reference to the etymology of Endymion is made in Keats's treasured John Lemprière's *Classical Dictionary* (1788), the poet's delineation corresponds to, as a result, the historical iconography of Endymion, as explainable by the aforementioned origin of his name, who dares to "dive into the joy" (4.690) he seeks, or overreach himself profoundly and self-absorbingly after a longed-for object.

Keats's own words in a letter also bespeak of his recognition of the hero as "a very contemplative sort of a Person" (*Letters* 1: 154). Yet the adjective here carries, in fact, an equivocal implication: let us take the case, for instance, of Michael Drayton's "The Man in the Moone" (1606), from which the young Keats drew so much inspiration for his poetic invention.[9] In the

Renaissance poem, "Wise ENDIMION" makes his appearance as the one who keeps, all night long, "contemplating the Sky, / At her [Cynthia's] high beauties" (42, 46–47). It is, actually, quite conventional to see Endymion as a man well versed in astronomy, who habitually feasts his eyes, in a learned manner, on the heavenly bodies of, particularly, a moonlit night. We should not miss the point, however, that such contemplative observation bends his personal mind not only into heavenly transport but also, sooner or later, towards a rather thoughtful—and time and again melancholic—introspection; and this kind of musing might also well be termed as psychic, reflective *theoria*. We can infer, in fact, this oscillating sense of the word in Drayton's version of the Endymion myth, too: for the famed astronomer's "depth of Contemplation," as the poet glosses in person,[10] brings upon himself an eventual situation in which "the Melancholy deepe, / Pierceth the Veynes" of his (114–15). It must have been this romantic tension between Endymion's heavenly aspiration and his innate, drooping and introspective tendency that captured the young Keats's intuitive imagination most.

Wherein lies, then, a characteristic element of the Keatsian hero's melancholy? The essential narrative of this poetic romance commences with the poet's depiction of Latmian crowds gathering for their pagan ritual dedicated to Pan. In stark contrast to the gathered folk of the peaceful mountain, Endymion alone looks depressed and burdened with a "lurking trouble in his nether lip" (1.179). "Ah, well-a-day," the poet laments, "Why should our young Endymion pine away!" (1.183–84), lines which effectively draw the reader's attention into the shady solemnity of the shepherds' ritual and, especially, a possible cause of the hero's melancholia[11]; and here virtually begins the winding courses of his melancholic journey. Throughout this quest-romance, he blindly seeks for the utmost beauty he once saw in a dream, without knowing that her identity is Cynthia. He is completely self-absorbed in his visionary longing to encounter her again. Searching for a quiet place fit for undisturbed sleep, Endymion goes into a bower, where he luxuriates in his romantic dream. The bower in this narrative is set as a central space, where the hero enjoys aesthetic and sensual pleasure—we can reckon justly as its typical example a poetic description of the "jasmine bower" in Book II. The hero in the bower becomes delightfully intoxicated by its surrounding copious, "dewy luxury" (676), but comes, in a time, to himself unexpectedly and gloomily:

> "Alas!"
> Said he, "will all this gush of feeling pass
> Away in solitude? And must they wane,
> Like melodies upon a sandy plain,
> Without an echo? Then shall I be left
> So sad, so melancholy, so bereft! (680–85)

The hero enjoys sensual pleasure in the bower to his heart's content, yet his aesthetic experience brings him so much comfort that he becomes dispirited at last: after enjoying a sense of exaltation in his dream, he is inevitably doomed to endure the "crude and sore" ordeal of a "journey homeward to habitual self" (275–76). The awakened hero, therefore, "but commun'd / With melancholy thought" (867–68). Endymion comes out of the bower, resuming his solitary peregrination. He goes into and comes out of the bower repeatedly, resembling the oscillating movement of a pendulum, which consequently functions as this poem's propelling force.

It is noteworthy that the poet here uses the expressions "melancholy thought" and "so melancholy." "Like longing," as Thomas McFarland observes, "melancholy rejects the here-and-now as containing no fulfillment": and, in contrast to longing, melancholy is "shorn of hope and therefore posits no otherness toward which to strive" (17). Endymion, who has just entered into the "Chamber of Maiden-Thought," seeks only in his dream for the beauty he has previously witnessed, and his attention is idly rooted in the past. He is enclosed within himself, and his mind is not receptive to others. In short, Endymion is totally ensnared by his regressive thoughts. Nothing that catches his eye is fresh or vigorous but rather despondently stagnant. All he can do is, consequently, nothing but "to wear / An unknown time, surcharg'd with grief, away" (2.291–92). Even when telling of his visionary sensual experience to his sister Peona, the realistic female character simply replies that it is an unreasonable "Dream within dream" (1.633). When Endymion sees up close the striking disparity between the visionary dream and cold reality, his sense of loneliness, disorientation, and estrangement deepens, and the melancholic thoughts continue to press heavily on him.

Endymion's predicament of being enclosed within himself is far from what the poet's "Pleasure Thermometer" ultimately indicates, namely, a "fellowship with essence" involving some exalted, "self-destroying" intensity (1.779, 799). These locutions echo, in essence, William Hazlitt's inspiring statements delivered in his *Essay on the Principles of Human Action* (1805). He revealed certain crucial limitations of the traditional theory of associationism, applicable only to matters of the past and present, advocating that the very "disinterested" nature of the human mind makes it possible to assimilate with "others" including one's own "future being" (1–2); and this constitutes the core of his idea on "sympathetic imagination." According to Hazlitt, man can "throw himself forward into the future" (21) by temporarily shelving his self-consciousness; that is, in other words, abandoning a regressive, ego-centric, and self-enclosed love, and instead winning an open-minded and receptive love for others.[12] Slightly prior to Hazlitt, Hunt expressed something similar in a theatrical review regarding the actor's sympathetic imagination: the "passive capacity" (Roe 32). Based on his belief that the actor should possess the capacity to receive the poet's imagination and to display it adequately on stage, Hunt upholds the value of self-destroying, "dependent" passivity as a requisite ability of the actor for giving a more profound performance (*Critical Essays* 50n).

Keats was also markedly aware of such a significance Hazlitt and Hunt associated with the sympathetic imagination of human nature, which is, to say in different words, the self-annihilating "passivity" in creative process:

> Now it is more noble to sit like Jove that (sic) to fly like Mercury—let us not therefore go hurrying about and collecting honey-bee like, buzzing here and there impatiently from a knowledge of what is to be arrived at: but let us open our leaves like a flower and be passive and receptive—budding patiently under the eye of Apollo and taking hints from every noble insect that favors us with a visit. . . . (*Letters* 1: 232)

Keats highly praises, in this letter, man's "passive and receptive" attitude. The capacity of self-annihilating passivity as such does not drive the poet to hunger "after Truth" through "consequitive (sic) reasoning," but allows him to remain "content with half knowledge" (*Letters* 1: 185, 194), which is, of course, the essence of his poetic principle, Negative Capability. Keats never seeks to make "uncertainties, Mysteries, doubts" (*Letters* 1: 193) completely clear, but rather longs to accept them without being hindered by a sense of his own self-consciousness. It is for these reasons that he appreciated the Shakespearean poetical character that possesses a myriad-minded sympathetic passivity. Keats expressed these observations through *Endymion*, as exemplified well by the last part of Book II. Before the eyes of the hero appear two lovers named Alpheus and Arethusa. Although Endymion has so far never prayed earnestly for anyone other than himself, and has been enclosed within himself, he unintentionally utters a prayer for the ill-fated pair. His consciousness, extremely introverted and ego-centric up to this point, is directed, for the first time in this narrative, to others. Through his cathartic experience of witnessing their tragic love, Endymion finally seizes an opportunity to escape from the trammels of his regressive, autistic, and melancholic thoughts. From his attitude can be inferred a seed of awakening to sympathetic reception, contrasted to his idle reception hitherto. Here in the last part of Book II, thus, Endymion's melancholic path reaches a significant turning point.

*　　*　　*

However, we cannot miss the point that Endymion's melancholic mood never disappears completely but comes back intermittently even after his encounter with Alpheus and Arethusa. Onto the footpath of the hero, who could not yet meet the unknown goddess again and keeps loitering about on his quest for her, is over and again cast a shadow of melancholy. The Alpheus-and-Arethusa episode is, as many scholars have noted, indeed of crucial importance for Endymion's mental growth; yet it provides, to repeat, only an "opportunity" for him to get rid of his self-enclosed consciousness and to awake to the value of the sympathetic imagination gradually germinating within him. Endymion's *bildungsreise*, or educational journey, does not end in any sense, of course, at this point of Book II, which in itself denotes that he is to undergo a further pilgrimage—in pursuit of the utmost beauty—of at once gloomy depression and enlightening contemplation.

The moral growth of the melancholic hero through the narrative can be considered to follow, more or less, an identical course to the speculative maturity of the young Keats himself. The question is, then, how Keats developed his, so to speak, "poetics of passivity," which approves, as we have seen, the negatively capable disinterestedness that annihilates one's own self momentarily; and it should be asked, thereupon, in what way the matter at issue involves the argument regarding Keats's own views on melancholy.

Now, as to his idea on the sympathetic passivity, the main focus in earlier studies was to argue, as this article has above, that this had been informed by the observations of Hazlitt, Hunt, and also Wordsworth, who recommended an attitude of "wise passiveness."[13] It is true that, to Keats, projecting an affirmative sense of imaginative sympathy onto his own work had considerable significance for his poetic maturity. Yet the precept of "passiveness" preached by Wordsworth, the poet of the "egotistical sublime" (*Letters* 1: 387), is essentially irreconcilable with that of Keats, who rather appreciates the creative aspect of temporary self-annihilating passivity; furthermore, there are other possible sources as well that might have added to the speculative ripeness of Keats.

In January 1817—a few months before the Keatsian mythopoeia of *Endymion* was commenced—Benjamin Robert Haydon, a historical painter and friend of Keats, contributed an essay concerning the matter of passivity to the *Annals of the Fine Arts*. Haydon had been so impressed with a piece of writing by John Foster (1770–1843), a critic, entitled "On Decision of Character," that he quoted many passages from Foster's writing in his own essay. As for Foster's article, it has been already pointed out that Keats himself also read it, or at least learned of it under the guidance of Haydon (Olney 6). In his essay, Foster remarks on a "person of undecisive character" (*Annals* 301). Such "undecisive" people cannot open-mindedly comprehend circumstances before them, failing to grasp their own raison d'être. Whether he was actually conscious or not, Keats's delineation of Endymion, especially in the first half of the narrative, is considered to fit this definition precisely. Before his encounter with Alpheus and Arethusa, the hero of self-enclosed gloominess loathed the "journey homeward to habitual self," rejecting the here-and-now, and was wholly devoted to his regressive thoughts. To borrow Foster's words, Endymion could not yet accept "*all the possibilities of his actual situation*" and truly was "often employed in vain speculations on

A "Melancholy Grace"   67

some different supposable state of things" (*Annals* 301, emphasis in orig.).

Haydon's words include Foster's following statements:

> Some men seem to have been taken along by a succession of events,
> and, as it were, handed forward in quiet passiveness from one to another,
> without any determined principle in their own characters, by which
> they could constrain those events to serve a design formed antecedently
> to them, or apparently in defiance of them. The events seized them as
> a neutral material, not they the events. (*Annals* 301–02)

Blown along solely by each circumstance, a person of "undecisive" character
like Endymion wanders "without any determined principle." He merely
experiences each event before him one by one "in quiet passiveness." What
controls the stream of narrative is never the "undecisive" character, but the
events themselves. In short, such a person of "undecisive" character is solely
"passive" in an unfavourable sense. Simple passivity might lead one to iner-
tia, and rarely directs one's consciousness towards others. Quoting Foster's
guiding observations, Haydon sounded a warning against the risk that
passivity potentially presents. It is probable that Keats was also critical of
such risk, writing in his letter just after completing *Endymion* that, "for so
long a time" he had "been addicted to passiveness" (*Letters* 1: 214). While
making reference to this phrase in the letter, Nicholas Roe calls the poetic
romance itself "a portrait of passiveness" (208). This assessment is especially
valid in Books I and II, in which the hero "undecisively" wanders his fated
way, as if being "handed forward in quiet passiveness." To use Keats's own
self-critical words in the Preface of the work, not only is the poet but also
Endymion himself "the character undecided."[14] In using this expression,
again, Keats might have recollected Foster's writing.

Let us take a look for illustration of possible influence from Foster, or rather Haydon, upon Keats, in the last part of this romance, where the brooding hero in a shadowy wood speaks seriously to his sister: "I would have command, / If it were heaven's will, on our sad fate" (4.975–76). In stark contrast to his inertia in the first half of the narrative, the hero is, at this final scene, depicted as a man with firm resolution to live with *Weltschmerz*, or a feeling of melancholy in this "World of Pains," and, to use Keats's words in a letter, "to let the mind be a thoroughfare for all thoughts" (*Letters* 2: 213). It is noteworthy that just after this ardent utterance of Endymion's comes the highlight of this narrative where Cynthia at last unveils herself before the hero's eyes. The poet's pen therefore impresses on readers the mental growth of Endymion; and such an overall narrative stream of his *bildungsreise* is considered to be, more or less, relevant to the fact that a character's decisiveness is highly approved in Foster's essay—yet, even so, it should be noted, at the same time, that the value of Endymion's entire educational journey cannot be appreciated fully without examining the significance of the lines on the "Cave of Quietude," that is, as we shall see below, the last poetic sanctuary in this story in the form of a transformed "bower."

In the final Book of the work, Keats attempts to intertwine the narrative stream on the hero's longing for ecstatic aesthetic experience with the weft of the question on the endurance of miseries in human life (epitomised in the pensive roundelay, "O Sorrow"). Onto this Book, where, through his encounter with the Indian Maid, Endymion experiences an identity crisis and then deepens his introspection, is markedly projected Keats's own awareness of the issues of perpetual suffering in this world. It is, in other words, the problem involving how Endymion copes with melancholy which still afflicts him. The Indian Maid, appearing in this Book for the first time through the narrative, is actually Cynthia taking her earthly form. At the beginning of this Book, Endymion is not, however, aware of her true identity. Since he cannot abandon his affections for either of the two, he is doomed to be in solitary, melancholic anguish and sorrows over his identity crisis, "I have a triple soul!" (95). What perplexes Endymion is the two women's ironic "complementary" relationship: when he adores Cynthia, the Indian Maid faints; and when his affection is directed towards the earthly beauty, the heavenly moon of Cynthia disappears.

Endymion gradually deepens his melancholic introspection, which eventually leads his thoughts to the inmost region of his mind, in which lies what the poet calls the "Cave of Quietude" (548). This den is filled with "the tombs / Of buried griefs" (516–17) and "new-born woe" (519), and is, thus, precisely fit for the poet's designation of "the proper home / Of every ill" (521–22). Here lies every kind of sorrow suffered by those who arrive at this supposed hollow. Yet the poet, at the same time, tells readers paradoxically that the Cave of Quietude can be a "happy spirit-home" that illuminates man's mind in the dark:

> Happy gloom!
> Dark paradise! where pale becomes the bloom
> Of health by due; where silence dreariest
> Is most articulate; where hopes infest;
> Where those eyes are the brightest far that keep
> Their lids shut longest in a dreamless sleep.
> O happy spirit-home! O wondrous soul!
> Pregnant with such a den to save the whole
> In thine own depth. (537–45)

The point to see in these lines is that the description of this place is full of oxymoronic expressions—note the call to the cave, "Happy gloom! / Dark paradise!" This cave is, on the face of it, a depressing "anti-paradise," found at the opposite extreme of the presupposed joyous "paradise"; yet, in the end, this gloomy den can "save the whole" sufferers, including Endymion, humanely in its "own depth." In this space, every value (of gloomy appearance) is ultimately and completely inverted (into something of morally approving import); or—more precisely—the whole human experience is transformed intensely into something beyond words, before which the poet is made to be silent and *quiet* while remaining, at the same time, content with its darkling "half knowledge." For this very reason, the cave is set to lie, says the poet, "Beyond the seeming confines of the space" (513) of solid reasoning and verbalization.

It might be needed here to consider why Keats, in the first place, names the den the Cave of *Quietude*. Every caverned place or bower is occupied, in the main, not by some clamorous hubbub but instead by tranquillity and stillness. It is almost naturally self-evident, accordingly, that a cave is a "quiet" place, and there is no apparent reason to emphasize, as the poet does deliberately with the majuscule Q, the "quietude" of the cave. Yet we should pay attention to the fact that he finds a germ of creativity in the very "quietness" of the cavern in which—though in a paradoxical and oxymoronic way of wording—"silence dreariest / Is most articulate." Here, Keats puts, as in some of his other works, a high valuation on, so to speak, the "imaginative silence," or the creative aspect of absolute quietude[15]; for it poetically suggests some "uncertain" shadow of reality to come that is so sublimated as to be obscure and hence beyond description. Such an idea on the creative imagination concerning the matter of the sublime, as is inferred in these lines, reminds us of a famous phrase in Keats's letter: around the time that he was halfway through the composition of this Book, Keats made mention of the "finer tone" played by the imagination's "empyreal reflection," and remarked that all human passions are, "in their sublime, creative of essential Beauty" (*Letters* 1: 184–85). If we assume that, as Adam Potkay observes, "the sublime of transcendence [in the British Romantics] is related and finally subservient to the *moral sublime*" (205, emphasis in orig.), the Cave of Quietude can be considered a Keatsian representation of the moral sublime in the empirical dimension[16]; for his poetry eventually serves ethically as a humanitarian physician to all the readers with whom he shares the beauty of a joy for ever that "bind[s] us to the earth" (1.7).

Thus, the dark "gloom" of the cave can turn, at last, into a happy "paradise" for all the sufferers: in this sense, the sublime experience in the cave can be designated as a sort of a blessing in disguise. The poet later intimates to the reader the truth of Melancholy who, in fact, "dwells with Beauty" ("Ode on Melancholy" 21); for each thing of beauty on earth is imperatively fated to be ephemeral. Enjoying beautiful things before one's eyes involves taking to heart the melancholy of the transitoriness accompanying the beauty. Now, the poet ruminates and notices that the reverse is also true. To receive the truth of the reality of this world that pleasure and sorrow—that is, of course, one of the causes of melancholy—are essentially mixed, ultimately illuminates the entire value of human life, and makes it more endearing. A fit of melancholy seemingly drives one's mind to despondency, as long as one follows consecutive reasoning on a superficial level; yet one can intuitively learn the deep truth of "Veil'd Melancholy" (26) that its essential nature is actually to revivify the dejected mind, by being sympathetically "passive and receptive." Hence, into the Cave enters, the poet says, "none / Who strive" to reach after fact and reason, but "on the sudden it is won" (4.531–32). Through passively accepting a sorrow that is actually connected with pleasure on earth, the tranquillity of the Cave of Quietude can never be the dead silence but, to borrow James Thomson's oxymoronic phrase, "expressive Silence" ("A Hymn on the Seasons" 118), or a source of poetical imagination, and give the poet and the reader a sense of the wholeness of human life.

*　　*　　*

Through the narrative of *Endymion*, Keats's idea of sympathetic reception learned from Hazlitt and others shows further speculative depth. Now, to Keats, the value of his poetics of passivity is considered to be not only in the disinterested capacity to sympathise receptively with others, often in suffering, but also in the fortitudinous attitude of accepting the bitter-sweet reality of "melancholy": and these speculations would later bear fruit as the notion of the "vale of Soul-making" (*Letters* 2: 102) and the "Hyperion" epics. While some critics refer to such a "broader application" of the quality of Negative Capability as "active sympathy" (Bate 40) or just "Acceptance" (Murry 48), considering the possible influences from Haydon and Foster, a more befitting term might be "decisive acceptance." As sung in the "Ode on Melancholy," one's "soul shalt taste the sadness of her might" decisively with a "strenuous tongue" and then shall "be among her cloudy trophies hung" (27, 29–30). It is almost unquestionable that the poet's statement in this ode concerning the sublime transformation of melancholy's value has its origin in the paradoxical logic of the acceptance of sorrow in the description of the Cave of Quietude.

So then, particularly in this poetic romance, what is the significance of melancholy for Keats? The value of this "wise disease" has quite a long history of discussion: along with the traditional "negative" interpretation of it as an unwelcoming psychosomatic disorder, it has also been regarded approvingly as a gifted nature of the man of genius. The latter "positive" tradition of its interpretation has been built up and developed by writers including not only Aristotle and Marsilio Ficino (1433–99) but also Burton, Milton, Thomson, and Gray. Though their modes of expression vary in some points, they all recognise, as the quintessential value of melancholy, its shadowy and latent capacity for creative imagination, rather than some revealed and palpable exhibition of its power. Understandably congruous with such view as these authors have presented, Keats as well pays tribute to the eventually revivifying power of melancholy as Hunt calls it one of the "teachers of Imagination" (*Imagination and Fancy* 32). The poet, thereupon, expresses approval of the potential might of the Muse "half slumb'ring on its own right arm" ("Sleep and Poetry" 237), some uncertain "dim-conceived glories" of the sublimely fragmental relics ("On Seeing the Elgin Marbles" 9), and, meaningfully, the mysteriously "Veil'd Melancholy." Keatsian melancholy in *Endymion* is, then, not a loathsome companion of the human condition but rather a highly agreeable "gloom of choice" that plays a significant part in the humanitarian revivification of the man's psyche in suffering and in the eventual sublimation of temperament into the welcoming, "Sweetest Sorrow" (4.280).

Endymion's mental growth, which is fundamentally equivalent to the maturity of Keats's own poetics of passivity, is thus illuminated by the poet's very insight into the potentially creative nature of "Veil'd Melancholy." The "melancholy grace" of *Endymion* is, as we have seen, ultimately brought on by the representation of the poet's ethical aesthetics culminating with the hero's sublime dying-into-life experience in the Cave of Quietude. It is true that Endymion's voyage of romantic *Weltschmertz* is, in form, consummated at last; however, at the same time, this overall "stretched metre" having a fragmental nature, which is particularly seen in its almost "abrupt" ending, intimates his further pilgrimage with the goddess of the moon, who is, as Shakespeare puts it, the "sovereign mistress of true melancholy" (*Ant.* 4.9.12).

---

* This is a revised and expanded version of a paper read at the 44th Wordsworth Summer Conference, 2015, under the title of "*Endymion* and Keats's Aesthetic of Passivity."

Notes

1. In his "Ode on the Pleasure Arising from Vicissitude," Thomas Gray also uses a crepuscular wording: "o'er the cheek of Sorrow [soft Reflection's hand can] throw / A melancholy grace" (35–36).

2. Still, as remarks Donald C. Goellnicht, it might be within accepted bounds to read *Endymion* as "at least partially, a study of melancholia" (178).

3. Hyder Edward Rollins, ed., *The Letters of John Keats, 1814–1821* (Cambridge: Cambridge UP, 1958). All further references to Keats's letters are from this edition.

4. Keats was not yet, though, an ardent reader of the *Anatomy* at the time when he began composing *Endymion*. Janice C. Sinson estimates it was "in late March or April" of 1819 that Keats started reading it avidly (17).

5. For distinctive features of melancholy represented in Keats's poetry, compared with various aspects of it seen in the works of other British/European writers, see Eleanor M. Sickels, *The Gloomy Egoist: Moods and Themes of Melancholy from Gray to Keats* (New York: Octagon, 1969) 330–39, and Thomas Pfau, *Romantic Moods: Paranoia, Trauma, and Melancholy, 1790–1840* (Baltimore: Johns Hopkins UP, 2005) 309–78.

6. In fact, however, certain "glimmers" of "melancholy beauty" are recognisable even as early as in medieval Latin literature; for they occasionally concern a nostalgic theme of *ubi sunt* 'where are (they)?' (Bowring 42). It might also be allowed, therefore, to count Keats's seemingly "idiosyncratic" view as one that is, at the root, relatively in line with such traditional aesthetic epistemology.

7. The work's full title reads, *The Anatomy of Melancholy: What it Is. With All the Kindes, Causes, Symptomes, Prognosticks, and Severall Cures of It. In Three Maine Partitions, with their severall Sections, Members, and Subsections. Philosophically, Medicinally, Historically, Opened and Cut Up.*

8. Jack Stillinger, ed., *John Keats: Complete Poems* (Cambridge, MA: Belknap of Harvard UP, 1982). Henceforth all quotations from Keats's poetry are from this edition.

9. For the literary influence that Drayton's poetry had on Keats's mythopoeia, see Miriam Allott, ed., *The Poems of John Keats* (London: Longman, 1970) 116–17.

10. *The Works of Michael Drayton*, 577.

11. Briton Rivière (1840–1920), RA, for instance, paints a landscape with the contemplative and otherworldly hero somewhat tinged with Elysian idleness while quoting these lines as his picture's title (Fig. 1). The posture of Endymion portrayed by the artist is the very *gestus melancholicus*, that is, a symbolic gesture of the thoughtful melancholic who rest a cheek on one hand. A similar classical iconography of a pensive person is seen in the well-known engraving of the Melancholy goddess,

which is entitled *Melencolia I* (Fig. 2), by Albrecht Dürer (1471–1528). In Rivière's painting, Endymion is accompanied by several (discernibly) sheepdogs, as the mysterious companions of Dürer's personification of the philosophic Melancholy include a dog with bowed head. Now, since Rivière is renowned for his animal paintings and Endymion is indeed the Latmian shepherd prince, it might be only natural that the picture layout shows the drooping hero with (sheep)dogs. Yet the dog in the painting is, in some cases, "associated with the disposition of melancholics in general" and regarded, significantly, as "a fellow-sufferer" of the melancholic; that is because the dog, sometimes held to be "more gifted and sensitive than other beasts," can, at the same time, "fall a victim to madness" and gloominess (Klibansky et al. 322–23).

Fig. 1. Briton Rivière, *Endymion "Ah! well-a-day, Why should our young Endymion pine away"—Keats* (1880)

Fig. 2. Albrecht Dürer, *Melencolia I* (1514)

12. It might be intriguing in this context that Burton, too, "stresses throughout the *Anatomy* that love is the antidote to melancholy: love of others, love of God and of men" (Shirilan 159).

13. For Keats's idea of passivity, see Carmen Faye Mathes, "'Let us not therefore go hurrying about': Towards an Aesthetics of Passivity in Keats's Poetics," *European*

Romantic Review 25.3 (2014): 309–18, and Jacob D. Wigod, "Negative Capability and Wise Passiveness," *PMLA* 67.4 (1952): 383–90.

14. While he uses the phrase "the character undecided" here in the Preface apparently in an unfavourable sense, Keats elsewhere appreciatively refers to "Men of Genius" as those who "have not any individuality, [nor] any determined Character" (*Letters* 1: 184). A slight distinction must be made, accordingly, between those of sympathetically "un-determined" character and those of listlessly "undecided (undecisive)" one. In addition, Haydon also bemoans, in lamenting the premature death of Keats, the poet's "having no decision of character" in his own diary (317).

15. For the relationship between creativity and silence in Keats's poetry, see J. R. Watson, "Keats and Silence," *Keats: Bicentenary Readings*, ed. Michael O'Neill. (Edinburgh: Edinburgh UP for the U of Durham, 1997) 71–87.

16. Keats elsewhere employs a phrase conceivably encapsulating his own aesthetics of the sublime as such: "material sublime" ("Dear Reynolds, as last night I lay in bed" 69). Also, for characteristics of the Keatsian sublime observable in *Endymion*, see Stuart A. Ende, *Keats and the Sublime* (New Haven: Yale UP, 1976) 59–98, and James B. Twitchell, *Romantic Horizons: Aspects of the Sublime in English Poetry and Painting, 1770–1850* (Columbia: U of Missouri, 1983) 136–55.

Works Cited

Annals of the Fine Arts. Vol. 1. Reprint ed. Tokyo: Hon-no-Tomosha, 1999. Print.

Bate, Walter Jackson. *Negative Capability: The Intuitive Approach in Keats*. Reprint of the 1939 ed. New York: AMS, 1976. Print.

Blades, John. *John Keats: The Poems*. Houndmills, Basingstoke, Hampshire: Palgrave, 2002. Print.

Bowring, Jacky. *A Field Guide to Melancholy*. Harpenden, Herts: Oldcastle, 2008. Print.

Drayton, Michael. *The Works of Michael Drayton*. Ed. J. William Hebel. Vol. 2. Oxford: Published for the Shakespeare Head by Basil Blackwell, 1961. Print.

Dürer, Albrecht. *Melencolia I*. 1514. Minneapolis Institute of Art, Minnesota. Wikipedia. Web. 8 Apr. 2016.

Goellnicht, Donald C. *The Poet-Physician: Keats and Medical Science*. Pittsburgh, PA: U of Pittsburgh, 1984. Print.

Gray, Thomas. *The Complete Poems of Thomas Gray: English, Latin and Greek*. Ed. H. W. Starr and J. R. Hendrickson. Oxford: Clarendon P., 1966. Print.

Haydon, Benjamin Robert. *The Diary of Benjamin Robert Haydon*. Ed. Willard Bissell Pope. Vol. 2. Cambridge, Mass: Harvard UP, 1960. Print.

Hazlitt, William. *The Complete Works of William Hazlitt*. Ed. P. P. Howe. Vol. 1. London: J. M. Dent and Sons; Tokyo: Yushodo Booksellers, 1967. Print.

Hunt, Leigh. *Critical Essays on the Performers of the London Theatres: Including General Observations on the Practise and Genius of the Stage*. London: Printed by and for John Hunt, 1807. Print.

——. *Imagination and Fancy*. London: Routledge/Thoemmes, 1995. Print. Foundations of Literary Theory: The Nineteenth Century. With a New Introduction by John Valdimir Price. Originally Published: London: Smith, Elder & Co., 1844.

Keats, John. *Complete Poems*. Ed. Jack Stillinger. Cambridge, MA: Belknap of Harvard UP, 1982. Print.

——. *The Letters of John Keats, 1814–1821*. Ed. Hyder Edward Rollins. 2 vols. Cambridge: Cambridge UP, 1958. Print.

Klein, Ernest. "Endymion." *A Comprehensive Etymological Dictionary of the English Language: Dealing with the Origin of Words and their Sense Development thus Illustrating the History of Civilization and Culture*. Unabridged, One-volume ed. Amsterdam: Elsevier Scientific, 1971. 247–48. Print.

Klibansky, Raymond, Erwin Panofsky, and Fritz Saxl. *Saturn and Melancholy: Studies in the History of Natural Philosophy, Religion and Art*. Nendeln: Kraus Reprint, 1979. Print.

La Cassagnère, Christian. "Keats's Gleaming Melancholy: A Reading of *Endymion*." *E-rea*. 4.1, 15 June 2006. Web. 8 Apr. 2016.

McFarland, Thomas. *Romanticism and the Forms of Ruin: Wordsworth, Coleridge, and Modalities of Fragmentation*. Princeton, NJ: Princeton UP, 1981. Print.

Murry, John Middleton. *Keats and Shakespeare: A Study of Keats' Poetic Life from 1816 to 1820*. London: H. Milford, Oxford UP, 1926. Print.

Olney, Clarke. "Keats as John Foster's 'Man of Decision'." *Keats-Shelley Journal* 16 (1967): 6–8.

Potkay, Adam. "The British Romantic Sublime." *The Sublime: From Antiquity to the Present*. Ed. Timothy M. Costelloe. Cambridge: Cambridge UP, 2012. 203–16. Print.

Radden, Jennifer. *Moody Minds Distempered: Essays on Melancholy and Depression*. Oxford: Oxford UP, 2009. Print.

Riede, David G. *Allegories of One's Own Mind: Melancholy in Victorian Poetry*. Columbus: Ohio State UP, 2005. Print.

Rivière, Briton. *Endymion*. 1880. Private Collection. WikiArt.org. Web. 8 Apr. 2016. Originally entitled: *Endymion "Ah! well-a-day, Why should our young Endymion pine away"—Keats*.

Roe, Nicholas. *John Keats: A New Life*. New Haven: Yale UP, 2012. Print.

Shakespeare, William. *Antony and Cleopatra*. Ed. M. R. Ridley. London: Methuen,

1976. Print. The Arden Shakespeare. Based on the Edition of R. H. Case.

Shirilan, Stephanie. *Robert Burton and the Transformative Powers of Melancholy.* Farnham, Surrey: Ashgate Limited, 2015. Print. Literary and Scientific Cultures of Early Modernity.

Sinson, Janice C. *John Keats and The Anatomy of Melancholy.* London: Keats-Shelley Memorial Association, 1971. Print.

Thomson, James. *The Seasons and The Castle of Indolence.* Ed. James Sambrook. Oxford: Clarendon, 1972. Print.

Van Ghent, Dorothy. *Keats: The Myth of the Hero.* Ed. Jeffrey Cane Robinson. Princeton, NJ: Princeton UP, 1983. Print.

Wordsworth, William. *The Poetical Works of William Wordsworth.* Ed. Ernest De Selincourt. 2nd ed. Vol. 2. Oxford: Clarendon, 1952. Print.

II

『美術年鑑』とロマン派文学
西山《学》へのオマージュとして

笠原　順路

　18世紀末から19世紀初頭にかけてのロマン派の時代には、二つの全欧規模の美術品の大移動があった。時代順にいえば、一つ目として、共和政フランスによって欧州各地（とりわけイタリア）から、絵画や彫刻など世界一級の美術品が戦利品としてルーブルに集められ、そしてナポレオン没落後にそれらの多く（但し全部ではない）がもとに戻っていったことが挙げられる。二つ目は、トルコ駐在の英国公使、第七代エルギン伯トマス・ブルース(Thomas Bruce, 7th Earl of Elgin) が、アテネ（当時はトルコ領）にあるパルテノン神殿破風の装飾彫刻をロンドンに持ち帰った、または略奪したことである。

　筆者はかねがね、この時ローマとパリの間を往復した一つ目の移動に参与した《瀕死の剣闘士 (The Dying Gladiator)》、別名《瀕死のガリア人 (The Dying Gaul)》に関して色々と考えてきたのだが、数年前に畏友の西山清氏がこの二つ目の移動に関する畢生の大著『イギリスに花開くヘレニズム——パルテノン・マーブルの光と影』を上梓され、我々二人のやっていたことが、奇しくも車の両輪のようにして、ロマン派の時代の美術品の大規模な移動を背景とした文学研究になっていたことを知って、嬉しく思った次第である。

　しかしながら、かつて筆者は1999年に本の友社から『美術年鑑』(Annals of the Fine Arts) の復刻版を出し、その別冊の解説として一文を草し、ロマン派文学的観点から同誌の価値を論じ、今後のキーツ研究への提言をしたこともあった。これは、先の二分類でいうなら、後者の美術品の移動（厳密には、受け入れ）にかなりのページを割いた雑誌である。今般、西山清氏が早稲田を去られるに際し、友人や弟子らが集い、論文集を出すと聞き、この昔

```
                    TO THE
              RIGHT HONOURABLE
        THOMAS, EARL OF ELGIN,
                 &c. &c. &c.
         IN RESPECT AND ADMIRATION
                   OF HIS
         ENERGY* AND PERSEVERANCE
                     IN
       RESCUING THE SPLENDID REMAINS
                     OF
            GRECIAN GENIUS
                  FROM THE
          HANDS OF BARBARIANS;
                    THIS
     VOLUME IS RESPECTFULLY DEDICATED
                     BY
         HIS OBEDIENT SERVANT,
            JAMES ELMES,
                  EDITOR.
     ─────────────────────────
     * In the last Edinburgh Review, Lord Elgin is praised for having
     rescued the Marbles from destruction!! This is indeed a triumph
     for Lord Elgin and the Government. Time has at last wrung this
     acknowledgement from the iron obstinacy of the Opposition :—
     and yet had their voice been listened to, what would have become
     of the Elgin Marbles? ED.
       " There are more things in heaven and earth, Horatio,
       " Than are dreamt of in your philosphy."    SHAKSPEARE.
```

図版 1
『美術年鑑』第 3 巻の内扉

　の一文を同氏に西山《学》へのオマージュとして捧げ、且つ、西山門下生の皆
さんに、その時に筆者がした（若干、古いものの、いまだにその価値は失わ
れてはいないと自負する）今後のキーツ研究への提言を、贈ることにする*。

　　*以下、1999 年の別冊解説の本文と注を原則としてそのまま（但し若干、不正確
　　な箇所を修正したり、引用を和訳とするなどこの論文集の投稿規定に合致させ
　　るための変更を加えて）転載する。但し、図版に関しては、一部割愛した。転
　　載をご快諾いただいた阿部洋子氏、および旧稿のデータ化にご尽力頂いた直原
　　典子氏に感謝する。

＊　　　　　＊　　　　　＊

　キーツの研究家で『美術年鑑』(*Annals of the Fine Arts*) の名を知らない
者はいないはずだ。「ナイチンゲールに寄せるオード」("Ode to the (sic)

Nightingale")[1] と「ギリシア古瓶について」("On a Grecian Urn") という、キーツの最も著名なオードが最初に掲載された雑誌だからだ。

　キーツとこの雑誌の関係については、すでにイアン・ジャック (Ian Jack) の『キーツと美術の鏡』[2] という古典的名著があって、私も今回この「解説」を執筆するにあたって、まずこの本を読み直してみた。そしてその後で『美術年鑑』のページをめくってみて、一方でイアン・ジャックの精緻で明晰な論述に感心しながらも、また一方でその説明が必ずしも実物を同じ縮尺で綴ったものではないという点が少々気になった（無論イアン・ジャックにそうしなければならない義務もないのだが）。

　一言でいって、実物ははるかに政治的色彩が濃い、ということだ。その政治性とは、ジョージ・アラン・ケイト (George Allan Cate) の解説でおおむね間違っていない。[3] つまり、第一にエルギン・マーブルの推奨運動、第二に歴史画復権の運動である。厳密に計算したわけではないが、総ページ数の優に二割を超えるページがこの主張に何らかの点で関係した記事によって占められている、と言ってさしつかえない。本稿では、上記イアン・ジャックとジョージ・アラン・ケイトの論を踏まえながらも、彼らの指摘していない点を多数おりまぜ、私なりの『美術年鑑』の解説を試み、さらに、本誌が今後のキーツ研究にとって如何なる展望を開きうるかを述べてみたい。

*

　トルコ駐在の英国公使、第七代エルギン伯トマス・ブルース (Thomas Bruce, 7th Earl of Elgin) が、アテネ（当時はトルコ領）にあるパルテノン神殿の装飾彫刻を持ち帰った、または、略奪したことについて、近年その是非をめぐる議論が再燃しているのは、改めて言うまでもないことだろう。[4]『美術年鑑』の第一の使命は、時の英国政府がエルギン・マーブルを購入し、それを美術教育に活用させるよう関係各方面に働きかけることにあった。イアン・ジャックも引用しているところだが、重要な点なので重複を恐れずに記せば、第 1 巻と第 3 巻の内扉の献辞には、それぞれこうある。

【第 1 巻】

ここに『美術年鑑』第 1 巻を、エルギン・マーブルの価値を正当に評価し、購入を議会に推挙し、その祖国の歴史において一時期を画したところの、下院の特別委員会諸兄に、敬意と謝意をもって献ずるものである。

【第 3 巻】

ギリシアの才を示す秀逸なる遺物を野蛮人の手から救出し給うたエルギン伯爵、トマス卿閣下の熱意と忍耐に対し、尊崇と驚嘆の念をもって、本巻を捧げる。閣下の従順なる僕たる編者ジェイムズ・エルムズ。

　このエルギン・マーブル関係の記事で面白いのは、何といっても下院特別委員会および上下両院本会議における美術界関係者の発言の要旨が載っていて、当時の美術界最大の関心事がさまざまな文化史的観点から論じられている点だろう。因みにエルギン・マーブル賛成派の主な顔触れは、当のエルギン卿、ジョン・フラックスマン (John Flaxman)、トマス・ロレンス (Thomas Lawrence)、ベンジャミン・ウェスト (Benjamin West) ら、反対派はリチャード・ペイン・ナイト (Richard Payne Knight) である。キーツの二編のソネット「ヘイドンへ、エルギン・マーブルを見て書いたソネットを添えて」(“To Haydon. With a Sonnet written on seeing the Elgin Marbles”) と「エルギン・マーブルを見て」(“On seeing the Elgin Marbles”) が第 8 号（第 3 巻所収）[5] に作者の実名入りで掲載されたのもこうした文脈を考えてみる必要があるだろう。[6] その文脈とは、しかし、所謂エルギン・マーブルだけの文脈ではない。『美術年鑑』のページをめくっていると、第二第三のエルギン・マーブルの存在にも気づき、古代志向、考古趣味、廃墟趣味などのない混ぜになった当時の空気——これを要するにロマン派的雰囲気——というものが感ぜられてくるのだ。一例を挙げよう。ヘレニズムの復興に貢献のあったジェイムズ・ステュアート (James Stuart) とニコラス・リヴェット (Nicholas Revett) の共著『アテネの古代遺跡』(*The Antiquities of Athens*, 4 vols., 1762–1808) の出版で知られるディレッタント協会 (The Society of Dilettanti) は、最終

巻の出た 1808 年以後も積極的な活動をしていたということが第 10 号所収の「ディレッタント協会、イオニア調査委員会報告」("Report of Ionian Committee of the Society of Dilettanti") という記事によってわかるし、第 10・第 11 号連続掲載の「メムノーン像頭部とおぼしき巨大石片、アフリカより大英博物館へ到着」("Arrival of a Colossal Head, said to be of Memnon ... from Africa, at The British Museum") という記事を読めば、これがパーシー・ビッシュ・シェリーのソネット「オジマンディアス」("Ozymandias") の契機となった出来事だということが分かる。また、考古学協会 (The Society of Antiquaries) の会員で、ワーズワスが初めてワイ河岸を訪れたのと同じ頃に、ティンタン修道院 (Tintern Abbey) をはじめとするウェールズの遺跡を考古学的・美術的に調査したリチャード・コルト・ホーァ (Richard Colt Hoare) が、実は、『美術年鑑』への常連投稿者で、第 4 号の巻頭論文「英国美術学会理事の言動について」("On the Conduct of the Directors of the British Institution ...") で時の美術界の動向批判をしたのをはじめ計六編の論文等に健筆をふるったということを知ると、これまで私の知っていたロマン派地図の間隙がまた一つ埋められたような気になる。

図版2　アーチボールド・アーチャー (Archibald Archer) 作
《エルギン・マーブル仮展示室　1819年》(*The Temporary Elgin Room in 1819*)
大英博物館所蔵

1768 年に設立された王立美術院 (Royal Academy of Arts) の初代院長は、英国が生んだ最大の肖像画家ともいうべきジョシュア・レノルズ (Joshua Reynolds)。そしてその没した 1792 年、第二代院長の座についたのが、当時レノルズとは反対に歴史画や宗教画で名を上げていたベンジャミン・ウェスト (Benjamin West) であった。『美術年鑑』は、ウェストの主張する歴史画路線を擁護する雑誌でもある。第 3 巻「前書き」から抜粋してみよう。

　　我々の考えるところ、王立美術院は肖像画に、本来与えるべきでない重要性を与えているように思える。我々の考えるところ、歴史画こそが、国民国家 (the nation)、統治機構 (the government)、君主政体 (the sovereign) の目指すところであるべきなのだ。

　この歴史画の復権という大義の主張に真っ向から取り組んだのが、キーツと親交の深かったベンジャミン・ロバート・ヘイドン (Benjamin Robert Haydon) や批評家・随筆家ウィリアム・ハズリット (William Hazlitt) である。彼らは、当時、急速に肖像画へと傾斜を強めていく王立美術院への批判、および王立美術院に対抗し歴史画を擁護する英国美術学会 (The British Institution) 支持、の筆を執った。例えばハズリットは、第 10 号の巻頭論文「ジョシュア・レノルズ卿の性格について」(“On the Character of Sir Joshua Reynolds”)[7] で辛辣な批判を展開しているし、ヘイドンは、第 2・第 3 号において、王立美術院批判がもとで同院より追放されたジェイムズ・バリー (James Barry) なる画家を弁護する一文を、その初出掲載紙『イグザミナー』(The Examiner) より転載している。このジェイムズ・バリー自身は 1806 年に没しているのだが、『美術年鑑』ではその後第 5・第 6・第 7 号と、「バリーの幽霊」からの投稿が続き、王立美術院批判が展開されることになる。(ヘイドンとハズリットの投稿数の多さは本誌中、五指にはいる。)[8]
　こうしたなか、歴史画復権運動の支柱ベンジャミン・ウェスト院長が 1820 年に八十一歳の生涯を閉じる。選挙によって選ばれた第三代院長トマス・ロレンスは、肖像画の名手であった。このことが、『美術年鑑』の廃刊

とどのような関係にあるのか、誌上では明確に述べられてはいない。ただ、同誌は、第16号でウェスト院長の葬儀の模様を詳しく報じると同時に同氏の回想録を載せ、トマス・ロレンスの王立美術院第三代院長就任を簡潔に記し、最終号の第17号で、まだ生存中のヘイドンの回想録[9]およびヘイドン会心の宗教画《イエルサレムに凱旋入城するキリスト》(*Christ's Triumphal Entry into Jerusalem*)[10]を讃えるラテン語の詩とその英訳を末尾に掲載した。同誌の主筆、建築家ジェイムズ・エルムズ (James Elmes) は、1820年刊行の第16・第17号をまとめた第5巻の「前書き」に次のように書いた——創刊当初の目的をおおむね果たした今、『年鑑』は本号をもって閉じることにする、と。この言葉が果たして額面通りに受け取れるものかどうか、私は知らない。ただ、最終巻第5巻の内扉献辞を見ると、そこには去り行く敗者が捨てるに捨て切れない一縷の期待が込められているように思えてならない。

　　『美術年鑑』の最終号は、ロンドン王立美術院に捧げる。近頃みられたる改善の兆候に敬意を表し、またこの改革が継続され、歴史画趣味の陶冶という、創設者たるジョージ三世閣下の御意が達成されることを願って——閣下の従順なる僕たる編者ジェイムズ・エルムズ。

　初期のキーツは、リー・ハント (Leigh Hunt) 及びそのサークルと深く関係していたが、1816年の秋にヘイドンと会ってからは、徐々にヘイドンのサークルにひかれていく、というのが従来のキーツ研究の定説である。が、近年、キーツの非国教会的社会的背景を強調した伝記や作品解釈が多く見られるようになってきた。つまり、ハント対ヘイドンという大雑把な分類をするなら、ハント的立場からのキーツ研究である。アンドルー・モーション (Andrew Motion) の伝記やニコラス・ロウ (Nicholas Roe) の仕事もこの線上に位置づけることができよう。[11] と、ここまで書けば勘のよい読者はもうお分かりだろう。今後のキーツ研究の方向として欠くことのできないのが、ヘイドンらの社会背景を視野にいれた研究で、『美術年鑑』はその際の貴重な一次資料となるはずである。

しかし、それにもまして重要なことがある。こうして『美術年鑑』を通読してみると、どうも私には、キーツ後半における叙事詩的試みとその挫折——つまり「ハイピリオン」("Hyperion") と「ハイピリオンの没落」("The Fall of Hyperion") という新たなる神話創造への挑戦とその中断——が、『美術年鑑』が掲げた歴史画の復権という大義と 1820 年の廃刊という事実と、妙に重なって見えてきてならないのである。

『美術年鑑』は、二十五歳で逝ったキーツの実人生と同様、その名を水に書かれた美術誌だったのかもしれない。

注

1. 最も知られている題名 "Ode to a Nightingale" と "Ode on a Grecian Urn" はいずれも *Lamia, Isabella, The Eve of St. Agnes, and Other Poems* (1820) での題名。以下、本稿における作品名は『美術年鑑』における作品名とし、逐一 (sic) などとは記さない。

2. Ian Jack, *Keats and the Mirror of Art* (Oxford: Clarendon P, 1967).

3. George Allan Cate, "Annals of the Fine Arts," *British Library Magazines* 2 (1983): 7–12.

4. 例えば次の各書を参照。

William St. Clair, *Lord Elgin and the Marbles* (1967; Oxford: Oxford UP, 1998).

Theodore Vrettos, *The Elgin Affair: The Abduction of Antiquity's Greatest Treasures and the Passions It Aroused* (New York: Arcade, 1997).

Christopher Hitchens, et al, *The Elgin Marbles: Should They Be Returned to Greece?* (London: Verso, 1998).

なお、近年は政治的公正を期して、「パルテノン・マーブル」という呼称も一部では用いられているが、本稿では『美術年鑑』の解説という性格に鑑み、当時の呼称「エルギン・マーブル」を用いることとする。

5. ジョージ・アラン・ケイトが第 2 巻と述べているのは誤り。同氏はさらに、本誌には索引がないと述べているが、これも誤りで、立派な索引が各巻末についている。

6. 最近の研究に Grant F. Scott, "Beautiful Ruins: The Elgin Marbles Sonnet in its Historical and Generic Contexts," *Keats-Shelley Journal* 39 (1990): 123–50 がある。なお、"Nightingale" と "Grecian Urn" の方には作者の実名記載がない。私見で

は、この事実は "Nightingale" と "Grecian Urn" を論ずる場合、重要な意味を持ってくるように思える。

7. 初出は『チャンピオン』(*The Champion*) 1814 年、10 月 30 日、11 月 6 日号。無署名記事である。一方、『美術年鑑』では署名がある。ハウ (P. P. Howe) 編のハズリット全集を見ても、初出掲載誌の記載はあるが、その後その記事がどの雑誌に載ったかの記載はない。いわゆる版権が確立していなかった当時、一つの記事が世にでてから、どのような雑誌に採られていったか、そしてその際どのように形を変えていったかを調べるのも、面白いテーマかもしれない。

8. 因みに『ブリタニカ百科事典』(*Encyclopedia Britannica*) 第 4 巻・第 5 巻の補遺第 1 巻 (1824) の「美術」(Fine Arts) という項目はハズリットの筆による。

9. 本誌の慣例では、毎号、著名な物故者の伝記が載ることになっているが、その欄にヘイドンの回想録がある。

10. 宗教画とは、言うまでもなく、肖像画と対立するところの叙事的絵画であって、広い意味で、『美術年鑑』の主張する歴史画の範疇にはいる。

11. Andrew Motion, *Keats* (London: Faber and Faber, 1997).

 Nicholas Roe, ed., *Keats and History* (Cambridge: Cambridge UP, 1995).

 Nicholas Roe, *Keats and the Culture of Dissent* (Oxford: Clarendon P, 1997).

   *   *   *

　以上が 1999 年の拙稿である。肖像画対歴史画という対立軸ではないが、最近、西山門下生のなかには、ハズリットとキーツの言語観の近似性を詳述した研究も現れてきて*、これなどは、広い意味で「ヘイドンらの社会背景を視野にいれた研究」の一端と言えるかもしれない。

*伊藤健一郎『ジョン・キーツの美学を特徴づける言語観』(未刊行博士論文、2015)

　とはいえ、歴史画、さらに叙事詩性の凋落は歴史の必然だったようだ。西山清氏は、『イギリスに花開くヘレニズム──パルテノン・マーブルの光と影』の結末部において、「イギリスにおけるヘレニズムは、人びとの意識の深みに根を下ろしたため、社会の表層にはむしろ限られた形で顕在するようになった」(157) と述べ、そのことの是非の判断は敢えて控えている。確かに西山氏の指摘する通り、パブリックスクールのカリキュラムや、ロンドンの街並みにおけるギリシア風建築様式にヘレニズムが受け継がれてはいるだ

ろう、しかし肝心の美術の分野では、ヘレニズム藝術に特徴的な明瞭な輪郭線が、やがて印象派的な光の点にとってかわられることになるのである。

　しかし、考えようによっては、その明瞭な輪郭線の喪失が、言語藝術を一層おもしろくしているという例もあるだろう。ほかでもない「ギリシア古瓶のオード」の結末部である。「誰が、何を、誰に向かって」語っているかがキーツ研究にとって永遠の謎であるのは――つまり、「美は真にして……」というアフォリズムの言語としての輪郭線が朦朧としているのは――壺のヘレニズム的輪郭線が、印象派的光の点に取って代わられようとしていることの、何よりの象徴のように思える。キーツの全作品中、最も人口に膾炙したこの句の難題に取り組む西山門下生の出現に期待したい。

2016 年 6 月 7 日脱稿

引用文献

Cate, George Allan. "Annals of the Fine Arts." *British Library Magazines* 2 (1983): 7–12. Print.

The Champion. Print.

Hazlitt, William. "Fine Arts." Supplement to the 4th, 5th, and 6th eds. of *Encyclopaedia Britannica*. 1824. Print.

——. *The Complete Works of William Hazlitt*. Ed. P. P. Howe. 21 vols. London: Dent, 1930–34. Print.

Jack, Ian. *Keats and the Mirror of Art*. Oxford: Clarendon P, 1967. Print.

Keats, John. *Lamia, Isabella, the Eve of St. Agnes, and Other Poems*. London, 1820. Print.

Motion, Andrew. *Keats*. London: Faber, 1997. Print.

伊藤健一郎『ジョン・キーツの美学を特徴づける言語観』未刊行博士論文、早稲田大学、2015 年。

笠原順路「『美術年鑑』とロマン派文学」、*Annals of the Fine Arts* 復刻版別冊解説、本の友社、1999 年。

西山清『イギリスに花開くヘレニズム――パルテノン・マーブルの光と影』丸善プラネット、2008 年。

歌い継がれる「つれなき美女」
歌曲に翻案されたキーツ詩の最初の事例

小林　英美

序論

　今日、詩人ジョン・キーツがイギリスでもっとも人気がある詩人のひとりであることは、疑う余地のないことである。しかしながら彼の名声は、死後しばらくの間をおいてから、大きくなっていったものであった。

　1821 年 2 月 23 日、療養先のローマの地でキーツは没した。享年二十五歳であった。遺体はプロテスタント墓地に埋葬され、墓碑には「その名を水に書かれし者ここにねむる」と刻まれたが、さながら水の波紋のひろがりのごとく、その名声は時とともに拡大していく。

　最初の波紋は、詩人パーシー・ビッシュ・シェリーが投じた一石、エレジー『アドネイス──ジョン・キーツの死を悼む詩』(*Adonais: An Elegy on the Death of John Keats, Author of Endymion, Hyperion, etc., 1821*) によって生み出されたが、その波紋はまだごく小さく、その後の約 20 年間、キーツはなかば忘れられた存在であった。

　しかし再評価の契機は訪れる。それは 1841 年に出版されたキーツの死後最初の詩集と、1848 年のリチャード・モンクトン・ミルンズ (Richard Monckton Milnes) による伝記・書簡集である。

　文壇では、19 世紀後半を代表する詩人のひとりであるロバート・ブラウニング (Robert Browning) によってキーツの再評価がなされ、画壇においても、キーツの作品は注目を浴びる。たとえば 1847 年にラファエロ前派画家ウィリアム・ホルマン・ハント (William Holman Hunt) が、キーツの「聖アグネス祭前夜」を題材にして描いた《マデラインとポーフィローの脱

出》(*The Escape of Madeline and Porphyro during the Drunkenness Attending the Revelry*) を完成させ、1868 年にはキーツの「イザベラ、あるいはメボウキの鉢」("Isabella, or the Pot of Basil") に刺激された絵画を描いており、ラファエロ前派の画家がキーツ作品を主題に選んだことも、再評価を加速させていったと言えよう。[1]

　このように、名声の波紋は、19 世紀後半の文壇と画壇において、急速に広まりつつあったが、同時代のイギリス音楽界は、どのような受容を見せていたのであろうか。

　実は 19 世紀後半は、歌曲化されたキーツ作品がまだ少ない「黎明期」であり、20 世紀に入ってから次々に翻案されていくのである。キーツの「つれなき美女」("La Belle Dame sans Merci") を例にすると、たとえば 1922 年に、レジナルド・C・ロビンズ (Reginald C. Robbins) がバスまたはバリトンのための歌曲にし、1935 年にはパトリック・アーサー・シェルドン・ハドリー (Patrick Arthur Sheldon Hadley) が、テノールと四部合唱と管弦楽で構成される大型曲とし、そして 1943 年には、ドイツ人作曲家パウル・ヒンデミット (Paul Hindemith) も、高音または中音のためのピアノ伴奏の歌曲にし、さらに今日においては、人気女性グループ、ミディイーヴル・ベイブズ (Mediaeval Babes) らのような、ポップスの世界のアーティストによっても、キーツの作品はたびたび歌曲に翻案されているのである。

　本論は、そのような現代に通じるキーツ作品の音楽的受容の扉を開いた、19 世紀後半のイギリスを代表するアイルランド人作曲家チャールズ・ヴィリアーズ・スタンフォード (Charles Villiers Stanford, 1852–1924) の歌曲「つれなき美女」の事例から、19 世紀後半のキーツ作品の受容と翻案の最初の一歩について考察するものである。

1. 研究意義と先行研究

　ウィリアム・シェイクスピアの作品のように、歌曲に利用される頻度がきわめて高い詩人についてのこの種の研究は、枚挙にいとまがない。しかし、

19世紀初頭のキーツの作品と歌曲についての事例研究は、後世の他の芸術と文学との相互関係を研究する上でも、決して無視のできない重要な詩人であるにもかかわらず、いまだ不十分な状況にある。

　上述のとおり、19世紀後半から20世紀初頭は、キーツ作品の受容と翻案の黎明期であったので、キーツ作品を利用した作曲家は多くない。[2] スティーヴン・バンフィールド (Stephen Banfield) が明らかにしているように、当時作曲された歌曲の総数自体が、後世に比べて多くなかったことにも一因があるが、美術界と異なり、音楽の世界においては、積極的にキーツ作品を利用しようとする者はまだ少なかったのである。

　しかしながら、そのような状況下にあっても、歌曲になった頻度が比較的高かったキーツ作品はあった。それが前掲の「つれなき美女」である。代表的な例としては、同時代のスタンフォードのピアノ伴奏付きの歌曲、彼とライバル関係にあったイングランド人作曲家チャールズ・ヒューバート・パリー (Charles Hubert Parry) の合唱曲があり、それぞれの作曲スタイルで「つれなき美女」を再創造しており、この作品の人気のほどがうかがえる。

　上掲の作曲家のすべての事例について比較考察すべきところであろうが、作品のかたちだけでなく、各作曲家の環境が多様である上、紙幅の都合もあり、本論では、上掲の作曲家の作品の中で創作年代が一番古く、最も有名であるスタンフォードの作品を考察対象に選んだ。

　スタンフォードは、前掲のパリーとともに、ロンドン王立音楽院教授として、その後のイギリスの音楽界に多大な影響を及ぼした要人である。[3] 1877年に作曲された彼の歌曲「つれなき美女」は、作品番号がない最初期の作品の一つで、スタンフォードがキーツの作品に付曲した唯一の事例であるので、青年期の彼がこのキーツ作品を取り上げることにした理由も、考察に値する課題であろう。

　論考に入る前に、代表的な先行研究についても、いささか簡潔ではあるが、ここで言及しておきたい。まずヴィクトリア時代 (1837–1901) におけるキーツ作品受容の諸相についての研究は、同時代詩人・作家による作品はもちろん、ラファエロ前派絵画の題材への利用に至るまで、様々に考究され

てきている。しかしながら、同時代の音楽の分野に関しては、20世紀初頭歌曲全般を論じたバンフィールドの研究があるくらいで、ほとんど未開拓と言ってよい。

　また受容研究の素地となりうる、キーツ作品自体の音楽性についての研究には、たとえばジョン・A・ミナハン (John A. Minahan) や伊木和子のものがあり、前者ではベートーヴェン等の作曲家と比較して論じられ、後者では音楽がキーツにとって創作の霊感となったことが、書簡等の精緻な分析を通して解き明かされている。さらに伊木は、キーツ作品を利用した作曲家を数名挙げ、音楽的受容研究への展望を示しているので、本論はバンフィールドと伊木の研究の延長線上にあるとも言えよう。[4]

　本論は、スタンフォードの文学的・音楽的嗜好などにも注意を払いながら、「つれなき美女」を彼が音楽的にいかに再創造したのかについて、作曲時の状況と譜面の分析から論じるものである。[5]

2. 19世紀後半のイギリス歌曲とキーツ作品受容の状況

　ヴィクトリア時代の上流・中流階級の人々の間では、手軽なピアノ伴奏歌曲の人気はあったものの、[6] 新たに作曲された作品数という点では、スタンフォードが歌曲版を作曲した1870年代は、20世紀初頭に比べて極めて少なかったであろうことが、バンフィールドの数量的研究から類推可能である。その調査の開始点である1895年に作曲された歌曲数はわずか15で、1899年は72というように徐々に上昇し、1918年に急激な伸びを示して161となるまで、毎年70曲前後で弛緩しているからである (Banfield 320)。

　一方、当時の歌曲に用いられた詩には、18世紀以前のシェイクスピアなどは勿論、ロマン派やヴィクトリア時代のイギリス詩人の作品もあったが (Banfield 8)、クリスティアン・ヨハン・ハインリヒ・ハイネ (Christian Johann Heinrich Heine) 等のドイツ詩人の作品の方がよく使われていた (Banfield 10)。つまりスタンフォードの歌曲版は、歌曲というジャンルという点でも、利用した詩人という点でも、当時のイギリスではやや珍しい存在

だったと考えられるのである。

3. スタンフォードとその作風

　「つれなき美女」とその歌曲版の考察に入る前に、ここでスタンフォード
の半生と彼の作曲の特徴を概説しておきたい。彼は 1852 年にアイルランド
のダブリンで生まれた。父親は大法官庁裁判所の尋問官でイギリス政府事務
官であったが、地元でも有名なアマチュア歌手でチェリストでもあった。母
親はピアノを彼に教え、しばしば家庭を訪問した母のいとこは、桂冠詩人ア
ルフレッド・テニスン (Alfred Tennyson)、前掲のブラウニング、評論家ジ
ョン・ラスキン (John Ruskin) らの友人で (Dibble 15)、文学的な嗜好に関
する影響を彼に及ぼしたと考えられる。家にはヨーゼフ・ヨアヒム (Joseph
Joachim) のような一流の音楽家や画家、作家や知識人が訪れ、彼に芸術的
な感化を及ぼし、六歳の頃には最初の作曲をした (Dibble 32)。なお、楽譜
ではあるが、ワーグナー作品との最初の出会いもこのころであった (Dibble
29)。十六歳頃には当時の主要なオペラ演目を見ており、18 世紀末に夭折し
た詩人トマス・チャタトン (Thomas Chatterton) の「吟遊詩人の歌」("The
Minstrel's Song") に付曲もしている。キーツが敬愛したチャタトンの詩を
選んだ点で、前述のブラウニングとともに、間接的にではあるが、文学嗜好
の点でスタンフォードとキーツは繋がると言える。
　スタンフォードは、1870 年に奨学金を得てケンブリッジ大学クイーンズ・
コレッジに入学し、同大学ではオルガン演奏と指揮を中心に活躍した。
1874 年から 1877 年の間には、たびたびドイツを訪問して研究を深めてい
き、1878 年に修士号を取得した後は、多方面で活躍してイギリス音楽の発
展に寄与することになった。
　次に彼の歌曲の特徴を三つ挙げておきたい。第一点は、彼が同時代詩人の
作品を、主な作曲対象としたことである。彼は特にテニスンと親交があった
ので、彼の作品を多く作曲したが、その他にもブラウニング、アメリカ詩人
ウォルト・ホイットマン (Walt Whitman)、そして女性作家ジョージ・エリ

オット (George Eliot) らの作品に付曲している (Dibble 69–70)。なお相対的に数は少ないが、チョーサーやシェイクスピアなど、過去の詩人の作品を利用することもあった。

　第二点目は、彼の作曲法が伝統的な部類に入り、詩を強引に自分の曲に当てはめようとしないことである。たとえば彼は書簡において具体的な歌曲作曲の手順を述べているが、それによると、伴奏パートは後回しにして、まずその詩本来の音と意味や雰囲気に注意を払っていることがわかる (Banfield 39)。また自ら著した学生向けの教本においても、「①実践的で歌いやすさに配慮する。②歌の方を邪魔するような伴奏の作曲はしない。伴奏は全体的な基調、暗示の役割にとどめ、歌を支える役割のみであり、過剰な装飾はしない。③主役は歌手・歌であるから伴奏パートは必要以上に長くしない」(Stanford 63–66) というように、詩を最大限に尊重する指導をしており、詩自体が持つ本来的な音楽性を活かした作曲を目指している点からも、詩の言葉・意味をとくに大切にする作曲傾向が明らかである。

　そして三点目はドイツ・ロマン派的な作風である。ディブルも指摘しているように、エリオットの『スペイン人ジプシー』(The Spanish Gypsy, 1868) を歌曲にした初期作品には、シューマン的な特徴が認められるだけでなく (69–70)、後述の「つれなき美女」にも、シューベルト的な特徴が認められることから、初期の作品にこの特徴は明らかであると言える。以上をふまえて、次に歌曲版の考察に移りたい。

4. 「つれなき美女」再作曲の契機とワーグナー受容

　スタンフォードが最初に「つれなき美女」に曲をつけたのは 1866 年のことであったが、十四歳の彼は技術的な力不足を感じてその作品を放棄し、その存在も忘れてしまっていた。[7] しかし、修士課程修了を目前に控えた 1877 年に、すでにドイツでの留学も経ていた二十五歳の彼は、再びこの詩に向かうと、一気に書き上げたのであった。一度は放棄した作品に再び彼を向かわせ、一気に書き上げさせた動機はいったい何であったのであろうか。

スタンフォードがキーツの詩を選んだ基本的な要因は、先述のように彼の文学的嗜好にあると考えられる。特に「つれなき美女」の大半は騎士の独白であるので、ブラウニングが得意とした劇的独白の手法を彷彿とさせ、特にスタンフォードの嗜好と合致したと言える。

　しかしながら、一気に書き上げさせる動機としては充分とは言えない。そこで考えられる原因がさらに二つある。すなわちワーグナーが作曲した三幕の歌劇『タンホイザーとヴァルトブルクの歌合戦』(*Tannhäuser und der Sängerkrieg auf Wartburg*、以下『タンホイザー』) の 1876 年 5 月 6 日のイギリス初演のタイミングと、『タンホイザー』と「つれなき美女」のテーマの類似性である。

　まずそれぞれの物語のテーマ的な類似点を確認しておきたい。領主の親族の娘エリーザベトと清純な恋愛関係にあった騎士タンホイザーが、官能と肉欲の魅力にとりつかれて異教の女神ヴェーヌスが住むヴェーヌスベルクで愛欲に溺れているところから歌劇は始まり、彼がヴァルトブルクに戻った後にいかに救済されるかが描かれていく。中心的なテーマは、聖なる愛と官能的愛との葛藤、そして聖なる愛による救済と償いである。

　一方「つれなき美女」も、騎士が謎の美女の誘惑によって官能的な洞窟に引き込まれた顛末を語るファム・ファタール (femme fatale) をテーマとするバラッドである。騎士が囚われる美女の洞窟は、『タンホイザー』のヴェーヌスベルクに通じる設定であり、二つの作品の間には見逃せない類似性が認められるのである。

　ところで、スタンフォードと『タンホイザー』の出会いはドイツ留学中のことで、この作品を他のワーグナー作品とともに観て感動したと言う(Dibble 61–62)。『タンホイザー』のイギリス初演がロンドンであるのだから、刺激を受けない方がむしろ考えにくい。この 1876 年の初演に創作意欲を刺激された彼が素材を求めた結果、ラファエロ前派の画家たちを中心にして再評価が進みつつあり、大学の友人知人の間でも話題になっていたであろうキーツの作品の中に、内容的に類似した要素の多い「つれなき美女」を見出すことは、ごく自然な成り行きであったと考えられる。

またこの歌曲版は、ドイツで知り合った友人アーサー・デューク・コウル
リッジ (Arthur Duke Coleridge) に贈られたが、彼は詩人サミュエル・テイ
ラー・コウルリッジの甥の息子である。明確な証拠はないが、かのロマン派
詩人と縁の深いアーサーが、作品選択と作曲について、彼に何等かのヒント
を与えたのかもしれない。

　以上は状況証拠からの仮説であるが、文学的嗜好、音楽的嗜好、作品の類
似性、そして初演と創作の時期を総合的に考えれば、あながち的外れとは言
えまい。ヴィクトリア時代のキーツ受容研究においても、イギリスにおける
ワーグナー受容史研究でも、[8] これまで明確に指摘されていない興味深い関
係であるので、ここに提示しておきたい。

5. スタンフォードの「つれなき美女」再創造——歌曲の分析

　それでは以下に、「つれなき美女」を読んだスタンフォードが、どのよう
に再創造したのかを、総合的な観点と部分的な観点から楽譜を考察していく
ことにする。[9]

(1) 総合的な観点

　ここでは、リフレイン、話の筋と音楽的展開の関係、伴奏の効果と役割の
三点に注目したい。「つれなき美女」はバラッドであるので、伝統的バラッ
ドの基本的な特徴の一つでもあるリフレインは、音楽的特徴を考察する上で
まず注目すべき点であろう。歌曲版はこの特徴を変容させながらも維持して
いるようである。

　大きく変容させた点は、全く同じメロディを単純に繰り返すようなリフレ
インはせず、ワーグナー、ブラームス、シューベルト、シューマンらドイ
ツ・ロマン派音楽の流れを汲む劇的な作風にしたことである。たとえばワー
グナーの楽劇『ジークフリート』(Siegfried) でのヴォータン (Wotan) の放
浪を思い起こさせるという指摘 (Dibble 94) や、シューベルトの歌曲『魔王』
(Erlkönig) の模倣作品だとする指摘がある (Banfield 8)。『魔王』は冒頭の

三連音によって疾走する馬蹄の音を描き（譜例1）、[10] その持続的な馬蹄の音によって生み出される緊張感が、情景や父子の感情の変化と連携しながら歌曲を牽引し、転調を繰り返す起伏の大きな曲になっている。

歌曲「つれなき美女」の57–67小節にも、『魔王』の馬蹄の音を想起させる部分があり、ここに明らかな模倣が見出せる。騎士が美女を馬に乗せて、洞窟に向かう場面である（譜例2）。このように歌曲版は、単純なリフレインにしなかった結果、『魔王』のように劇的で起伏のある曲調が紡ぎ出され、ロマン派音楽的特徴が見いだせる作品になった。

しかしリフレインの特徴も維持された。それは基調となるメロディを、表情を変えて繰り返していることに表れている。前掲57–67小節と、あとで引用する歌曲版の冒頭と末尾を比較されたい。これは多くの作曲家がしばしば行なっている極めて基本的手法ではあるが、これをリフレインの一種ととらえれば、原詩が有していた古来のバラッド的な性格を、堅持しようとしたものと考えることができる。作曲は自由にできたはずである。にもかかわらず、以上のような工夫を凝らしたところに、あくまでも原詩を尊重する前述の彼の作曲の特徴を確認することができるだろう。

第二点目として注目したいことは、転調等によって詩の展開（荒野→女との思い出→荒野）を音楽的に表していることである。あたかも三幕の歌劇を見ているように、音楽によって劇的かつ明瞭に場面転換がなされていくのである。

第三点目は伴奏ピアノの役割であるが、ピアノは歌曲版が描出する作品世界のイメージを拡大する重要な役割を担っている。前述の馬蹄の効果音に代表される情景描写は勿論、主人公の動作や心情描写、不安定な音色の挿入による不安感や不吉な暗示等が挙げられよう。また後述する冒頭部の10–12小節のように伴奏音に空虚感を醸し出したり（譜例3）、38–39小節にかけては、伴奏音をたいへん弱くして、詩の言葉自体を浮かび上がらせたりしており（譜例4）、詩の言葉自体を活かす工夫をしているとも考えられる。ここにもキーツの詩を尊重するスタンフォードの姿勢が垣間見られるのではないだろうか。

(2) 部分的な観点

　ここでは歌曲版の展開に従って細部を検討していく。

① 冒頭と終結部の相似点と相違点

　以下は「つれなき美女」の最初と最後の一連である。〔歌詞となる原詩[11]と楽譜との関連を説明するためには、英文も必要になるので、あえて併記しておく。〕

　　　ああ　どうしたことか、鎧の騎士よ、

　　　色蒼ざめ　独り寂しくさまようとは。

　　　浜すげは　湖上に立ち枯れて、

　　　鳥たちも歌わない。

　　　Oh, what can ail thee, knight-at-arms,

　　　Alone and palely loitering?

　　　The sedge has withered from the lake,

　　　And no birds sing! (1–4)

　　　それゆえに　私はここに仮寝を結び、

　　　色蒼ざめ　独り寂しくさまようのだが、

　　　浜すげは　湖上に立ち枯れて、

　　　鳥たちも歌わない。

　　　And this is why I sojourn here,

　　　Alone and palely loitering,

　　　Though the sedge is withered from the lake,

　　　And no birds sing. (45–48)

　以上のように「つれなき美女」の最初と最後の一連は、内容も表現も類似しているが、冒頭は通りがかりの人物のもので（譜例5）、終結部は騎士の

歌い継がれる「つれなき美女」　101

譜例 5

譜例 7

譜例 6

譜例 8

譜例9

譜例10

譜例11

譜例12

歌い継がれる「つれなき美女」　103

譜例14

言葉であり（譜例6）、憔悴のあまりに騎士が語りかけられた言葉を鸚鵡返しに応えているようにも解釈できる。この言葉の類似と状況の違いを、スタンフォードがどのように解釈して作曲したのかについて、二点指摘しておきたい。

第一点目としては、メロディはほぼ同じであるが、ピアノ伴奏が異なることである。終結部では伴奏に1オクターヴ下の音がついて、重たいイメージが付与されているが、それによって騎士の憔悴感や足取りの重さ等のイメージが描き加えられ、冒頭と終結部では発話者が異なることが、音楽的に明らかにされている。原詩を丁寧に解釈した上で、その世界を忠実に再創造しようとするスタンフォードのキーツ作品を尊重する創作態度が認められよう。

第二点目は "no birds sing" のアクセント記号の有無が創出する効果である。曲の冒頭部の方の "no birds sing" ではアクセント記号が付されているが、終結部の方にはないのである。音楽を終結させようとする音楽的展開の上での理由ももちろんあるが、それ以外の意図もここにはあるようだ。譜面を確認すると、"no birds" には伴奏音が皆無である上に、"no birds" 直後の音もピアニッシモであるので、詩の言葉だけが浮かび上がるような仕掛けになっていることがわかるからである。つまり虚無感と静寂感が、冒頭部よりも強くされていると言えるのだ。ここでも詩のイメージを音楽的に補強する効果が付与されているのである。

② 44 小節 "her eyes were wild" のアクセント記号の効果（譜例7）

歌にも伴奏にもアクセント記号があり、ここまでで最も高い音の一つを使っているので、歌曲中でも特に印象的な部分である。詩としては "made sweet moan"（55 小節）と対応関係にある場所であるが、そちらは逆にアクセントなしで緩やかさと妖艶さが醸し出されているのである。スタンフォードはその対照的関係を読み取ったがゆえに、それぞれの印象が際立つような音楽的技巧によって作曲していると考えられる。

③ 馬上での移動場面（譜例2）

前述の譜例 2 の場面であるが、伴奏に装飾音が増えており、その結果、滑らかに前に進んでいく印象を強くさせる。その音楽的な滑らかさは、女の術中にはまって引き込まれていく騎士の姿をも暗示していると言えよう。

④ 65–67 小節「妖精の唄」（譜例 8）

"fairy's song" にアクセントがあるので、それによって女の魔力の大きさが反映されているようにとらえられ、特に "song" の部分には伴奏音にもフォルテがついているので、歌と伴奏の強力な響きの和合によって、圧倒的な魔力を表徴させようとしているようである。

⑤ 68–73 小節　騎士の高揚感の暗示（譜例 9）

68–69 小節 "She found me roots. . ." からは、58 小節 "I set her . . ." と同じメロディであるが、へ短調であったそれよりも半音 3 つ高い音（変イ長調）で作曲されている。この相違に騎士の高揚感が暗示的されているように考えられる。

⑥ 76–78 小節　心理描写と暗示的な効果（譜例 10）

76 小節 "I love thee true" の直前からクレッシェンドで徐々に音を強め、言葉にアクセントをつけている。伴奏にも騎士の心のときめきを反映するかのような美麗な上昇音が付与される。たいへん描写的に原詩を補完していると言えそうである。また 78 小節からは伴奏に不意に低音が入り、洞窟に向かう前に不吉な暗示をしているようである。

⑦ 洞窟場面からの展開（譜例 11）

82–83 小節にかけての洞窟の場面でも、伴奏が不気味な上昇音を出して不吉さを醸し出す。その洞窟で "sigh'd full sore" の "sigh'd" をピークにするように滑らかにだんだんと音が強くなり、そして弱くなる。キーツが言語で表現していた美女の危険な魅惑を、スタンフォードは実に効果的に歌曲化してみせていると言えよう。

⑧ 美女の魅力に囚われた騎士の描写（譜例 12）

86 小節以降はまさに夢見心地の騎士の気分を反映しており、滑らかな展開で続き、90 小節からは、同じ音が続き、眠りに落とされて、弛緩した様態が反映されている。伴奏音も滑らかでありながら、低音によって深く暗い眠りのイメージを描いている。それゆえに、続く 93 小節の騎士の絶叫からの緊迫感のある展開は、すこぶる劇的な効果をあげている。なおこの 90 小節から 93 小節の語法は、シューベルトの『死と乙女』的でもあり（譜例 13）[12]、57–69 小節（譜例 2）とともに、この曲のシューベルト的な特徴を濃くしていると言える。

⑨ 終結に向けての展開（譜例 14–15）

97 小節の 4 拍目からは、焦燥感と恐怖を急速なテンポで描いていく。伴奏も忙しさを増し、105 小節の "La belle Dame . . ." からはすべてアクセントが付されて、歌曲中の一つのクライマックスを築いている（譜例 15）。このクライマックスは 125 小節からおさまり始め、ついには伴奏が歌と一致してゆき、終結部に至る。

結論

本論はスタンフォードの事例を通して、19 世紀後半のヴィクトリア時代におけるキーツの詩の音楽的受容研究の可能性を追求した。ドイツ留学によってドイツ・ロマン派音楽の影響を強く受けて帰国した若きスタンフォードが、イギリスでの『タンホイザー』初演という事件に触発されて、同じファム・ファタールのテーマを有するキーツの「つれなき美女」に向かい、バラッドの伝統をふまえた上で、原詩のイメージを壊すことなく、むしろ拡充するように細部にわたって巧みに音楽的に再創造したことが明らかになった。

その再創造の結果は、技巧的にはイギリス版『魔王』と言えるようなシューベルト的な性格の強い作品になり、テーマ的にはイギリス版『タンホイザー』となったのであった。スタンフォードはイギリス・ロマン派の詩人キー

ツ作品を通して、ワーグナーやシューベルト等のドイツ・ロマン派の作曲家に接近しようとしたとも言えよう。

ここに、世紀末芸術に頻出するファム・ファタールというテーマの芸術分野を超越した広がりという重要な問題を見出すこともできる。しかしながら、スタンフォードはこのキーツ作品をただ同じようなテーマを含んでいるからという理由だけで利用したわけではないだろう。先の楽曲分析からも明らかになったように、ヴィクトリア時代のキーツ読者の一人でもあった青年スタンフォードは、歌曲版を通して、彼が感得したキーツの「つれなき美女」の抗しがたい魅力を、ドイツ・ロマン派音楽を通して会得した様々な音楽的技巧を凝らして、同時代のキーツ作品読者でもあった聴衆に表明したものでもあったのである。

初演はケンブリッジ大学音楽協会の室内楽演奏会において、キーツの死から56年を経た1877年10月30日に行われた。キーツの誕生日の前日のことである。音楽の世界でのキーツ詩の再生が始まった。

本稿は第33回イギリス・ロマン派学会全国大会（於成城大学）での発表原稿を、加筆修正したものである。

注

1. Sarah Wootton, *Consuming Keats, Nineteenth-Century Representations in Art and Literature* (London: Palgrave Macmillan, 2006) 44–45. 他のラファエロ前派の画家で「つれなき美女」をテーマにしたのは、たとえばアーサー・ヒューズ (Arthur Hughes)、フランク・バーナード・ディクシー (Frank Bernard Dicksee)、フランク・カドガン・クーパー (Frank Cadogan Cowper)、そしてジョン・ウィリアム・ウォーターハウス (John William Waterhouse) 等があるが、1893年に描かれたウォーターハウスの作品が最も有名であろう。また他のキーツ作品も題材として積極的に取り入れられており、たとえばジョン・エヴェレット・ミレイ (John Everett Millais) も1849年にキーツ作品「イザベラ」("Isabella") を題材にして、同名の絵画を描いている。

2. 井上和男、『クラシック音楽作品名辞典』改訂版（三省堂、1966年）を主に参

照したが、オックスフォード大学ボドリアン図書館や大英図書館等での独自の調査によって、情報を補完した。

3. スタンフォードの教え子には、グスタフ・ホルスト (Gustav Holst) やレイフ・ヴォーン・ウィリアムズ (Ralph Vaughan Williams) のように 20 世紀前半を代表する作曲家がいる。

4. 本研究主題に近い主な研究については以下の通りである。キーツのヴィクトリア時代の再評価に関しては、George H. Ford, *Keats and the Victorians: A Study of His Influence and Rise to Fame, 1821–1895* (London: Archon, 1962) や、Barbara Fass, *La Belle Dame sans Merci & the Aesthetics of Romanticism* (Detroit: Wayne State UP, 1974) が参考になり、特に後者は「つれなき美女」と『タンホイザー』の類似性について論じているが、スタンフォードの歌曲との関連性には言及していない。

またキーツとその音楽性については、John A. Minahan, *Word Like a Bell: John Keats, Music and the Romantic Poet* (Kent: Kent State UP,1992)、20 世紀初頭のイギリス歌曲の実相については、Stephen Banfield, *Sensibility and English Song: Critical Studies of the Early 20th Century* (Cambridge: Cambridge UP, 1985) がくわしい。伊木和子、『キーツの世界』（研究社出版、1993 年）は本文でも言及したが、伊木は付記 (151) において、ネイピア・マイルズ (Napier Miles, 1865–1935) が 1931 年に「ギリシア古瓶のオード」("Ode on a Grecian Urn") に作曲し、ホルストが 1923–24 年に『第一合唱交響曲』(*First Choral Symphony* Op. 41) において「ギリシア古瓶のオード」と『エンディミオン』(*Endymion*) の一部を取り上げ、ベンジャミン・ブリテン (Benjamin Britten, 1913–1976) が 1943 年に「テノール、ホルン、弦楽のためのセレナーデ」(Serenade for Tenor, Horn and Strings, Op.31, No.7) において、「眠りに」("To Sleep") を使った事例を紹介している。

最近の研究では、なかにしあかね、「Spring Quiet 歌曲集『ひそやかな春』～音楽作品創作の立場から、ことばに相対するということ～」（『宮城学院女子大学研究論文集』103 号、2006 年）が、クリスティーナ・ジョージーナ・ロセッティ (Christina Georgina Rossetti, 1830–1894) の作品への付曲を通して、言語と音楽表現の相関関係を作曲家の視点から丹念に解き明かし、またフランス歌曲と詩についてではあるが、金原礼子の『フォーレの歌曲とフランス近代の詩人たち』（藤原書店、2002 年）も、本研究に最も近い系統の研究で、おおいに参考になった。

5. 以下本論で歌曲版と書かれている場合には歌曲「つれなき美女」を意味する。

6. 音楽についての背景的な状況は、主に William Weber, *Music and the Middle Class* (London: Ashgate, 1975) を参考にした。1830 年代に登場した手軽に演奏ができるコテジ・ピアノの普及によって、主にブルジョア家庭でのピアノ伴奏歌曲や合唱曲の人気が高まっていった。その頃から、演奏会場以外に、自宅等での室内演奏会も始まり、音楽はエリートの社交の場において披露されるようになった。以上のような同時代の音楽環境から、スタンフォードの歌曲も、まずは知的エリートの聴衆に向けて演奏されることが想定されていたと考えられる。

7. 後年のことであるが、1892 年に彼は最初に放棄した楽譜を偶然に発見し、そ

れがすでに完成していた歌曲版と酷似していたことにたいへん驚いたと言う (Dibble 93)。これは「つれなき美女」から彼が感得した印象に一貫性があり、確たるイメージをもって作曲したことを暗示していると言えそうである。

8. ヴィクトリア時代のイギリスにおけるワーグナー受容については、たとえば以下を参照されたい。高橋宣也、「ワーグナーとイギリス――ヴィクトリア朝にたどるワーグナー受容と解釈の淵源」寺倉正太郎編著『ワーグナーの力』（青弓社、2005年）、59–83 頁。ちなみに、ラファエロ前派の画家ジョン・コライアー (John Collier, 1850– 1934) も《ヴェーヌスベルクのタンホイザー》(Tannhäuser in the Venusberg) を 1901 年に発表しており、「つれなき美女」とのテーマ的類似をここにも見ることができるので、19 世紀末から 20 世紀初頭にかけてのイギリスにおけるワーグナー受容の初期の事例の一つとして、このスタンフォードの歌曲版を見ることもできそうである。

9. 歌曲「つれなき美女」の楽譜は、以下の作品集を使用した。
Geoffrey Bush, ed., *Charles Villiers Stanford* (London: Stainer & Bell, 1986). Musica Britannica: A National Collection of Music 52.

10. 歌曲『魔王』の楽譜は、以下のウェブサイトから引用した。Retrieved on 30 Aug. 2016. from http://imslp.org/wiki/Erlk%C3%B6nig,_D.328_(Op.1)_ (Schubert,_Franz).

11. キーツの「つれなき美女」のテキストは、Miriam Allott, ed., *The Poems of John Keats* (London: Longman,1970) を利用し、日本語訳は、出口保夫訳『キーツ詩集』（東京：白鳳社、1975 年）を参考にした。

12. 歌曲『死と乙女』の楽譜は、以下のウェブサイトから引用した。Retrieved on 30 Aug. 2016. from http://imslp.org/wiki/Der_Tod_und_das_M%C3%A4dchen,_ D.531_(Op.7_No.3)_(Schubert,_Franz)

引用文献

Dibble, Jeremy. *Charles Villiers Stanford: Man and Musician*. Oxford: Oxford UP, 2002. Print.

Stanford, Charles Villiers. *Interludes, Records and Reflections*. London: John Murray, 1922. Print.

「イザベラ」における愛・身体・労働

藤原　雅子

1

　ジョン・キーツの第三詩集『レイミア、イザベラ、聖アグネス祭前夜、その他の詩』(*Lamia, Isabella, The Eve of St.Agnes, and Other Poems*, 1820) の題名に含まれる物語詩三つのうち、「レイミア」「聖アグネス祭前夜」に比べ「イザベラ」に関する論考は多くない。後代の批評には、同作を未熟な作品だとし、前者二つを円熟作だとするものもあるが、[1] 三作品の執筆時期の近さを見ればこの時期にキーツが急成長したと考えることには無理がある。第一、第二詩集が文芸雑誌から酷評された後、キーツ周辺はその返答としてなるべく早い時期に第三詩集を出版しようと考え、作品執筆の段階から出版社と周囲の文人たちが協力し周到な編集体制を敷いた。「イザベラ」の創作はキーツとジョン・ハミルトン・レノルズ（John Hamilton Reynolds, 1794–1852）によるボッカチオ翻訳プロジェクトの一環だったが、そもそもボッカチオ原作のエピソードを現代英語で翻訳するよう薦めたのはウィリアム・ハズリット (William Hazlitt) であった。ハズリットは「ドライデンとポウプ」("On Dryden and Pope") と題した講演の中で「イザベラ」の名を挙げつつボッカチオ翻訳の利点を述べ、現代語版を出せば必ず当たる、という主旨の発言をしている (5: 82)。そして、出版に消極的なキーツに対し、周囲はむしろこの作品を高く評価し第三詩集に入れることを強く薦めた。

　このような事情がありながら、「イザベラ」を未熟なものだと論じる風潮が強いのは、未熟さ、感傷性など作品の弱点を心配し出版をためらうキーツの手紙を根拠とするからだろう。

[110]

「めぼうきの鉢」を出版しないことになぜ私が固執するのか、その理由をいくつか挙げましょう。──この作品はあまりにも笑われるだろうからです──大工が鉋で削ったおが屑に簡単に火が付き煙が立つように──この作品には人生に関しあまりに未経験なところ、知識に関し単純なところがあります。──作者の死後に出されるなら良いのかもしれません──しかし生きている間はだめです。現実に目を向けているところはほんの少ししかありません。読者に対しもっと巧妙で鮮やかな語り方をしたいものです。笑われないような良いものを書くということは可能です。もし私が批評家なら「イザベラ」は作品として弱く、滑稽なほどまじめくさった悲しさのある詩だと言わざるをえません。レノルズや君がまちがっていると思っているわけではありません──私にとっては十分です。しかし読者にとってそうではないでしょう。言うなれば私の劇的な表現力でもって私は読者の感情の奥底まで完全に入っていくのです。しかしその能力について自分自身が疑いを持っています。

(*Letters* 2: 174)

ケルヴィン・エヴェレスト (Kelvin Everest) はこの書簡を言葉通りに受け取ることを疑問視し、作品のより綿密な読み直しを主張している。たしかに書簡からは『エンディミオン』(*Endymion*, 1818) で厳しい評価を受けたキーツが再び酷評されることを恐れていることがわかるが、はたして彼自身が作品を正確に評価しているのか、また、ここに書いていることが出版をためらう直接の動機かどうかは不明である。もしこの手紙がなかったら、「イザベラ」はどう評価されたのか。当論考では、キーツがボッカチオの原作をメタロマンスとして書きかえている可能性を示唆し、作品の積極的な評価を試みる。

　「イザベラ」の物語には身体と時間、二つの空間の奪い合いの構図を読み取ることが可能である。マイケル・J・サイダー (Michael J. Sider)、エヴェレストらはロレンゾの身体に注目し、作品の中に資本主義批判を読み取った。ロレンゾの身体は、イザベラへの愛を語る主体であると同時にイザベラの兄弟が手がける商売のために働く労働の主体でもある。二重の意味を併せ

持つ彼の身体は、イザベラとその兄弟たちがそれぞれの欲望に従って彼の身体と時間を所有しようとするとき、引き裂かれる。そして愛と労働の二つはそのまま、私的空間と公的空間、ロマンスの世界と詩人が生きる現代に重ね合わせることもできる。しかもこれらの対立項は必ずしも互いに排他的なものではない。つまりこの作品において愛と労働、私的空間と公的空間、ロマンスの世界と現代は対立しつつも交錯しており、そこに葛藤と緊張が生まれていると言える。そしてその緊張と葛藤は、ロマンスの世界『エンディミオン』から叙事詩の世界「ハイピリオン」("Hyperion") へと向かっていた詩人キーツの内にも存在していただろう。ロマンスの世界の外側を見せること、そして生々しい現代の諸相からロマンスの世界を照射することで、キーツはボッカチオのロマンスをメタロマンス化したのではないだろうか。「睡眠と詩」("Sleep and Poetry") において、パンとフローラの国を抜け人生の苦難を描きたいとしていたキーツは、叙情詩とロマンスから叙事詩へと創作の場を移そうとしていた。しかしすぐに叙事詩の創作に着手したわけではない。ロマンスの世界を引きずりつつ、相対化するという作業を通し、詩人として新しい段階へと移ろうとしていたのではないか。ロレンゾの身体と時間、空間の奪い合いに注目しながら作品を具体的に検討する。

2

　作品の冒頭から、主人公イザベラとロレンゾは互いに恋をしているが、相手の気持ちを知らず、表情やしぐさ、声など相手の身体に表れる兆候を観察している。

　　愛らしいイザベラの乙女の頬は
　　赤らむべきところが病んで青ざめ、
　　子どもの苦痛をやわらげようとする
　　若い母親のように身が細っていった。
　　「なんと彼女はやつれたことか、口には出すまい。」と彼は言った。

「それでも、私の愛を彼女にははっきり伝えよう、

表情が愛の法則を語るのなら、私は彼女の涙を飲み干そう、

そうすれば少なくとも彼女の心労はなくなるだろう。」(33–40)[2]

そして彼は恋の惨めさに

眠ることもできず、一晩苦しんだだろう。

イザベラの鋭い目と

彼の秀でた額に表れるあらゆる印が結ばれることがなかったならば。

その印が青ざめてなくなるのを見て、

彼女はたちまち顔を赤くした。そしてやさしくたどたどしく言った。

「ロレンゾ！」──ここまで言って彼女は問いかけをやめた。

しかし声音と表情から、彼は全てを読み取った。(49–56)

恋するイザベラにとりロレンゾの身体は恋しい男のそれである。彼女の姿を目にとどめ、声を聞く彼の存在を、彼女は自分の耳目を通して感じている。相手の身体に表れるさまざまな印はひとえに恋愛という観点から解釈され、統一的な意味の体系として理解される。イザベラの気持ちを知ったロレンゾがその口で「ポエジーを詠い」(70)、「大きな幸福が／六月に抱かれるいきいきとした花のように成長した」(71–72) とあるように、キーツは彼らの恋愛関係を田園詩や叙情詩のコードで語っている。恋人同士となった彼らはひっそりと二人だけの時間をあずまやで持つようになるが、その時間と空間においては、ロレンゾの身体も時間もイザベラのものである。彼らがひたすら恋の成就のみを目指すがゆえに、ここには閉じた空間としての楽園、ロマンスの世界が成立する。

　しかしここで詩人は彼ら二人を取り巻く状況を徐々に見せていく。イザベラと同居する兄二人は先祖代々が築き上げた砂金の商いをする裕福な商人で、ロレンゾはその雇い人だった。恋する男ロレンゾの身体は、労働の主体でもある。そして、二人の恋の舞台、つまりイザベラの住む屋敷は兄たちに雇われた労働者たちの過酷な労働によってもたらされたものである。サイダ

ーとポーシャ・ファマニス (Porscha Fermanis) は、植民地の劣悪な労働状況を告発した「イグザミナー」紙 (Examiner) の記事や商業主義化する英国を批判する同時代の著作をキーツが実際に読み、これらの描写に反映させていると指摘している。ボッカチオのロマンスの世界に、キーツと同時代の現実が入り込む。

麗しき乙女は二人の兄と住んでいた、
先祖代々の商いで豊かになった、
松明で照らされた坑道や騒々しい工場で彼らのために
多くの疲れた手が汗だくになり、
かつては誇らしげに矢筒をさげた多くの腰は
鞭打たれて血だらけになった。落ち窪んだ目をした
多くの者が終日砂金で輝く川に立ち、
流れから豊かな金の流砂をすくった。

彼らのために、セイロンの潜水夫は息を止め、
飢えた鮫に裸で向かっていった。
彼らのためにその耳は血を流し、彼らのために
氷上のあざらしは哀れな鳴き声をあげ
全身に矢を浴びて死んだ。彼らだけのために
千もの人々がさまざまな暗い苦悩に煮えくりかえった。
ほとんど何も知らず、彼らはらくらくと車輪を回し、
働く者をひどく苦しめた。(105–20)

かつて誇らしく矢筒をさげていた男たちは、もはやロマンスの主人公となることはできず、血みどろになりながら労働する。語り手による物語への介入を通じてロマンスの世界と、同時代の生々しい現実が接続され、ロマンスの中に生きる恋人二人を取り巻く状況が示されている。恋するロレンゾは雇い人である以上、労働しなければならない。また、イザベラが恋愛に耽溺して

いられるのは、兄二人が雇い人たちを酷使して蓄積した富のおかげである。彼らの甘美な恋愛の舞台は厳しい労働の上に成立している。そして恋人たちは兄二人が体現する商業世界と無縁ではない。二人の恋愛が甘美な描写で語られるのと同様、兄二人の商売のために働く労働者たちの様子もきらびやかな単語で表現されることで、二つの世界は繋がっているからだ。「輝く川」("dazzling river")「豊かな金の流砂」("rich-ored driftings of the flood") などの表現が示すように、厳しい労働が支える商業世界は表面的には豪華で物質的な性質を持つ。恋愛の甘美が肉体を通じて描写されるロマンスの世界と資本主義的商業世界とは、一見対立するようでありながら脈を通じているのである。また、恋人同士がひたすら恋愛の成就だけを目指すのと同様、兄二人はただ富だけを追求する。閉じた世界に引き籠り、一つの目的にのみ執着するがゆえに浮き彫りになる彼らの欲望の強さ、必然的に生まれる過剰という点においては、恋人たちと強欲な兄たちに何らかわりはない。初期のキーツ作品に関してしばしば指摘される描写の過剰さが、両者を接続している。恋人たちの恋愛は彼らが気づかぬままに兄たちの商業世界に支えられ、しかも類似性を露わにしていることが、読者に対し示される。

　さて、この二つの世界は、兄二人がイザベラとロレンゾとの関係に気づいたことをきっかけに葛藤し始める。

　　この帳簿のような者たちが、どうやって
　　柔らかい巣の中にいる美しいイザベラを見つけ出したのか。
　　どうやって彼らはロレンゾの目が
　　苦役を離れてさまようのを見つけたのか？熱いエジプトの疫病が
　　貪欲でずる賢い目に入り込むがよい！ (137–41)

語り手が物語の中に入り込み、ロマンスの世界は急転する。

　　おお雄弁にして名高いボッカチオよ！
　　あなたに寛容を請わねばならぬ、

息づきながら芳しい香りを放つあなたの天人花に、
月に恋するあなたの薔薇に、
もはやあなたのギターを聞けないと
青ざめる百合の花に、
このように哀れな主題の静かなる憂鬱には
ふさわしくない言葉をあえて試すために。

あなたの許しを得て、この物語は
主題にふさわしく粛々と進んでいくだろう。
古の散文を現代の韻文でより美しく
書こうなどという狂気じみた企ては他にない。
だが、この詩は—成功するにせよ失敗するにせよ—
あなたを尊び、あなたの亡き魂を迎え、
英語の詩としてあなたの役に立つために書かれるのだ。
北国の風があなたのこだまとなるように。(145–60)

明らかに語り手は原作世界との距離を自覚しており、ロマンスの世界の今なお色あせぬ魅力を認めながらも、あえて現代の人間として新しい言葉をそこに彫り込む決意を述べている。ボッカチオの原作を踏襲する以上、二人の恋愛が幸福な形で成就することはありえないが、語り手には甘美に悲恋を語って読者に感傷的な涙を流させるつもりはない。では、この物語を崇高な悲劇として語りえるであろうか。キーツがとった方法はそのどちらでもなく、ロマンスを取り巻く皮肉な状況を突きつけることであったと考えられる。この語り手の介入以降、恋人二人の恋愛世界が兄二人の冷酷な商業世界と葛藤を始め、陰鬱な後日談が詩行の上で甘美な恋愛場面を凌駕していく。

　兄二人にとって、ロレンゾは自分たちの商売を支える労働者の一人でしかない。ゆえにロレンゾが恋愛にうつつを抜かすことは「苦役を離れて」(140) とあるように、貴重な労働時間を無駄にし、その身体と時間が生み出すはずの富を捨てるに等しい行為である。この恋愛と労働の時間的対立は、

ロレンゾがイザベラの兄二人の命令で出かける際に残したせりふ、「たった三時間の別れでも／耐えがたい悲しみなのに。けれど、／夜の甘美な逢い引きから／この昼間の借りを返してもらおう」(203–06) にも明らかである。また、イザベラを高貴な家に嫁がせたい兄にとり、ロレンゾは、妹の商品価値を傷つける存在でもある。労働力として役に立たない、なおかつ姻戚関係がもたらす利益を阻害するような彼の身体を兄たちは処分するしかない。本来ロレンゾの身体は恋愛と労働、二つの主体を兼ねるものだが、兄二人はロレンゾの身体に複数の意味体系が存在することを許さない。

　一方、イザベラにとって、ロレンゾを殺されるということは恋愛相手としての彼を奪われることである。労働なきイザベラの生活はひとえにロレンゾとの恋愛で成り立ち、もっぱら彼の身体を通してその愛を感じていた。恋人としてのロレンゾの身体を奪回するしか彼女に生きる道はない。彼女の願望は夢に投影される。死して亡霊となった恋人の呼びかけに応じ彼女は森へ向かい、遺体を掘り起こす。奇妙なことに、商業と労働の世界に奪われたロレンゾの遺体を掘り起こす彼女の行為は、兄たちのために過酷な労働をする雇い人たちと、そして強欲さという意味では兄たちとも同様の傾向を見せる。

　　殺人現場で彼女はまるで
　　自然に生えた谷間の百合のように立ちつくした。
　　そしてナイフでいきなり
　　貪欲な男たちよりも熱心に堀り始めた。

　　やがて彼女は汚れた手袋を掘り起こした、
　　彼女が絹糸で紫の刺繍をほどこしたものだ。
　　彼女は石よりも冷たい唇を押しあて
　　胸元にそれをしまった。泣きじゃくる赤ん坊を
　　静かにさせるために作られた母親のおいしい乳房を骨まで
　　萎びさせ、凍らせるのだ。
　　そして彼女は再び仕事を始めた。手を休めることはなく

ただ時々垂れさがる髪の毛をかきあげるだけだった。

年老いた乳母は脇で不思議そうに立っていた、
やがてこの陰鬱な労働に
心の底まで哀れさが募り、
ひざまずいて、白髪を振り乱し、
痩せこけた手で恐ろしい仕事を始めた。
三時間も彼女らは苦しい仕事を続けた。
ついに墓の底に手が触れた。
もはやイザベラには地面を踏みつけ泣きわめく力はなかった。(365–84)

　ロレンゾの身体をただ労働の道具としかみなさなかった兄たちに対抗する
ため、つまり彼の身体を恋人として取り戻すために彼女がした行為が、労働
を想起させることは皮肉である。遺体を掘り返したイザベラは頭部を鉢にお
さめ、めぼうきを植える。かつて抱擁する二人の間に「大きな幸福がいきと
した花のように成長した」ものだが、その時間を取り戻すかのように、彼女
は鉢のそばに座り涙でめぼうきを育て続ける。イザベラが鉢に執着するさま
は奇妙なフェティシズムと言える。兄たちがひたすら富に執着して、雇い人
たちの身体を一元的に管理しようとしたのと同様、彼女は自分の愛に執着す
るあまりに、恋人の遺体をそばにおいて管理しているのである。「愛は死な
ない」と言った古の詩人たちの言葉を彼女はパロディーの形で実践してい
る。死体から植物が育つという構図自体に、神話世界でしばしば人間が植物
に変身することを想起させるものがあり、彼女がかつての恋愛空間、つまり
牧歌的な自然に彩られた楽園世界を鉢植えという人工的な方法、つまり労働
でもって再現しているからである。しかも、彼女の労働のきっかけは夢に出
てきたロレンゾの言葉である。地中にいながら自分の居場所を楽園のように
説明し、涙を流してほしいという亡霊ロレンゾの言葉が彼女を縛りつける。
彼女はロレンゾの遺体を目にしたにもかかわらず、頭部をスカーフで包んで
鉢にしまうことによって、「恋愛」を続行しようとする。

「イザベラ」における愛・身体・労働　119

イザベラの「労働」の結果めぼうきは大きく成長する。

　　彼女は水っぽい涙で木を育てた。
　　そこで木は緑に生い茂り、美しく成長した。
　　フィレンツェのめぼうきでは並ぶものがないほど
　　芳香を放った。なぜならそれは
　　彼女の丹精のみならず、人が恐れるもの、
　　人目にふれないあの朽ちゆく頭から生命を得たからだ。
　　大事に箱におさめられたその宝石は
　　伸びて香り高い若葉を広げた。(425–32)

　めぼうきの著しい成長は、ロレンゾが生きて労働していれば生み出していた
だろう利益の大きさを暗示し、しかも、イザベラがそこに費やした手間と時
間、つまりロレンゾ亡き後の彼女の奇妙な労働の対価の大きさを物語る。め
ぼうきはまた別の価値をも体現する。イザベラが嫁ぐ可能性のあった裕福な
家には立派なオリーブ林があった。大きなめぼうきは、彼女が嫁いでいれば
享受していただろう裕福な暮らし、つまり兄たちからみた彼女の経済的な価
値をも暗示するのである。すでに失われたはずの彼女の商品価値が、自ら涙
で育てる鉢植えの植物という形で可視化されるという構図は、兄たちの世界
に抵抗したはずのイザベラが自らの失われた商品価値を表してしまっている
という皮肉に他ならず、彼女自身がやはり商業的世界のシステムの中に取り
込まれていることを示す。ここにもやはり商業世界と恋愛世界の奇妙な符合
が皮肉な形で現れている。ここで読者は地上に香しいめぼうきを育てるロレ
ンゾの遺体が「もの」として描かれている皮肉に今一度注意を向ける必要が
あるだろう。鉢に埋められたのは頭部のみ、そしてジャック・スティリンジ
ャー (Jack Stillinger) も指摘するように (38–39)、キーツはボッカチオより
も遺体の変化を詳細に描き、腐敗の過程を強調している。作品前半では詳細
な身体描写が甘美な恋愛世界を構築していたが、ここでは詳細な遺体の描写
が失われた恋愛の大きさを暗示すると同時に、その恋愛世界と奇妙に繋がる

商業世界、つまり二人の世界を崩壊させた兄二人の精神的腐敗を暴き出している。めぼうきが美しく、芳しく、高く成長すればするほど、読者はその地下にあるものに想像力を伸ばさざるをえない。すなわち、ロレンゾの頭部の腐敗の進み具合に象徴されるイザベラの精神的退行と、商業主義的社会が持つ問題の根深さである。

　これら二つの世界は物語の最終場面で共に崩壊する。やつれたイザベラが常に鉢のそばを離れようとしないことに疑問を持った兄たちは、鉢の中にロレンゾの頭部がおさめられていることを知ると、鉢を奪いフィレンツェを立ち去る。一度はロレンゾの身体を奪い返すことに成功したイザベラだが、兄たちによってその身体が再び奪われた今、再度ロレンゾの身体を取り戻すことはできない。イザベラは死に、ただその言葉「おおむごいこと／わたしからめぼうきの鉢を奪い去るなんて。」(503–04) だけが、人々の間に残る。結局は兄たちが築いた商業世界もイザベラの恋愛世界も両方が崩壊し、ただ、物語だけが後に残る。

3

　「イザベラ」の物語においては、ロレンゾの身体を奪い合う恋人と雇い主の関係が恋愛と労働との葛藤を体現しており、その対立構造が物語に動きを与えている。しかし、この対立構造は必ずしも排他的ではない。イザベラとロレンゾの恋愛世界は、イザベラの兄たちの商業世界と奇妙な繋がりを見せており、甘美な恋愛世界の足下、もしくは背後に過酷な現実が控えている。ロマンスの世界には描かれていなかった、もしくは前景化されていなかったものをキーツはあえて物語の中に織り込み、ロマンスの内と外、そして古の時代と詩人が生きる現代とを接続してみせた。その接続によって、ロマンスは単純なコード体系を脱し、複雑な意味の読み込みを許容する。そして複雑な読みを許容することで、ロマンスはさらにその寿命を引き延ばす。恋愛と労働または商業社会が葛藤する話を、詩人はロマンスという商品として読者に提供した。その限りにおいて、この作品は必ずしも詩人自身が言うように

「単純」なものでもないし、また「未熟」なものとも言えないのではないだろうか。

当論文は、イギリス・ロマン派学会第 38 回全国大会（2012 年 10 月 21 日、熊本大学）における口頭発表原稿を加筆修正したものである。

注

　1. たとえば M. R. リドリー (M. R. Ridley) 参照。さまざまな文体上の問題点を挙げ、キーツは自ら選んだ詩型オッタヴァ・リーマ (ottava rima) をうまく使いこなせていないと指摘する。キーツの主要作品を論じた E. R. ワッサーマン (E. R. Wasserman) 著の『妙なる調べ』(*The Finer Tone*, 1983) も「イザベラ」を考察の対象からはずしている。
　2. 以下作品の引用は全て Jack Stillinger, ed., *The Poems of John Keats* (Cambridge: Belknap P of Harvard UP, 1978) に拠り、行数を数字で記す。

引用文献

Everest, Kelvin. "Isabella in the market-place: Keats and feminism." *Keats and History*. Ed. Nicholas Roe. Cambridge: Cambridge UP, 1995. 107–26. Print.

Fermanis, Porscha. "*Isabella, Lamia*, and 'Merry Old England.'" *Essays in Criticism*. 56.2 (2006). Print.

Hazlitt, William. *The Complete Works of William Hazlitt*. Ed. P. P. Howe. 21 vols. London: Dent, 1930–34. Print.

Keats, John. *The Poems of John Keats*. Ed. Jack Stillinger. Cambridge: Belknap P of Harvard UP, 1978. Print.

——. *The Letters of John Keats, 1814–1821*. Ed. Hyder E. Rollins. 2 vols. Cambridge: Harvard UP, 1958. Print.

——. *The Poems of John Keats*. Ed. Miriam Allott. London: Longman, 1970. Print

Ridley, M. R. *Keats' Craftsmanship: A Study in Poetic Development*. Oxford: Oxford UP, 1933. Print.

Sider, Michael J. *The Dialogic Keats: Time and History in the Major Poems*. Washington D. C.: Catholic U of America P, 1998. Print.

Stillinger, Jack. *The Hoodwinking of Madeline and Other Essays on Keats's Poems*. Urbana: U of Illinois P, 1971. Print.

「レイミア」における交錯する視線

田中　由香

序

　ジョン・キーツ (John Keats, 1795–1821) は第三詩集『レイミア、イザベラ、聖アグネス祭前夜、その他の詩』(*Lamia, Isabella, The Eve of St. Agnes, and Other Poems*, 1820) の巻頭を飾る詩として「レイミア」("Lamia") を選んだ。それまでの酷評を跳ね返すべく編まれたこの詩集の巻頭に載せたということは、当作品がこの時点における最高の自信作であると考えて良いだろう。彼は手紙の中で、「私はこの作品の中には、人々に快か不快の感動のどちらかを与え、虜にするに違いないある種の炎があると確信している。人々が欲しているのは何かしらの意味での感動なのだ。」(*Letters* 2: 189) と語っているが、キーツが言う「ある種の炎」がいったい何であるかは、〈見ること〉〈視線〉をキーワードとして読むことによって解き明かすことができるだろう。そのために、まずキーツの用語のうち、"speculation" に注目し彼がそこに含める意味を考える。[1] そしてこの語が「レイミア」の中でどのように具体的に使われているのかを検証してみたいと思う。

　〈見る〉を表す単語は数あるが、キーツはそのうちの "speculation" という単語に重要な意味を込めて使っている。例えば、理想の詩人を表す彼の表現として「カメレオン詩人」があるが、その資質を語る手紙で使われているのが、この "speculation" という単語である。「誠実な哲学者がショックを受けるようなことは、このカメレオン詩人を喜ばせる。物事の闇の側面から漂うものも、輝く側面への嗜好のどちらからも害を受けることはない。なぜなら、両方とも最後は「思索」で終わるからだ。」(*Letters* 1: 387) ここではとりあえず、"speculation" を「思索」と訳しておく。この意味は現代にお

[122]

いては普通に使われており、第一の意味として辞書（例えば、『ジーニアス英和大辞典』）に出てくるが、キーツの時代ではこの言葉は原義であるラテン語の "speculates"（見張った、観察した、調査した）からあまり離れておらず、〈見る〉という要素を必ず必要とする視覚と関連した言葉だった。*OED* では以下のように定義している。

(1) 見る力、能力。見ること、視覚。特に物事を理性的に把握する視覚。
(2) 見る能力の行使。見ること、眺めること、注意深く見る行為、行動。吟味、観察。
(3) 光景、景色。壮観な見世物、ショー。
(4) 何かしらの主題を熟慮、考察、あるいは深く研究すること。
(5) あれこれ熟考する行為、あるいはその結果。観念的あるいは仮言的な推理によってたどり着いた結論、意見、物の見方、あるいはそれら一連の流れ。

OED からわかるように、現在「思索」の意味で主に使われている "speculation" という語は、もともとは視覚から発生したものである。まず見るという行為があり、見ることが対象を知り理解することにつながり、さらに対象について考えるという行為につながっていった言葉であるということがわかる。

　このように、視線には〈知ること〉〈理解すること〉という意味が内包される。本論では、いかに「レイミア」において、〈見ること〉〈見られること〉〈可視〉〈不可視〉の要素が随所に取り入れられ、交錯する視線の構造が何層にも構築されているかを検証する。キーツは生涯にわたって詩人とは何か、詩人の役割とは何かということをテーマに詩歌を書き続けた詩人であり、この「レイミア」においても、登場人物達には様々な詩人のペルソナが割り振られている。登場人物のもつ視線、視点の移動などを通して、彼らの世界は多角的に作り上げられる。登場人物達はそれぞれ限定的な範囲でしか物事を〈見〉ようとせず、そこから〈知り〉〈理解する〉ための「思索」に

至ろうとすることはない。しかし、この物語を読む読者は、物語の構造により物語に巻き込まれ、「思索」することになる。キーツは世界を構成する光と闇を同時に志向しており、登場人物達をある種の緊張状態で終わらせる。読者は登場人物の置かれた状態を見て「思索」し、新たな視点を獲得するように仕向けられていることを論証してみたい。

1. 理想的な視覚を持ちうる天上界：第 1 部

「視覚」のテーマを象徴的にまとめているのが、第 1 部である。ヘルメスの恋物語で語られるレイミアの持つ視覚を操る能力は、人間にとっては決して得ることができない、〈理想的〉な状態を示している。第 1 部があることにより、第 2 部で語られる登場人物達が、いかに限定的にしか物事を〈見て〉／〈理解して〉いないかを、より効果的に示すことができる。

第 1 部でのレイミアは、天上も地上も同じように自由自在に〈見る〉ことができる能力を有している存在として描かれる。またレイミアは神であるヘルメスですら持っていない、他の者の視覚をも操る能力を持っている。男達に安易に姿を見られたくないというニンフに力を貸し、姿を見えなくさせてやっていたのだ (1.100–03)。彼女は蛇という肉体の檻に閉じこめられてはいるが、「夢」を飛ばして神々の宴席でヘルメスが独り物憂い顔をしているのを眺めることもできるし (1.69–75)、地上のリシウスの行動を見ることができた。

語るにはよい時だ。
彼女がいかに物思いにふけり、夢に見ることができたのか、
彼女が蛇の体という牢獄にとらわれていたときに
奇妙なものであれ、荘厳なものであれ、思いつくままに。
今までどうやって、どこへ、彼女の精神がいったのかを。
おぼろなエリジウムへ、あるいは髪を持ち上げる波間を
美しい海の精（ネレイド）達が

たくさんの真珠でできた梯子をつたい、ティティスのすみかに向かい
ぐるぐると回りながら潜っていくところへ。
あるいは、バッカス神が彼の神々しい酒杯を空け、気楽に
松脂がべたつく松の下へと、体を伸ばしたところへ。
（中略）
そして時には、街中へと、
彼女は自分の夢を送りこんだものだった。(1.202–10, 213–14)[2]

　この描写から、レイミアは人間が獲得することは不可能な天上界の視覚を持
った存在である、と考えることができる。彼女に与えられていた世界はとて
つもなく広いものであり、自由にどの世界でも行き来することができ、傍観
者となることを許すものであった。ただ、レイミアは不可視の傍観者である
以上、その世界に介入することは許されない。しかし、人間界のリシウスに
恋をした彼女は傍観者ではなく、恋をする当事者、行為者になることを選
ぶ。その結果、当事者である彼女は人間社会の側から、行為者として物事を
見ることを余儀なくさせられる。つまり天上の者として、ヘルメスとニンフ
の恋物語を見る視線、あるいはリシウスがジョーブに幸せな結婚を祈るとき
に眺めていたような、[3] 天上から下界を見る視線は持てなくなるのだ。彼女
の天上から地上への視点の移動に伴って、読者の視点も人間世界の中へ入っ
ていくことになる。

2. 限定的な視覚しか持てない現世：第2部

　では、次に第2部における登場人物がいかに限定的にしか〈見る〉こと
ができないかを、具体的に見ていきたいと思う。第2部の主たる登場人物、
レイミア、リシウス、アポロニウスは、詩人の持つ異なったペルソナを割り
当てられていると考えられる。キーツはこのように、それぞれに限定的な
〈視点〉を三者に割り振ることにより、人間社会の多面性を詩歌の中で効果
的に表そうとしたと考えられる。

2.1 「目の見えない」リシウス

リシウスは本文中で「目の見えないリシウス」("blinded Lycius") (1.347)
と呼ばれる。どのように彼は見えていないのだろう。リシウスは感情のみに
とらわれた詩人のペルソナとして機能している。見るべきものを見ることが
できず、破滅へと至る詩人像として描かれている。リシウスは出会いの時か
らレイミアの魔力に惑わされた状態で彼女を見ることになる。

> こんなにも彼の近くに、でもまだ見えないところに
> 彼女は立っていた。彼は通りすぎた。神秘に閉じ込められた状態で。
> 彼の心はまるで外套のように覆われていた。彼女の両目が
> 彼の足取りを追いかけた、高貴な白いくびを回して
> このように言った。「ああ、輝けるリシウス。あなたは
> 私をこの丘に独り残していってしまうの？
> リシウス。振り返って。お願いよ。」(1.240–46)

レイミアはリシウスの通りかかる道に、見えない状態で立っており、彼が通
り過ぎた後、見えないところから声をかける。その声は「美味なるもの」
で、彼はまるで「エウリディケを振り返るオルフェウスのように」(1.248)
振り返って彼女を見、「彼の目は彼女の美を飲み干した」(251)。このように、
リシウスはレイミアを見るより前に彼女の呼びかけの声によって、すでに魅
了されており、目はすでに真実を映すことはなかったのだ。エウリディケの
比喩はたいへん有効に働いている。オルフェウスは振り返ってはいけないと
わかっていたにもかかわらず、振り返ってしまうわけだが、ここでのリシウ
スはまさしく、もう引き返すことができない状態に引き込まれたことを意味
している。

それ以降、彼は「めくらのリシウス」と呼ばれることになる。客観的に見
ることができなくなっているリシウスは、自分の理想とするもの、自分が見
たいものしか見えないようになっている。彼が彼女の目の中を覗きこんで
も、自分が小さく映るのみだ。「彼は答えた。彼女の開かれた瞳をのぞきこ

みながら。その瞳の中には楽園の中にいる彼が小さく映っていた」(2.46–47)。ここでも、レイミアという楽園の中に小さく存在する自分だけが見えるという、比喩が有効に生かされている。彼は自分の考えや行動がレイミアの中に鏡のように映っているに過ぎないのに、それを見てレイミアを見ていると勘違いしている。コリントの町に入る時に、アポロニウスの視線から身を隠して、縮み上がっているのは自分自身なのに、レイミアに尋ねる。「どうして震えているのかい？　恋人よ」と (1.369)。また、二人だけの満ち足りた世界に世間という視線を持ちこもうという考えを抱いたのは自分であるが、その考えを読みとったレイミアに「どうしてため息をつくのか、美しき人よ」(2.40) と問いかけるのだ。

　このように、リシウスにはレイミアの姿は全く見えていない。彼女の本性が蛇であろうがなかろうが彼には関係ない。彼にとって大切なのは自分自身であり、ジョーブに祈った〈幸せな結婚〉が他の人に自慢できる形で実現されることだけだ。

> 他の男達が忌々しく思い、劣等感を抱くような賞品を得たら、
> どうどうと勝ち誇りあちこちへ見せびらかせたいと
> 思わぬ者がいるだろうか。だから私は君を得て喜びたいのだ。
> コリントの人々が驚きで擦れ声を挙げる中を、
> 敵には息を詰まらせ、友達は遠くから叫ばせよう、
> 君の婚礼の馬車がその目もくらむほどの輻を
> 回して群衆が群がる通りを進むあいだに。(2.57–64)

この詩行から、彼はレイミアを完全に物として、他の男達に「見せびらか」(58) すことができる「賞品」(57) として考えていることがわかる。彼は「暴君」になりレイミアの姿を世間に見せるように強要するのだ。

　二人の〈愛〉の成就という意味においては、「外」を意識するというのは二人だけの世界を崩壊させる「おろかな」ことであるが、閉じこもっていた自己満足の世界から離れ、「外」を意識したことは悪いことではない。リシ

ウスの失敗の原因は自分の見ている美しい花嫁の本当の姿を認識しないまま、自己顕示欲におぼれ自分の内面の映し鏡である〈理想の花嫁レイミア〉を世間に披露したことにある。自分が〈見ている〉物を、世間の人も同じように〈見える〉はずだと、〈盲目的に〉信じるのは愚かなことだ。このようにリシウスで示されるペルソナは、自分の〈見ている〉世界の小ささ、偏りに気がつかず、自らの感情と欲望のまま破滅に向かう詩人像として提示されているのだ。

2.2「鋭い目」をしたアポロニウス

　感情と欲望のみの世界に生きるリシウスとは違い、賢者として哲学的な思想に基づいて論理的に行動する詩人のペルソナとして機能しているのが、アポロニウスだ。アポロニウスは登場の時から「鋭い目」「素早い目」(1.374)を持つ人物として描かれる。

　コリントの町に入ったレイミアとリシウスは偶然にアポロニウスとすれ違い、身を隠そうとする。「リシウス、どうしてあなたは彼の素早い目から自分を見えないようにしているのか？」(374–75) はっきりと意識してはいないものの、リシウスは自分の〈理想〉の状態を壊しかねない人物としてアポロニウスを怖がっているのだ。「あの人は、賢者アポロニウス。私の信頼できる導き手であり、良き師だが、今日の彼は私の甘い夢につきまとう愚かな亡霊に見える」(375–77)。二人は誰にも見られない宮殿に住む。通りのことなら隅から隅まで知っている住民達も見たことがない場所である (2.152–55)。その場所が結婚式の当日、住民達の前に姿を現す。ただ豪華さに感嘆している他の招待客と違って、招待されずにこのレイミアの宮殿を訪れたアポロニウスは、建物を見ただけでその本質を見抜く力がある人物として描かれる (2.159–62)。しかも見る前に「予知」(162) していたと描写される。アポロニウスは神ではなく人間であるが、その目の確かさで弟子を導いてきたという自負心を持っている。この真実を見つめる目は、ただ見るだけで他の人々にも影響を与えていく。「はげ頭の哲学者は、ぴくりと瞬きもせず、おびえる花嫁の美しさを見据えた。彼女の美しい姿を威嚇し、彼女の甘い自尊

心を損なっていた。」(245–48) アポロニウスに見つめられることで様子がお
かしくなったレイミアを、今度はリシウスが見つめることになる。リシウス
はここで初めて自分の花嫁の姿を本当に見る。リシウスは「じっと彼女の目
を見つめた」「さらに、さらに彼は見つめた」(256, 258)。リシウスはアポロ
ニウスの眼光がレイミアに影響を与えたのだとわかっている。「閉じよ、閉
じよその奇術をおこなう両目を。（中略）やつのまつげのないまぶたが、邪
悪な瞳のまわりにどのように広がっているかを、見るがいい！コリントの
人々よ、見よ！」(277, 288–89)。

　アポロニウスは賢者として論理的思考法を身につけた、人間世界における
〈理想的〉な思考及び視覚の持ち主だということができる。キーツは詩作に
おいて、論理的思想は本当に必要なものだと考えていた。彼の 1817 年 11
月の有名な手紙を見てみよう。「想像力はアダムの夢と比べられる。彼は目
覚めてそれが本当だとわかった。私はこのことにとても熱中している。なぜ
なら私は論理の積み重ねによって、何かが真実だとわかったことは、今まで
一度も無かったからだ。しかし、それでも、そうしなくてはならないのだ
が」(1:185)。ここでキーツが「そうしなくてはならない」と強調している
のは、段階的に理論を積み上げて真実にたどり着こうという姿勢だ。しか
し、彼が自分で「私は自分の思索のうち、一つとして真実をうつしているも
のはないと思っている。私は決して論理的な人物にはなれない。なぜなら私
が討論から退き、まったくの哲学的な気分でいるときは、自分が正しいかど
うかはまったく気にしたことがないからだ」(1:242–43) と書いているよう
に、キーツは自分が論理的に積み上げて思索をするタイプではないと自覚し
ている。それでも、「そうしなくてはならない」と言っているのだ。このよ
うに、キーツは何かにつけ哲学は大切だと手紙で語り、論理的思考へのあこ
がれをもっていた。詩人の論理的な面を代表するペルソナとして機能してい
るのが、この詩に描写されるアポロニウスである。

　しかし、アポロニウスの眼力と論理的思考法は、この詩では賛美の対象と
はなっていない。確かに彼は蛇というレイミアの正体を見抜く眼光を持って
はいるものの、それを暴いた結果がどうなるか、それにより弟子が助かるか

どうかというところまでは「見る」ことができないでいる。キーツは「レイミア」の中で、分析することで虹がつまらないものに成りさがってしまったと、哲学、科学を批判した詩行も加えている。

> 冷たい哲学が触れただけで
> 全ての魅惑が飛び去ってしまったわけではないのか。
> かつては天に怖ろしい虹があった。
> 我々は虹の織り糸を知っている。虹の生地を。
> 虹はありふれたものの一覧に身を明け渡してしまった。(2.229–33)

「レイミア」の原案であるロバート・バートン (Robert Burton) の『憂鬱の解剖』(*The Anatomy of Melancholy*, 1621) では、アポロニウスは英雄的に描かれており、賛美される対象であった。それをキーツは書き換えた。圧倒的な英雄を描くのではなく、それぞれに偏った人物の一人として描くことにより、人間の多様性と不完全性を強調したと考えられる。このようにアポロニウスは、人間の知恵の産物である哲学や科学だけにとらわれた視線を持った、偏ったペルソナとして描かれている。

2.3 不可視から可視の存在へ——レイミア

　レイミアは詩人の三種類のペルソナの中で一番インスピレーションがあるにもかかわらず、自分で判断することを放棄した存在として描かれる。第1部での傍観者だった時とは違い、当事者となった彼女は視覚を操る能力は保持しているが、それは外界から二人だけの世界を遮断するためだけに使われる。前述したように、二人の出会いはリシウスが友人と別れて独りでいるときに、レイミアが見えない位置からリシウスに声を掛けることで始まる。二人でコリントの町に移動するときも、リシウスが気づかないうちに、町の門をくぐった。市内に入った二人は、二人だけの世界に引きこもるかのように移動する。ここでは二人の姿が他から見えていたかは明言されていない。しかしリシウスは「自らの顔をかくし」(1.362)「マントに身を縮みこませ」

(366–67) 隠れている。これはひとえにレイミアの能力ゆえとは言えないかもしれないが、リシウスの意志も加わり二人の姿は他人から遮断されていると考えていい。彼女自身の姿や二人が暮らす宮殿はコリントの町の人々の目から遮断され、安全な閉ざされた空間を作り出していた。リシウスが結婚式を思いつく直前の二人の様子は、現世において二人の愛を保ちうる一種の〈理想的な〉状態として機能していた。レイミアは人間社会に来たものの完全に外界からは遮断された、恋人しか〈見ない〉し〈見えない〉状況を作り出していた。社会、読者を視野に入れない、完全に自分と賛美者しか見ていない詩人のペルソナといえる。

　リシウスの自己顕示欲を受け入れてしまった後のレイミアは、自らの判断を放棄し「暴君」に従うだけの存在となる。「彼女は体を熱くした。彼女は暴君を愛していたのだ。だからすべて受け入れた。」(2.81–82) そしてそのまま、結婚式当日町の人々の前に姿を現すことになる。何も判断をせず、賛美者しか見ず、狭い世界にだけ生き、自分達の世界が壊れることを半ば予想しながら、それを止めることもせずに流されていくのだ。

　このように、主要登場人物は詩人キーツが考える〈詩人〉としての三者三様のペルソナをまとっており、それぞれが違う方向を見て、それぞれ限界のある視点しか与えられていない。同じギリシアを舞台にはしているものの、世界を救う英雄として描かれる『エンディミオン』(*Endymion: A Poetic Romance*, 1818) の主人公エンディミオンとは違い、リシウスは自分の欲望で目が曇ったただの「暴君」として描かれる。アポロニウスは自分の「正しい目」の力で弟子を救い出そうと、呼ばれてもいない披露宴にやってきて、結果として弟子を死なせてしまう賢者として描かる。レイミアは蛇女としての自己を知りつつ閉ざされた「楽園」で生きていきたいと望みながら、自分の判断を捨てて流されるだけのものとして描かれる。「ハイペリオンの没落」("Fall of Hyperion") でキーツが使用した用語で言えば、『エンディミオン』で示唆される詩人は真の詩人であるのに対し、「レイミア」で示される詩人は、ただの「夢見」である。物語の筋としては、何も本質を見ることができなかったリシウスが、レイミアの本質である〈蛇〉を見抜いたアポロニウス

の視線を獲得したところで、終わっている。原案である『憂鬱の解剖』では
レイミアと宮殿が消え去るというところで終わっており、リシウスの死はキー
ツが書き換えた点である。また、原作に忠実ならば、蛇の餌食となるとこ
ろだった弟子を救ったということで、アポロニウスは善人として英雄として
描かれるはずである。ところが、キーツは救われるはずだった弟子リシウス
を最後に死に至らしめることにより、三人の主要登場人物のうちの誰も望む
物を手に入れることはないという皮肉な結末を迎えさせている。キーツは誰
もが望む物を得られず、誰もが何かを失うという、奇妙な緊張関係の中で物
語を終わらせた。

　これらの書き換えは二つの点において大変重要な意味をもっている。第一
に、詩人のそれぞれのペルソナを三竦み状態で終わらせることにより、天啓
だけに頼っても、感情だけでも、哲学的思想だけでも理想の詩は書けないと
いうことを示している。第二に、賢者アポロニウスも決して万能な「目」を
持っているわけではなく、その視線には限界があると気がつく読者は、いう
なれば物語の枠を越えた〈上位の存在が持つ視点〉を手に入れることになる
のだ。

3.〈上位の存在が持つ視点〉を与える「思索」

　〈上位の存在が持つ視点〉というのはキーツが 1819 年 3 月に書いた手紙
の中で述べている考え方である。この考え方が書かれた箇所は弟夫妻に宛て
た長いジャーナルレターの一部である。引用する。

　　私達が笑っている間に、あらゆる出来事がおこりうる広大な耕された大
　　地に、困難の種が蒔かれるのだ。私達が笑っている間に、その芽は育
　　ち、突然私達が摘み取らなくてはいけない毒入り果実をつけるのだ。
　　[中略] 人類のうちほとんどの人が動物と同じ本能に従ってなんとか生
　　きている。動物と同じように、目標をしっかり見据えて、鷹と同じよう
　　な動物的熱望を持って。鷹は連れ合いを欲する。人間も同じだ。見てご

らん、双方ともまったく同じやり方で、伴侶を探しはじめ、連れ合いを得る。双方とも巣を欲し、まったく同じやり方で、巣作りに取りかかり、巣を獲得する。双方ともまったく同じやり方で食料を調達する。高貴な動物である人間は楽しみのためにパイプを吹かし、鷹は雲のあたりで浮かんでいる。余暇に関する違い、これだけが違いだ。これは思索する心を持つ人間にとって、人生の楽しみを作り出す。［中略］しかし、ワーズワスが「私達は皆、共通の一つの人間の心を持っているのだ」と言っているように、人間の性質の中には純化しようとする電気的炎が存在する。だから、私達人間の中に常に新しい英雄的行為が生まれ続けているのだ。何千もの人々が、完全に公平無私な人のことを聞いたこともないのは疑いの余地もない。私が思い出せるのは、たったの二人—ソクラテスとイエスしかいない。彼らの記録がそれを証明している。私がイタチの用心深さや鹿の不安を楽しむように、私の心が率直ではあるが、何か本能的な状態に陥るのを、楽しむ上位の存在はいないだろうか？通りでの争いは厭うべきことだが、そこに現れるエネルギーはすばらしい。ごく普通の人が争いの中で魅力を見せるものだ。上位の存在にとって、我々の論理、論法は同じような色合いを帯びることだろう。間違っているが、それでもすばらしいものでありえると。これがまさしくその中に詩歌を内包しているものなのだ。もしそうだとしても、それは哲学ほどすばらしいものではないが。(2: 79–81)

この手紙でキーツは世界を、動物、人間、そして上位の存在と三段階に分けて捉えようとしている。人間には動物とは違う無私の精神があると信じながら、その資質はめったに現れるものではなく、日常生活では動物と同じ本能に従って生きていることを認めている。人間が人間の頭で考える理論や論法など、その上位の存在から見れば「間違っている」ものかもしれないが、すばらしいもので、こういう状態が詩歌を内包している、つまりそこから詩歌が生まれてくるのだと言っている。「物事の闇の側面から漂うものも、輝く側面への嗜好のどちらからも害を受けることはない。なぜなら、両方とも最

後は思索で終わるからだ」(*Letters* 1: 387) という引用からも、上記の「笑っている間に」「困難の種が蒔かれる」という表現からも分かるように、キーツの発言の根底には芸術であれ、人間の生活であれ、人間の本質であれ、すべてのものは明暗両方の面を持っているという確信がある。善人もいれば悪人もいるし、良いことのすぐ後ろには悪いことが控えているという認識である。人間の世界には光と闇が隣り合わせに存在していること、この光と影の両方を内包しているのが人間であり、人間社会である。キーツはその人間社会を受け入れた上で、上位の存在を想像力によってとらえ、その立場から現実の世界を〈見る〉と、人間社会の光も闇もたいした違いはないと述べているのだ。神の視点とも言えるその視点をもたらすのが、「思索」("speculation") である。

　もちろん人間は本当の意味での「上位の存在が持つ視点」を持つことはできないが、見えていない状態を打ち破ることは可能である。自分の状態を自覚し「思索」することにより、自分の殻を破る〈視点〉を獲得することができる。キーツが目指す芸術はそのような「思索」を観客、読者にさせるような芸術である。キーツが芸術を語った手紙を見てみよう。

　　次の日の朝「青白い馬に乗った死神」を見に行った。ウェストの年齢を考慮に入れれば、すばらしい絵だ。しかし何も迫ってくるものがない。口づけしたくなるほど狂おしくなるような女もない。実物として飛び出てくるような顔もない。あらゆる美の卓越性はその強烈さ (intensity) にある。美と真実の密接なる関係性ゆえに、すべての不快なる物を蒸発させることができる力だ。『リア王』を調べれば全編通してその例証が見つかるだろう。しかしこの絵には、ただ単に不快にさせるようなところしかない。不快なところを葬り去ってしまうような深遠なる思索 (speculation) の深みを喚起するようなものがないのだ。(1:192)

キーツが快、不快を「蒸発」させるような、観客、読者に「思索」をさせるような芸術を目指していることがわかる。上位の存在について考えている上

記の手紙と考え合わせると、読者に想像力を働かせることにより「思索」をさせ、「上位の存在の持つ」視点を獲得させることによって、上位の視点から現実世界を見ることができるようになると、光も闇も、不快も快も違いはなくなる。すなわち、不快な物を「蒸発させることができる」と説明することができる。前述のように「レイミア」はキーツが「私はこの作品の中には、人々に快か不快の感動のどちらかを与え、虜にするに違いないある種の炎があると確信している。人々が欲しているのは何らかの意味での感動なのだ。」(*Letters* 2:189) と述べている作品である。読者に快か不快の感動 (sensation) を感じさせるある種の「炎」が「レイミア」にはあると言うのだ。ベンジャミン・ウェスト (Benjamin West) の絵画について語ったのは 1817 年 12 月で、「レイミア」について語ったのは、1819 年 9 月であり短いキーツの創作期間にしては離れているが、キーツが同じものを目指しているのが確認できるだろう。キーツが快だけでなく不快という感覚も語っているのは、人間社会では隣同士に存在する物として考えていた光と闇の要素を、ここでも提示しているからだ。「レイミア」でキーツが加えた様々な要素、一見関係なさそうな第 1 部でヘルメスのエピソードを採用したこと、話者の物語を先取りするような語り、奇妙な緊張関係の中で宙づり状態のまま読者を放り出す結末を選んだことは、これらがもたらす効果、つまり心をたきつけるような「炎」を読者に与え、「思索」させることにより、〈上位の存在が持つ視点〉は得られないにしても、読者が新たな視点を獲得するように仕向けていると考えることができる。

＊本論文は 2015 年 10 月 17 日のイギリス・ロマン派学会第 41 回全国大会における口頭発表に加筆、修正をしたものである。

注

1. "speculation" について研究した人はあまり多くないが、ジョン・ミドルトン・マリー (John Middleton Murry) は *Studies in Keats* で一章をこの言葉の紹介に当てており、この引用におけるキーツのこの用法は現代の意味とは違い、「物事の闇も光も同じように公平に見ようとする状態」だと説明する。一方、ウェストの絵画についてのキーツの手紙の用法は "intensity" と同様の意味だと述べそれ以上の考察はしていない。リサ・ハイザマン・パーキンス (Lisa Heiserman Perkins) は、この用語の使用をたどることで、キーツが利己主義と不死性に関するハズリットの発言の影響にどう立ち向かっていったかを論じている。

2. 本論中における詩の引用は Jack Stillinger, ed., *The Poems of John Keats* (Cambridge: The Belknap P of Harvard UP, 1978) に拠り、筆者が訳出した。訳出にあたっては西山清訳『妙なる調べ』（E. R. ワッサーマン著、東京：桐原書店）を参考にした。

3. リシウスがジョーブに祈った内容は詩の中に表されていないが、ミリアム・アロット (Miriam Allott) は注の中で、キーツはポッター (John Potter) の *Archæologia græca: or, the Antiquities of Greece* からジョーブは結婚の世話をする神の一人だと知っており、ここでは幸せな結婚を祈ったと思われると書いている (626)。

引用文献

Allott, Miriam. Ed. *Keats: The Complete Poems*. London: Longman, 1970. Print.

Keats, John. *The Letters of John Keats 1814–21*. Ed. Hyder E. Rollins. 2 vols. Cambridge: Harvard UP, 1958. Print.

——. *The Poems of John Keats*. Ed. Jack Stillinger. Cambridge: Belknap of Harvard UP, 1978. Print.

Murry, John Middleton. *Studies in Keats*. London: Oxford UP, 1930. Print.

Perkins, Lisa Heiserman. "Keats's Mere Speculations," *Keats-Shelley Journal* 43 (1994): 56–74. Print.

チャップマン訳のホメロスの読書体験が
キーツにもたらした発見

読書行為の断片性

伊藤　健一郎

序

　本論の目的は、キーツにとって読書という行為がどのような意義を持つものだったのかを考察することにある。キーツは詩人であると同時に非常に熱心な読書家でもあり、自らを「書籍に埋もれて書籍のことを考えながら人生を送る者」(*Letters* 1: 274) と表現する。さらにキーツは自分の読書体験を扱った作品を数々遺しており、読書という行為自体が彼にとっては詩作の一つの原動力であると同時に重要なモチーフとなっていた。先行の文学作品の読書体験とキーツの詩作の影響関係を論じた研究[1]がこれまでにいくつも提出されてきたが、読書行為の持つ意義を検証することは詩人としての彼の特質の一端に光を当てることになるだろう。

　読書行為をモチーフとした作品の中で、本論では「チャップマンのホメロスを初めて覗いて」("On First Looking into Chapman's Homer") に着目したい。1816 年 10 月にキーツはジョージ・チャップマン (George Chapman, 1559?–1634) 訳のホメロスを友人のチャールズ・カウデン・クラーク (Charles Cowden Clarke, 1787–1877) とともに読み、その体験を一つのソネットに綴った。これは、キーツが薬剤医師への道を捨て詩人として生きてゆく決意を固める時期に当たる。このソネットは彼の詩作の中でも初期の作品だが、「一廉の詩人としての成熟を画するもの」(*New Life* 109) と評するニコラス・ロウ (Nicholas Roe) を初め、完成度の高いものとして度々論じられてきた。

[137]

以下、キーツの読書対象となった著作の検証を交えつつこのソネットを読み解き、キーツにとっての読書行為の意義を考察する。

1. ソネットに鏤められる発見のイメージ

　チャップマン訳のホメロスを読むに至った経緯については、後年クラークが書き残している。それによると、「チャップマン訳のホメロスのフォリオ版の綺麗な本が一冊、私に貸し出されていた」という (128)。そこで二人は早速読み始め、「ポウプ訳で断片的に読み知っていたあの『最も有名な』一節のいくつかへと向かって行った」のである (129)。クラークの文面からはこの書籍を前にした二人の興奮が伝わってくるようであり、彼らは夜を徹して熱心に読みあかした。そして、キーツは早朝に以下のソネットをしたためた。

　　　Much have I travell'd in the realms of gold,
　　　And many goodly states and kingdoms seen;
　　　Round many western islands have I been
　　　Which bards in fealty to Apollo hold.
　　　Oft of one wide expanse had I been told
　　　That deep-brow'd Homer ruled as his demesne;
　　　Yet did I never breathe its pure serene
　　　Till I heard Chapman speak out loud and bold:
　　　Then felt I like some watcher of the skies
　　　When a new planet swims into his ken;
　　　Or like stout Cortez when with eagle eyes
　　　He star'd at the Pacific – and all his men
　　　Look'd at each other with a wild surmise –
　　　Silent, upon a peak in Darien. (1–14)[2]

冒頭においてキーツは自分が繙いてきたギリシャ神話の作品世界を、"the realms of gold" と表現する。これはキーツの経た読書体験が恍惚となるような美しさに満ちたものだったことを思わせるが、さらにはその体験の貴重さをも暗示するイメージである。キーツがこの読書体験に類いまれな価値を認めているとすれば、それは対象となった書籍自体が貴重だった[3] ことに加え、この体験が新たな発見を彼にもたらしてくれたからに他ならない。ソネットには発見を表すイメージが盛り込まれている。9 行目から 10 行目は、フレデリック・ウィリアム・ハーシェル (Frederick William Herschel, 1738–1822) による天王星の発見への言及である。11 行以下はスペインの探検家バスコ・ヌーニェス・デ・バルボア (Vasco Núñez de Balboa, 1475–1519) が、ヨーロッパ人として初めて太平洋を望んだという故事を踏まえている。これらのイメージは、チャップマン訳を読んで新たな発見をしたことに対する感動がキーツにこのソネットを書かせたことを物語る。さらにソネット前半では abba abba という抱擁韻が反復されるのに対し、これらのイメージが登場する 9 行目以降は cdcdcd という交韻となる。ここには前半に対し速いテンポが感じられ、発見に伴うキーツの気持ちの高揚を彷彿させる。

　それではキーツは何を発見したというのだろうか。もちろん第一義的には、今までに読んできたものとは異なるギリシャ神話の姿をチャップマン訳によって発見したということである。だがここで注意すべきは、キーツが読んだものは原典ではなく翻訳だったという点である。翻訳を目にした読者は往々にして訳者を原典に対する一読者と捉え、その訳を原典に対する一つの解釈として受け取る。5 行目の "had I been told" という表現から、キーツの読んできたものは全てこのような原典に対する他者の解釈であったことが分かる。8 行目に "I heard Chapman speak out loud and bold" とあるように、キーツは原典と自分の間に介在するチャップマンの存在を明確に意識している。また 1 行目と 4 行目で韻を踏む "gold" と "hold" という語の関係に着目すれば、ここには価値ある美しいものを自らのものとしたという意識を読み取ることができる。さらに続いて韻を踏む 5 行目と 8 行目の "told" と "bold" は、この価値あるものが特定の語り方で語られることによって得ら

れたことを暗示する。ホメロスという原典の作者よりもチャップマンという訳者の言葉に接する読者として、キーツは自らを位置づけているのである。

　それにもかかわらずキーツは、自らの読書体験において経た作品世界を原典の作者であるホメロスの言わんとする作品世界として意識している。7行目に "did I never breathe its pure serene" とあるように、彼には今までのどの訳書よりもチャップマン訳こそが真正のホメロスの世界に触れさせるものと感じられた。ここに、キーツが翻訳と原典の区別を越えて読書という行為そのものをどのようなものとして捉えているかを窺うことができるだろう。彼にとってチャップマン訳を読んだ体験は、読書行為の本質とそれの持つ意義をも発見させる体験だったのではないか。

2. 読書行為を断片と捉える意識

　キーツがチャップマン訳を評価する背景にはどのような意識があるのだろうか。それを探るには、チャップマン訳とキーツがそれまでに読んでいた訳との違いを確認する必要がある。ここではこの違いをクラークの記述に登場するポウプの訳と比較して考えてみたい。クラークは「ポウプ訳で断片的に読み知っていたあの『最も有名な』一節のいくつか」の一例として、『イリアス』(*Ilias*) の「第3歌冒頭の、ディオメデスの盾と兜、およびそれに付されている直喩」(129) に言及する。[4] 以下はその一節のチャップマンによる訳である。

> From his bright helme and shield did burne a most unwearied fire,
> Like rich Autumnus' golden lampe, whose brightness men admire
> Past all the other host of starres when with his chearefull face
> Fresh washt in loftie Ocean waves he doth the skies enchase. (5–8)[5]

　一方、ポウプ訳は以下のように六行に渡る。

High on his helm celestial lightnings play,

His beamy shield emits a living ray;

The unwearied blaze incessant streams supplies,

Like the red star that fires the autumnal skies,

When fresh he rears his radiant orb to sight,

And, bathed in ocean, shoots a keener light.[6]

　ここで太陽のイメージをチャップマンは "rich Autumnus' golden lampe, whose brightness men admire" と表現し、ポウプは "the red star that fires the autumnal skies" とする。それぞれ核となるのは、"golden lampe" および "the red star" である。後者には太陽の属性である「星」を表す語が用いられているが、前者にそのような語はない。また太陽の輝く様子をポウプは "shoots a keener light" と表現するが、チャップマンは "the skies enchase" という具合に「光」を表す語を用いない。さらにポウプの詩行は "play" と "ray"、"supplies" と "skies"、"sight" と "light" という韻を踏む語の関係を見るだけでも、光が戯れ空を満たしその輝きが人の目を射るという太陽の有様が視覚的に想起できるものとなっている。ポウプの表現はより直接的に、チャップマンのそれは暗示的に太陽を表している。

　この太陽のイメージは、ディオメデスの兜と盾に燃え上がる炎の様子を描写する「直喩」である。チャップマン訳はこの太陽をさらにまた "golden lampe" という暗喩によって表現する。比喩に比喩を重ねることによって、ポウプのような "the red star" という表現では表し切れないものを伝えることも可能となる。"lampe" という日常的に実際に触れることのできるものに喩えることで、太陽の色彩のみならず熱気や存在感までもが想起される。ポウプ訳は可視的な事象の外面を淡々と綴るのに対し、チャップマン訳は不可視の捉え難いものを暗示するために外面的、可視的な事象を利用するという違いを窺うことができる。

　さらにクラークはキーツに「紹介せずにはおれない場面」として、「オデュッセウスの難破の場面」を挙げる。クラークがこれを読み聞かせたとき、

142

「私は彼の喜びに満ちた眼差しという報酬を得た」という (130)。この場面は『オデュッセイア』(*Odysseia*) の第 5 歌にある。以下はチャップマン訳である。

Then forth he came, his both knees faltring, both

His strong hands hanging downe, and all with froth

His cheeks and nostrils flowing, voice and breath

Spent to all use; and down he sunke to Death.

The sea had soakd his heart through: all his vaines

His toiles had rackd t'a labouring woman's paines.

Dead wearie was he. But when breath did find

A passe reciprocall, and in his mind

His spirit was recollected, up he rose

And from his necke did th'Amulet unlose

That Ino gave him, which he hurled from him

To sea. It sounding fell, and backe did swim

With th'ebbing waters till it strait arriv'd

Where Ino's faire hand it againe reciev'd. (608–21)

ポウプ訳もこの場面の描写にチャップマンに匹敵する分量の詩行を費やす。[7]

That moment, fainting as he touch'd the shore,

He dropp'd his sinewy arms: his knees no more

Perform'd their office, or his weight upheld:

His swoln heart heaved; his bloated body swell'd:

From mouth and nose the briny torrent ran;

And lost in lassitude lay all the man,

Deprived of voice, of motion, and of breath;

The soul scarce waking, in the arms of death.

Soon as warm life its wonted office found,

The mindful chief Leucothea's scarf unbound;

Observant of her word, he turn'd aside

His head, and cast it on the rolling tide.

Behind him far, upon the purple waves

The waters waft it, and the nymph receives.

　チャップマン訳とポウプ訳はカプレットを用いるという点で共通している。だが両者のカプレットは読者に同じ印象をもたらすわけではない。前者では必ずしも行末に統語上の区切りが設けられてはおらず、句またがりが散見される。それに対し後者では行の区切りと統語上の区切りが非常によく一致している。ポウプは整った形式に従って神話の物語を紡いでゆくが、それに比べるとチャップマンの詩行は緩やかな印象を与えるものだろう。

　両者には描写の仕方においても違いが認められる。ポウプはオデュッセウスが疲れ果てて倒れ込んだ後回復する過程を、彼の外観や動作を淡々と語ることで追ってゆく。それに対しチャップマンは、オデュッセウスが感じている疲労の激しさを伝えることに主眼を置く。オデュッセウスが大量の海水を飲み込んでしまった様子をポウプは "his bloated body swell'd" と表現し、「膨らむ」という語義の語を二つ重ねる。これらの語はオデュッセウスの外観を表すものだが、チャップマンにはこの記述がない。また、口と鼻から海水が流れ落ちる様子をチャップマンが "flowing" という一語で表すのに対し、ポウプは "the briny torrent ran" という具合に説明的に記述する。オデュッセウスが呼吸もできず声も出せないことについて、ポウプは "Deprived of voice, of motion, and of breath" と直接的に述べる。他方チャップマンは "Spent to all use" とするが、この表現は身体を酷使した後の疲労感をも思わせる。オデュッセウスが倒れ込む描写については、ポウプが単に「横たわる」という語義の動詞である "lay" を用いるのに対し、チャップマンは "sunke" と表現する。これは崩れ落ちるように倒れ込むイメージであり、オ

デュッセウスの疲労感の激しさを如実に物語る。チャップマンは倒れ込んだ後の描写を詳しく行う。"The sea had soakd his heart through" という表現は、物理的に海水が倒れ込んだオデュッセウスの胸を洗う様子と同時に、海が彼をすっかり疲れ果てさせてしまっているという心理的状況をも窺わせる。このように、ポウプの描写は外観や動作を時系列で辿ってゆくのに対し、チャップマンの描写では可視的な外観や動作から心理的な状況を描出することに力点が置かれている。

　ポウプ訳とチャップマン訳はいずれもギリシャ語による同じ作品の訳であるにもかかわらず、文構造から描写の仕方に至るまで大きな違いを有する。ここで着目すべきは、この違いに直面したキーツがどのような反応を示しているかという点である。一般的に異なる訳文に遭遇した読者は、いずれかの訳には誤りがあると考えるだろう。『イリアス』の原典は太陽のイメージを「星」という語義の語によって直接的に表現しているのか、または他のイメージによって間接的に表現しているのか。『オデュッセイア』の原典には海水がオデュッセウスの胸まで洗う件があるのか否か。実際に原典に近いのはポウプ訳の方だが、キーツはギリシャ語の原典に照らして訳文の正誤を判断できたわけではない。もし作品世界を理解する上で原典に忠実であることに最上の価値を見出すのであれば、彼は真正のホメロスの作品世界を理解することは自分にはできないという絶望に襲われたことだろう。

　しかしキーツを捉えたのはこのような意識ではなかった。クラークの記述に従えば、彼のうちに湧き起こった感情は喜びだった。彼は眼前に突きつけられた訳詩の違いを肯定的に受け止めているのである。ここにあるのは、原典を基準として正誤を問題とするという意識ではなく、いずれの訳も原典に対する一つの読みを提示するものと捉える意識である。そして原典の作者の言わんとする作品世界は一つの読みの中にその全貌を一挙に露にするのではなく、一つ一つの読みにおいてその微妙に異なる一面を覗かせると考えるのである。規則正しく整えられた形式に当てはめて淡々と外面的、可視的事象を描写してゆくポウプ訳は、第三者として作品世界を外から眺めるという印象を与える。ポウプにとって原典の作品世界はそのように映ったのかもしれ

ないが、チャップマンにとってはそうではなかった。ポウプに比べて必ずしも厳密な形式に従うことなく、事物の微妙な陰影や登場人物の心理的状況までをも暗示させるイメージを随所に織り込んでゆくチャップマン訳は、不可視の捉えどころのないものを想像するよう読者に促す力を持つ。このようなイメージを差し挟むことによってしか暗示することのできないものを感じさせるような世界として、原典の作品世界はチャップマンに迫ってきたのである。すなわち、同じ作品であってもそれは全ての読者に同じ姿で立ち現れるわけではない。この点で読書行為とは本質的に断片なのである。

　チャップマンの読みはキーツにとって共感を覚えるものであったに違いない。ソネットでは最終行に "Silent" という一語が配されている。この作品はキーツのソネットの中でも特に脚韻形式と統語構造および主題の展開がよく一致している。だがいくら詩としての体裁を整えようと語り尽くすことのできないものが厳としてあり、結局は黙することになってしまう。このことを最終行の "Silent" は暗示している。巧みに言葉を組み立ててきた後に置かれたこの一語から、キーツがこれをいかに強く意識しているかが察せられる。キーツを引きつけるのは、この語り尽くされないものを感得させるような力を持つ作品に他ならない。ホメロスの作品世界もこのようなものであることをチャップマン訳はキーツに示してくれた。"speak out loud and bold" と評されるその訳詩は、ポウプに比べ形式上は緩やかなものだったとしても、語られ得ないものを感得するよう促す力を備えていた。それはキーツに "breathe its pure serene" と言わしめるように、ホメロスの作品世界の中に入り込みあたかも自らがその世界の一員となったかのように感じさせる。キーツはこのような共感することのできる読みに出会えたがゆえの喜びに包まれていたのである。

3. 断片たる読書行為が有する意義

　読書行為は断片にすぎないとしても、それは作者の言わんとする作品世界を把握することは不可能であるということを意味するのではない。むしろキ

ーツはそこに積極的な意義を見出す。断片であればこそ読書行為は無限に積み重なり得るものであり、それに伴い作品世界の新たな姿が限りなく豊かに開示されてゆく。このことはキーツがソネットに盛り込んでいる発見を象徴するイメージに窺うことができる。ソネットの前半は水平方向への移動や広がりを感じさせるイメージだが、ハーシェルによる天王星の発見は空を見上げるイメージであり、上へと向かってゆく方向性を包含する。その視線の先にあるのは、無限に広がる天空世界である。これは発見に伴うキーツの気持ちの高揚と同時に、自らの前には無限の世界が広がっていることを暗示する。この点は後に続く太平洋発見のイメージにも引き継がれる。

　さらにキーツにとって読書行為を断片と捉える意識は、また別な意義を読書行為に見出すことにつながってゆく。断片とは自律して一個の全体として完結するものではないがゆえに、さらに断片化されることも、他の様々なものと関係を結ぶこともできる可能性を内包している。すなわち、読書対象となる著作の言葉や読書行為において経た体験は作品世界にのみ関わるのではない。それはキーツのうちに蓄積されてゆく中で無数に断片化され再構成され、自分が何かを認識し把握してゆく手段や形式ともなるのである。

　ソネットにおいてキーツは複数の読書行為から得たイメージを織り交ぜている。ハーシェルによる天王星の発見のイメージは、ジョン・ボニキャッスル (John Bonnycastle, 1750?–1821) の『天文学入門』(*An Introduction to Astronomy*, 1786) を典拠とすると言われる。また太平洋の発見のイメージは、ウィリアム・ロバートソン (William Robertson, 1721–93) の『アメリカ史』(*History of America*, 1777) に基づく。複数の読書体験が混淆してキーツの心象を暗示しているのだが、特に着目したいのが最後のイメージの中に登場する「コルテス」("Cortez") である。太平洋の発見者として名高い人物は、エルナン・コルテス (Hernán Cortés, 1485–1547) ではなくバルボアである。バルボアはスペイン王フェルナンド二世 (Fernando II, 1452–1516) によりダリエンの総督に任命され、1513 年 9 月に初めて太平洋を望んだ。キーツはロバートソンの原典にある「バルボア」の記述を「コルテス」に変更する。

ハントやイアン・ジャック (Ian Jack) の指摘[8]が示唆するように、キーツは歴史的事実そのものに言及しているのではなく、何かを表すための一つのイメージとして「バルボア」を「コルテス」に変えたのだろう。彼が焦点を当てるのはこれらの人物そのものではなく、それを形容する "stout" や "eagle eyes" と考えられる。バルボアはこれらの表現を引き受けるイメージとして必ずしも適格ではない。ロバートソンの原典においてバルボアは、一貫して "stout" や "eagle eyes" と形容されるような人物として描かれているわけではないからである。例えばキーツのモチーフとなった太平洋発見のエピソードから程なく、スペイン王がバルボアの首を挿げ替えるために高官を送り込む場面が現れる。自らの声望と財力をもってすればこれに対抗することは十分に可能であるにもかかわらず、唯々諾々と従うバルボアの様子が描かれる (Robertson 1: 295)。その後間もなくバルボアは、偽の反逆罪の汚名を着せられて処刑されてしまう。一方コルテスはメキシコのアステカ王国の征服者となる人物であり、『アメリカ史』における記述もバルボアに比べるかに多い。キーツのソネットのイメージは、『アメリカ史』の中の複数の要素が混淆してでき上がっていると考えられる。

太平洋発見のイメージにおいてキーツが主眼を置く "stout" や "eagle eyes" という表現は、眼前に開けた世界を望む主体の姿勢を描写するものとして用いられている。この点でこれらの表現は読書行為についても敷衍され得る。このイメージでは、「見る」という行為を表す二種類の動詞が使い分けられている。コルテスに関する "star'd at the Pacific" という描写は、"Look'd at each other with a wild surmise" と描かれる彼の部下の様子と好対照をなす。それは、ロバートソンの原典と異なる「コルテス」の表記を選択して憚る事のないキーツの姿勢と、この表記に戸惑いを覚えるかもしれない数多の読者の姿に重なる。このような読者は原典に最上の価値を置くあまり、原典と齟齬をきたすものに対して疑惑の目を注がずにはおれない。一方キーツは原典に忠実であるか否かにかかわらず、自らの読書行為において露となったものは原典の作品世界に連なっているという揺るぎない確信を持って、それをしっかりと見据えてゆくのである。

148

　「コルテス」のイメージから、原典に忠実であることは必ずしも第一義的に重要ではないという意識がキーツの中でいかに強いものだったかが察せられる。同時にそれは、読書行為には作品世界の一面に触れる以外にも重要な意義があることを物語る。すなわち彼はチャップマン訳のホメロスを読んで得た感興がどのようなものであったかについて、別の読書体験である『アメリカ史』のいくつかの断片的部分を独自に組み合わせて把握しているのである。チャップマン訳を読んでホメロスの作品世界の新たな一面を発見した興奮と、それが決して虚構ではないという確信、そしてそのような読書体験に進んで踏み込んでゆこうという意気がキーツのうちに湧き起こっていたとすれば、そのような心象を自ら認識し把握する上ではバルボアよりもコルテスの方がふさわしいイメージだったのである。

　確かにある作品に登場する人物や事象に擬えて何かを語るということは、文芸の伝統において珍しいことではない。ただしそれは一つの修辞法であり、特異なものを語る際に行われる。だがキーツにおいてそれは日常的な営みとして意識されており、彼は読書行為を経て自らのうちに蓄積された数々の言葉やイメージを頻繁に自らの言葉の中に織り交ぜる。[9]キーツはそれらを原著の文脈から切り離し、自らの体験を記憶に留めさらにはそれを想起し他者に伝えるために利用する。彼にとって読書行為は単に作品世界に遊ぶだけに留まらず、身の回りに生じる様々な事象や自らの心の動きを認識し把握する日常的な営為に密接に関わるものなのである。キーツの読書行為は一見すると現実逃避の手段という印象を与えかねないが、むしろそれは現実逃避どころか現実認識の手段と言えるのである。

結

　ソネットにおいて扱われる読書体験の中心となっているギリシャ神話は、その後キーツにとって詩作を行う上で重要な題材となり数々の作品が生まれることとなる。キーツの神話の扱い方は原典に忠実であるよりも、「神話に自由に変更を加えた」(Bush 118) と評されるものだった。それが可能とな

チャップマン訳のホメロスの読書体験がキーツにもたらした発見　149

ったのは、彼のような伝統的な古典教育を受けていない人々もギリシャの古典を翻訳で読むことができるようになった時代背景によってであるという (Roe, *Dissent* 68)。キーツにおいてこのような自由な扱い方は神話に留まらず、あらゆる読書対象についてなされてゆく。その根底にあるのは読書行為とは本質的に断片であるという意識に他ならない。作品世界は全ての読者に共通のものというよりも、あくまでもその一側面が個々の読書行為の中で微妙に異なる姿を取って露となる。であればこそ、読書行為は作品世界とのみ関係を持つものとは限らない。個々の読者の置かれた世界の無数の事象と関係を結び、現実認識や思考を成り立たせる道具ともなり得る。キーツにとってチャップマン訳を読んだ体験は、読書行為の断片性とそれが持ち得る意義をそれまでのどの読書体験よりも実感させるものだったのである。読書行為をこのように捉える意識が、エルギン・マーブルのような断片の彫刻群に言葉にできないほどの感動を覚える美意識につながり、キーツ自身の詩における言葉にまで反映してゆくのである。

注

　1. 例えば R. S. ホワイト (R. S. White) はシェイクスピアの読書体験を論じ、グレッグ・キュージック (Greg Kucich) はスペンサーに焦点を当てている。

　2. Jack Stillinger, ed., *The Poems of John Keats* (Cambridge: Belknap P of Harvard UP, 1978) に拠る。詩句の考察を行うため、本論における詩の引用は英語の原文で表記する。

　3. ジョン・バーナード (John Barnard) はこのイメージについて、エル・ドラドを念頭に置くと同時に、「恐らく書物の表紙と背に施された浮き彫りの葉模様への言及でもある」(570) と指摘する。ジョン・ミドルトン・マリー (John Middleton Murry) の指摘するように、リプリント版のような廉価版がない当時において高価な古書は読む機会に度々恵まれるわけではない (146)。この事情を鑑みれば、チャップマンの訳書を読むことのできた体験はキーツにとって貴重なものだったことだろう。

　4. クラークの記述の中に詩行自体は引用されていない。『イリアス』において実際に「ディオメデスの盾と兜」が登場するのは、第 5 歌の冒頭である。

　5. 本論のチャップマンの引用は全て、George Chapman, trans., Allardyce Nicoll, ed., *Chapman's Homer* (2nd ed., 2 vols., New York: Princeton UP, 1967) に

150

拠る。

　6. 本論のポウプの引用は全て、Alexander Pope, trans., Rev. H. F. Cary, ed., *Iliad and Odyssey of Homer* (London: George Routledge and Sons, 1890) に拠る。原著には行数が記載されていない。

　7. クラークの記述にはチャップマン訳が7行、ポウプ訳が2行記されているが、それを含めこの一節全体を引用した。

　8. 「コルテス」ついて後年ハントは、「ティツィアーノによるコルテスの肖像画」のように「一つの歴史画」であると述べる (1: 412)。だが実際にはティツィアーノによるこのような作品の存在は不明であり、イアン・ジャックはこのハントの記述を、キーツが「自分独自の歴史画」を提示しようとしていたという意味に解釈する (141)。

　9. その顕著な例として、1817年9月14日にレノルズの姉のジェイン (Jane Reynolds, 1791–1846) に向けて書かれた以下の一節が挙げられる。

> 本当に僕たちが知っている偉大な自然の四大は並々ならぬ慰安者です——開けた快晴の空はサファイアの王冠のように僕たちの五感の上に鎮座し——大気は僕たちの礼服で——大地は僕たちの玉座で、海はその前で楽を奏でる優れた吟遊詩人で——ダビデの竪琴のように不思議な力で僕のような被造物から邪悪な心を取り払うことができ——エアリエルのようにあなたのような人から人生の嵐のような気苦労をほとんど忘れさせることができるのです。僕は大海の奏でる調べの中に——その調べは（全く同じであっても）ティモテオスの熱情よりも変化があるのですが、その中に言葉にすることのできない楽しみを見出しています、そして「海からはるか離れた陸地におれども」あなたが感じているものを勝手気儘に考えながら、僕にはその声がとてもはっきりと聞こえます。(*Letters* 1: 158)

この一節においてキーツは出典を全く明記せずに様々な典拠からいくつものイメージを織り交ぜる。「サファイアの王冠のように」という表現はミルトンの『コウマス』(*Comus*, 1634) を典拠とする。「ダビデの竪琴」は旧約聖書の「サムエル記」への言及である (1 Sam. 16.14–23)。「エアリエル」はシェイクスピアの『あらし』(*The Tempest*, 1611) に登場し、「ティモテオス」はドライデンの「アレクサンダーの響宴」("Alexander's Feast," 1697) に由来する。キーツはこれらのイメージを原典の文脈から切り離し、空や海に対して自らが抱いている心象を自ら把握し、それを読み手に伝えるために利用する。また、「海からはるか離れた陸地におれども」という件は、ワーズワスの「霊魂不滅のオード」からの引用である ("Ode: Intimations of Immortality" 166)。この引用も原典の作品世界を思わせるというよりも、キーツ自身の置かれた状況を語るものとなっている。

引用文献

Barnard, John, ed. *John Keats: The Complete Poems*. 3rd ed. London: Penguin, 1988. Print.

Bonnycastle, John. *An Introduction to Astronomy*. London: J. Johnson, 1786. Print.

Bush, Douglas. *Mythology and the Romantic Tradition in English Poetry*. New York: Norton, 1963. Print.

Chapman, George, trans. *Chapman's Homer*. Ed. Allardyce Nicoll. 2 vols. New York: Princeton UP, 1967. Print.

Clarke, Charles Cowden, and Mary Cowden Clarke. *Recollections of Writers*. Ed. Robert Gittings. Fontwell: Centaur, 1969. Print.

Dryden, John. *The Poems of John Dryden*. Ed. James Kinsley. 4 vols. Oxford: Clarendon P, 1958. Print.

Hunt, Leigh. *Lord Byron and Some of His Contemporaries: With Recollections of the Author's Life, and of His Visit to Italy*. 2nd ed. 2 vols. London: Henry Colburn, 1828. Print.

Jack, Ian. *Keats and the Mirror of Art*. Oxford: Clarendon P, 1967. Print.

Keats, John. *The Letters of John Keats 1814–21*. Ed. Hyder E. Rollins. 2 vols. Cambridge: Harvard UP, 1958. Print.

——. *The Poems of John Keats*. Ed. Jack Stillinger. Cambridge: Belknap P of Harvard UP, 1978. Print.

Kucich, Greg. *Keats, Shelley, and Romantic Spenserianism*. University Park: Pennsylvania State UP, 1991. Print.

Milton, John. *The Complete Poetry of John Milton*. Ed. John T. Shawcross. 1963. New York: Anchor, 1971. Print.

Murry, John Middleton. *Keats*. London: J. Cape, 1955. Print.

Pope, Alexander, trans. *Iliad and Odyssey of Homer*. Ed. Rev. H. F. Cary. London: George Routledge and Sons, 1890. Print.

Robertson, William. *The History of America*. 6th ed. 3 vols. London: A Strahan, 1792. Print.

Roe, Nicholas. *John Keats: A New Life*. New Haven: Yale UP, 2012. Print.

——. *John Keats and the Culture of Dissent*. Oxford: Clarendon P, 1998. Print.

Shakespeare, William. *The RSC Shakespeare: Complete Works*. Eds. Jonathan Bate and Eric Rasmussen. Houndmills: Macmillan, 2007. Print.

White, R. S. *Keats: As a Reader of Shakespeare*. Norman: U of Oklahoma P, 1987. Print.

Wordsworth, William. *The Poetical Works of William Wordsworth*. Ed. E. de Selincourt. 2nd ed. 5 vols. Oxford: Clarendon P, 1952–59. Print.

キーツと自然科学

『エンディミオン』に表出された「強烈さ」

鳥居　創

序

　1810 年にトマス・ハモンド (Thomas Hammond) のもとを訪れてから 1817 年にガイ病院 (Guy's Hospital) を離れるまでの七年間を、キーツは薬剤医師を目指す学生として過ごした。この七年間の内に、彼はエラズマス・ダーウィン (Erasmus Darwin) に傾倒したトマス・ハモンドや、リベラルな理念のガイ病院から先進的な学問を吸収していく。特にガイ病院では研修医として実践的な経験を積みながら、医学に留まらず化学や植物学など幅広く自然科学を学んでいった。その意味で、キーツは、優れた教育を受けた他のロマン派詩人たちにも劣ることなく、実践的な自然科学の知識を医学の経験を通じて学んでいったといえる。

　キーツが自然科学に精通していたことは、病院の記録からも明らかだが、何より彼自身の詩や書簡から充分に見出すことができる。キーツはイメージを具体的に描くことが多く、例えばスイートピーは雄花と雌花の違いまで ("I stood tip-toe upon a little hill" 57–60)、またギリシャ神話の神々は血管の脈動する様子までも細かく表現されている ("The Fall of Hyperion: A Dream" 1.322–24)。草花や人体の組織のこのような精緻な描写は多くの批評家が考察したように解剖学や植物学の正確な知識に基づいて書かれている (Goellnicht 45)。キーツの自然科学的な観察眼が詩的イメージに「客観的な正確さ」("objective exactness" Gittings 85) を持たせ、彼の詩をより魅力的なものにしているといえる。

　もちろん、自然科学は決して表現技法だけでなく、キーツの想像力を説明

[152]

する上でも重要な役割を果たしている。単語レベルで詳しく調べてみると、想像力に対するキーツの言及には化学的な専門用語が使われていることに気づかされる。キーツの言葉を自然科学の専門用語と比較分析したスチュアート・スペリー (Stuart M. Sperry) が指摘するように、"spiritualization" や "sublimation"、"ethereal"、"essence" などキーツが想像力の説明に用いたほとんどの単語が実は化学の特殊な現象を示す言葉でもある (30–72)。医学生時代に受けた化学の講義は、物質の本質を可視的に体験できた貴重な経験だったに違いない。独特な言葉遣いに表されているように、キーツは捉えがたい想像力の機能を化学のイメージによって具体的に理解していたといえる。

　特に、キーツ特有の感覚ともいえるのが、想像力の機能を「純化」("etherealize" または "distill") という化学の専門的な現象になぞらえている点である。化学における純化作用とは、燃焼や触媒によって混合物から純物質を抽出することであるが、キーツは想像体験をしばしば一種の純化作用として捉えていたようである。1817 年 12 月、ベンジャミン・ウェスト (Benjamin West) の絵画を鑑賞したキーツは、優れた芸術作品を決定付ける重要な要素を「不快を蒸発させる強烈さ」だと定義した (*Letters* 1: 192)。「強烈さ」("intensity") が宿った作品であれば、人は「不快」("disagreeables") を感じることなく作品を鑑賞できるというのがキーツの主張であるが、実は「強烈さ」や「蒸発」("evaporation") という言葉も本来は燃焼作用における純化を示す学術用語である。この時期に自然科学の用語が集中していることからも、キーツが意図的に想像力を純化作用になぞらえたことは間違いないが、もちろん注目すべき点は、キーツがなぜ想像体験を「純化」という化学的な現象で表したのかという点である。キーツは想像力をどのように解釈していたのだろうか。

　キーツのこの特殊な感覚を理解する上で重要な手掛かりとなるのが、1817 年に創作された長編物語詩『エンディミオン』(*Endymion: A Poetic Romance*, 1818) である。キーツ自身が「想像力の試金石」(*Letters* 1: 169) と名付けるように、この物語はキーツの想像力の機能とも深く関係した作品であり、これまでも多くの先行研究が物語の展開にアレゴリカルな解釈を施

してきた。主人公エンディミオンと月の女神の愛の成就をキーツの想像体験の暗示として解釈することが可能であり、実際に詩行を読んでいくと、想像力の機能にかかわる直接的な表現をいくつも見出すことができる。特に自然科学の視点から重要だといえる理由は、この物語には先ほどの書簡と同じ「強烈さ」という言葉が用いられ、純化作用のプロセスとも解釈できる一節が存在するからである。後で詳しく見ていくが「喜悦の温度計」("Pleasure Thermometer" *Letters* 1: 218) としても良く知られた一節には、想像力が豊かに機能するところから「至上の強烈さ」("the chief intensity" *Endymion* 1.800)[1] である「愛」(1.801) によって自我が消滅していくまでの過程が事細かく表現されている。自然科学的視座からキーツを考察したドナルド・ゲールニヒト (Donald C. Goellnicht) は、「たまなす／光の滴」("an orbed drop / of light" 1.806–07) として描かれる愛が化学実験において抽出される純物質をイメージして表現されたものだと指摘している (79)。純物質のイメージが用いられているように、想像力の高揚に伴う自我消滅のプロセスは確かに一種の純化作用として解釈することが可能である。物の本質を観る想像力の作用を化学変化のイメージで捉え、その頂点で自我の消滅を感じ取るところにキーツの想像力の特徴がある。

　このように見ていくとキーツの想像力を充分に理解するためには、自然科学的視座から詩人を分析する必要があると考えられる。キーツは確かに熱心な医学生ではなかったらしく、また自然科学についての直接的な言及も少ないために、自然科学はキーツ研究においてはこれまでそれほど重要視されてこなかった。しかし、実はキーツがガイ病院の研修医の試験を優れた成績で合格していたことが既に先行研究によって明らかにされている。また昨今では、デスモンド・キングヘレ (Desmond King-Hele) やハーマイオニー・デ・アルメダ (Hermione de Almeida) などの論者たちによって、ルナー・ソサエティー (The Lunar Society of Birmingham) に代表される 18 世紀の知識人たちが既に進化論のような過激な思想を持っていたことが明らかにされると、キリスト教的な自然観を持たなかったキーツを再び自然科学と絡めて論じる研究が増えてきている。先行研究のこのような流れを踏まえても、

自然科学はキーツ研究において重要な一つのキーワードになり得るだろう。そこで、本論では、特に医学生時代の経験がキーツの詩想の基盤になっていると考え、当時のガイ病院の医学の特徴からキーツの想像力を考察する。想像力を純化作用として捉えているキーツの意識には何が潜んでいるのか、『エンディミオン』に描かれた「強烈さ」の実体に迫ってみたい。

1. ガイ病院とキーツ

　キーツの通ったガイ病院は、当時の医学雑誌が形容したようにイギリスにおいてもっとも先進的で実践的な病院だった。病院の研究の中心は実験であり、例えば医学は解剖実験を、薬学は薬の調合を中心に講義が進み、学生たちには知識よりも実技が求められた。当時の医師アストレー・クーパー (Astley Cooper) の「真理は演繹法だけでは決して証明できない」(Brock 148–49) という医学生たちに掲げたモットーが如実に示すように、この病院は実証主義的な理念に基づいて運営されていた。

　病院のこのような理念のベースには、おそらく実践を重視せざるを得なかった臨床医学という特殊な環境と、啓蒙主義の反動として実証主義に進んだ 19 世紀の自然科学の流れがあるといって間違いはない。ガイ病院の著名な医師や学者のほとんどが、エラズマス・ダーウィンやデイビット・ハートレー (David Hartley) といった「非国教徒急進派」("the radical Dissenting network" Richardson 116) に属しており、宗教に頼らず真理を求めようとする彼らの精神が病院の基礎になっていると考えるのが妥当である。しかし、とりわけキーツの生きた時代の病院の様子を細かく見ていくと、また別の特徴を見出すことができる。

　当時の重要な発見や理論を順に挙げれば、1791 年のエラズマス・ダーウィンの酸素理論[2]から始まり、新種の食虫植物の輸入、アナスタージオ・ヴォルタ (Anastasio Volta) の電流の発見 (1800 年)、ジャン＝バティスト・ラマルク (Jean-Baptiste Lamarck) の進化論 (1801 年)、ウィリアム・ハーシェル (William Herschel) の赤外線 (1802 年)、ジョン・ドルトン (John

Dalton) の原子論（1805 年）などを取り上げることができる。わずか二十年間でのこの一連の発見は、当時の自然科学が急速な進展を見せていたことを物語っている。特にこれらに共通する点は、その発見が植物界と動物界の領域を、または有機物と無機物の領域を大きく跨いでいるために、それまで啓蒙主義的な伝統の中で明確に区分けされてきた個物の項目間の境界を極めて曖昧なものにしてしまった点である。おそらく、ガイ病院のような学術施設が極度に演繹的な学問を拒んだ理由は、それまでの理論がこのような状況に対してうまく説明できなくなったからに違いない。新たな発見を目の前にして知識人たちが感じ取った真実は、観察によって分類できない巨大な自然界の様相であり、人間はその片鱗しか理解できないという自然観がキーツの時代のガイ病院の根底に潜んでいる。

　実は「強烈さ」という化学の概念は当時のこのような自然観のもとで重要な役割を担っていた。観察だけでは太刀打ちできないことを悟った科学者たちは、実験に基づき自然界の機能を解明しようとするのだが、この手段の一つとして大きく役立ったのが「強烈さ」という概念だった。前述したように、「強烈さ」は純化を決定付ける熱量や温度を指す化学の専門用語である。しかし、電気分解などの発見によって「強烈さ」という語が、物質を変化させていく力として広く用いられるようになると、化学に限らず、この概念によって様々な現象に説明がつくようになる。つまり、電流がどれほど強固な物質の内面にも影響を及ぼすように、熱量すなわち「強烈さ」が物質の変化を決定付け、全ての現象は目に見えない形で影響し合っているという考えが自然科学で定説となっていった。特に電流を自然界の原動力と捉えたハンフリー・デーヴィー (Humphry Davy) のダイナミズム論が科学者の間で良く知られるようになると、自然界の機能をも流動的なものとして解釈する捉え方が主流となっていく。注目すべき点は、このような考えが、当時の自然科学の大きな特徴となる、物質の内側と外側に明確な境界線を引こうとしない新たな視点を生み出したところにある。

　この新たな視点とは、端的にいえば、物質の構造ではなく、物質間の影響つまり変化を生み出すエネルギーを研究対象にする自然観である。南極点と

北極点を軸に運動する地球がそうであるように、物質は常に引き合い反発し合うことで、重力、磁力、電力といったエネルギーを作り出している。これらのエネルギーが物質の変化を決定付けていると考えた場合、物質の性質は他の物質との関係の中で決定されることになる。もしそうであるならば、どこまでが物質の外側であり、どこからが内側であるという定義では物質を捉えることができなくなり、自然界全てが流動的に変化する大きな存在として理解されるようになる。デーヴィーのこのような自然観が、自然科学の方向性を観察から実験へと向け、目に見えない形で物質に作用する力の存在に意義を見出そうとする当時の自然科学の特徴を生み出していった。

　特にデーヴィーの自然観が大きく影響を及ぼしたのが医学だった。当時の医学界では、チャールズ・ベル (Charles Bell) が運動神経と感覚神経を発見したことで精神と肉体の定義が大きな問題となっていた。神経が臓器や感覚機能の土台になっているのであれば、精神は肉体と別個だといえるのか、この議論は宗教観とも複雑に絡み合いながら西洋社会にセンセーションを巻き起こしていく。この問題に対し、デーヴィーの理論を応用することで解き明かそうとしたのが、キーツの指導教官を務めたアストレー・クーパーである。クーパーはいくつもの臨床実験から神経と脳が「電気的流動物質」("electric fluid") によって交流しているという結論を導く (Richardson 137)。クーパーのこの理論においては、体全体に張り巡らされた神経と脳の交流によって人体の働きが決定されるために、体は一つの大きな塊として認識されることになる。クーパーは人体を精神と肉体とに二分されないものとして捉え、人体の働きは伝達物質によって決定されると考えたのである。ここで留意すべきは、デーヴィー同様クーパーもまた、伝達物質を生み出す刺激すなわちエネルギーに着目した点にある。

　つまりクーパーが人体の機能においてもっとも関心を抱いたのも、人間と物体の間に生じる目には見えないエネルギーだった。デーヴィーの自然観に精通していたクーパーは神経が受け取る刺激が一種のエネルギーのような役割を持っていることを発見する。刺激の程度が強ければ強いほどたくさんの伝達物質が神経と脳を行き来し、その意味で刺激は人間の内面を変化させる

目には見えないエネルギー体として解釈される。もちろんこの場合、直接的な肌への刺激もそうだが、視覚などが受け取る間接的なものも、人間と対象の内に生じる実質的なエネルギーとして理解される。クーパーの医学書には、たびたび刺激を表す意味で "intense" という言葉が用いられ、さらに19世紀後期の医学書では "intensity" が「刺激」そのものを指すようになったことを踏まえれば、化学で用いられた「強烈さ」が医学において刺激を指す言葉としても用いられるようになったと考えられる。[3] このようなクーパーの理論は、『エジンバラ・レヴュー』誌 (Edinburgh Review) によってすぐに反論されたように、当時は非常に先進的な考え方であった。[4] 特に、神経を人体の基盤とし、刺激という外界と人間の間に生じるエネルギーに目をやったことは、当時の社会では極めて異例な発想だった。

　キーツがクーパーのこのような革新的な思想に精通していたことは残された彼の医学ノートを見れば確かめることができる。クーパーの講義を書き記したキーツのノートには、人体の大まかな特徴から関節や汗腺などといった細部の機能についてまで記述されている。特に神経についてはより詳しく説明がなされており、神経が「感覚 (1)、意志 (2)、無意識の活動 (3)、神経の交感 (4) の基盤」(Note Book 56) になっていることが書かれた後で、神経と精神の関係について次のように記されている。

　　　感覚とは四肢の神経が脳へと情報を伝達することで生じる現象である。これは、神経を詳しく分析すれば実証できる。［中略］一方で意志とは、感覚とは反対に内から外へと神経が情報を伝達することで生じる現象である。意志は脳と脊髄の内に宿っていると考えられる。(55–56)

この引用には、神経が脳へと伝達物質を送ることで感覚が生み出されていることが記されているが、むしろ注目すべき点は神経が意志の決定にも影響を与えている点である。

　実は当時のロマン派の思想においては、意志決定は想像力とも深い関係にあった。キーツが多大な影響を受けたのがウィリアム・ハズリットの想像力

論だったが、倫理的視点から想像力の機能を捉えたハズリットも、想像力に意志を決定する力があるという立場を取っている。特に機械論的人間観を批判し、共感的想像力を謳った『人間の行動原理に関する論文』(*An Essay on the Principles of Human Action*, 1805) で、ハズリットは人間に将来を予見させる想像力こそ記憶と感覚器官を統制し意志を決定する力だと記している。[5] しかし、キーツの医学ノートからは、ハズリットの考え方とは対照的に神経が意志にも影響を及ぼし、その意味で想像力と感覚器官はそれぞれ互いに不可分な関係であるとキーツが考えていたことがわかる。当時は、ハズリットのような考え方のほうが一般的であったことを踏まえると、キーツの医学ノートの記述は、少なくともキーツが神経は感覚や意志の基盤であることを良く知っていたことを示した貴重な資料だといえる。

　さらに、キーツがクーパーの医学的な考え方に大きく影響を受けていたことは、彼の書簡や詩を見るとよりはっきりする。キーツもまた、神経が生み出すエネルギーをやはり電流のようなものとして捉えており、人間と動物の違いを語った 1819 年の春の書簡には、「人間の中には［目的達成への］行動を決定する電流のような力が働いている」(*Letters* 2: 80) と綴っている。キーツの表現を要約すれば神経の「電流」("electric fire") が脳と筋肉を交感することで、意志が行為へと転換されると解釈できる。また後期の作品である「ハイピリオンの没落」("The Fall of Hyperion: A Dream") にはモネタの記憶が丸い脳髄に「電流のように走る悲しみ」("an electral changing misery" 1.246) と表現され、キーツがいかに神経の機能を電流の様な物質として捉えていたかを了見できる。キーツは他にも「神経」("nerve") や「血脈」("pulse") という言葉を独特なコンテクストの中で用いることが多く、こういった言及を踏まえれば、彼が神経を人間の精神の基盤として理解していたと考えられる。医学生時代、麻酔もなしに施される手術に嫌というほど立会い、研修医として神経欠陥の患者に接したキーツは、神経が精神的な機能に実際に影響を及ぼす場面にもしばしば直面していたようである。[6] こういった実際の経験と知識から、キーツもまた人体と外界の関係に関心を抱き、このことがキーツの想像力の特徴と大きく関係していると考えられる。

2.『エンディミオン』における「強烈さ」の意味

　それでは、神経を人体の基盤と捉えるキーツの意識は作品に実際にどのように現れているのだろうか。『エンディミオン』における大きな特徴を分析してみると、キーツの意識を大きく反映したかのように感覚体験が想像力の発動の契機となっていることがわかる。例えば、第1巻の主人公と夢の乙女の恍惚体験や、第2巻のアドニスとヴィーナスの邂逅の場面でも、ポピーの花々や、ワインなどの道具立てがなされ、五感の刺激が想像体験を導いている。特に第2巻の「ジャスミンの東屋」("a jasmine bower") には、感覚の刺激と想像体験が密接に関係していることを如実に示した一節が存在する。

　　　　そこは金色の苔で満ちたジャスミンの東屋であった。
　　エンディミオンのあらゆる感覚は
　　喜悦のために霊妙なものになっていった。
　　彼の頭上には半ば触れることのできる喜悦が飛び交い、
　　彼の歩みはヘスペリデスのほうへと向かっていった。
　　彼の研ぎ澄まされた耳には沈黙も天上の調べとなり、
　　彼の目をあふれんばかりの雫が満たしていった。
　　小さな花々は彼の喜悦に満ちた吐息を感じ、
　　かすかに揺れていた。(670–78)

「エンディミオンのあらゆる感覚は／喜悦のために霊妙なものになっていった」と語られた後で、改めて「触覚」「聴覚」「視覚」「嗅覚」といったそれぞれの感覚が激しく刺激されていく場面が描かれている。このことからも、キーツがいかに感覚の刺激を重視していたかがわかるが、重要な点はもちろん「ジャスミンの東屋」で感覚を刺激された主人公がこれらの刺激を通じて、霊妙な感覚を伴う豊かな想像体験を経験している点にある。激しい感覚の刺激がいつしか想像体験へと発展していく点が、キーツの想像体験の大きな特徴だといえる。

『エンディミオン』のこのような特徴を踏まえて、最初に述べた「喜悦の温度計」の一節に戻ってみると、キーツが「強烈さ」に込めた真意をよりしっかりと確かめることができる。もう一度詳しく「喜悦の温度計」の一節を見てみよう。

　　　指先にバラの花弁を巻き、
　　唇の乾きを潤しなさい。
　　聞いてごらん、音楽の接吻が大気に触れて
　　自由なそよ風を孕ませ、
　　共感的な一触れで澄み渡る空から
　　イオリアの魔法を解放する時
　　雲に包まれた墓から、古の歌は目覚め
　　祖先の墓からかつての歌が聞こえてくる。
　　調べ美しい予言の亡霊は、アポロの歩んだ道を進んでいき、
　　銅のクラリオンが目覚めてかすかになり響かせるのは
　　はるか昔に大戦のあった場所。
　　そして、その芝土からは、
　　眠った幼いオルフェウスのところへと子守唄が響いていく。
　　私たちはこういったことを感じるだろうか。
　　感じた瞬間に、私たちは漂う霊のように
　　一つになっていくのだ。
　　しかし、それよりも豊かな魅力が
　　より強力な纏れが
　　自我をだんだんと減却させるような
　　至上の強烈さが存在する。[7]［強調筆者］

指先にバラの花弁を巻きそれを唇にあてる行為は、外界の自然を肌身で感じ取ることだといえる。それにしたがって古代の詩が奏でられるように、感覚の刺激によって想像的イメージが段階的に膨らんでいっていることがわかる。

キーツがこの一節を創作している時「想像力が真理に向かう階段を登っていった」(*Letters* 1: 218) と語ったことを踏まえても、感情の高揚によってイメージが途切れなく拡大されていく描写は、確かに感覚の刺激と想像力が密接に関係していることを表している。特に、引用の一節には、「孕ませ」("impregnate[s]") や「澄み渡る空」("lucid wombs")、「解放する」("unbind[s]") などといった誕生を仄めかす単語が多用されており、風がイオリアン・ハープを奏でるように、想像的なイメージが自己と外界の関係の中で育まれていることに気がつく。このような特徴をこれまで見てきた医学的な見地から判断すれば、外界の刺激が神経を通じてキーツの精神に影響を及ぼし、それが豊かな想像体験をもたらしているといえる。

　そうだとすれば、『エンディミオン』創作時に特にキーツが用いた「強烈さ」とは、刺激を指す言葉として解釈して間違いない。「喜悦の温度計」の一節が感覚的なイメージから徐々に抽象的なイメージへと転換していったように、神経を基盤に外界と自己の間でなされるキーツの想像体験は感覚の刺激によって導かれるものだといえる。つまりキーツは想像力を発動させる刺激の程度を示すために「強烈さ」という言葉を用いたと考えられる。その意味で、当時の医学的な思想がキーツの用いる「強烈さ」という言葉を支えており、「強烈さ」となる外界の刺激を求めるキーツの意識が彼の想像体験の基盤になっている。

3.『エンディミオン』における純化作用

　もちろん、最後に注目すべき点は、この想像体験の頂点になぜ自我の消滅が生じるのかということである。エンディミオンは他者との融和を導く「愛」が、「自我をだんだんと滅却させる」("self-destroying" 1.799) と語っているが、感覚の刺激を基盤とする想像力はなぜ「自我の消滅」へとつながるのだろうか。

　この独特なプロセスを理解するために、想像体験を繰り返す主人公の意識に着目してみたい。第2巻の「ジャスミンの東屋」で強烈な感覚の高揚を

体験した主人公は次のような告白をしている。

　　　彼は言った。
　「あぁ、このほとばしるような思いも全て
　孤独に去っていってしまうのか。
　全ての経験は、砂漠の上をこだまなく消えていく調べのように
　失われていってしまうのか。
　なんと悲しく、なんと憂鬱でつらいことだろうか。
　私はこの時に自身が不滅になれたのを感じているのに。[8]［強調筆者］

この一節に示されているように、主人公の苦悩の原因は潜在的な喪失感にある。「去っていってしまう」や「失われていってしまう」などの未来表現に暗示されているように、エンディミオンはどのような高揚体験を感じても、それがいつか失われてしまうという恐怖を直感している。しかも、それでも「自身が不滅になれたのを感じている」という表現からも、感情の高揚がなければ想像体験を経験することもできず、実はこの意識が主人公の喪失感の根源となっている。神経が受け取る刺激が一時的なものであるように、感覚の刺激に基づく感情の高揚は常に一過性のものである。もしその瞬間に想像体験があるのならば、想像体験を求める主人公は常に喪失感を感じなくてはならなくなる。

　さらに主人公のこの意識は、物語の構造とも深い関係にある。『エンディミオン』の物語を鳥瞰してみると、類似した想像体験が繰り返し描写されていることに気づかされる。例えば夢の乙女と恍惚的な想像体験を経験した主人公は、旅の中で出会ったアドニスとヴィーナス、アルフェウスとアレスーサたちの愛の場面を通じて、同様の想像体験を繰り返し経験することとなる。主人公は、その都度、これらの体験がいつか失われてしまうことを恐れ、「幸福の境界にありながら／私にとって不幸以外はないのか」(4.460–61) と喪失感に怯えている。そして、この喪失感から回復しようとして新たな刺激を求め、再び旅を始める。作品のこのような構造を見ると、喪失感

と、それを埋め合わせようとする主人公の意識の往還運動が物語の推進力になっている。

このパターンの大きな特徴は、この運動が自我の意識が保たれる限界まで終わらない点にある。もし常に喪失の恐怖を主人公が感じているのであれば、主人公は自我の意識では抑えられないほどの極みに達するまで強烈な刺激を繰り返し求めることとなる。第１巻でエンディミオンは夢の乙女の手を握ろうとするのだが、「あぁ、それは耐え切れなかった／その魅力ある手に触れて私は気も遠くなると思われた」(636–37) と自分の意識が失われる瞬間をはっきりと語っている。また第３巻でネプチューンの神殿を訪れたエンディミオンは、豪華絢爛な祝宴の中で「想像力」がもたらす「強烈な目まぐるしい苦痛」(1009) によって意識を失ってしまう。こういった表現は『エンディミオン』にいくつも見出すことができ、主人公が意識を失う原因は、自我の意識が消滅するほどの強烈な体験を求め続けるからだと考えられる。

主人公のこのような想像体験のプロセスを考えれば、『エンディミオン』における純化作用とは、夢の乙女との体験に象徴される極めて強烈な瞬間を経て導かれる対象との一体化だといえる。強烈な瞬間を経て自我の意識が消滅するのであれば、その瞬間に主人公は自と他の隔たりに邪魔されることなく対象との一体化を果たすことができる。それゆえ、自と他の融和を可能にする「愛」が「至上の強烈さ」と呼ばれるのである。対象と完全に一体化を果たすこの行為は、対象が十全に明らかにされるという意味で、その本質へと導く行為だといえる。つまり化学における純化作用が混合物から純物質を抽出するように、エンディミオンは極めて強烈な瞬間を経て対象の本質へと導かれるのであり、この行為こそがエンディミオンの純化作用を意味していると考えられる。

しかし、そうだとすれば、エンディミオンの経る純化作用とは単なる外界との一体化としては片付けることができない。エンディミオンが外界と一体化した際に自我の意識の消失に達してしまうのであれば、彼は意識的には一体化した状態を捉えることができない。エンディミオンが認識できるのは、一体化していくまでのプロセスであり、再び意識が戻れば、「苦々しい／日

常の自我への旅路」(2.275–76) へと戻されることになる。しかも感覚の刺激が基盤になっている以上、想像体験のみを求めることもできない。そのためエンディミオンの意識は最終的には現実にあり、純化作用を求めることは、結局のところ豊かな想像体験を希求する一方で、現実を受容しようとする姿勢を育むことになる。

　おそらく、エンディミオンのこのような想像体験のプロセスが物語の主題にもなっている。物語の結末は、主人公が愛したインド娘が月の女神である真の姿を現し、二人の愛が突如成就することで締めくくられる。第4巻までの旅の道程を考えると、主人公は長い旅の経験によって、内向的な思いを脱し外へと意識を向けることで月の女神との融和を果たした。この意識の変化が、他者との共感や愛などといった人間性を主人公に気づかせ、インド娘に象徴される地上の愛が天上の愛の反映であることを読者に意識させる。作品のこのような展開に鑑みても、おそらく物語の主題の裏にあるのは、感情の高揚がもたらす豊かな想像体験を享受するキーツの意識である。キーツはエンディミオン創作時、「思考より感覚の生」(“a life of Sensations rather than of Thoughts!” *Letters* 1: 185) を希求し、「一瞬にこそ幸福がある」(*Letters* 1: 186) と信じた。詩人とはふつう美の本質を求めて精神的な世界を希求するが、キーツが『エンディミオン』で伝えたかったことは、美の本質は現実を通じてしか感じ取ることができないという現実受容の価値観だったのではないだろうか。「意図せぬ／霊性化」(4.992–93) によって主人公が女神と再会できたように、また主人公を女神へと導く「静謐の洞窟」(“Cave of Quietude” 4.548) は「求めても／入ることが許されない」(“Enter none / Who strive” 4.531–32) と表現されるように、豊かな想像体験はそれ自体を求めるのでなく、外界を受容して初めて可能になるのである。

結び

　このように見ていくと『エンディミオン』は感覚の刺激を基盤に想像体験をするキーツの意識が反映された作品だといえる。分離の難しい混合物も熱

量を高めれば純物質を抽出できるように、対象を十全に味わおうとしてキーツはより強烈な刺激を求めていった。純化作用に表されるキーツのこの意識が、豊かな想像体験へと彼を導き、詩的イメージあふれるキーツの作品世界を作り出している。その意味で、『エンディミオン』に表される「強烈さ」とは、自身を引き付けずにはおかない激しい体験であり、正確な自然科学の知識に基づくキーツの独特な感覚がそれを生み出している。

注

1. Jack Stillinger, ed., *The Poems of John Keats* (Cambridge: Belknap P of Harvard UP, 1978) に拠る。
2. 酸素理論が最初に唱えられたのは 1773 年だが、一般に知られるようになったのはエラズマス・ダーウィンの著書によるといわれている。
3. 19 世紀後半の神経系の理論 (Pain of Theory) では "intensity" が刺激の程度を指す単語としてしばしば用いられている。
4. エヴェラード・ホーム (Everard Home) は『エジンバラ・レヴュー』誌において、「脳は感覚を生み出すような機能と全く関係がない」("Observations on the Functions of the Brain" 440) と指摘している。
5. 意志決定に関するハズリットの解釈については、ノエル・ジャクソン (Noel Jackson) の *Science and Sensation in Romantic Poetry* の第 5 章を参照してほしい。
6. 詳しくは、ゲールニヒトの *The Poet-Physician* の第 4 章を参照してほしい。
7. 読者が理解しやすいように英文を記す。

Fold

A rose leaf round thy finger's taperness,
And soothe thy lips: hist, when the airy stress
Of music's kiss impregnates the free winds,
And with a sympathetic touch unbinds
Eolian magic from their lucid wombs:
Then old songs waken from enclouded tombs;
Old ditties sigh above their father's grave;
Ghosts of melodious prophecyings rave
Round every spot where trod Apollo's foot;
Bronze clarions awake, and faintly bruit,

キーツと自然科学　167

> Where long ago a giant battle was;
> And, from the turf, a lullaby doth pass
> In every place where infant Orpheus slept.
> Feel we these things?—that moment have we stept
> Into a sort of oneness, and our state
> Is like a floating spirit's. But there are
> Richer entanglements, enthralments far
> More self-destroying, leading, by degrees,
> To the chief intensity: (1.781–800, emphasis added)

8. 同上。

> 　　　　　　　　　"Alas!"
> Said he, "will all this gush of feeling pass
> Away in solitude? And must they wane,
> Like melodies upon a sandy plain,
> Without an echo? Then shall I be left
> So sad, so melancholy, so bereft!
> Yet still I feel immortal! (2.680–86, emphasis added)

引用文献

Brock, Russell Claude. *The Life and Work of Astley Cooper*. Edinburgh: Living-stone, 1952. Print.

De Almeida, Hermione. *Romantic Medicine and John Keats*. New York: Oxford UP, 1991. Print.

Gittings, Robert. *John Keats*. London: Heinemann, 1968. Print.

Goellnicht, Donald C. *The Poet-Physician: Keats and Medical Science*. Pittsburgh: U of Pittsburgh, 1984. Print.

Hazlitt, William. *The Complete Works of William Hazlitt*. Ed. P.P Howe. Vol. 1. London: Dent and Sons, 1930. Print.

Home, Everard. "Observations on the Functions of the Brain." *The Edinburgh Review*. 1 Feb. 1815: 439–52. Print.

Jackson, Noel. *Science and Sensation in Romantic Poetry*. Cambridge: Cambridge UP, 2008. Print.

Keats, John. *John Keats's Anatomical and Physiological Note Book. Printed from the Holograph in the Keats Museum, Hampstead*. Ed Maurice Buxton Forman. Oxford: Milford, Oxford UP, 1934. Print.

——. *The Letters of John Keats, 1814–21*. Ed. Hyder E. Rollins. 2 vols. Cambridge: Harvard UP, 1958. Print.

——. *The Poems of John Keats*. Ed. Jack Stillinger. Cambridge: Belknap P of Harvard UP, 1978. Print.

King-Hele, Desmond. *Erasmus Darwin: A Life of Unequalled Achievement*. London: DLM, 1999. Print.

Richardson, Alan. *British Romanticism and the Science of the Mind*. Cambridge: Cambridge UP, 2001. Print.

Sperry, Stuart M. *Keats the Poet*. Princeton: Princeton UP, 1973. Print.

III

ドイツ神秘主義と
サミュエル・テイラー・コウルリッジ
コウルリッジによるヤコブ・ベーメの解読、その共感と批判

直原　典子

序論

　ヤコブ・ベーメ (Jakob Böhme, 1575–1624) [1] は、ドイツ神秘主義思想家の一人としてその名を知られている。彼の影響はイギリスにもおよび、清教徒革命期においてベーメニスト (the Behmenists) と呼ばれる一派が活動したことは歴史家の知るところである。[2] ベーメの神秘主義思想の影響はイギリス・ロマン派にも及んだ。サミュエル・テイラー・コウルリッジは、ウィリアム・ロー (William Law) の編集による英語版の『ヤコブ・ベーメ作品集』(*The Works of Jacob Behmen*, 1764–81)[3] に相当量のマージナリア（余白への書き込み）を残している。リチャード・ヘイヴン (Richard Haven)の解説によれば、早くも 1795 年から 96 年にかけてコウルリッジがベーメの「アウローラ」に言及していた記録がある。その後もベーメの名は、1810年代から 30 年代にかけてのノートブックなどでたびたび言及されている(*Marginalia* 554, vol. 1)。またアリス・スナイダー (Alice D. Snyder) によれば、このベーメの作品集は、おそらく 1808 年頃、友人のトマス・ド・クインシー (Thomas De Quincey) からコウルリッジに贈られたもので、この版への書き込みの多くは、1808 年から 09 年にかけて書かれたものである。コウルリッジは、さらに 1817 年と 18 年、日付入りで書き込みを書き加えている (616)。したがって、書き込みによるコウルリッジのベーメ評価は、この年代の幅を考慮に入れて考える必要がある。

　ベーメ思想は一般に神秘主義 (mysticism) あるいは神智学 (theosophy)、

[170]

そして汎神論 (pantheism) とも言われる。本論では、神秘主義とは、直観によって神との合一を体験しようとする宗教的、哲学的立場であり、神智学とは、神秘的直観によって自然の奥底を洞察し、神の啓示に触れようとする宗教的立場であると考える。また。汎神論とは神を自然と同一視する立場であると定義しておきたい。スナイダーは、コウルリッジは、「ベーメの汎神論を受け容れてはいない。しかしながら、ドイツ神秘主義者に対して、その過ちを認識しているときにおいてすら、熱い思いに溢れた覚書を残している」(617) とも述べている。コウルリッジは、神秘主義に対していかなる態度をとっていたのだろうか。また神秘主義と汎神論とはいかなる関係にあるのだろうか。また、ベーメ思想は、コウルリッジ思想におけるキーワードとして語られてきた「一つの生命」(One Life) といかなる関係にあるのだろうか。本論の背景にはこのような筆者の基本的な問いがある。

　コウルリッジは、1800 年代においては、ベーメが展開する三位一体論や、絵巻物のように視覚的に繰り広げられる天地創造論に対し、強い共感を示すと同時に、彼の生きる 19 世紀初頭の時代精神の上に立って再解釈を試みている。しかし1817 年、18 年のマージナリアでは、ベーメの汎神論的傾向に対する明確な批判を書き残している。コウルリッジのベーメへの態度は、スピノザやシェリングに対する場合と同様に、両義的である。[4] 本論では、ベーメの「アウローラ」の天地創造論における、根源霊、天使と人間の創造、神のヴィジョン、そして「恩寵の選び」("Of the Election of Grace") で展開される神の意志論の四点に注目し、コウルリッジによるマージナリアをもとに彼のベーメ解釈を探る。さらに、前段落で述べた三つの基本的問いかけへの答えを探るとともに、コウルリッジがベーメ思想の何を評価し、何を批判し、その結果、いかなる思想的方向性を見出していったのかを考えたい。

1. ベーメによる天地創造論——「神的力の七つの根源霊」
(the seven Fountain-Spirits in the Divine Power of God)

　ベーメの創世のヴィジョンでは、はじめに、神のうちにある根源霊が想定

され、創世は根源霊の流出によって成された、とされている。ベーメは一方で父と子と聖霊が本質を同じくするというキリスト教的三位一体論を語っているが、神からの流出によって世界創世が成されたとする点は、プラトニズムの伝統を引き継ぐものである。

さてベーメは、神のうちにはサルニテルとメルクリウスという二つの力がある、と言う。サルニテルとは、神の力であり、創造の根源としての霊的力であるが、サルニテルから身体的なものが生じる。メルクリウスとは音あるいは響きであり、ここから愛、言語、そして自然が産まれる。彼はサルニテルとメルクリウスをさらに以下の七つの根源霊に分ける。第一の根源霊は渋い性質 (the astringent Quality) を持ち、これは収斂する力 (Compaction) である (62; bk. 1, ch.8)。第二の根源霊は甘い (sweet) 性質であり、水の要素でもある (63, 78)。第三は苦い (bitter) 性質であり、「震え、浸透し、上昇する、荒い性質である」(64)。第四の根源霊は熱 (the Heat) であり、ベーメはこれを「真の生命の霊」("the true Spirit of Life") とも呼ぶ (65)。第五の性質は、「優雅で、親しみ深く、恵み深い神聖なる愛」(73) であり、この霊の性質は、体を造ることには関わらず、ちょうど花が地から咲くように、ただ体のうちに現れ、その起源は水の甘い性質のうちにある (77)。第六の根源霊は、響き、音、調べであって、そこから発話、言語が産まれ、万物の識別が成される (83)。そして神的力の第七の霊は身体性 (the Corpus or Body) である。これは、他の六つの霊から産まれ、この第七の霊のうちに、すべての天上の形象が存在し、万物はこのもののうちで形作られる (92)。

第一の渋い霊は、引き寄せ、集め、すべてを乾燥させる。第二の甘い霊はすべてを和らげ穏やかにする。第三の苦い霊は狂暴な霊であり、渋い霊と混ざり、揉み合うと点火する。そして火の憤激性が立ち現れる。水の甘い性質のうちでは苦い性質は柔らかなものとなるが、憤激性のうちでは自立的で身体的なものとなる。こうして、熱と生命の点火である第四の霊となる (94)。さらにベーメは、これらの霊はどの霊も一つだけでは存在せず、これらの七つがすべて互いを産み合っているのだと述べ、さらに、これらの霊が持続的に第七の自然霊のうちで発出し、一切を形作ると言う (97)。

ベーメのヴィジョンは、中世的、錬金術的な記述をひきずってはいるけれども、「創造の根源となる霊」(the fountain Spirits) という言葉で、霊的な、あるいは知的なものである愛や言語の源を示すと同時に、物理的、身体的なものの基本要素を示し、さらに、これら七つの霊が混然一体となって互いを産み出し合い、刺激し合って、万物を形作ることを視覚的に表現している一元論的ヴィジョンである。このヴィジョンは、西洋の一方の伝統である、アリストテレスの形相と質料の弁別以来、「ヨハネによる福音書」に示される彼岸的な霊的世界と此岸的な身体的世界の弁別を経たのち、デカルトによって思惟と延長の区別として明確になっていく二元論に対し、霊的なものと身体的なものが混然一体となった一元論的かつ有機的にして動的な世界創成のヴィジョンである。これをキリスト教思想史の系譜で語るならば、新約において天国の幻視を語るパウロ、中世のエックハルトを経て、正統的言説と深くからまり合いながら語り継がれてきた、キリスト教の神秘主義的伝統の系譜の中にあるものと言うことができる。

　さてコウルリッジは、ベーメの語る根源霊について、19世紀初頭において彼の知り得た最新の科学的知見に照らし合わせて、再解釈を試みている。先に述べたように、ベーメは、第一の収縮する渋い根源霊と、刺激する第三の苦い根源霊が、第二の甘い、水の性質を持った根源霊と混ざり合うことによって、光、熱が産まれ、生命が誕生すると説くが (81; bk. 1, ch. 9, secs. 38–39)、コウルリッジはこれを受けて以下のように解説をしている。

　　水としての水は、実際は死である。そして［中略］あらゆる計量可能な気体の質料である。しかしそれは生命の前段階としての死であり、その最も解放された状態にあるのが重力である。そして、重力は常に可変的であり、分化可能な基底としてそこで光を受け取る。一方熱は、常に持続している生成過程の印であり産物である。これを超えるとすべてが個体化の持続的上昇となり物質世界の体系となる。

(*Marginalia* 597, vol. 1)

コウルリッジの言説もまた、21世紀の現代のものとは隔たりがあり、必ずしもわかりやすいものではない。しかしここでコウルリッジが考えているのは、身体性と霊性を併せ持つ存在である。水、重力、光、熱がその例である。水は氷のような固体から水蒸気、すなわち気体へ、その様態が変化する。固体としての水は可死性を持つが、気体としての水は可死性から離れ、様態として重力や光に近いものとなる。熱、光、重力は、直接力を及ぼす身体的な性質を持つけれども、目ではその存在自体を見ることのできないものであるという点で、霊的なものに近い。この三つは、この両義性によって身体的なものと霊的なものを媒介する力でもある。水は四つの存在の中では最も身体性を多く持ち、その意味で死に等しい存在であるとも言え、一方で計量可能な気体として質量も持つ。その水が、最も気体としての性質を多く持ったとき重力となるとコウルリッジは考えている。そして重力となったとき水は光を受け取る。そして光と重力が統合されて熱になり、これが物質生成のもととなっていくと考えられている（【図2】参照）。[5] 同時に、第一の渋い霊、第二の甘い霊、第三の苦い霊、第四の熱の根源霊が混ざり合い、また反発しあって、個体化が始まり、物質世界の体系を持ち始める。様々な物質が結合と反発、融合と分離、収縮と膨張を繰り返しながら、個体を産み出していく。コウルリッジはベーメの言う第一から第四の根源霊をそれぞれ、19世紀の初頭に知られていた元素である炭素、窒素、酸素、水素にあてはめて考えている。そして、そこに、光、重力、電気、磁力の力を加え、様々に、吸引と反発、収縮と膨張を繰り返すことで物質世界が弁証法的に形成されていくイメージを展開する。【図3】に見られるように、プラス極とマイナス極となって対立関係にあった物質と物質が、新たな力が加わることで統合され、新たな物質、あるいは新たな固体が産み出され、その新たな物質が別の物質とさらに反応して、さらに新たな物質が創り出されていくという弁証法的な世界生成のイメージを、コウルリッジは語っている (589–97)。

【図1】

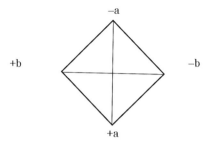

【図2】

Heat, Life　<Synthesis>
熱、生命　〈統合〉

Light <Thesis>　　　　　　　　　Gravitation <Antithesis>
光　〈命題〉　　　　　　　　　　重力　〈反命題〉

Water, Death　<Prothesis>
水、死　〈前命題〉

【図3】

Attractive（吸引力）
Carbon（炭素）
Astringent　（渋い性質）
<the Pole of the Magnetic axis>（磁力極）

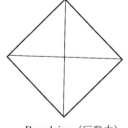

Dilative（膨張性）　　　　　　　　Contractive（収縮性）
　　　　　　　　　　　　　　　　bitter（苦い性質）
Hydrogen（水素）　　　　　　　　Oxygen（酸素）
<positive+>（プラス極）　　　　　<negative–>（マイナス極）

Repulsive（反発力）
Azote（窒素）
<the Pole of the Magnetic axis>（磁力極）
Sweet Water（甘い水）

コウルリッジの世界形成のイメージは、彼の『生命論』(*The Theory of Life*, 1848)（執筆は 1816 年頃）に詳しいが、[6] 彼の生命論がドイツ観念論哲学のシェリングの影響を強く受けたものであることはすでによく知られている。ベーメのみならず、シェリングやコウルリッジがその時代の科学的知見に基づいて述べる生命論も、我々の現代科学と比較するならば、必ずしもそのまま受け容れられるものではない。しかし注目すべきは、コウルリッジがベーメの体系に同時代の科学的知見をあてはめて考えていることである。コウルリッジは、それによってベーメ体系の信憑性をできる限り証明しようと試みていたと考えられるのである。もとより、創世物語は証明可能なものではないであろう。しかし、ベーメが描く創世のヴィジョンは、スピノザのように緻密なものではないとしても、自然と神との間を繋ぐ一貫した体系を成しているのであるから、その体系を部分的にではあっても、科学的知見によって説明し得るならば、一元論的体系の信憑性を証明する一助となると考えたからであろう。コウルリッジは以下のようにベーメ思想について書いている。

> ベーメは、万物を理性に従って見ていた。それは、万物を単なる線や面における現象として（推論的悟性のプロセスに従って）見ていたのではなく、またそれとは逆に、感覚で捉えられる具体的ではあるが混沌としたもの、すなわち感性的多数性や直接性を持つものとして見ていたのでもなく、統合するヌース、すなわち、生産し想像する理性によって分割されることなく定められた、統一体のうちにある多数性のうちに、相互浸透的で透明かつ持続的な、有機的統一体を成すものとして万物を見ていたのである。(*Marginalia* 595, vol. 1)

霊性と身体性の両者を含む七つの神的根源霊が流出し、混ざり合い、反応し合って世界が創成されていったとされるベーメによる世界形成の体系的説明は、コウルリッジやシェリングが抱いた有機的統一体としての形成的な世界観の先駆として位置づけることができる。神の流出によってできたこの体系は、神と自然、神と人間との直接的な結合の可能性を保証する体系であると

ともに、神に近づき得る人間存在としての誇りを、あらゆる人々に平等に約束する体系であったとも言える。

2. 天使と人間の創造——神、天使、人間の同質性

　このような七つの霊から創造が成されるが、ベーメは第一に、神による天使創造を描く。

> まったき聖なる三位一体である神は、その立ち働きによって、それ自身のうちから、一つの体あるいは像を組み立て、凝縮し、形作った。それは一つの小さな神のようなものであった。だがまったき三位一体ほどに十全で力強いものではなく、いくらかは被造物の持つ拡がり (Extent) や能力に従うものなのである。というのも、神においては始まりも終わりもないが、天使は始めと終わりを持っている。だが天使は限定されたものでも、把握できるものでも、触れられるものでも、確定されたものでもない。
> 　天使はサルニテルとメルクリウスから造られ、合わせ形作られた。すなわち、神からの発出によってできたのである。
>
> (44; bk. 1, ch. 4, secs. 46–47)

伝統的なキリスト教神学では、創造はすべて神の言葉によって成され、さらに、天使は完全に霊的なもので物質的なものを持たない存在として教えるが、[7] ベーメは、天使を神から発出したサルニテルとメルクリウスから構成された、ある種の空間的拡がりを持つものとして捉えている。コウルリッジはこの箇所に以下のような書き込みをしている。

> 神の子においては、すべては一であるのだが、それでも、神の自己意識による行為は、その偉大なるイデアに対して実体を持つ本質を与える。そうであっても含まれるすべてのイデアは、神の力のうちに、また神の

自由な善性によって、それ自体の姿を生み出したのである。というのも、それらは、存在しないよりも存在することのほうが良いからである。しかしそれでも「存在すること」すなわち「外側に立つこと」によって、それらは必然的に有限なものとなったのである。したがって、神の精神のうちにあった原型から、十全のものではない姿として生み出されたのだ。そして、プラトンが霊感を受けたかのごとく描いたように、「無」から区別され〈分かたれた〉本質を持つ、有限のものとして生み出されたのである。(*Marginalia* 573, vol.1)

永遠なるものとしての神から、有限な被造物が産み出されるプロセスへの洞察である。神のイデアが実体を持つものとなって、神の外に立ったとき、神から発したものは、神とは異なる有限な被造物として存在し始める。コウルリッジは、神の言葉がすべてを創る聖書的創世のイメージを、ネオプラトニックな神の流出論と重ね、さらに主体としての神が客体としてのイデアを持つことによって、新たな存在を産み出していく弁証法的なプロセスを、ベーメの絵画的な描写に触発されて記している。神の七つの霊の流出によって被造物が造られていくイメージは重要である。そのことが神と天使の、そして天使と人間の同質性を保証するからである。ベーメは言う。

人間が神の似像で創造されているのと同様に、天使も神の似像として造られている。というのも天使は人間の同胞であり、人間は復活のさい天使と異なる形や姿を持たないであろうことは、我らの王キリスト自身が証言していることである。[8] (45; bk. 1, ch. 5, sec. 2)

ベーメは、アウグスティヌスやトマス・アクィナスの神学で語られる天使とは異なって、何らかの物質的延長を持つ天使を思い描いている。そして、人間と天使がともに神の似像として同じ本質を持つことを強調している。さらに神の霊的な力が、天使の精神に入り込み、神は天使の心に住まいを持つようになる。神のうちにあったサルニテルとメルクリウス、すなわち七つの霊

は、神のうちにあったのと同じように天使のうちに現れるのである (47; sec. 20)。さらにベーメは、人間にも天使と同様の過程が起きると考え、人間の霊もまた神の聖霊によって照らされていることを強調する。ベーメにとって「人間の聖なる魂と天使の霊は一つの同じ実体を有し」ている。人間は堕天使ルシファー、すなわち悪魔的存在によって汚染され、「腐敗した地上的な性質を持っている」が、それと同時に、人間は自らのうちに、「神的な天上の性質を持っているのである」(48; sec. 32)。この箇所に関するコウルリッジの記述は熱を帯びている。

> 私が唯一目的とし、唯一信仰の擁護とするのはこのことなのである。青年たちの精神に火をともすこと、すなわち、キリスト教の体系は理性によって発見できるものではないけれども、それでも、その体系は必然的な連結によって構成されているものであることを示すことによって、蔑む者たちの誘惑から彼らを守ることである。宗教は理性の「目」がそれ自身の地平線に到達したところからのみ、理性の範囲を抜け出るのである。そして信仰は〈そのとき〉「持続」となるのだ。たとえ日が弱まり柔らかな薄明となり、薄明が音もなく静かに暗闇になっていったとしても！それこそ夜、聖なる夜なのである！目を上に向ければ星の瞬く天のみが見える。天はそのもののみを表わしているのだ。そして天に向けられた目は、恐るべき深淵に瞬く、星のきらめきを凝視し、それによって魂は確かなものとされ、内なるものを讃える恍惚へと入っていくのだ。
>
> (576)

この一節は、コウルリッジの神との一体化を願う宗教的かつ実存的な心情をよく表しているが、ほぼそのままの形で『文学的自叙伝』(*Biographia Literaria*, 1817) の最終部 (247, vol. 2) に用いられていることは注目に値する。理性の目が自らのでき得る限りの探求をして、自身によって見える限界地点に達したとき、信仰は神を認識することを求めるのではなく、神の住まう場所を凝視する一つの行為となる。この『文学的自叙伝』における「境界

線を超えるヴィジョン」は、ベーメの「アウローラ」に触発されて述べられている、と言うことができる。つまりコウルリッジが理性の限界地点を超えて神を凝視すると語る背景には、ベーメによる視覚的で体系的なヴィジョンが、すなわち神と天使、そして人間の同質性を語る神秘主義的ヴィジョンが存在しているのである。コウルリッジの、ベーメのキリスト教神秘主義への深い共感をここに見ることができる。このヴィジョンに関しては後の章で再度考えることとしたい。

3. ベーメによる神の誕生論
——七つの輪を持つ車のヴィジョンとコウルリッジによる批判

　ベーメによる神の七つの根源霊のヴィジョンは、神そのもののヴィジョンへ繋がっていく。

> 見よ、先に語ったように、その最内奥の本質における神の誕生は、これらの四つの性質のうちにおいてかくも鋭いのである。［中略］しかし、神の誕生がそれ自身においてかように鋭いのは、その凝縮によって一つの体が形成され得るという目的のためである。そうでなければ、神性は存立せず、ましてや被造物は存立しないであろう。
>
> (126; bk. 1, ch. 13, secs. 81–84)

ベーメは神の誕生を語る。キリスト教では本来、神は永遠の存在であり、万物の創造主であり、全知、全能、普遍にして不変の存在である。これはキリスト教の伝統における第一義的命題と言うべきものである。したがって、「神が誕生する」という言説はキリスト教的伝統の側から見れば、驚きを禁じ得ない言説である。しかし神の誕生は、ベーメの神秘的幻視が最高度に高揚する箇所でもある。

　かりに私がその誕生における神性を、まさにその最高の深みのうちで、

一つの小さな丸い圏域内で描いて示すとすれば、それは次のようなことになろう。ちょうど一つの車があなたの前にあり、その車は互いに組み合わされた七つの車輪でできているとすれば、それは前でも、後ろでも、斜めでも、すべての方向に進むことができ、わざわざ向きを変えたり止まったりする必要はないであろう。そしてそこでは、常に一つの輪は、その方向転換において他の輪を産み出し、しかもいずれも視界から消え去ることなく、七つすべてが見えていることになろう。

(126; bk. 1, ch. 13, secs. 86–88)

この箇所が旧約の「エゼキエル書」第1章と重なることは一読して明らかであるが、ベーメの幻視では、この七つの車輪を持つ車のヴィジョンが、七つの根源霊から構成される神として描かれていることに特徴がある。ベーメは自在に動く車というエゼキエル的幻視によって、神の存在を視覚的に描き出す。神は七つの根源霊を備え、その中で霊は互いに他の霊を産み出し合い、しかも統制のとれた一つの全体となっている (127; sec. 101)。ベーメの抱く神の概念は第23章の以下の部分でさらに明確になる。

私はあなたに「神性の真実の根底」("the true *Ground* of the Deity") を示そう。この宇宙的全存在が神でないならば、あなたは神の似像ではないことになろう。神が何か無縁の見知らぬ神であるなら、あなたは神のうちに全く属さないことになろう。あなたはこの神から創られ、まさにこの神のうちに生きているのであり、まさにこの神があなたに、たえず力と祝福、また食べ物と飲み物を神自身から与えているのである。そのように、あなたの学知もまたこの神のうちにある。そしてあなたが死ねば、あなたはこの神のうちに葬られる。(229; bk. 1, ch. 23, sec. 4)

宇宙全体が神であるというこの一節によって、ベーメの体系が汎神論であることが明確になる。そして、宇宙全体が神であることが、人間と神との直接的な繋がりを保証するものであり、そしてまた神が人の肉体を持ったキリス

トとしてこの世に現れたことの保証ともなる。もし人間が神と別の質料でできているのだとすれば、いったいどうやってキリストは、神が産んだ神の身体的な子であり得るのだろうか、そしてどうやって人間は神の子となり得るのであろうか (229; sec. 6)、とベーメは問いかける。

　キリストを「神の身体的な子」と呼ぶ表現は、神を霊的存在とし、キリストは不変なる神が人間の身体を受肉した姿であると考えるキリスト教の伝統から見れば、違和感のある言い方である。しかしその一方、このように神がもともと人間と同じ質料でできている宇宙全体であると言いきって初めて、歴史的存在であったイエス・キリストも神であると認めることができる、というベーメの主張は、人間の側からすれば、常識的で理解しやすいものでもある。さらにベーメによれば、神がもともと物質的な要素を持つものとして誕生したのであるからこそ、その神の流出として創られた人間と神とが直接的に繋がり得るのである。つまり、人間と神との合一を信じる神秘主義と、神を自然と同一視する汎神論的体系は、ここにおいて、論理的必然性を持って結びついている。そして、次の一節はベーメの言う「根底」("the Ground") 概念のありようを示唆するものである。

　　というのもまったき神は七つの相、あるいは七層の形姿ないしは産出のうちにあるからである。そしてこれらの誕生がなければ神はないであろうし、また生命も、天使も、さらにいかなる被造物もないであろう。そしてこれらのもろもろの産出は始源を持たず、永遠からそのように産まれていた。またこの深みについては、神は自ら神が何であるのか知らない。というのも神は、神自身の始源を知らず、また神と等しいものは何も知らないからであり、また同様に、神は自らの終わりも知らないのである。(230; bk. 1, ch. 23, sec. 17–18)

先に言及した七つの根源霊が、神を構成する七つの相として示されている。そして七つの根源霊が車輪のように写っているベーメの幻視は、神の誕生を表わすヴィジョンである。すなわちベーメの言う「根底」とは、このような

霊性と身体性を併せ持つ神が誕生してくるもととなる、神自らも知らない、神自らの根源を表わした表現である。コウルリッジは、このようなベーメによる汎神論に対する批判を、1818年8月27日という日付入りで書き込んでいる。

　　最近私に明らかになったことであるが、というのも私自身同じ過ちに陥っていたからなのだが、ベーメは自分自身の霊の中に、水の表面を漂う聖霊の働きと、混沌からの創造における神の御言葉の働きを構築しようとし、これを永遠の充満における神性の行為と受け取ったのだ。したがって、彼は、危険にも汎神論に近づいた。［中略］彼は被造物的霊の深みを測っているのに、至高なるもののうちで最も至高なるものの深みを測っていると思い、その過ちを、我々にあらかじめ彼の言葉は神の言葉であると理解するようにと警告を与えることで、覆い隠そうとしているのだ。［中略］ベーメが「神の真の誕生あるいは創成」と題して述べることは、神なる主とともに謙虚に歩む多くの人々を驚かすが、実際には、これは「神による」世界の創成のことなのである。

(Marginalia 600–01, vol. 1)

ベーメは、自分自身がこの世界内で把握できるもの、すなわち彼自身がこの世で見たにすぎないヴィジョンと、超越的な存在である神の行為とを混同している。たとえそれが目に見えないものであっても、実のところは被造物的存在の法則を探っているにすぎないのに、それを神という至高の存在の深みを探っているものと、取り違えている。そして、「神が誕生した」とベーメが表現したものは、実は、神が世界を創成したことであったはずだ、とコウルリッジはベーメの汎神論を批判している。

　汎神論的言説を批判するか否かは、結局、人と神との関係性をどのように考えるのか、ということに行きつく。ベーメの体系は、「根底」から現れた神の七つの根源霊を語るところから始まっている。七つの根源霊は身体的な存在の要素を持つだけでなく、霊的な要素をも持ったものであり、神はこの

七つの根源霊の統一体であり、世界は、神から根源霊が流出し、根源霊が混ざり合い、融合と分裂を繰り返して形成されていくと考えられている。したがって、神が霊的なものであると同時に身体的な存在であるように、天使も、人間も、程度の差はあれ、同質の霊的にして身体的な存在である。悪魔が出現したことにより、人間存在は大きく神の存在から劣るものになってしまったものの、人間の善なる部分は神と同質のものを残していると考えられている。このベーメの体系は、神と人間とを同質のものと考えるがゆえに、両者の間に超えられない境界線は存在しない。人間が神と合一することの可能性が、ある意味合理的に示されているのである。

　ベーメ的な一元論的世界観は、はっきりとした批判の現れる1817〜18年以前の1810年代半ばまで、コウルリッジを魅了し続けていたと考えられる。ベーメの世界創造論が、コウルリッジのいわゆる「一つの生命」(One Life)論形成に影響を与えた哲学的、宗教的系譜の一つを、典型的に示すものであると言っても、間違いではないであろう。

結語——「永遠の行為の深み」としての神の意志

　上述のマージナリアに明らかなように、1818年頃、コウルリッジの神秘主義的、汎神論的哲学に対する立場は、大きな転換を迎えている。コウルリッジは1800年頃から継続していたカント研究によって、時空間軸に囚われた人間の認識と「物自体」との間、あるいは人間の生きる現象的世界と、永遠の、すなわち時空間軸を超えた存在としての超越的な神的存在との間には、人の力では超えることのできない境界があり、あえてその境界線を飛び超えて進もうとするならば、スピノザ、シェリング、そしてベーメにおいて見られるように、結果として、人間が超越的な神的存在との合一を果たすのでははく、神を人間のいるところまでひきずりおろし、神を自然と同一視する結果となること、そしてそれが人間の持つ論理の必然であることに気付いている。コウルリッジは先の引用の先に以下のように書いている。

私自身、汎神論のもたらした成果、それが咲かせた花々と最初の果実の
春のような香しさと毒気とに酔ったようになっていたので、汎神論が苦
い根っこを持っていることに気付かず、その間は、弁別を曖昧にしたま
ま自分の宗教的感情への慰めを得ていたのだ。すなわち「神は世界」で
あるが「世界は神ではない」ということだ——神は部分で構成された一
つの全体であって、世界はそれと一つのものであるかのように考えてい
たのである。(*Marginalia* 602, vol. 1)

　世界を神が創造した、と言うにせよ、世界は神から流出して成った、と語る
にせよ、世界は神の力を宿していることを、コウルリッジは否定しない。世
界を有機的統一体と考える立場もコウルリッジは否定することはない。しか
し、神は時空間軸を超えた永遠の存在であり、超越的な存在であることは、
コウルリッジが終始一貫して否定しない基本命題であり、すぐれた体系に魅
了されても、結果として、この基本命題に反して神と自然を同一視する汎神
論であることが明瞭になったとき、コウルリッジはその体系から離れざるを
得ないのである。では、この先、コウルリッジはどのような方向性を探って
いったのだろうか。コウルリッジは、ベーメが人間の自由を論じた箇所に以
下のようなコメントをつけている。

　　以下のことを理解するだけで十分なはずだ——すなわち意志は時間のう
　　ちに含まれないこと——誕生は時間の一つの形であること——しかしす
　　べての罪は意志のうちにあり意志によるものであること——したがって、
　　罪は本質的に誕生に結合されているはずのないこと、である。しかし、
　　いかにしてこれが本当にそうなり得るのか。［中略］解決の最初の糸口
　　は以下のことである。すなわち「信仰なくして知解はない」のである。

(605, vol. 1)

　コウルリッジは「意志は時間のうちに含まれない」と述べる。この命題は、
人間は、時空間軸内における因果関係に縛られることなく、自由意志を持っ

て道徳的行為を成し得るとするカントの『実践理性批判』(*Kritik der praktischen Vernunft,* 1788) と呼応するものではあるが、コウルリッジにとっては、これは人間の道徳の問題であるだけでなく、超越的な、実在する神への跳躍台となるはずのものである。時空間軸内にいる人間には、それを超える神の認識は不可能である。人間が神と合一し得ると考えるならば、汎神論として神を自然的存在までひきずりおろすことになる。しかし、神の存在の認識が不可能であっても、絶対なる善、永遠の愛としての神の実在をまず信じるならば、そのとき、意志の向かう方向性が定められる。

　トマス・マクファーランド (Thomas McFarland) は、意志論において再びベーメがコウルリッジ思想に重要な役割を果たしたことを指摘している。

> コウルリッジにとって「三位一体論」に劣らず重要であったのが、ベーメの「意志」の強調であった。この概念は、カントの『実践理性批判』における道徳的意志論によってその哲学的重要さが注目されることとなったが、ショーペンハウアーの『意志と表象としての世界』やニーチェの『力への意志』の、暗く、神秘的な、超ロマン主義的「意志」は、実のところカントよりもベーメに多くを負っているのである。というのもロマン主義的「意志」とは、カント的な道徳的意志がベーメの「深淵の意志」としての神の概念によって塗り替えられたものなのである。

(328)

ベーメは、『作品集』第4巻に収録されている「恩寵の選び」において、先に言及した神の「根底」のさらに奥に「無底」(the Unground) という原初の状態を神の意志として想定する。「この掴みがたく、捉えることのできない、非自然的な意志」は、「それ自身においてただ一つのものであり、無としてあり、しかも万物である」(155; bk. 4, ch. 1, sec. 10) と、ベーメは言う。コウルリッジは、以下のようにベーメの「無底」としての「意志」を、ベーメ的な汎神論を否定し、超越的な神の存在を示すものとして読み解こうとしている。

「意志」とは、神性の「根底」("the *Ground*") すなわち深淵よりもさら
に大きく、さらに高きにあるものと考えられたときにのみ、始まりであ
ると言える。[中略] 永遠なる行為の深みであり、それによって神が唯
一の存在根拠として、自らあることを証言するのである。

(*Marginalia* 694, vol. 1)

コウルリッジは、人間が神を目指すとはどういうことであるのか、を考えて
いる。神は時空間を、また自然を超越した人間の言語の届かない存在であ
る。しかし、神は万物を創造し、常に万物に働きかけ、よりよく生きること
を目指させる存在である。人間が神という存在を考えようとするとき、神が
創造した自然を見、自然を通して創造主を想像すること以外に人間に神を思
う手段はない。人間が語り得る神とは、果てしなく「無」というものに近
い、目に見えない意志としてのみである。神とは「永遠なる行為の深み」で
あり、自然を創り、人間の意志に働きかける大いなる意志なのである。マク
ファーランドは、このベーメの「無底としての神の意志」論が、コウルリッ
ジの「無限の神における永遠なる創造行為を、有限なる精神において反復す
る」第一の想像力論 (*Biographia* 304, vol. 1, ch. 13) に、大きな影響を与え
たことを指摘している (330–31)。ベーメの汎神論は、神を自然的存在に限
定する結果になるがゆえに、逆説的に、人間が超越的な神を求めるのである
なら、理性の限界を超えて求めてゆくべきことを示す結果になる。1810 年
代半ば、『文学的自叙伝』執筆時のコウルリッジは、いまだ汎神論的思想か
ら明確に決別しているとは言いがたい。しかし、最終部で語られる「恐るべ
き深淵に瞬く、星のきらめき」への凝視は、この「永遠なる行為の深み」と
しての「意志」を見ているのである。それは「暗闇」「深淵」「無」という言
葉によってしか表現し得ない永遠なる神へ向かう、果てしない行為としての
凝視であると言うことができるだろう。

注

1. ヤコブ・ベーメの生涯は、友人であった貴族アブラハム・フォン・フランケンベルク (Abraham von Franckenberg, 1593–1652) による簡潔な伝記によって知られている。フランケンベルクによれば、ベーメは、1575 年、ドイツ国境の村、アルト＝ザイデンベルクで貧しい農民の子として生をうけた。彼は、読み書きを学校で習得したのち、靴職人としてゲルリッツ市に暮らすようになる。そして、数回にわたり神秘的な神の幻視を得、その幻視を記憶にとどめるべく書いたのが「アウローラ——明け初める東天の紅」("Aurora, oder, Morgenröthe im Aufgang") であると言われている。出版を意図して書かれたものではなかったが、ある貴族の目にとまって書き写されることとなり、時を経て多くの人に知られるようになった。ゲルリッツの牧師長グレゴール・リヒター (Gregory Richter) は、この書物の内容を異端とみて激しく糾弾し、ゲルリッツ市会はいったんベーメに著作活動の禁止を言いわたした。しかし、その後もベーメはひそかに著作活動を続け、また支持者の増加は抑えがたく、結果として、ドイツ神秘主義思想家の中でも最も高名な著作家の一人として、その名を後世に残している（アブラハム・フォン・フランケンベルク「ベーメの生涯と作品」『キリスト教神秘主義著作集 13』南原実訳。教文館、1989 年。311–37 頁）。

2. 以下を参照されたい。
クリストファー・ヒル『十七世紀イギリスの宗教と政治』小野功生訳。法政大学出版局、1991 年。長澤順治『ミルトンと急進思想——英国革命期の正統と異端』沖積舎、1997 年。

3. タイトル名の綴りは出版時の原題のまま記す。

4. コウルリッジのスピノザ、シェリングとの関連に関しては、それぞれ以下の拙論を参照されたい。「S. T. コウルリッジのスピノザ受容と超克の試み」『イギリス・ロマン派研究』第 27 号 (2003 年) 33–42 頁。「「アイオロスの竪琴」における両義性について——『人間的自由の本質』へのマージナリアの分析をとおして」『イギリス・ロマン派研究』第 33 号 (2009 年) 13–25 頁。

5. 【図 1】はコウルリッジによる (Marginalia 614, vol. 1)。【図 2】と【図 3】は筆者がコウルリッジの文章をもとにイメージ化したものである。

6. コウルリッジの「生命論」についてはすでに多くの研究があるが、筆者の以下の論文も参照されたい。「ロマン主義時代の有機的世界観—— S. T. コウルリッジを中心に」『ロマン主義エコロジーの詩学——環境感受性の芽生えと展開』小口一郎編、音羽書房鶴見書店、2015 年。129–58 頁。

7. トマス・アクィナス『在るものと本質について』第 4、第 5 章ならびにアウグスティヌス『創世記注解 (1)』第 1 巻（創世記 1 章 1–5 節）参照。

8. 以下を参照。「あなたたちは聖書も神の力も知らないから思い違いをしている。復活のときには、めとることも嫁ぐこともなく、天使のようになるのだ」（「マタイによる福音書」第 22 章、29–30 節）。

引用文献

Böhme, Jakob. *The Works of Jacob Behmen, the Teutonic Theosopher. To which is prefixed, the Life of the Author. With Figures, illustrating his Principles, left by the Reverend William Law, M.A.* Ed. William Law. 4 vols. London: M. Richardson, 1764–81. Archive Org. Web. 15 March 2016.

Coleridge, Samuel Taylor. *Biographia Literaria or Biographical Sketches of My Literary Life and Opinions.* Eds. James Engell and W. Jackson Bate. 2 vols. Princeton: Princeton UP, 1983. Print.

——. *Marginalia.* General ed. Kathleen Coburn. 6 vols. Princeton: Princeton UP, 1980–2001. Print.

McFarland, Thomas. *Coleridge and the Pantheist Tradition.* Oxford: Clarendon P, 1969. Print.

Snyder, Alice D. "Coleridge on Böhme." *PMLA* 45.2 (1930): 616–18. JSTOR. Web. 7 Apr. 2016.

アウグスティヌス『アウグスティヌス著作集 16 ——創世記注解』片柳栄一訳、全 2 巻。東京：教文館、1994–99 年。

アクィナス、トマス『在るものと本質について』稲垣良典訳註。東京：知泉書館、2012 年。

『女性の虐待、またはマライア』における
精神病院

市川　純

序

　メアリ・ウルストンクラフト (Mary Wollstonecraft) が未完で残し、夫ウィリアム・ゴドウィン (William Godwin) が編集して死後出版した小説『女性の虐待、またはマライア』(*The Wrongs of Woman: or, Maria*, 1798　以下『女性の虐待』) は横暴な夫によって精神病院に閉じ込められた妻、マライア・ヴェナブルズ (Maria Venables) の激しい苦悶の描写から始まる。本論はこの精神病院に着目し、『女性の虐待』を英文学で表象される精神病院の系譜の中で考察することで、これまで見過ごされていた問題を探る。

　『女性の虐待』は『女性の権利の擁護』(*A Vindication of the Rights of Woman*, 1792　以下『女性の権利』) 以外のウルストンクラフト作品の中では、既にフェミニズムの立場から、あるいは 18 世紀後半の英文学を特徴付ける「感受性」(sensibility) の側面、また牢獄のような病棟に閉じ込められ、追い詰められるヒロインをゴシック・ロマンスと関連させて論じたものなど、比較的豊かに論じられている。今回そこに精神病院という新たな切り口を設けたのは、精神病院やその患者を描く文学作品が、この時代においてある特徴を帯び始め、これまで注目されてきた感受性やウルストンクラフトの思想自体とも密接に関係するからである。

　ウルストンクラフトが『女性の虐待』の中に精神病院を描いたことは歴史的にどのような意味があり、それが彼女の思想とどう関わるのか。本稿はイギリス最古の精神病院「王立ベスレム病院」(Bethlem Royal Hospital) とその文学作品における扱いから、ウルストンクラフトの時代における精神病院

[190]

のあり方までの系譜を踏まえ、そこから見た『女性の虐待』における精神病院の役割を彼女の思想と関連させて議論し、この小説の意義を示す。

1. ベドラム文学の変遷

　『女性の虐待』に登場する精神病院の考察に当たって、まずそれ以前の英文学における精神病院のあり方を探っておく。英文学に登場する精神病院で有名なのは「ベスレム病院」である。13世紀にロンドンに建てられた修道院に起源を持つこの病院は、イギリスのみならずヨーロッパ最古の精神病院として知られている。ただ、有効な治療法が確立されていない時代のベスレム病院は、精神疾患を抱えた人間に医学的な治療を施すというよりは、劣悪な環境の中で鎖や拘束服 (straightjacket) などで暴れないようにする、牢獄のような場所であった。やがてこの病院の名は「ベドラム」(Bedlam) というスラングになってイギリスで広まり、シェイクスピアを始めとしたエリザベス一世時代の演劇にもしばしば登場する。

　シェイクスピア劇だけに限っても様々な作品の中にこの語は登場し、用例も豊富にある。精神病院の名前として示される場合もあれば、そこに収容されている狂人を意味する使用例もある。ここでは特に有名なエピソードとして、『リア王』(*King Lear*, 1605) からの一節を例示する。グロスター伯爵 (Earl of Gloucester) の息子の一人、エドガー (Edgar) が「ベドラムのトム」に変装する決意を表明した台詞である。

　　　　　　逃走中は
　　自分の身を守らねば。そして
　　できるだけ卑しく貧しい姿をしよう。
　　貧乏のあまりに人を軽蔑し、
　　獣のようになってしまった姿だ。顔を不潔に汚し、
　　腰には毛布を巻く。髪の毛はぐちゃぐちゃにして、
　　裸をさらし、

厳しい風雨に立ち向かうのだ。

この国にはベドラムの乞食という

根拠と先例がある。奴はわめきながら

麻痺したむき出しの腕に

針やら木串、釘、ローズマリーの小枝を刺している。

こんな恐ろしい姿をさらして、貧しい農場や

寒村、羊小屋、製粉所から、

時には狂気の呪詛や、はたまた祈りでもって

慈悲を強要する。「哀れなターリゴッド、哀れなトム」だ。

(*King Lear* 2.2.168–83)[1]

この引用においてベスレム病院に収容される狂人のイメージは、狂気に駆られた異常な行動のみならず、貧しく汚い格好をして人々から恵みをねだる姿である。そもそもこの時代のベスレム病院自体が不衛生であり、キャサリン・アーノルド (Catharine Arnold) によれば、当時は二本の下水溝の間に建てられ、そのうち一本は排泄物や産業廃棄物が混ざり合って悪臭を放ち、人が住めたものではなかったという報告がある (Arnold 44)。ベドラムという語は時に嫌悪感さえ催すほどのイメージを伴い、そのため、「はあ、お前はベドラムなのか（狂っているのか）」 ("Ha, art thou bedlam?") (*King Henry V*, 1599 5.1.17) のように相手を馬鹿にしたり、罵倒する時の形容詞としても使われるようになる。

　また、ベスレム病院に収容されていた人々は「健常者」にとって同じ次元の人間とは見られず、卑しいものとして扱われることもあった。それゆえ一般の人間社会から疎外され、見世物にもされた。シェイクスピアの時代はもちろん、18 世紀に至っても続き、ウィリアム・ホガース (William Hogarth) の連作風刺画《放蕩息子一代記》(*A Rake's Progress*, 1733) にも放蕩生活によって破滅した男が異様な者たちの蠢くベスレム病院に収容され、それを後ろで貴婦人が見物している様が描かれている。

　患者の見世物扱いを止める動きが出てきたのは 1766 年になってからのこ

とで、この年に役員会が一般公開の廃止を決め、1770 年にはチケットが無ければ中に入れないように、また信頼できる訪問者であっても監視員や看護師が付き添うよう要請された (Arnold 132–33)。

このような動きが起こる 18 世紀終わり頃、ベドラムを舞台にした文学作品の様相にも変化が見られる。精神に異常をきたしていないにもかかわらず病棟に拘置された人物が歌う、感傷的な詩が幾つか出版されているのだ。たとえば詩集『ベドラムの無垢なる乙女』(The Innocent Maid in Bedlam, 1799) に収録されている同名の詩では、愛する男ビリーを戦争に取られたベスがベドラムの中に繋がれて悲しみを歌い、彼に手紙を書く。彼女は慰めの手紙をビリーから受け取り、涙する。最後の連のみ以下に引用する。

> ある時、両手を固く握り
>> 唯一の大切な彼を失ったことを思い
> 次には歌う
>> 空を突き抜くほどの歌。
> ネプチューン様お願いです
>> 愛する彼が無事に航海するようお導きください
> だって、決して私は幸せになれないのです
>> ビリーが再び帰ってくるまでは。
>>> ("The Innocent Maid in Bedlam" 4)[2]

「ビリーが再び帰ってくるまでは」はリフレインとして複数の連で繰り返され、哀調を奏でる。ベスはベドラムに繋がれてはいるが、精神的な異常を示す様子は見られず、見世物にされていたベスレム病院の狂人とはまるで違う。また、ベドラムも不潔で嫌悪感を催させる場所というイメージが強調されておらず、むしろ恋人と引き裂かれて理不尽な環境に閉じ込められてしまった彼女に憐れみを誘う。[3]

さらに、上記歌集出版の翌年に出たのではないかと思われる匿名の詩集『新しい歌の詞華集』(A Garland of New Songs, 1800[?]) には「黒人の哀歌」

("The Black's Lamentation") と題された、人種問題を含むベドラムの問題
が提示されている。以下は最初の2連である。

　　確かに私は貧しい黒人だ
　　　恋に侵され
　　破滅して
　　頭がおかしくなってしまった。
　　　　キューピッド様お情けを
　　　　あの美しい彼女を射抜いて下さい
　　　　こうして私を閉じ込めたのです
　　　　この新たなベドラムに。

　　偉大なる自然の神々よ
　　　いっそ死んだ方がましです
　　憐れみを示し
　　　白人にして頂けないのなら。
　　　　こうして鎖で監禁されている間も
　　　　大事な彼女は私を見下しているのですから。
　　　　死よ来たれ私の苦痛を和らげよ
　　　　今や新たなベドラムで。(4–5)[4]

　ここで幽閉されている人物も不気味な狂人として描かれているのではなく、
白人女性に恋をしたために強制収容されている理不尽を示している。彼は忌
避すべき存在ではなく、読者は彼の悲しみへと同情を誘われる。なお、この
後には「女中の冷酷な返答」("The Chamber-Maid's Unkind Answer") と題
された返歌があり、彼に好かれた白人の女中が肌の色の違いによって彼を拒
否し、不幸な前者と惨たらしい後者との対照が際立つ。
　このように、18世紀終わりに近づいてベドラムの描写は変化し、これま
での貧しく不潔で意思疎通不可能な狂人ではなく、一般的感覚を維持した人

間が読者に悲しみを訴え、共感を誘うようになる。そして、精神の異常とは別の社会的理由によって拘束される場としての意味を持つようになる。

この原因の一つを国家的な問題に探ると、当時在位していた国王ジョージ三世の発狂が考えられる。アーノルドによれば、彼の発狂によって精神に異常をきたした人間に対する寛容や同情が一般に広まり (Arnold 145)、貴族や上流階級は狂気を洗練された繊細な気質を示すものとして受け入れるようになったという (157)。また、引用した「黒人の哀歌」に関しては、その背景に 1780 年代後半以降高まった奴隷貿易廃止運動への関心もあっただろう。

もはや精神病院はかつての狂気の伏魔殿とは違う、患者に人々が同情を寄せる存在にもなりつつあった。また、都合の悪い「健常者」に対する社会的迫害の象徴としての役割も帯び、閉じ込められた者達が切々と悲しみや不当な仕打ちを訴える場所ともなったのだ。『女性の虐待』は以上のような精神病院を巡る言説の変化を踏まえて、社会の不正義、男性の横暴を告発している。

2.『女性の虐待』における精神病院の特徴

前節のようなベドラムの変遷を考慮に入れて『女性の虐待』を分析すると、新たな精神病院のあり方と文学作品におけるその描写の意味が見えてくる。ゲアリ・ケリー (Gary Kelly) によると、1792 年 2 月にウルストンクラフトは執筆の参考にベドラムを訪れているが (Kelly 221)、[5]『女性の虐待』で主人公が幽閉されている病棟はベドラムではなく「私立精神病院」("private mad-house") (WWM 175, 188) [6] である。公立のベスレム病院に対して私立の精神病院であることは、18 世紀英文学において重要な意味を持つ。というのも、この時代になって幾つもの私立精神病院が相次いで建てられるのだ。その理由はアーノルドによれば、啓蒙主義という時代とこの時代における医学の発展や慈善施設の設立であり、その中にはキーツと関連深いガイ病院 (Guy's Hospital) も含まれる (Arnold 119)。さらに、小俣和一郎によれば、私立病院ばかりが増えた理由は国教会が精神病院の建設に消極的であったためで（小俣 173）、民間の営利目的となって不適切な患者の取り扱いという

問題も起こるようになったという (176)。また、私立病院は公立のベスレム病院に比してより富裕な層の患者を対象に発達した (Arnold 120)。

　従って『女性の虐待』に登場する精神病院はベスレム病院を描く過去の文学とは違う意味を持つ。中産階級のマライアと結婚したジョージ・ヴェナブルズ (George Venables) は、彼女の伯父が約束した五千ポンドの財産を狙って結婚し、その後友人に性交渉の相手として妻を紹介し、見返りの金銭を求める。逃亡したマライアは捕獲されて精神病院に閉じ込められ、彼女の伯父の死後相続される財産が狙われる。この精神病院は、発展に向かう資本主義世界の只中、それまでのベドラムに見られた貧しく不潔な環境下に置かれた下層階級の狂人ではなく、高額な財産問題を抱えた中産階級の人間を閉じ込め、利益を奪い取るための装置として機能しているのだ。

　そもそもマライアは狂気に駆られていない。度重なる夫の暴虐に対して激しい感情を表してはいるが、それは精神疾患ではない。彼女は「病が遺伝的であり、発作は今ではなく長期間の中で不規則に起こるため、注意深く観察されなければならない」(WWM 88) という口実を設けられて強引に幽閉されている。正常な精神状態を維持したまま、そしてウルストンクラフトが重要視する理性を保持したまま女性が病院に放り込まれ、閉鎖的空間から我々に語りかける手法は、18 世紀末が近づいてベドラムを描く作品に変化が見られた前節の考察に対応する。また、精神病棟に封じ込められているのは「健常者」であり、読者との心理的距離は隔絶しない。ウルストンクラフトが想定していたであろう読者と同じ立場の、理性を備えた人間が精神病院の中で語るのだ。

　また、文芸ジャンルの側面からこの病棟を考えると、新たな意味を持ち始めた精神病院に、当時流行のゴシック・ロマンスの要素が加えられていることも指摘しなければならない。冒頭は「前置きなしで」(in medias res) 始まり、閉鎖的な病棟の異様で謎めいた雰囲気が描写される。

　　これまでにも、恐怖の館は描かれ、城には鬼才の呪文によって召喚された亡霊や幻が充満し、それが魂を苦しめ、精神を驚かせては魅了した。

しかし、そんな夢と同じようなもので作られたものなど、絶望の屋敷に
比べて何であったろう。この屋敷の一角にマライアは座って、ばらばら
になった思いを元に戻そうとしていたのだ！ (*WWM* 85)

明らかにゴシック・ロマンスを意識していることが窺えるが、これから展開
する現実を舞台とした物語はさらにそれを超えた恐怖に満ちている。後続す
る段落も再び最後に感嘆符が付き、強烈な感情と恐ろしい環境を生々しく伝
えている。

　　衝撃、驚愕、こういったものが錯乱状態に近い中で彼女の精神状態を支
　えているようだったが、やがて徐々に目を覚ますと激しい苦痛を感じ、
　嵐のような怒り、憤りが鈍かった感覚を焚きつけた。ある記憶からさら
　に別の記憶が矢継早に思い出され、脳髄をかきたてようとし、彼女を不
　気味な収容者に相応しい仲間にしようとする恐ろしさだった。彼らのう
　めき声や叫び声は、決して夢想的な想像力によって変化した実体のない
　風の音や驚いた鳥の鳴き声ではなかった。そういったものなら恐ろしく
　も楽しい。だが、そうではなく、恐ろしく疑いのない事実を心に直に突
　きつけるような悲惨な声だったのだ。この時のこの声が、共感に誠実
　で、母としての不安に苦しむ一人の人間に何を引き起こしただろうか！
　　　　　　　　　　　　　　　　　　　　　　　　　　　　　　(85)

ウルストンクラフトはあくまで現実社会の問題を告発する意図でこの小説を
書いてはいるが、誇張でないにしろ激しい情念によって乱れた心理が描かれ
ている。また、客観的時間軸に沿って問題を説明するのではなく、突如主人
公が置かれた悲惨な閉鎖空間を描き、事情の分からない読者を「絶望の屋
敷」へと引き込む。この不気味な空間は、しばしば「地下牢」(dungeon) や
「監獄」(prison) と形容され、ゴシック的な密室性を帯びたものだ。
　状況はやがて登場する監視員のジェマイマ (Jemima) との会話などを通し
て次第に明らかになり、間にはマライアが幼い娘に宛てて書いた回想録を挟

む。次いで夫の暴力からの逃走劇が描かれ、法廷での裁きへと向かう。謎の提示とその解決に至る展開や、入れ子構造のテクスト、またゴドウィンの『ありのままの現状、またはケイレブ・ウィリアムズの冒険』(*Things as They Are: or, the Adventures of Caleb Williams*, 1794) を彷彿とさせる逃走劇と結末の裁判など、ゴシック・ロマンスとの共通点は多い。また、マライアの横暴な夫もゴシック特有の悪漢 (villain) を思わせる。

　『女性の虐待』はしばしばゴシック・ロマンスと比較されて論じられてきた。たとえば E. J. クレリ (E. J. Clery) は、この作品の執筆がちょうど女性主人公が活躍するゴシック・ロマンスであるアン・ラドクリフ (Ann Radcliffe) の『ユードルフォの謎』(*The Mysteries of Udolpho*, 1794) とその模倣作が溢れたのと同時期であったことに注目し、「明らかにされる超自然現象」("the 'explained supernatural'") という共通の論理があると指摘している (116–17)。ただし、『女性の虐待』における恐怖感がラドクリフ作品を凌駕した激しいものであることは、先の引用にも見られる通りである。また、その恐怖の原因は社会的に根深い現実的なものであり、後から合理的説明を行うことで得られる安心感は無い。

　さらにこの作品をフランス革命という歴史的衝撃との関係で捉えれば、ロバート・マイルズ (Robert Miles) が言うゴドウィンやウルストンクラフトの作品など 1790 年代のゴシックに見られる「精神的バスティーユ」("mental Bastilles") (Miles 49)、つまり人間を閉じ込めてその権利を奪うゴシック的な道具立ての中世的な封建性、保守性がバスティーユ監獄と重なる点も重要である。旧体制の象徴としてのバスティーユがゴシック・ロマンスにおける牢獄、そしてマライアを幽閉する精神病院とも重なり、拘束されたマライアを解放することは旧体制的価値観の象徴たる横暴な夫からの脱却を象徴し、フランス革命の影響を受けたウルストンクラフトの女性解放思想と直結している。

　『女性の虐待』における私立精神病院は、当時の女性が受けていた迫害を示す空間であり、シェイクスピア時代のベドラムとは違い、拡大する中産階級の財産問題や、社会的拘束の場としての意味を持っている。それをゴシッ

ク・ロマンスの手法で包み込むことで恐怖感は増し、女性の虐待の深刻さを印象付けるのだ。

3. 『女性の虐待』における精神病院と感受性の問題

　しかし、女性が置かれていた社会的問題を告発するためにゴシック・ロマンスの手法を活用して精神病院を描いたことで、ウルストンクラフトは思想上の問題を引き起こしている。それは、彼女の「感受性」観の矛盾である。不気味さを際立たせ、主観的要素の強い描写が展開する『女性の虐待』の閉鎖的病棟は、感受性を強く刺激する要素を凝縮した空間なのではないか。そして、この小説は彼女が『女性の権利』において批判している、過度な感受性によって知的判断を鈍らせた女性を生み出す現状の批判と矛盾していないのだろうか。これは先行研究においても議論されてきた問題である。

　ウルストンクラフトにとっての感受性は『女性の権利』においてまとまって議論されている。そこで彼女は感受性をジョンソン博士の定義に従って「感覚の鋭さ、知覚の鋭さ、繊細さ」(*VRW* 132) として捉え、この語自体に良し悪しの価値判断は無い。問題は「感受性の奴隷」("the slave of sensibility") (195) になることであり、「鋭敏な感受性」("exquisite sensibility") (75, 113)、「傲慢な感受性」("overweening sensibility") (94)、「膨張しすぎた感受性」("overstretched sensibility") (130) といった形容詞による限定を受けた用例が批判の対象として示され、たとえばロマンスを読み耽るような行為はこれらの過剰な感受性を引き起こすものとして批判されている。

　『女性の虐待』においても「酩酊した感受性」("intoxicated sensibility") (*WWM* 90) や「病的な感受性」("sickly sensibility") (177) といった表現が批判的文脈で使用されている。しかし、ゴシック・ロマンスの雰囲気を濃厚に響かせたこの小説の閉鎖的病棟の描写は、女性の虐待というテーマに読者を惹きつける効果的な手段である一方、冷静、客観的な説明ではなく、上述した過剰な感受性を刺激する要素が多分に含まれているのではないだろうか。

　さらに、マライアが同じ病棟で出会う、放蕩生活の後にここに閉じ込めら

れている男性ヘンリ・ダーンフォード (Henry Darnford) と築く関係性にも問題がある。彼の性格は以下のように描写されている。

　情熱 (passion) のあらゆる衝動に屈することに慣れてしまい、あるがままの状態を抑制するとか、魅惑的なありのままの状態の代わりに人為的な礼儀作法を身に着けることは、女性と同じく全く教え込まれていなかったため、あらゆる欲望が激流となってそれと対立するものを全て圧倒してしまった。(*WWM* 99)

ダーンフォードの性格には女性のジェンダーが付与され、感受性が強く、衝動的である。また、上記引用で女性と関連付けられている特質は、女性は理性的に物事の判断ができずに情熱に屈してしまう傾向があるという当時の固定的な考え方であり、このような状態から脱却するためにも、教育環境の向上をウルストンクラフトは目指していた。しかし、マライアはこのようなダーンフォードに惹かれるのである。

　最後の法廷場面ではマライアがダーンフォードを弁護するのだが、これをメアリ・ナイクィスト (Mary Nyquist) は次のように分析する。マライアは女性が求める保護をダーンフォードが約束してくれたと言って弁護するが、それは騎士道的規範に頼るもので、家父長制的な保護のイデオロギーか出られない当時の社会における難点を示しているのだ (Nyquist 78–79)。ウルストンクラフトの描く精神病院が過剰に感受性を刺激するだけでなく、ここに幽閉されて問題を告発すべきマライア自身、か弱い女性が男性に保護を求めるという伝統的、保守的な男女観から脱していない。

　ゴシック・ロマンスの手法を利用して精神病院の異様さが強調され、ヒロインも騎士道的英雄への憧れを拭えていないのならば、それは『女性の権利』の中で女性の感受性を過剰に強調する小説を批判していた論理に抵触する。また、『女性の権利』以前の自伝的な最初の小説『メアリ』(*Mary, A Fiction*, 1788) の序文ではサミュエル・リチャードソン (Samuel Richardson) やジャン＝ジャック・ルソー (Jean-Jacques Rousseau) が描く因習的女性像

への批判が見られるが、そこで彼女が表明した「作為の無い物語で、特に出来事は無く、思考力を持った女性の精神を提示する」(*M* 5) 小説の方針とも合致しない。

　もっとも、『女性の虐待』の序文には当世流行の感傷的な小説とは一線を画す狙いが感じられ、「錯乱した想像力による出来損ないや傷ついた心の激しい描写」ではないと述べられている (*WWM* 83)。また、「主な目的、すなわち不平等な法と社会の慣習から生まれる女性固有の悲惨さや圧迫を示したいという欲望を犠牲にしていたなら、多くの場合、出来事をもっと劇的にすることもできた」(83) とも言う。そして、初版刊行に当たってゴドウィンが付け足したウルストンクラフトによる書簡によると、彼女は原稿のやり取りをしていた友人に宛てて以下の言葉を記している。

　　大きな不幸と呼ばれるものはさらに強烈に一般読者の心に印象付けられるかもしれません。それはまさに「舞台効果」(“*stage-effect*”) と名付けられるものをより多く含んでいます。しかし、私としては、我々の最良の小説の長所を構成するのは、より繊細な感覚の描写だと思うのです。これこそが私の意図であり、教育の違いによって必然的に異なるものの、同じように過酷である様々な階級の女性の虐待を示すものなのです。(*WWM* 84)

なるほど、ゴシックの雰囲気を帯びた空間の中で主人公の強烈な感情を描き、波乱に富むエピソードも重ねられてはいるが、そのような「舞台効果」に重きが置かれているわけではなく、劇的展開は抑えているのかもしれない。しかし、実質的に物語は『メアリ』よりも劇的に発展しており、序文の内容も過度な感受性の刺激を批判する主張との整合性において曖昧なところもある。「礼節よりも感情 (passions) を描くことに努めた」(83) というその「感情」も、「感受性」と同じく過剰になれば問題となり、時には理性的判断を誤らせる「情欲」ともなりうる語である。

　『メアリ』や『女性の権利』で示された小説のあり方と比較して、『女性の

虐待』に至ってこのような矛盾が生じるのは、ウルストンクラフトの思想に修正すべき点が生じているからではないだろうか。クローディア・L・ジョンソン (Claudia L. Johnson) は、『メアリ』における感傷的な女性性に対する反感が『女性の権利』における性差の無い美徳の議論、理性的で男性に従属しない女性のあり方の主張へと繋がったものの、結局それはうまくいかず、フランス革命の失敗や恋人ギルバート・イムレイ (Gilbert Imlay) に捨てられた後に書かれた『女性の虐待』では、それまでの彼女の主張を再考し始めているのではないかと論じている (Johnson 199)。

　『メアリ』と『女性の権利』の間ではこのような思想的問題が顕在化していないが、後者と『女性の虐待』の主張の間には溝が生じている。そのため、『女性の権利』をウルストンクラフトの思想の基準とするならば矛盾が生まれる。だが、ウルストンクラフトの思想が退化することなく、成熟に向かって発展していったと考えるなら、『女性の権利』における小説論や感受性論を絶対的な基準とすることはできない。むしろ、それに対する修正が『女性の虐待』の中に垣間見られると考えてもよいのではなかろうか。

　女性が受けた虐待を精神病院という劣悪な環境のゴシック的閉鎖空間から語る手法は、読者に問題の深刻さを印象付けることができるが、幾分過剰に演出しているところもある。もしも通俗的なゴシック小説に耽溺することで感受性が麻痺し、非現実的世界に逃避するようであれば、これはウルストンクラフトが批判すべき事態である。しかし、社会的問題を示すためにゴシック的な雰囲気を活用することで読者の心を揺り動かして啓発し、社会改革に繋げるならば、それは感受性を麻痺させることではない。

　『女性の虐待』の中には以下のように「本当の感受性」を定義する言葉がある。「本当の感受性、つまり美徳を補う感受性、また非凡な才能の精神は、自身の感覚をほとんど顧みないほど社会で他者を気遣うのです」(*WWM* 163)。確かに『女性の虐待』には感受性に衝撃を与える強烈な描写が含まれる。しかし、それは主人公の置かれた不当な現状を告発し、読者の心を動かすために必要なものとして考えられている。読者が自らの感情、感覚に耽溺するのではなく、むしろ提示された社会的問題への意識を高め、女性の虐

待の根絶を目指す方向へと向かうならば、ウルストンクラフトの意図は実現する。

『メアリ』、『女性の権利』における当世風の小説やロマンスに対する批判は、これらのジャンル自体への批判とも読めてしまうが、少なくとも『女性の虐待』執筆時においては必ずしもそう言い切れないことが作品をもって示されている。むしろこの文芸ジャンルを活用することでウルストンクラフトの主張を効果的に波及させることが示され、実質上これまで彼女が唱えていた小説論や感受性論に新たな条件を付け加える必要が生まれているのだ。

結論

18世紀が終わりに近づくと、精神疾患に対する見方が変わり、精神病棟とそこに収容される患者に対する忌避は和らぎ、これに伴って精神病院を舞台にした文学にも変化が見られる。不気味な狂人への嫌悪感を煽ったり、奇異な視線を投げかけるのではなく、不条理に幽閉された「健常者」の訴えを聞く作品が生まれた。私立の精神病院も建てられ、ここに中産階級の財産問題まで関係するようになった。『女性の虐待』における精神病院の描写は、この流れにゴシック・ロマンスの様式が重なり、読者は彼女が告発する社会的問題に耳を傾けるよう効果的に導かれる。しかし、ここで強調される恐怖のレベルは、『メアリ』や『女性の権利』で批判された、感受性を過度に刺激する小説の基準に抵触してしまう。

ウルストンクラフトの思想上このような手法を取ることに正統性があるとすれば、それは改革のための情熱的な動機の一つを読者に与える役割を小説が担っているところに求められる。理性的行動によって社会改革を成し遂げ、思想の実現を図るためにも、それ以前に活動の原動力となる情熱 (passion) や感情 (passions) が呼び覚まされなければならないのだ。『女性の虐待』はその実践例である。これをウルストンクラフトの思想上で受け入れるには、それまでの感受性や小説の役割に関する彼女の論に修正を加えることが必要なのである。

彼女の思想の核は変わっていない。ただし、圧制に敷かれた女性を解放するための手段として文学の役割が見直され、その可能性を否定せずに『女性の権利』の中の文学論を展開すべきだったことが、『女性の虐待』によって示されている。

『女性の虐待』における精神病院は、彼女の思想の本質に関わる議論を促す空間である。この施設を精神病院の歴史やそれを舞台にした文学の系譜の中で理解することで、彼女の作品体系における思想的矛盾の糸を解きほぐすことができるのではないだろうか。

注

1. シェイクスピア作品の引用は全て Stanley Wells and Gary Taylor, general eds., Stanley Wells, Gary Taylor, John Jowett, and William Montgomery, eds., *The Complete Works*. Second ed. (Oxford: Clarendon P, 2005) に拠る。『リア王』のテクストはフォリオ版に基づく。括弧内には幕、場、行数を記す。なお、本稿の引用は全て筆者による拙訳である。

2. 引用の底本は著者不明の *The Innocent Maid in Bedlam* (Glasgow: J & M. Robertson, Saltmarket, 1799)。引用した同一タイトルの詩の他に三つの詩が収められている。括弧内は頁数。

3. ただし、ポール・チェインバーズ (Paul Chambers) によると、1780 年代辺りからベドラムの建物の構造上の問題や老朽化が指摘されるようになり、大幅な改修工事が必要な状況ではあった。1800 年の報告によれば、基礎部分の土壌が柔らかく、建物はしっかりとした杭の支えがなく、基礎部分が地面の下に沈んでいく状態で、重い屋根を支え切れず、壁も歪んでいたという (Chambers 116–18, 137)。ムーアフィールズ (Moorfields) からセント・ジョージ・フィールズ (St George's Fields) の新しい建物への移転が実現するのは 1815 年になってからである。

4. 底本は著者不明の *A Garland of New Songs* (Newcastle: M. Angus and Son, 1800[?])。引用作品を含む三つの詩が収録されている。括弧内は頁数。

5. ケリーが参考にしたボドリアン図書館所蔵のゴドウィンの日記は、現在インターネットで閲覧することができる。Victoria Myers, David O'Shaughnessy, and Mark Philp, eds., *The Diary of William Godwin* (Oxford: Oxford Digital Library, 2010) <http://godwindiary.bodleian.ox.ac.uk> で 1797 年 2 月 6 日の記述を参照されたい。

6. ウルストンクラフト作品の引用は Janet Todd and Marilyn Butler, eds., *The Works of Mary Wollstonecraft*, 7 vols. (London: William Pickering, 1989) に基づく。

『女性の虐待、またはマライア』における精神病院　205

『女性の虐待』と『メアリ』(*Mary, A Fiction*, 1788) はこの中の第 1 巻、『女性の権利』は第 5 巻に収録されており、これら三作品はそれぞれ *WWM*、*M*、*VRW* と略記し、括弧内に示す。

引用文献

Anonymous. *A Garland of New Songs*. Newcastle: M. Angus and Son, 1800[?]. Print.

——. *The Innocent Maid in Bedlam*. Glasgow: J & M. Robertson, Saltmarket, 1799. Print.

Arnold, Catharine. *Bedlam: London and Its Mad*. London: Pocket, 2009. Print.

Chambers, Paul. *Bedlam: London's Hospital for the Mad*. Hersham, Surrey: Ian Allan, 2009. Print.

Clery, E. J. *The Rise of Supernatural Fiction 1762–1800*. Cambridge: Cambridge UP, 1995. Print.

Godwin, William. *The Diary of William Godwin*. Eds. Victoria Myers, David O'Shaughnessy, and Mark Philp. Oxford: Oxford Digital Library, 2010. Web. 9 Apr. 2016.

Johnson, Claudia L. "Mary Wollstonecraft's Novels." *The Cambridge Companion to Mary Wollstonecraft*. Ed. Claudia L. Johnson. Cambridge: Cambridge UP, 2002. 189–208. Print.

Kelly, Gary. *Revolutionary Feminism: The Mind and Career of Mary Wollstonecraft*. NY: St. Martin's, 1996. Print.

Miles, Robert. "The 1790s: The Effulgence of Gothic." *The Cambridge Companion to Gothic Fiction*. Ed. Jerrold E. Hogle. Cambridge: Cambridge UP, 2002. 41–62. Print.

Nyquist, Mary. "Wanting Protection: Fair Ladies, Sensibility and Romance." *Mary Wollstonecraft and 200 Years of Feminisms*. Ed. Eileen Janes Yeo. London: Rivers Oram, 1997. 61–85. Print.

Shakespeare, William. *The Complete Works*. Second ed. General eds. Stanley Wells and Gary Taylor. Eds. Stanley Wells, Gary Taylor, John Jowett, and William Montgomery. Oxford: Clarendon P, 2005. Print.

Wollstonecraft, Mary. *The Works of Mary Wollstonecraft*. 7 vols. Eds. Janet Todd and Marilyn Butler. London: William Pickering, 1989. Print.

小俣和一郎『精神病院の起源　近代篇』太田出版、2000 年。

「マイケル」における未完成の羊囲いの意味

ワーズワスのステイツマン像に見られる
「土地を継承する感覚」

大石　瑶子

はじめに

　1799 年冬にワーズワス兄妹は、生まれ故郷である湖水地方のグラスミア
に移住する。移住当初からワーズワスが着目したのは、この土地固有の小土
地所有者であった。彼らはこの地でステイツマン (statesman) と呼ばれ、先
祖から受け継いだ放牧地で牛や羊を育て、女性は庭で糸を紡ぎ売るなどして
日々の生活の糧を得ていた。[1] 1800 年 12 月、ワーズワスはステイツマンの
老人の半生をテーマにした物語詩「マイケル」 ("Michael, a Pastoral Poem")
を執筆する。この物語詩の中で、マイケルは、自然と向き合いながら厳しい
労働に勤勉に取り組み、質素ながらも自立した生活を送り、羊飼いとして誇
り高い人生を歩んできた老人として描かれる。そして、彼が所有する「先祖
伝来の土地」 ("patrimonial fields" 234)[2] は、生活の独立を支える基盤の役
目を果たすとともに、彼の家庭への愛情の土壌となり、彼と同様に生きてき
た祖先の伝統へ、彼の生を帰属させる絆としても描かれる。
　しかしながら、ワーズワスが賞賛したステイツマンの暮らしは、現実のス
テイツマンの状況を忠実に描いたものではない。19 世紀初頭に湖水地方の
案内書を執筆した、ウィリアム・グリーン (William Green) が指摘したよう
に、現実のステイツマンの生活は、常に貧困と隣り合わせであった (263–
65)。また、ステイツマンの小さな囲い込み地は、大規模な囲い込みを阻ん
でいた。その結果、この地域では農業改革以前の生産方式が残り、住民の生
活にはワーズワスが「マイケル」の中で賞賛したような、素朴ながらも勤勉

で道徳的な生活を尊ぶ余裕はなかったと考えられる。ワーズワスの描いた湖水地方の住人の生活と現実の住民の生活の間に乖離が生じていたことは、しばしば批判の対象となった。1807 年にフランシス・ジェフリー (Francis Jeffrey) が『抒情歌謡集』第 2 版 (*Lyrical Ballads*, 1800) に対する書評で、すでに批判していたように、ワーズワスの描くパストラルは、ジョージ・クラブ (George Crabbe) の『村』(*The Village*, 1783) やオリヴァー・ゴールドスミス (Oliver Goldsmith) の『廃村』(*The Deserted Village*, 1770) のように、現実の悲惨を忠実に描いた作品ではない (Woof ed. 226)。近年においては、新歴史主義の立場から、デイヴィッド・シンプソン (David Simpson) によって、湖水地方における貧困の問題を矮小化して描くことで、ワーズワスは現実から逃避しているという批判がなされた (143)。一方で、環境批評においては、ステイツマンの現実と作品に描かれたステイツマン像の乖離の問題よりも、作品に描かれた自然と人間の関係に着目して、作品を読み解く試みがなされた。ジョナサン・ベイト (Jonathan Bate) は、ワーズワスの描くパストラルを自己の理想への没入であるとした (30)。彼の読み方は、ワーズワスのステイツマンを「自己本位的崇高」(egotistical sublime) の産物であるとする、伝統的な読み方に沿ったものであろう。

　ワーズワスは、土地の跡継ぎとなるはずであった息子の失踪という悲劇的な結末をこの作品に与え、ステイツマンの伝統の断絶を象徴するように未完成の羊囲いの描写で作品を締めくくっている。この羊囲いは、貿易で富を築いた親戚の許へ仕事を求めて赴いた息子が故郷に帰還して土地を継ぎ羊飼いになることを願い、マイケルが建て始めたものだった。だが、息子は都会で堕落し消息を絶ってしまう。その結果、マイケルは羊囲いの石を積む作業を中断し、未完成の羊囲いが「無造作に積まれ加工のなされていない石の山」(17) となって、グリーンヘッド・ギルの川沿いに残されることになった。ワーズワスが理想的な家庭像をこの作品の中に描きながらも、ステイツマンの土地の継承の伝統が途絶えたことをほのめかす描写で締めくくったのは、何故だろうか。それは、シンプソンが示唆するように、現在の社会に理想を見出せない不満から、過去に理想を投影するためだったのだろうか (274)。

あるいは、現実の世界から完全に切り離したところに、自らの理想郷を完成させるための演出だったのだろうか。

本稿では、ワーズワスの小土地所有観を踏まえつつ、「マイケル」に描かれた羊囲いの意義を考えたい。

1. 18世紀後半のイギリス社会における湖水地方の土地所有形態

18世紀後半の湖水地方の特殊性を一つあげるとすれば、土地所有形態にある。当時のイギリスでは、囲い込みの進展により、農村部の多くの土地が生垣や柵で区切られ、大土地所有者の手に渡っていた。しかし、湖水地方の山々の斜面には石垣によって仕切られた小規模な囲い込み地が見られ、それらの小土地を先祖から受け継いだステイツマンと呼ばれる人々が、主に放牧を生業にして生計を立てていた。しかし、ワーズワスがグラスミアに移住した当時、すでにこの地域の土地所有形態は農業の近代化の障害として認識されていた。1790年代にアーサー・ヤング (Arthur Young) が中心となって実施した、イギリス国内の農業生産物に関する一連の調査の中で、カンバーランド、ウェストモーランド、ランカシャーを担当したジョン・ベイリーとジョージ・カリーは、「改良への障害」("Obstacles to Improvement") と題した節において、この地域における経済と産業の「改善の大きな障害の一つ」として、「先祖伝来の小さな土地 ("their little patrimony") を受け継ぐ慣習的保有者」の存在を指摘した。その上で、彼らはステイツマンの土地の継承とその整備に対する苦労に対して、やや見下した見解を示している (44)。ベイリーとカリーの湖水地方の小土地所有者に関する指摘は、ヤングの『フランス・イタリア旅行記』(*Travels in France and Italy*, 1792) における、分益農夫 (metayer) の見方を彷彿させる (16–17)。ベイリーとカリーの見方と同様のものは、アンドルー・プリングル (Andrew Pringle) にも見られる (262–65)。当時の湖水地方地誌の研究で著名であったトマス・ウェスト (Thomas West) もまた、『ファーネスの故事』(*Antiquities of Furness*, 1774) の中で、小土地所有は、修道院によって創設された当初は有効な所有

形態であったが、現在となっては入り組んだ囲い込み地と共有地が、農地改良を阻害していると指摘している (xxiv)。

　小土地所有をこの地域の発展の障害とするのが一般的な認識であったのに対し、1800 年代のワーズワスはステイツマンの小土地の継承をことさらに賞賛している。「マイケル」と同じ年に執筆された、「グラスミアの我が家」("Home at Grasmere") では、湖水地方の住民は「極端な貧困を知らず」、[3] この地域には「寒さと飢えによる目も当てられぬような惨めさは存在しない」(444–45) とされている。そして、この詩の語り手は、先祖からの土地を継承して野を耕し、丘を登る羊飼いを「幸せな者」(464) と賞賛する。

　ワーズワスが小土地の継承を擁護する姿勢は、『抒情歌謡集』第 2 版の出版に際して、1801 年 1 月にチャールズ・ジェイムズ・フォックス (Charles James Fox) に宛てた書簡にも見られる。この手紙で、ワーズワスは湖水地方のステイツマンには、「独立した家庭生活を祝福するほとんど崇高な確信」(*Early Years* 314) が根付いていると主張している。[4] さらに、ステイツマンには、近代化の進んだイギリス社会において急速に失われつつある「家庭に対する愛情」が息づいているという (314)。

> 「兄弟」と「マイケル」の二つの詩において、私は家庭に対する愛情 ("the domestic affections") を描こうと試みた。そういった感情は、私の知る限り、今となっては北イングランドにしか見られない階級の人々の間に息づいている。彼らは、小さな土地の所有者で、その地ではステイツマンと呼ばれており、小さな所有地で日々労働に励み、立派な教育を受けた人々である。家庭に対する愛情というのは、人の密集していない田舎のような所に住む、生活に困っていないような人々の中に強く見られるのが常である。だが、彼らが祖先からの小さな土地を受け継いでいる者であったとすれば、家庭に対する感情は、日雇いの労働者や借地農、工場労働者をただ監督しているだけの者より、はるかに強いものとなるだろう。彼らの小さな土地は、家庭に対する愛情の永続的な源泉 ("a kind of permanent rallying point for their domestic feelings") として機能

し、彼らの感情を刻み込み、それらを幾千もの出来事の中から記憶に値する対象にする銘板の役目を果たしているからだ。それらの感情は、土地がなければ忘れ去られてしまうことだろう。(314–15)

ワーズワスは先祖代々の土地を継承する者の「家庭に対する愛情」は、日雇いの労働者や借地農、工場労働者をただ監督しているだけの者より、はるかに強いと書く。さらに、ワーズワスは小土地の継承が、家庭に対する愛情の継承につながると考えていたことが窺われる。ワーズワスは、長きに亘りステイツマンに継承された小土地が、「感情を刻み込み」、「記憶に値する対象にする銘板」となっているという。ステイツマンにとって、土地を継承することは、放牧地を整備し羊の世話をするという先祖代々の生活を送ることを意味する。土地の継承者は、先祖が行った体験を反復し、その経験から紡がれる喜びや苦しみを追体験することになる。土地を継承することは、土地に刻まれた記憶を、土地を介して担い継ぐことを意味する。

　フォックス宛ての書簡には、ワーズワスのステイツマンの小土地所有に対する考えが端的に示されているといえる。ワーズワスにとって小土地所有とは、伝統の継承の基盤であり、歴史の中に息づく感情を後世に担い伝えるための媒体である。トマス・プール (Thomas Poole) に宛てた書簡の中では、ステイツマンの土地に対する愛情には、「土地を継承する感覚」 ("the feelings of inheritance" 322) が含まれると書かれているが、その感覚とは、祖先から労働を受け継ぎ、彼らの感情を共有したときに得られる生の実感と言い換えられるものだろう。

2. 「マイケル」における親から息子への土地の継承

　「マイケル」には、マイケルの家族が土地の継承を通じて、祖先の経験を反復していることをほのめかす表現が散見される。彼の家族が生活のために勤勉に労働に励む様子を、語り手は、「終わりなく勤勉に働く／谷の教訓のような」(96–97) 家族と呼ぶが、その言葉は、彼の家族の羊飼いとしての生

「マイケル」における未完成の羊囲いの意味　211

き方を、彼らの祖先のそれと重ね合わせているように読み取れる。彼の家族
が夜遅くまで勤勉に働く様子は以下のように語られている。

　　煙突の縁のそばの、
　　古くからある素朴な田舎風の作りの天井は
　　せり出して大きな影を作っていた。
　　その天井の下の広い空間に、日の光が陰ってゆくのに
　　きっちりと合わせて、妻はランプを吊り下げた。
　　そのランプは、古びたもので、
　　ほかのランプよりずっと長く使われてきた。
　　夜の早い時間に灯されて、遅くまで輝き続け、
　　果てしなく続く時間の仲間となって、
　　何年もの間、ついたり消えたりしながら使われ続けていた。
　　夫婦は、陽気でもなく、おそらくは
　　楽しげでもなかったが、熱心に勤勉な人生を生きるという
　　目的と希望を持っていた。(112–24)

マイケルの家族の小屋で、彼らが仕事をする夕べに灯されるランプには、
「果てしなく続く時間の仲間」という、悠久の時を感じさせる表現が用いら
れている。マイケルの家族の労働の、「終わりなく勤勉」な様子や「果てし
なく続く時間」といった、永続的な時間の流れを連想させる言葉は、彼らの
労働が自身の体験であるとともに、彼らの祖先の体験の反復であることを物
語っているだろう。

　フォックス宛ての書簡でワーズワスが書き綴っていたように、小土地が
「感情を刻み込み、幾千もの出来事の記憶にする銘板」として、祖先が味わ
った感情を担い伝える媒体の役目を果たすならば、祖先の労働の反復から生
まれるマイケルの感情は、祖先の感情を追体験したものであると言うことが
できるだろう。「マイケル」には、羊飼いの老人の「盲目的」なまでの所有
地に対する深い愛情が描かれている。だが、彼と土地との親密な関係は、マ

イケル自身の一回性の生によって築かれたものではない。それは、マイケルの生とステイツマンの伝統が重なりあったときに紡がれる、生の実感に支えられている。

　　放牧地で、彼は陽気に生き生きとして
　　辺りの空気を吸いこんだ。丘を、彼はしばしば
　　力強い歩調で登った。その道のりは、
　　苦労、熟練あるいは剛胆さ、喜びや畏れを呼び起こすような
　　たくさんの出来事を彼の精神に刻み込んだ。
　　放牧地や丘は、一冊の本のように、彼が救いだして、
　　養ったり守ってやったりした、口のきけぬ動物の記憶を
　　保っていた。それと同時に、彼の行為自体が、
　　素晴らしいだけでなく、
　　立派な収穫をもたらすことを約束もした。これらの放牧地や丘は
　　彼の生と一体であり、彼自身の血以上のものですらあった。
　　これら以下のものであることがありえようか。
　　放牧地や丘は、彼の心をとらえて離さず、彼にとって、それらは
　　満ち足りた気持ちで、盲目的に愛する対象であり、
　　そこには人生の喜びが存在していた。(65–79)

マイケルの仕事場への道のりを描いた場面で語られるのは、彼の個別的な体験である。だが、羊飼いの仕事のために丘を登る行為は、彼の先祖が幾世代にも亘って続けてきた体験でもある。マイケルは、祖先と同じ道を辿ることによって、同様の体験を反復している。この動作の反復によって、彼の心に湧き起こる「苦労、熟練あるいは剛胆さ、喜びや畏れ」といった感情は、彼の祖先の感情と同様であると言うことができる。マイケルは、土地を所有し、羊飼いとしての人生を歩むことによって、彼らの祖先の労働を反復し、そこから紡ぎだされる感情を彼らと共有している。放牧された羊を世話するために丘を登ることは、ステイツマンにとって、伝統的な生の様式と呼べる

ものだろう。マイケルは、ステイツマンの共同体が土地の継承の歴史を通じて作り上げた型を通じて、「人生の喜び」を味わい、ステイツマンの伝統の中に自らの生を溶け込ませている。土地とマイケルの間の親密な関係は、ステイツマンの歴史とマイケルの生が交錯したときに生まれる、生の実感と呼べる。マイケルが放牧地を彼の「生と一体」であると感じるのは、彼にとっての生が、土地の継承を通じて伝承されるものであるからと考えられる。

　ワーズワスは、「マイケル」執筆の目的をステイツマンに見られる「家庭に対する愛情を描くこと」(322) にあると、プール宛ての書簡に記しているが、小土地の継承に対するワーズワスの考えは、この作品に描かれたステイツマンの家庭的な感情の有り様を読み解く上で手がかりになるだろう。「マイケル」に描かれる、自身の家族の生き方は、彼らの家庭に対する愛情が、近代資本主義が生み出す一般的な核家族の中で育まれる愛情と、異質のものであることを窺わせる。マイケルの家族に対する感情の中には、彼らの前の世代を生きた祖先の感情が流れている。ゆえに、マイケルの家族に対する愛情は、過去の世代から彼へ受け継がれた感情として認識されている。このようなマイケルの感情の有り方は、彼の息子に対する愛情に端的に表されている。彼らの関係は、彼らの一回性の生における親子関係ではなく、ステイツマンの家系を受け継ぐ者の過去から未来へ亘る系譜の一部として認識されている。そして、親から子への愛情は、そのような関係の中で行われる世代から世代への愛情の贈与として捉えられている。マイケルはルークに注ぐ愛情を、自身が祖父の手から受け取った「贈り物」(373) であると語る。すなわち、マイケルにとって息子への愛情は、彼が祖先から受け継いだ愛情の贈与物であり、マイケルは、自らの息子への愛情もまた、次の世代に受け継がれるものであると認識している。

　マイケルの土地の継承にかける強い願いは、息子を親戚の許へ送る際に最も際立って描かれている。マイケルは、借金のために土地が失われるかもしれないという「憂鬱な喪失」("melancholy loss" 335) を知る以前から、新しい羊囲いを建てる計画をし、川辺に石を集めていた。マイケルはルークの旅立ちの前日、息子を作りかけの羊囲いの前に連れてゆき、隅石を置くよう

にと、以下のように語りかける。

さあ、隅石を置いてくれ
私が指示したように。そして、ルークよ、これから
お前がここを出て、万が一、邪悪な者が
お前の仲間になったら、この羊囲いを
お前の心の拠り所とし、楯にしなさい。あらゆる怖れや
誘惑の只中で、この羊囲いを
お前の祖先がまっとうした生の象徴としてくれ。
彼らは無垢で、自らを
良き行いのために奮い立たせていた。(414–22)

息子が隅石を置く行為は、彼が土地を引き継いでステイツマンとして生き、マイケルの血族の伝統を継承することを意味しているだろう。この羊囲いには、親と子の約束のみならず、個人の生の時間を超えた、ステイツマンの伝統の継承に対するマイケルの思いが読み取れる。マイケルの希望は、息子が土地を引き継ぐことによって、世代から世代へと繋がる時の流れに与することにある。そして、未完成の羊囲いは息子を支えると同時に、血族の伝統をつなぎとめるシンボルとしての役割を与えられている。

3. 残された未完成の羊囲いの意味

マイケルが「象徴」(420) と呼ぶ羊囲いには、マイケル個人の希望と親と子の関係のみならず、ステイツマンの伝統の継承という、個人の時間を超えた歴史の継承への希望が込められている。しかしながら、ルークが都会で堕落し、消息を絶ったことをきっかけに、彼は作業を中断し、その後羊囲いのそばに何度赴いても「一つの石も決して動かそうとはしなかった」(475) という。そして、マイケルは羊囲いを完成させることなくこの世を去る。マイケルの妻の死後に、彼の土地は人手に渡り、この家族にとってのステイツマ

ンの伝統はここで途絶えることになる。

> 時折、羊囲いのそばに彼が、その頃には年老いてしまった
> 彼の忠実な犬とともに、ぽつんと座っているのが見られた。
> 犬は脇で、彼の足もとに寝そべっていた。
> 七年の間、時々
> 彼は羊囲いを見に行っていたが、
> 未完成のままにして死んでいった。
> イザベルは彼の死後も三年間あるいはもう少し
> 生き延びた。そして彼女の死後、所有地は
> 売りに出され、他人の手に渡った。
> 宵の明星と名付けられた小屋は
> 取り壊されて、その建物があった場所は
> 耕作地に変わった。彼らの住んでいた場所の近くも
> 大きく変化したが、あの未完成の羊囲いの
> 残骸は、まだ見られるだろう。
> 流れの激しいグリーンヘッド・ギルのそばに。(476–90)

この地方の土地を継承する者の半生を「マイケル」に描くことによって、ワーズワスは生が無から生じ無に帰するものと捉える、近代人の生の認識とは異なる、家庭的な感情の有り方や生の実感を描き出そうとしていたことが窺える。確かに、この物語詩における羊飼いの生活は、貧困に苦しんでいた現実のステイツマンの生活とは離れている。だが、「マイケル」において、ワーズワスがステイツマンの生活の現実を伝えなかったことは、彼らの困窮を矮小化するためではないだろう。マイケルと彼の家族の生活を描き出すにあたって、詩人は現実のステイツマンが直面していただろう、個別的かつ現実的な生活の苦しみを拾い上げて描いてはいない。むしろ、詩人はステイツマンのありのままの生活を描くのではなく、彼らが共通に感じていただろう生の喜びや苦しみを、作品を通じて表現することによって、マイケルの家族を

ステイツマンの家族の典型として描こうとしている。マイケルの家の灯りが、グラスミアにおける「広く知られていた、彼らの生の象徴」（"a public Symbol of the life" 137）と呼ばれるのには、ステイツマンを象徴する存在として彼らを作品に描き込もうとする、ワーズワスの意図を窺うことができる。

　ワーズワスは、この物語詩を執筆した理由を、ステイツマンの「家庭に対する愛情」を描き出すことにあるとしている。ワーズワスの言葉からは、言葉で書き留められることのなかったステイツマンの生活の背景にある、世代を超えて継承される感情の実相を読み解き、物語詩の中に書き留めようとする意図を読み取ることができる。しかしながら、「マイケル」において、ワーズワスは何故、ステイツマンに受け継がれていた感情の受け渡しが途絶えるという結末を描いたのだろうか。特に、父と息子の約束の証であり、彼らの血族の伝統の象徴である「未完成の羊囲い」の残骸が、グリーンヘッド・ギルに残されていることをほのめかして、作品を締めくくったのは何故だろうか。

　未完成の羊囲いが物語の結末に描かれた一つの理由は、マイケルの悲しみをほのめかすためであったと考えられるだろう。息子の失踪後、親子の約束の証となるはずであった羊囲いを、完成させるわけでもなく、撤去するわけでもなく、未完成のままの状態で残しておくという彼の行為は、息子を失い、土地の継承者がいなくなったことに起因する悲しみから、彼が仕事をあきらめてしまったことを示唆しているように読み取れる。だがその一方で、羊囲いへの言及には、読み手の意識を過去への没入から引き離そうとするワーズワスの試みが示されていると考えられる。ワーズワスは、「流れの激しいグリーンヘッド・ギルのそばに」という言葉で作品を締めくくっている。この表現は、物語の冒頭で語られた、崩れた未完成の羊囲いへ続く道のりに読み手を導く、「流れの激しいグリーンヘッド・ギルの川沿いを登れ」(2) という言葉に呼応する。いわば、物語の最後に語られるマイケルの未完成の羊囲いは、読み手の意識を作品の冒頭へ導く仕掛けとなっている。

　読み手の意識を物語のはじめに回帰させたのは、読み手に再び語り手の冒頭の言葉に目を向けさせるためだろう。そこでは、語り手は羊囲いとなるは

ずであった「無造作に積まれ加工のなされていない石の山」(17) には、「物語がある」(18) と述べていた。そして、彼はその物語が「炉辺で語られる」(20) ことがふさわしいような話であるといい、これから語られるのが文字で書き残されることがない出来事であることをほのめかしていた。語り手は読み手に、彼の願いを託すかのように、以下のように言葉を続けていた。

　　ゆえに、これから語ることは、家庭的で素朴な
　　物語となるだろうが、それでも私は語ろう。
　　自然の心を理解できる限られた人の喜びのために。
　　そして、心をこめて、若き詩人が
　　これらの丘の中で、私がいなくなった後に
　　私のあとを継ぐ人となるために。(34–39)

「私のあとを継ぐ人」("my second self") となってほしいという語り手の言葉は、物語を読みはじめたばかりの、積み石の山の由来を知らない読み手にとっては、意図の汲み取りにくい願いである。語り手は、積まれた石に由来する物語が「家庭的で素朴な」ものであるにもかかわらず、何故、語り伝えるべき価値がある話なのかを語ってはいない。ゆえに、語り手の言葉は、読み手にとっては、単にこれから語られる物語への関心を引くための呼び水にしか受け取ることができないものであった。しかしながら、最後までこの詩を読み、マイケルの半生とグリーンヘッド・ギルの川辺に無造作に積まれた石の由来を知り、彼の血族の伝統と彼らが伝えてきた感情を知った読者は、語り手の言葉の意味を了解するだろう。すなわち、土地を継承することによって営まれるマイケルの生の有り様と感情を、読者が後世に伝えることになるのだ。羊囲いの隅石を置き、これを引き継ぐはずであったマイケルの息子は失踪してしまい、ステイツマンの継承の象徴となるはずであった羊囲いは、未完成のままとなってしまった。だが、未完成のままに羊囲いが残されるまでの悲しい経緯は、語り手にステイツマンの伝統とその断絶の物語を語らせるきっかけを与えている。羊囲いの未完成さは、羊飼いによって積まれ

るはずであった石の代わりに語り手が言葉を積み、その言葉を新たな聞き手が語り継いでゆくことを暗示している。未完の羊囲いは、途絶えつつあるステイツマンの伝統、生き方、そこに継承されてきた感情を後世へ伝えるための象徴であると言える。

おわりに

ワーズワスは湖水地方の土地を継承し、祖先の暮らしを受け継ぐというステイツマンの暮らしに、伝統の中で受け継がれる生の有り様を看取していた。ワーズワスが描こうとした家庭に対する感情とは、個人の一回性の生の中で紡がれる家庭への愛着ではない。「マイケル」からは、ステイツマンの家庭的な感情とは、伝統を受け継ぐ中で育まれる感情であることが読み取れる。未完成の羊囲いには、言葉として書き留められることのない小土地所有者の感情に、物語詩の形を与え、後世に伝えようとするワーズワスの願望が示唆されている。この物語詩の序盤における「私のあとを継ぐ人」となってほしいという言葉は、物語の結末で語られるほうが自然である。しかし、ワーズワスは、物語の結末に据えるべき語り手の言葉を冒頭の語りの中に組み込むことで、この物語詩が循環し永続的に読まれ続けるような構成を生み出している。結末で描かれた未完成の羊囲いは、読者の意識を物語の冒頭に引き戻すことで、マイケルの物語を循環させる橋渡しをしている。羊囲いは、物語が永続的に語り継がれるというワーズワスの願いを象徴していると言うことができるだろう。

注

1. *OED* によると、ステイツマンは "estatesman" と誤用されることがあった。ワーズワスも、『湖水地方案内』(*A Guide through the District of the Lakes*, 1810) の中でステイツマンのことをしばしば "estatesman" と呼んでいる。しかしながら、ステ

イツマンは土地保有形態を厳密に区別する用語ではない。小田友弥は、「マイケル」執筆当時の湖水地方地誌を検証し、ステイツマン像の再検討を試みる研究を行った。小田は、ジョン・ベイリーとジョージ・カリー (John Bailey and George Culley) の文献をはじめ、ウィリアム・パーソンとウィリアム・ホワイト (William Parson and William White) などの手になる、多くの湖水地方地誌が、ステイツマンの二つの土地保有形態に言及しつつも、二つの土地保有形態の違いが、ステイツマンの生活にもたらす差異については論じていないことを指摘している (136)。小田は、ステイツマンという言葉が独立自営農民の一部が自らと借地農を区別するために使用した言葉であったという言及を根拠に、当時の文献におけるステイツマンという言葉は、独立自営農民を借地農 (farmer) から区別するための言葉である可能性が高いと結論付けた (136)。ステイツマンという言葉が、独立自営農と借地農を区別する言葉であったということは非常に興味深い。つまり、土地を世襲によって受け継いできたステイツマンは、大土地所有者から農地を借り受けて生産活動に励む借地農よりも、より長期に亘り、労働を通じて、特定の土地と関わりを持つ機会に恵まれていたと言える。ワーズワスのステイツマンの言葉の使い方は、彼がステイツマンの土地保有形態よりも、ステイツマンの土地の世襲が可能にする長期間に亘る特定の土地と人の関わり合いの中で築かれる、土地と人との関係に関心を寄せていたことを窺わせる。

2.「マイケル」の引用は、William Wordsworth and Samuel Taylor Coleridge, *Lyrical Ballads, and Other Poems, 1797–1800*, eds. James Butler and Karen Green (Ithaca: Cornell UP, 1992) に拠り、括弧内に行数を示す。詩の訳文は全て著者によるものであるが、「マイケル」は訳出にあたり、宮下忠二訳『抒情歌謡集』（東京：大修館書店、1984 年）を参考にした。

3.「グラスミアの我が家」の引用は、Stephen Gill, ed., *William Wordsworth: The Major Works* (Oxford: Oxford UP, 2008) に拠る。詩の訳文は全て著者による。

4. ワーズワスの手紙の引用は、Ernest de Selincourt, ed., Chester L. Shaver, rev., *The Letters of William and Dorothy Wordsworth, Vol. 1: The Early Years, 1787–1805* (Oxford: Clarendon P, 1967) に拠り、*Early Years* と略記する。

引用文献

Bailey, John and George Culley. *General View of the Agriculture of the County of Northumberland with Observations on the Means of its Improvement: Drawn up for the Consideration of the Board of Agriculture and Internal Improvement.* 1797. Print.

Bate, Jonathan. *Romantic Ecology: Wordsworth and the Environmental Tradition.* London: Routledge, 1991. Print.

Green, William. *The Tourist's New Guide, Containing a Description of the Lakes, Mountains, and Scenery, in Cumberland, Westmorland, and Lancashire, with*

Some Account of their Bordering Towns and Villages. Being the Result of Observations Made during a Residence of Eighteen Years in Ambleside and Keswick. Vol. 2. Kendal: R. Lough, 1819. Print.

Parson, William, and William White. *A History, Directory, and Gazetteer of Cumberland and Westmorland: With that Part of the Lake District in Lancashire, Forming the Lordships of Furness and Cartmel.* 1829. Print.

Pringle, Andrew. *General View of the Agriculture in the County of Westmoreland with Observations on the Means of its Improvement.* 1797. Print.

Simpson, David. *Wordsworth's Historical Imagination: The Poetry of Displacement.* New York: Methuen, 1987. Print.

West, Thomas. *Antiquities of Furness.* 1774. Print.

Woof, Robert, ed. *William Wordsworth: The Critical Heritage.* London: Routledge, 2001. Print.

Wordsworth, William. *William Wordsworth: The Major Works.* Ed. Stephen Gill. Oxford: Oxford UP, 2008. Print.

Wordsworth, William and Dorothy. *The Letters of William and Dorothy Wordsworth, Vol. 1: The Early Years 1787–1805.* Ed. Ernest de Selincourt, rev. Chester L. Shaver. Oxford: Clarendon P, 1967. Print.

Wordsworth, William and Samuel Taylor Coleridge. *Lyrical Ballads, and Other Poems, 1797–1800.* Eds. James Butler and Karen Green. Ithaca: Cornell UP, 1992. Print.

Young, Arthur. *Travels in France and Italy during the Years 1787, 1788 and 1789.* Ed. Constantia Maxwell. Cambridge: Cambridge UP, 1929. Print.

小田友弥「ワーズワスと湖水地方のステーツマン」『ロマン派文学のすがた II ——「未知なる存在様式」を求めて——』仙台イギリス・ロマン派研究会編、東京：英宝社、2004 年。

エリザベス・ギャスケルの
『シルヴィアの恋人たち』における
ロマンティシズムの探求

木村　晶子

　ロマン派の時代とヴィクトリア時代の小説の全盛期はかなり隔たっているように思えるが、実はヴィクトリア時代を代表する作家の多くは、ロマン派黄金時代に生まれ育っている。ロマン派第二世代と称される詩人たちすべてがこの世を去ることになった 1824 年 4 月のバイロンの死が、十四歳だったテニスンに与えた衝撃の大きさは有名だが (Elfenbein 170),[1] 当時エリザベス・ギャスケル (Elizabeth Gaskell, 1810–65) も十三歳だった。バイロンの影響が明らかなブロンテ姉妹の作品のように暗く激しい情念の葛藤や自己表出は見られないとはいえ、ギャスケルの文学にも常にロマン主義的精神を見出すことができる。ヴィクトリア時代の小説の豊かな文学空間の構築にロマンティシズムの影響が大きいことは指摘されており、個人の心理の深層の探求、想像力により社会の矛盾を明らかにするという使命感、中産階級が信奉したリスペクタビリティを批判するアウトサイダーとしての作家の立場は、ロマン派の伝統の継承と言えるだろう。

　ギャスケルが職業作家としての第一歩を踏み出した最初の長篇、『メアリ・バートン』(*Mary Barton*, 1848) には特にそのような使命感が強く見出せる。1840 年代の深刻な労資対立を扱った社会問題小説とされるこの作品には、ワーズワスの影響が大きいことが論じられてきた。この作品が出版される十年以上も前からギャスケルがワーズワスに深く傾倒し、詩作もしていたことはよく知られており、1838 年 8 月 18 日の彼女の手紙では、ワーズワスの「カンバーランドの老いた物乞い」("The Old Cumberland Beggar" 1800) の

[221]

「私たちは皆同じ心をもっている」という一節が引用されつつ、「要するに、ごく当たり前の事柄や日常的出来事の多くに見出せる美しさや詩的なものにもっと目を向けるべきです」(Gaskell, *Letters* 33) と述べられている。ギャスケルはマンチェスターのユニテリアン派牧師の妻として自らの生活に根ざしたキリスト教的人道主義に基づく社会的弱者への共感を抱いていたが、その共感はワーズワスの詩によって言語化され、明確な文学的ヴィジョンとなったに違いない。未婚の母を主人公にした次の長篇『ルース』(*Ruth*, 1853) では、社会的弱者の日常の描写を通して他者への共感の必要性を訴える意図はさらに明確になる。

　とはいえ、ロバート・カイリー (Robert Kiely) がロマン主義小説のロマンティックな本質を社会全体の価値を否定的に見る一方で個人を至高の存在とすることと捉えるように (22–23)、個人の価値を最大化するロマン主義的方向性は、偽善や自己欺瞞に陥りがちなリスペクタブルな社会を批判しつつも、個人が社会に適応する最善の方法を模索するヴィクトリア時代の小説とは相容れないのも確かである。ヴィクトリア時代の小説ではしばしば主要登場人物の自己犠牲的行為が描かれるが、ギャスケルの作品においても自己抑制と自己犠牲こそが個人の価値を決定づけるものとして表現されている。ギャスケルの関心は、初期作品における現実の社会問題から歴史的事件における人間像へと変化し、1863 年に出版された長篇『シルヴィアの恋人たち』(*Sylvia's Lovers*) は、国家権力の悪に翻弄される人々全体の悲劇的運命を描く歴史小説と呼べる。この作品ではロマン主義的情念が探求されつつも、最終的には主人公の自己犠牲的行為によって道徳的な意味づけがなされることになる。『シルヴィアの恋人たち』はギャスケルの最もロマンティックな小説である一方で、そのロマンティックな精神性を自ら否定する点で非常に矛盾に満ちた作品と言えるのではないだろうか。小論ではこのような観点から、ギャスケルのロマンティシズムの追求とその限界について考察したい。

1. ロマンティックな設定

『シルヴィアの恋人たち』の着想は、1855 年に病死した友人のシャーロット・ブロンテの伝記を彼女の父親から依頼されたギャスケルがその資料収集の際に面会したヨークシャーのブラッドフォードの元教区牧師、ウィリアム・スコーズビー (William Scoresby) から聞いた話にあるとされている。北ヨークシャーの捕鯨基地で造船でも有名な港町ウィットビー（作中ではモンクスヘイヴン）出身のスコーズビーは、若い頃に捕鯨船長だった経験もあった。彼の話に惹かれたギャスケルはのちにウィットビーに取材旅行に出かけ、強制徴募（プレスギャング）に憤った市民たちの反乱の首謀者として 1793 年に処刑されたウィリアム・アトキンソン (William Atkinson) の事件をはじめとしたこの町の歴史資料を入手している (Uglow 457–58, 490)。英国海軍が水兵不足を補うために船乗りを拉致同前のやり方で連行した強制徴兵制度は 17 世紀から 19 世紀初頭まで続いたが、この物語が設定されている 18 世紀末から 19 世紀初頭にかけての対仏戦争の時期には特にその暴挙が目立ち、とりわけ漁港での強制連行は地元民の反感を買ったという。マンチェスターやナッツフォードなど自らの居住空間を作品の舞台にしてきたギャスケルにとって、7 世紀に建てられた修道院の廃墟が海を見下ろすウィットビーは異空間であり、意図した壮大な歴史的ドラマの舞台にふさわしかったに違いない。[2]

また、何よりも作者の心を捉えたのはウィットビーの海の景色そのものだったはずである。フランシス・トゥイン (Frances Twinn) は作中の情景描写の詳細な検証によって、ギャスケルが当時のウィットビー一帯の地形を正確に再現しつつ、地理的要素を効果的に物語に取り込んでいると分析しているが (38–52)、この作品全体を通して印象的なのは、背景に絶えず存在する海が、地理的正確さに支えられつつも象徴的意味をもつことである。ほとんどの登場人物の人生は海と関わりがあり、海がロマンス、憧れ、危険、暴力、事故、救出の場となってさまざまなドラマの舞台となっている。ギャスケル自身も常に海への憧れを抱いていただけでなく、ただ一人の兄が船乗りとな

って行方不明になっており、海は彼方への憧れを喚起すると同時に、愛する者を奪う残酷な力も秘めていたであろう。結末近くで語り手が最後に記録するのは「フィリップが生死の境を彷徨っている合間に耳にしていた波の音、緩やかな岸辺に絶え間なく、繰り返し寄せては返す波音が聞こえるかもしれない」(374) と表現される、時代を経ても変わることのない波の響きである。[3] 海はすべてを超越した無常の象徴となって、人物間の対立や道徳的葛藤だけでなく、国家権力の暴挙に翻弄される人々をのみ込む時間の流れそのものも表わしていると思われる。

　ヨークシャーの荒涼とした自然を背景に描かれる三角関係はエミリ・ブロンテの『嵐が丘』(*Wuthering Heights*, 1847) を思わせる。「『嵐が丘』がギャスケルの心をとらえていたのは小説としてではなく、ヨークシャーの荒野の自然の具現化としてであった」(Bonaparte 194) という見解もあるが、むしろ『嵐が丘』に通じるような閉ざされた空間における変わらぬ愛の探求を試みたと想像できるのではないだろうか。『シルヴィアの恋人たち』は、農場を営むダニエル・ロブソン (Daniel Robson) の美しい娘シルヴィア (Sylvia) と彼女を熱烈に愛する二人の男性、服地店員フィリップ・ヘップバーン (Philip Hepburn) と捕鯨船の銛打ち頭チャールズ・キンレイド (Charles Kinraid) の三角関係を描く。子供の頃からシルヴィアを可愛がってきた従兄フィリップの一途な愛情にもかかわらず、彼女はキンレイドと恋に落ちて婚約同然の仲となる。嫉妬にかられたフィリップはキンレイドが海岸でプレスギャングに拉致されるのを目撃しながら、彼から言付けられたシルヴィアへの変わらぬ愛の言葉を伝えないばかりか強制徴兵の事実も隠蔽して、キンレイドが亡くなったと絶望するシルヴィアと結婚する。だが、キンレイドが帰還することで彼の嘘は暴かれてしまう。海と荒野の壮大な自然を背景に、決してフィリップを赦さないという誓いを立てるシルヴィアと彼女をひたすら愛するフィリップの愛憎のドラマが展開する。

　冒頭から、シルヴィアを愛する二人の男性は対照的人物として造形されている。地道に仕事に打ち込んで後に店主となるフィリップは、華やかな真紅色の外套の服地を買いたがるシルヴィアに、保守的世界観を象徴するかのよ

うに「きちんとして地味な」(29) 灰色の服地を勧めて彼女の反感を買い、強制徴募に憎しみをつのらせるシルヴィアの父ダニエルに対して「法律は国家のためにあるのであって、僕たちのためにあるわけではありません」(40) と語って怒らせる。一方、キンレイドは、帰港した捕鯨船で船員を拉致するプレスギャングに抵抗して負傷する逞しい人物として登場し、国家権力に抵抗するヒーロー像を印象づける。さらにキンレイドは、ロブソン家を訪問して荒唐無稽な冒険談によって父娘を魅了する。シルヴィアは父親譲りの「冒険と変化を愛する精神」(35) をもち、日常を超える世界へのロマンティックな憧れを抱いており、キンレイドへの恋心もこうした非日常への憧れと結びついている。遠洋航海の際に氷山の壁の内側に赤黄色の炎を見たばかりか、船員仲間が「その炎よりも速く飛び回る黒い悪魔を目撃した」(85) という彼の話に魅せられたシルヴィアは、その晩「氷に覆われた南の海で燃えさかる火山の夢」(87) を見るのだった。シルヴィアが恋愛を通して求めているのは冒険であり、彼女の欲望が無意識の欠乏感を表わしていると論じられているように (Schor 162)、農家の一人娘として故郷で生涯父母を助けざるをえない彼女にとって、キンレイドは閉塞感に満ちた日常からの解放をもたらすロマンティックな存在、かなわぬ自由の象徴だったに違いない。

　しかし、乗船直前にシルヴィアに愛の告白をした後、拉致されて行方不明になるキンレイドはシルヴィアを閉ざされた日常空間から救い出すことなく、テクストからも姿を消してしまう。ようやく彼女のもとに戻って来たキンレイドは、フィリップの卑劣な嘘による結婚を知って怒りに燃えるものの、シルヴィアが思い描いていたロマンティック・ヒーローではなかったことが明らかになる。[4] ここで注目すべきなのは、キンレイドの英雄的人物像が世俗的に変化し、彼が誓ったはずの永遠の愛のはかなさが示されることであろう。嘘が暴かれたフィリップは家を出て行方不明となるが、シルヴィアが恐れると同時に半ば期待もしていたのは、フィリップにキンレイドが復讐することだった。ところが実際には、キンレイドはフィリップに危害を加えることなどは考えておらず、ナポレオン戦争に参戦して英国海軍中佐にまで出世し、資産家の美しい令嬢と結婚する。キンレイドはシルヴィアのために

破滅の道を歩むどころか、彼女を失ったことを世俗的好機に変えて富と名声を得るのである。

　啓蒙主義的価値観における理想的人間像が、道徳を重んじつつ知性によって世界観を構築した形で成熟する人物だとすれば、ロマンティック・ヒーローはそれとは対照的に道徳的逸脱を顧みずに自我を肥大化させ、しばしば反社会的行為に及ぶ存在である。キンレイドがロマンティック・ヒーローではないとすれば、矮小化されたロマンティック・ヒーローとでも呼べるのはむしろシルヴィアの父ダニエルではないだろうか。今でこそ農場を経営しているが、かつては捕鯨船員、密輸業者、馬の仲買人などの職を転々とした彼は「変化を愛し、冒険心にとりつかれた男だったので、他の誰よりもまず自分と家族に災難がふりかかる」(35) ことになる。暴動の際にプレスギャングの本拠に放火するよう扇動した罪に問われた彼は、結果的に反乱の首謀者として処刑される。ダニエルは国家という抽象的なものに従うのではなく自分の利益を代表する人物を選挙で選ぶべきだと言い張り、プレスギャングに対する反感の根底に民主主義的主張があることを明らかにする。しかしながら、語り手が強調するのはむしろ彼の性格的弱点である。「本当は自分の喜びや満足感のために行ったことを、他人を喜ばせるために行った」(37) と自分を納得させ、「子供扱いされたことに憤る」(38) 幼稚さをもつ彼は、プレスギャングの拠点の襲撃を「若い頃に多々経験したような冒険」、「自分がリーダーとなれるお祭り騒ぎ」だと捉え、「酒を飲んだために、あたかも青春時代に戻ったように感じる」のだった (198)。彼の処刑が国家権力の非人間性を露わにする一方で、その死はむしろ肥大した自我と浅薄な性格による悲劇とされる。すなわち、ダニエルの〈国家に対する反逆〉は個人の自由という高邁な理想ではなく、非理性的で未成熟な衝動性によるものであり、家族を不幸にする愚行として描かれるのである。ダニエルの運命は、個人の主体に対する確信と非日常性への強い憧れを抱くロマンティックな精神性が未熟な人格を伴った場合の悲劇を表わしていると言えるのではないだろうか。

2. フィリップのヒロイズム

　作品の視点の中心となるのは、ダニエルと対極に位置する精神性をそなえた、堅実で保守的なフィリップである。キンレイドとシルヴィアを「絶え間なく観察する」(118) 彼の視線から、新年のパーティーで「親密だが互いに恥じらう」(118) 二人の恋の芽生えやキンレイドの「明るく礼儀正しく、船乗りらしい男らしさで女性に接する態度」(130) が描かれる。シルヴィアの言動に一喜一憂するフィリップの不安感やキンレイドに対する激しい嫉妬心、ようやく成し遂げたシルヴィアとの結婚の予期せぬ失望感などが丹念に綴られる点には、「鮮明な自意識」と暗い内省的側面をもつ点で、フィリップこそ作中で最も「現代的な」人物だと指摘されるのも頷ける (Spencer 105)。キンレイドが女たらしとして悪名高く、同僚の妹がキンレイドに弄ばれて死に至ったと聞いたことでフィリップは自らの嘘を正当化するが、キンレイドのシルヴィアへの愛情は過去の女性に対する不実さとは異なると意識下で直感していることも表現される。無意識の領域に抑圧されたものが夢で表現されるというフロイトの理論をギャスケルが予期していたかのように、フィリップは「船が波に阻まれたり、陸に近づいたりを繰り返しつつ高速で進んできて、船上にはただ一人、恐ろしい形相で復讐しようとしているキンレイドがいる」という夢を見て、その後「ますます頻繁に」同じ夢を見ることとなり、夢のもたらす恐怖感が徐々に意識に上るようになる (190)。「あの銛打ちが呆れるほど多くの女と浮名を流していようとも、シルヴィア・ロブソンに対する愛情だけは真実で深かったはずだと彼の本能が告げるのだった。それからまた彼は、これまでのキンレイドの性格について言われていることから判断すれば、常に変わらぬ愛情を抱くなど無理に決まっていると自分を納得させようとした」(192) という一節からは、この作品がロマンティックな精神性自体よりも、報いられない愛情を抱いた人間の心理の闇を描いていることがわかる。

　フィリップの人物造形の複雑さは、ライバルをプレスギャングに連れ去られた衝撃で茫然としていたにもかかわらず、出張を続けて仕事の任務を見事

に果たすことにも表れているだろう。キンレイドの拉致を目撃した彼は、シルヴィアの父に取り入って彼女の愛情を得ようと努め、シルヴィア一家へのさまざまな物質的援助を惜しまない。彼のシルヴィアに対する情熱は、自分の社会的地位によって彼女を満足させようとする物質的利益の追求に転じることになる。こうした彼の物質的執着は、利己的な富の追求を公共の利益や社会の発展に偽装する初期資本主義を反映しているかのようであり、この点でも彼は現代的な人物と言えるだろう。自らの欲望の追求を不実な恋人からの救出と信じようとする彼の自己欺瞞は、シルヴィアに物質的豊かさを享受させるための仕事面での原動力となったに違いない。テリー・イーグルトン (Terry Eagleton) によれば、プレスギャングは「制度化された暴力、無法の合法化の具現」であり、フィリップがキンレイドの強制徴兵を利用してシルヴィアと結ばれるのは、「プレスギャング同様に、抽象的合法性の枠組みにおけるさらに無法な利益追求」(22) だが、民衆の怒りを代弁する英雄として描かれるキンレイドもまた暴力に抵抗するさらなる暴力の行使をしているに過ぎないという批判もある。パツィ・ストーンマン (Patsy Stoneman) はキンレイドとフィリップのコントラストには「素朴な民衆主義」("a primitive kind of populism") と「新興資本主義」("emergent capitalism") との歴史的葛藤が投影されているが、「異なる男性性のイデオロギーに基づくとはいえ、根本的な攻撃性の点では同じ」ため、いずれも称賛できないと論じている (96)。

　しかし、作品後半で嘘が暴かれた後のフィリップは完全に資本主義的コンテクストから離れ、海兵隊に入って奇しくも戦場でキンレイドの命を救った結果、重度の火傷を負って変わり果てた容貌となる。このようなフィリップの自己犠牲的行為によって、彼とキンレイドの英雄的役割が逆転するかに見えるのは興味深い。歴史小説における〈もうひとりの自我〉、すなわちダブルの役割を研究するJ・M・リグノール (J. M. Rignall) は、二人の運命は相互補完的であり、「フィリップの暗黙の苦しみによってキンレイドの現実的な成功の価値が疑問視され、フィリップのヒロイズムと殉教者的苦難が、かつてキンレイドがもちつつも捨ててしまった文明化される前の時代の精神性

を示す」(23) と論じている。こうした観点から考えると、二人の戦場での再会はありそうにない偶然とはいえ、英雄的役割の逆転をもたらすだけでなく、商売で着々と成功を収めたフィリップを公的領域から追いやるために必要なプロットの転換点であったと解釈できる。

　フィリップには瀕死のキンレイドを救う兵士としての英雄的行為だけではなく、さらに現世とは別の次元の宗教的経験も必要であり、それはかつて地元の有力者として教区代表委員となる名誉を求めた彼の「世俗的野心を偽装するのに十分なだけの宗教心」(270) とはまったく異なるものでなければならない。傷病兵として惨めな姿で帰国した彼がたどり着く聖セパルカ施療院で読む「ウォリックのガイ卿」(Guy of Warwick) の伝説は、中世の英雄譚としてバラッドやチャップブックと呼ばれた小冊子でもよく知られており、当時の読者には深い意味をもったはずである。闘いに明け暮れた過去の罪を償うために変装して漂泊した後、最愛の妻と臨終の床で再会するガイ卿の人生は、フィリップの人生と重なり合う。火傷によって彼だとは見分けがつかなくなり、浮浪者として故郷に戻るフィリップは、高根の花だった姫と結婚するために巨人や竜と闘った後に世捨て人となったガイ卿と同じく、死の床でようやく妻と再会するのである。

　ただ、こうした伝説的英雄像は、戦場で出会うキンレイドの救出という不自然さと相俟って、ウィットビーの地形をリアルに再現した風景描写や正確な方言表現によって創造されていた小説空間にそぐわない空想的要素をもち込むことになる。また、精緻な心理描写によって構築されていたフィリップは、この自己犠牲的行為によってかつての容貌ばかりでなく個性そのものを失うかのようであり、ひたすら罪を償うためだけの存在と化してしまうかに思われる。さらなる自己犠牲が必要であるかのように、人知れず故郷に戻って貧しい下宿生活をしていたフィリップは、海辺の崖の道で大波にさらわれて溺れた自分の幼い娘を救出し、自らは崖に打ちつけられて重体となる。ようやく夫の正体に気付いた妻のシルヴィアがフィリップの臨終の床を訪れ、二人が互いに謝罪と赦しを語り合う場面で、フィリップは、彼女を神よりも愛しすぎた罪を語る。彼はいっそう聖者に近づくかのように、シルヴィアへ

の愛情によって神への愛を見失った後悔を語り、彼女の赦しをさらに乞うのである。「『天国で！』と最後に叫んで、枕の上に倒れた顔に明るい微笑みをたたえて」(373) この世を去るフィリップには救いがあるが、夫を一生赦さないという誓いを立てたシルヴィアは絶望から逃れられないまま、「いつも黒い服を着ていた、青白く悲しげな女性」(374) として短い生涯を終えることになる。変わらぬ愛の物語は、最後に自己犠牲による贖罪と不寛容の罰を対比させる道徳的教訓をもたらすことによって、愛を貫くロマンティックな崇高さではなく嘘を償う利他的行為を賞揚する道徳的物語となるのである。

3. 日常におけるヒロイズム

シルヴィアは同時期の中篇『従妹フィリス』(*Cousin Phillis*, 1863) の主人公と並んで、日常の外の世界への強い憧れを抱きながらも恋愛を成就できずに絶望するヒロインとして、最もロマンティックなギャスケルのヒロインと言えるに違いない。シルヴィアは作品の冒頭近くでは「子供のように幼い性格で、愛情深かったり、わがままで悪戯好きだったり、うんざりさせるかと思えば魅力的で、事実、一時間もあればあらゆる面を見せた」(28) と描写されるが、愛するキンレイドが行方不明となり彼の死を確信せざるを得なくなってからは「おとなしく従順」で「それまでの彼女とはまったく違う」(180) 女性になってしまう。父の処刑というさらなる悲劇の後は人生に絶望し、彼女の一家を支えてきたフィリップとの結婚を老母のために決断するものの「ほとんどのことに対する一種の一時的麻痺状態」(259) に陥る。

また、自然との親和性という点でもシルヴィアはロマン主義的ヒロイン像を表わしている。商店経営者にまで出世したフィリップがどんなに裕福な生活を提供しても、かつての農場生活の充実感や自然の中での喜びを失ったシルヴィアは、「良い妻になろうと努力に努力を重ねるけれど、それはひどく退屈な仕事だ」(275) と感じざるをえない。彼女の唯一の慰めは、赤ん坊の娘と海岸に出かけて心ゆくまで泣くことだったが、「かつての自由な屋外の生活を思い出させてくれる散歩には、いつもフィリップが反対するのがよく

わかっていた」(281) ため、外出もままならない。冒頭で官能性を象徴するかのような真紅の服地を選んだシルヴィアは、父親の死による服喪を口実に黒衣の花嫁となるが、フィリップとの結婚はまさに彼女の精神の死を意味すると解釈できるだろう。ギャスケルの長篇のヒロインたちがたとえ悲劇的運命を避けられなくても現実の困難を克服しようとするのに比べ、シルヴィアは最後まで運命に翻弄され続け、フィリップの臨終の床で示される変わらぬ愛によっても救われることはない。家父長制社会において自覚的に主体を確立する他のヒロインに比べ、シルヴィアはむしろ主体を失ってゆくヒロインとは言えないだろうか。

ただ、シルヴィアがどんなに懇願されても父の死刑宣告の決め手となった証人を決して赦さず、「私は愛するときは愛するけれど、憎むときには憎むの」(252) と語るように、その無気力な従順さの陰には父親譲りの激しい情念があることも示唆されている。しかし、ギャスケルの世界では、知的洞察を伴わない激しい情念は真の主体を確立することはなく、自己破壊的でしかない。シルヴィアの自然との親和性は知性の欠如ともなり、前半では勉強を教えようとする学究肌のフィリップに対する彼女の嫌悪感と勉強嫌いが強調されている。結果的に彼女は読み書きもできず、夫が行方不明となってからも、「教会にもチャペルにもめったに行かず、聖書も読まない」(314) ため、宗教による救いも求めることができない。教育の欠如が、「自分でも何を考えているのかわからない。[中略] 誰かが彼女に読み書きを教えていたならば！」(314) と描かれるような内省的能力と信仰の欠如となる。教育の必要性に対する作者のユニテリアンとしての信念を示すかのように、神との対話の道を見出せないシルヴィアは夫への憎悪を抱き続け、いっそう閉ざされた自我の闇に引きこもるしかない。つまりロマンティックなヒロイン像は、自らの感情に支配されたまま、他者への共感と理解をもてない精神的未熟さを示すのである。

結局、シルヴィアは「飢えていた夫からほんのすぐ近くで、冷酷にも贅沢三昧の暮らしをしていた」(374) 悪妻としてしか後世の記憶に残らない。こうして彼女は、歪められた事実の断片に基づく噂としてしか残らない、無数

の無名の女性たちの一人になると考えられるだろう。亡きシルヴィアに関する心無い噂は、彼女自身のあらゆる想いと共に、二人の男性に熱烈に愛された美しい乙女だった彼女の存在自体を消し去るかのようである。この作品では、ギリシャ悲劇のヒロインのような強烈な意志や情念によってネガティヴな感情の極限に到達する崇高さは見られず、ロマンティックなヒロインは自らの感情に溺れて他者を見失い、道徳的過ちを犯してこの世を去る哀れな女性となっている。

　そうした「情熱的で、感情に流される衝動的な」(364) シルヴィアと対照的な女性として描かれるのは、「暗闇の中でしかその輝きがわからない星」(273) と表現されるフィリップの同僚ヘスタ・ローズ (Hester Rose) であり、最終的にこの作品で最後に光が当たるのは彼女のヒロイズムである。ヘスタのヒロイズムは公的領域におけるキンレイドの勇敢さやフィリップの戦場での自己犠牲とは異なり、日常の空間において「とても静かで規則正しいやり方で、この上なく穏やかで動じない気質によって」(273) 示される。実はヘスタはフィリップへの片思いを人知れず抱き続けているが、その想いは信仰心と結びつく慈愛に変化し、彼の嫉妬に満ちたシルヴィアへの激しい恋愛感情とは対照的に描かれている。ヘスタの恋心にまったく気づかないフィリップは、シルヴィアとの婚約に際しても忠実な友として彼女に頼りきる。ヘスタが「最大限の自己抑制」によって「愛される者に対する羨望の念」を消し、フィリップがシルヴィアに用意した新居の内装を褒めるときには、「これほど意識されることなく、認められることもないさゝやかな暗黙のヒロイズムはなかっただろう」と描写される（255、傍点は筆者）。目立たないながらも変わらぬヘスタの善良さは、劇的展開に満ちた物語全体の中で静止する一点のような安定感をもたらすように思える。彼女はフィリップの依頼を受けて、嵐の晩に獄中のダニエルに面会できるようにシルヴィアと母親ベル (Bell) を迎えに行き、フィリップの結婚式には痴呆状態のベルに付き添うほど、フィリップから全面的に信頼される。父の死後は他人に心を開かなくなったシルヴィアでさえ、ヘスタが「ほんとうに善良で敬虔な人」(261) と認め、過去の無礼な態度を悔いるようになる。

エリザベス・ギャスケルの『シルヴィアの恋人たち』におけるロマンティシズムの探求　233

　主な登場人物の死後もヘスタの日常のヒロイズムは発揮され続け、幼くして両親を亡くす、フィリップとシルヴィアの遺児を育てるのも彼女である。波音に象徴される時の流れの中でフィリップもシルヴィアも忘却の彼方へ消え去るかのようだが、最終的にはヘスタだけが、失恋の苦しみと最愛の男性の死による喪失感を善行に転じることができる。前述したように悪意に満ちた噂としてしか後の人々の記憶にとどまらないシルヴィアとは対照的に、彼女は貧しい負傷兵や水夫のための救貧院の創立者として知られるようになる。建物には「P. H. を記念して」(375) という石碑があり、ヘスタによってフィリップの不幸な最後が公共の福祉に転じたことが印象づけられる。つまり、この小説ではロマンティックなヒロイン、シルヴィアが人々の記憶に残ることはなくても、ヘスタの日常に根ざしたささやかなヒロイズムが報いられ、シルヴィアには生涯不可能だった社会貢献を通した主体的な自己実現が成し遂げられると考えられるだろう。

　『シルヴィアの恋人たち』は過去に時代を遡ることでヴィクトリア時代の道徳観に囚われない情熱をもつ人々の歴史劇として意図され、権力との闘い、日常を超えた空間への憧れ、変わらぬ愛といったロマンティックな精神性を描きつつも、その精神性を否定的な形でしか描いていない。「すばらしいが本質的欠陥をもつ作品」(Stone 161) として人物造形の不統一、作者のロマンティックな本能とヴィクトリア時代的精神性との分裂も指摘されているが、それはギャスケルの小説技法の問題だけでなく、ロマン主義的精神をリアリズム小説の枠組で表現する本質的な問題でもあっただろう。ジョン・ビア (John Beer) は、ワーズワス作品に関する直接の言及がないとはいえ、「私たちは皆同じ心をもっている」というワーズワスの言葉に潜む矛盾、「すなわち感性の気高さと、衝動のもつ不道徳性の対立から生まれる矛盾」(47) をギャスケルが強く意識していた作品だと述べているが、最終的な焦点は欲望と衝動性によって道徳心を失うことの罪とその償いに置かれている。ブロンテ姉妹の作品を特徴づける情熱と自我の探求とは異なり、ギャスケルが描く恋愛ドラマは、ロマン主義的精神自体ではなく、個人の欲望や情熱と他者

への共感を両立させることの困難さという道徳的探求となる。フィリップの劇的変化と過剰なまでの自己犠牲はこの道徳的探求の帰結と解釈できるが、シルヴィアへの永遠の愛ではなく、信仰に基づく道徳心を賞揚する結末と相俟って、作品全体の統一性を損ねていると言えるのではないだろうか。この次に書かれて遺作となる『妻たちと娘たち』(*Wives and Daughters*, 1865) では、ロマン派の詩を愛読し身分違いの恋をする人物が否定的に描かれることも意味深く、ギャスケルの関心はロマン主義的精神の探求ではなく、社会と個人の関係性における日常的ヒロイズムの問題へと移るのである。

注

1. ただし 1824 年の時点でロマン派第二世代が明確なカテゴリーとして成立していたわけではない。例えばリチャード・クローニン (Richard Cronin) はロマン派詩人という概念化自体が 19 世紀後半以降であり、彼らが二世代に分けられる六人の詩人たちとして論じられるのはさらに後だと指摘している (5)。

2. 同じく歴史小説でセイレム魔女裁判を扱った 1859 年の『魔女ロイス』(*Lois the Witch*) ではアメリカへの関心が窺えるが、それはギャスケルのアメリカの友人チャールズ・エリオット・ノートン (Charles Eliot Norton) との親密な関係の反映であり、『シルヴィアの恋人たち』も南北戦争を意識した設定にしたと言われている (Pettitt 615–16)。

3. *Sylvia's Lovers* の引用はすべて Pickering 版により、拙訳とする。

4. 『嵐が丘』のヒースクリフや『ジェイン・エア』のロチェスターのように、バイロニック・ヒーローと分類できる人物を主人公にしたブロンテ姉妹と異なり、ギャスケルはそうした男性像に対しては否定的だったと言える。バイロニック・ヒーローは、強烈な自我と社会規範への反逆や欲望への執着などの点でロマンティック・ヒーローと多分に重なる特性をもつが、シニシズムや暗いユーモア感覚などにも表れる高度な知性と、激しく衝動的な気質、複雑な精神の闇を抱え、しばしば謎の過去をもつとされる。

引用文献

Beer, John. "Elizabeth Gaskell's Legacy from Romanticism." *The Gaskell Journal* 22 (2008): 42–55. Print.

Bonaparte, Felicia. *The Gypsy-Bachelor of Manchester: The Life of Mrs. Gaskell's Demon*. Charlottesville: UP of Virginia, 1992. Print.

Cronin, Richard. *Romantic Victorians: English Literature, 1824–1840*. Basingstoke: Palgrave, 2002. Print.

Eagleton, Terry. "*Sylvia's Lovers* and Legality." *Essays in Criticism* 26.1 (1976): 17–27. Web. 20 January 2016.

Elfenbein, Andrew. *Byron and the Victorians*. Cambridge: Cambridge UP, 1995. Print.

Gaskell, Elizabeth. *The Letters of Mrs Gaskell*. Eds. J. A. V. Chapple and Arthur Pollard. Manches-ter: Manchester UP, 1966. Print.

——. *The Works of Elizabeth Gaskell*. Vol.9. Ed. Joanne Shattock. London: Pickering, 2006. Print.

Gill, Stephen. *Wordsworth and the Victorians*. Oxford: Clarendon, 1998. Print.

Kiely, Robert. *The Romantic Novel in England*. Cambridge, MA: Harvard UP, 1972. Print.

Pettitt, Clare. "Time Lag and Elizabeth Gaskell's Transatlantic Imagination." *Victorian Studies* 54.4 (2012): 599–623. Web. 20 January 2016.

Rignall, J. M. "The Historical Double: *Waverley, Sylvia's Lovers, The Trumpet-Major*." *Essays in Criticism* 34.1 (1984): 14–32. Web. 20 January 2016.

Schor, Hilary M. *Scheherezade in the Marketplace: Elizabeth Gaskell and the Victorian Novel*. Oxford: Oxford UP, 1992. Print.

Spencer, Jane. *Elizabeth Gaskell*. London: Macmillan, 1993. Print.

Stone, Donald D. *The Romantic Impulse in Victorian Fiction*. Cambridge, MA: Harvard UP, 1980. Print.

Stoneman, Patsy. *Elizabeth Gaskell*. 2nd ed. Manchester: Manchester UP, 2007. Print.

Twinn, Frances. "Navigational Pitfalls and Topographical Constraints in *Sylvia's Lovers*." *The Gaskell Society Journal* 15 (2001): 38–52. Print.

Uglow, Jenny. *Elizabeth Gaskell: A Habit of Stories*. New York: Farrar, 1993. Print.

トマス・ムーア『アイリッシュ・メロディーズ』の両義性

「息の詩学」とヤング・アイルランドからイェイツへの影響

及川　和夫

はじめに

　始めに述べておかなくてはならないことは、ここでは主に『アイリッシュ・メロディーズ』(*Irish Melodies*) の詩人としてのトマス・ムーアを考察するが、ムーアの文学者としての全体像はそれよりはるかに巨大だということである。初期のギリシア詩人アナクレオンのオード詩の翻訳 (1800) や『故トマス・リトル氏詩集』(*The Poetical Works of the Late Thomas Little Esq.*) はあまりに官能的であるという酷評を『エジンバラ・レヴュー』誌より下され、キーツの先駆けとなった。『アイリッシュ・メロディーズ』と同じ 1808 年に出版された『腐敗と不寛容』(*Corruption and Intolerance*) は激しい政治批判の詩であり、『傍受された手紙、または 2 ペニーの郵便袋』(*Intercepted Letters, or The Two-Penny Post Bag*, 1813) や『パリのファッジ一家』(*The Fudge Family in Paris*, 1818) は滑稽な風刺詩である。作詞ではヨーロッパ各国の民謡に作詞した全 6 巻の『国民歌謡』(*National Airs*, 1818–1828)、宗教歌集『聖なる歌集』(*Sacred Songs*, 1816) もある。また 1817 年には東洋物の先駆となった散文を織り交ぜた長編物語詩『ララ・ルック』(*Lallah Rookh*) を出版し、1824 年にはアイルランド部族の反逆者を主人公とした歴史小説、『著名なアイルランド族長、ロック大尉の回想』(*Memoirs of Captain Rock, the Celebrated Irish Chieftain*) を出した。創作以外では同郷人シェリダンの伝記 (1825) とユナイテッド・アイリッシュメ

[236]

ン指導者のプリンス、エドワード・フィッツジェラルドの伝記 (1830) も書いている。またイタリアでバイロンから託された回想録は、「文学上の遺産管理人」(literary executer) を任命されたとするジョン・ホブハウスとレディ・バイロン、オーガスタ・リーの反対で廃棄する羽目となったが、1830年にはバイロンの書簡とジャーナルを2巻本で発表した。晩年のムーアは10年以上の歳月をかけて全4巻の『アイルランド史』(History of Ireland, 1835–46) を完成させた。また死後には親友で2度イギリス首相となったジョン・ラッセル卿が膨大な『回想、日誌、書簡集』(The Memoirs, Journal, and Correspondence, 1853–6) を編集した。

このようにムーアは総合的な文人であり、当時の代表的ホイッグ党文化人だった。また彼はバイロン、ウォルター・スコットと並ぶベスト・セラー詩人で、『ララ・ルック』の前金としてロングマンズが3000ポンドという破格の契約を結んだことは大きな話題となった (R. Kelly 259)。

1.『アイリッシュ・メロディーズ』の背景

この名声の出発点となったのが、1808年に出版された『アイリッシュ・メロディーズ』である。この歌集は大ベスト・セラーとなり、1834年まで8度の増補を重ねた。この歌集はロンドンとダブリンで書店を営む、ジェイムズとウィリアムのパワー兄弟から提案を受けたものである。パワー兄弟の念頭には、ロバート・バーンズらのスコットランド民謡集の成功があったようだ。ここで視野を広げてみるならば、啓蒙的合理主義と産業革命の時代であった18世紀後半は、イギリス、アイルランド各地での民謡復興の時代でもある。トマス・パーシーが1765年に上梓した『古英詩拾遺』(Reliques of Ancient English Poetry) はイギリス・ロマン主義の先駆けとなり、ワーズワスとコウルリッジが『抒情民謡集』(Lyrical Ballads) を執筆する刺激となったことは、そのタイトルが物語っている。また後で触れるシャーロット・ブルック (Charlotte Brooke) の翻訳集『アイルランド詩拾遺』(Reliques of Irish Poetry) もパーシーのバラッド集を意識しているのは、そのタイトル

から明白である。

　スコットランドでは前述のバーンズがジェイムズ・ジョンソンの『スコットランド音楽博物館』(Scots Musical Museum) に数々の民謡、ジャコバイト・ソングを寄稿した。またムーアの文学上のライバルであるとともに親友でもあったスコットは、そのキャリアの手始めとして民謡集、『スコットランド国境地方の民謡集』(Minstrelsy of the Scottish Border, 1802–3) を編集している。このように啓蒙主義と産業革命が合理主義と普遍主義の理念のもとに社会と個人を平準化していく中で、それに反比例する形で、各地方に根差した神話、伝説や、ここで問題にする民謡などが見直されて行き、それらがロマン主義の大きな背景を形成している。

　またこれらの動きは、1707 年にイギリスに併合されたスコットランド、1801 年に併合されたアイルランドのような国では政治的なニュアンスを含まざるを得ない。ジョンソンの『スコットランド音楽博物館』にバーンズが寄せた民謡には、1746 年のチャーリー・スチュアートの反乱などをテーマとする、夥しい数のジャコバイト・ソングがある。18 世紀のアイルランドで書かれたアイルランド語の夢幻詩、「アシュリング」(aisling) も恋人に捨てられた女性の嘆きに仮託して、スチュアート王家の復興を寓意するものが多い。

　アイルランドでアイルランド語詩英訳詩集の先駆けとなったのは、1786 年に出版されたジョゼフ・クーパー・ウォーカー (Joseph Cooper Walker) の『アイルランド吟遊詩人たちの歴史的回想』(Historical Memoirs of the Irish Bards) である。この翻訳作業に協力したのがシャーロット・ブルックであった。ウォーカーは名前を明かさないが註で彼女のことをクレジットしている。この翻訳詩集で脚光を浴びているのが最後の吟遊詩人と言われた盲目のハープ奏者、ターロッホ・カロラン (Turlough Carolan, 1670–1738) である。カロランは、かつてはアイルランド中にいた、ハープを奏で、歌を歌い、巧みな話術で人を楽しませる放浪のハープ弾きの栄光を伝える人物である。アイルランド人のハープ奏法は古来より知られていた。1184 年にイングランド王の命を受けてアイルランドを訪れたウェールズ人司祭、ギラルド

ゥス・カンブレンシス (Giraldus Cambrensis, ?1146–1220) は 1188 年に
『アイルランド地誌』(*Topographia Hibernica*) を執筆した。ギラルドゥスは
当時のアイルランド人は未開で野蛮であると軽蔑を隠さないが、ハープ演奏
にだけは称賛を惜しまない。また現在トリニティ・カレッジ・ダブリン
(TCD) に置かれている古いハープは、11 世紀にダブリンを支配していたバ
イキングを一掃した大王、ブライアン・ボルーのものとされるなど、古来か
らハープとアイルランドの結びつきは強い。しかし啓蒙合理主義の時代にあ
って、金属弦を自分の爪で爪弾くというアイルランド伝来のハープ奏法は廃
れていった。

　しかし 18 世紀も後半となると、民謡や伝説見直しの動きの中でハープ音
楽も見直されていくことになる。徐々に各地でハープ・フェスティバルが開
催され、復興が図られた。その中で最大のものは 1792 年のベルファスト・
ハープ・フェスティバルであった。これはその前年に史上初めてプロテスタ
ント、カトリックの区別なくアイルランド人として団結しようという理念の
もと、アイルランド議会の改革運動として結成されたユナイテッド・アイリ
ッシュメン協会のメンバーたちが中心となって開催したものである。10 人
のハープ奏者が参加したが、最高齢は当時 97 歳の盲目のハープ弾きデニス・
ヘンプソン (Denis Hempson) であった。彼は金属弦を自分の爪で弾く、カ
ロランの伝統を伝える唯一の人間であった。

　このフェスティバルで採譜係を担当したのが、当時 19 歳の若きオルガン
奏者エドワード・バンティング (Edward Bunting, 1773–1843) であった。
クラシック音楽教育を受けたバンティングは、このクラシックの古典派以前
の旋法音楽の要素が強い未知の音楽に魅せられ、フェスティバル終了後も参
加者を訪ねて採譜を継続した。彼はその成果を 1796 年に『アイルランド古
楽大全』(*General Collection of Ancient Irish Music*) としてまとめ出版し
た。アイルランド伝承音楽は、歌にせよ器楽曲にせよ、耳で聞いて覚えるも
のとされ、楽譜の形で世に出ることはそれまでなかった。

2.『アイリッシュ・メロディーズ』の戦略

　このバンティングの楽譜集が『アイリッシュ・メロディーズ』のもとになった。初版の 12 曲中 8 曲のメロディはバンティングの楽譜集から取られている。最終的には全 124 曲のうち、バンティングの楽譜集に由来する曲は 34 曲で 4 分の 1 以上となっている。しかしメロディだけでは一般の嗜好にそぐわないということで、ジョン・スティーヴンスン (John Stevenson) が起用され、ピアノ用の伴奏をアレンジして『アイリッシュ・メロディーズ』は出版された。これがこの歌集のそれまでの民謡集との決定的な違いである。バーンズのものにいくつかのメロディ譜が付いていたのを除くと、従来の民謡集は文字だけであった。ムーアの歌詞、バンティングのメロディ、スティーヴンスンのピアノ編曲、この三者が一体となって、この歌集はただ単に読むものではなく、ピアノ伴奏で歌えるものとなった。これが『アイリッシュ・メロディーズ』の爆発的な人気に大きく関係しているだろう。

　おりしも産業革命の恩恵で中流階級は増大する一方である。中流階級では妻ないしは娘がピアノ演奏するほどの素養を持つことはステイタスの一部であった。さほど難しくはないピアノ伴奏に、標準的なイギリス人の耳にはエキゾチックなメロディ、時には甘美に、時には情熱的に歌われる近くて遠い隣国の風物や歴史。まさに『アイリッシュ・メロディーズ』は時宜にかなった文化商品となることができた。本来、伝統的なアイルランドの唱法、「シャーン・ノス（オールド・スタイル）」(sean nos) は基本的に無伴奏である。しかしスティーヴンスンのピアノ編曲が加わることによって、そういった土着性はオブラートにくるまれた。しかもムーア自身が天性の名歌手で、彼は自分の曲を自分のピアノ伴奏で披露した。いわば彼は現代のシンガー・ソングライターの先駆けであり、彼自身が自分の歌集の広告塔の役目を務めた。

　しかしバンティングの楽譜集を大きな源泉としたことは別な意味も持つ。すでに述べたように、この楽譜集はそもそもユナイテッド・アイリッシュメン協会の活動にその起源がある。従ってバンティング・メロディの採用は、それ自体政治的な意味合いを帯びる。出版の翌年の 1797 年、ムーアは学友

のエドワード・ハドソンにバンティングの楽譜集を紹介された。まだ TCD の学生だったころである。ムーアはカトリック救済の恩恵により、最も早い時期に TCD に入学を許されたカトリック教徒である。ハドソンはフルートを吹き、ムーアはピアノを弾きながら二人でこの楽譜を研究したという。ハドソンはユナイテッド・アイリッシュメン会員で 1798 年の蜂起の直前に逮捕投獄された。同じくユナイテッド・アイリッシュメンの会員で、1803 年に反乱を起こす学友、ロバート・エメットも彼らが演奏する場に立ち会ったという (L. Kelly 21)。エメットの伝手でユナイテッド・アイリッシュメン系の雑誌に密かに寄稿していたムーアは、TCD 学生の思想調査は白を切り通して嫌疑を逃れた。しかしバンティング・メロディに歌詞をつけるとき、1803 年の蜂起で無残に処刑されたエメットのことや、獄中を見舞ったハドソンのことがムーアの脳裏をよぎらなかったはずはない。

　『アイリッシュ・メロディーズ』の中でひときわ目を惹くのは「エリン」(Erin) と女性の姿に表象されたアイルランド、それにハープである。泣きながら悲しみに暮れるエリンは、放置され弦が切れたハープと重なり、1801 年にアイルランド併合法によって独立を失ったアイルランドの姿を象徴している。ハープは、カロランの再発見から始まったアイルランド伝承音楽、伝承歌の復興のシンボルとなり、さらにアイルランドのナショナリティ自体の象徴となったのはムーアの功績といえる。『野生のアイルランド娘』(*The Wild Irish Girl*, 1806) で、男女の恋愛で国家の運命を寓意するナショナル・テイル (national tale) の嚆矢となったシドニー・オーウェンソン (Sydney Owenson) も最初はハープ演奏家として注目され、1805 年に『12 のアイルランド由来の調べ』(*Twelve Original Hibernian Melodies*) という楽譜集を出版した。翌年の彼女の出世作、『野生のアイルランド娘』では、ワイルドなはずのアイルランド娘、グローヴィナ (Glorvina) が巧みにハープを演奏する洗練された女性であったというのが物語の肝になっている。

　『アイリッシュ・メロディーズ』は悲哀に満ちた曲調が多いのでバンティングからすら批判された。ハープもかつての栄光を失い打ち捨てられている。第 1 集に収められた「かつてタラの広間でハープは」("The Harp that once

through Tara's Halls") は、タラのアイルランド大王 (High King) の居城に
かつては朗々と音楽を響かせていたハープの昔日の栄光と現在の凋落ぶりが
対照的に描かれている。だが最後には微かに異なる要素が顔をのぞかせる。

　　もはや輝く族長や貴婦人に
　　　　タラのハープが音を響かせることはない。
　　夜切れる弦だけが
　　　　その破滅の物語を語る。
　　かくして「自由」が目覚めることは稀で、
　　　　ハープの唯一の鼓動は、
　　心が怒りで砕けるとき、
　　　　いまだ生あることを示す。

> No more to chiefs and ladies bright
> 　　The harp of Tara swells;
> The chord alone, that breaks at night,
> 　　Its tale of ruin tells.
> Thus Freedom now so seldom wakes,
> 　　The only throb she gives,
> Is when some heart indignant breaks,
> 　　To show that still she lives. (*PW* 197)

　このように大変微妙ではあるが、「自由」の目覚めは完全には否定されて
おらず、放置され荒廃して弦が切れたハープも完全に命が潰えたわけではな
い。復活の可能性は微かながら残っている。それでは、潰えたとは言えない
が瀕死の状態のハープが復活するのはいつなのであろうか。「わが国の愛し
いハープ」("Dear Harp of My Country") はこう描かれている。

　　祖国の愛おしいハープよ、お前の調べともお別れだ

この麗しい歌の花輪を最後に巻こう。
さあ名声の光を浴びて眠るがよい
　私などより立派なものの手が触れるまでは。
われらの調べを聴いて、愛国者、兵士、恋するものの
　鼓動が高鳴れば、その栄光はひとえにお前のもの
私は何気なく吹き過ぎるただの風に過ぎなかった。
　私が揺り起こした荒々しくも甘美な音は全てお前のもの。

Dear Harp of my Country! Farewell to thy numbers,
　This sweet wreath of song is the last we shall twine!
Go, sleep with the sunshine of Fame on thy slumbers,
　Till touch'd by some hand less unworthy than mine;
If the pulse of the patriot, soldier, or lover,
　Have throbb'd at our lay, 'tis thy glory alone;
I was *but* as the wind, passing heedlessly over,
　And all the wild sweetness I wak'd was thy own. (*PW* 235)

　ここに描かれているハープは、明らかに風にそよいで鳴るアイオロスの竪
琴のイメージである。しかし異なる点は風の役割を果たしているのは、人間
のハープ奏者であり、その奏者も次々と次代に引き継がれている。そしてハ
ープは奏者を変えながら、「愛国者、兵士、恋するもの」へと心臓の鼓動、
すなわち感動と共感を拡げる。朽ち果てたハープが完全に死に絶えたわけで
はないのは、未来の後継者に希望を託すが故である。
　これらはハープに事寄せて祖国の荒廃を憂い、復活を静かに祈る歌であ
る。時には同種のテーマが激しい口調を伴う場合もある。『アイリッシュ・
メロディーズ』第1集の2曲目、「戦の歌──勇者ブライエンの栄光を思え」
("War Song. Remember the Glories of Brien the Brave") は、11世紀にダ
ブリンを占拠していたバイキング勢力を一掃した大王、ブライアン・ボルー
の賛歌である。この中に次の一節がある。

さあ、侵略者、デーン人たちに告げよ、
片時でも鎖に繋がれて眠るより、
お前たちの神殿で一時代血を流した方がましだと。

Go, tell our invaders, the Danes,
That 'tis sweeter to bleed for an age at thy shrine,
Than to sleep but a moment in chains. (*PW* 196)

　舞台は 11 世紀のバイキングの戦いとなっているが、ここにイギリス支配
との闘いの寓意を読み取るのはそう難しいことではない。ダブリンを不法に
占拠するデーン人はイングランド人であり、そのイングランド人を駆逐する
のはブライアン・ボルーの子孫であるアイルランド人である。イギリスのア
イルランド支配の拠点であったダブリン城は、かつてのバイキングの本拠地
にある。今と比べて表現の自由がはるかに制限されていた時代に直接的なプ
ロテストは常に危険であった。これから 40 年ほど後に、ユナイテッド・ア
イリッシュメンの理想を受け継いだヤング・アイルランド (Young Ireland)
の機関紙、『ネイション』紙 (*The Nation*) は、オスカー・ワイルドの母、ジ
ェイン・フランセスカ・エルジー (Jane Francesca Elgee) の「賽は投げられ
た」(*"Jacta Alea Est* (The Die Is Cast)") を掲載したために、国家反逆煽動
の廉で告発された (Melville 35–39)。
　しかしそのような情勢でもムーアは時に恐るべき大胆さを示す。それは第
1 集の 4 番目、5 番目に掲載されている「その名を口にするな」("Breathe
Not His Name") と「お前を讃えるものが」("When He, Who Adores
Thee") である。「その名を口にするな」は次のような詩だ。

　　ああ、その名を口にするな、影に眠らせよ、
　　冷たく栄誉もなく遺骸が横たわるところで。
　　われわれの涙が悲しく無言で暗かろうとも、
　　彼の頭上の草に落ちる夜露のように。

だが無言で落ちる涙の夜露は、

彼が眠る墓を緑で輝かせよう。

われわれが密かに流す涙は、

魂に彼の記憶をいつまでも緑に保つ。

Oh! breathe not his name, let it sleep in the shade,

Where cold and unhonour'd his relics are laid:

Sad, silent, and dark, be the tears that we shed,

As the night-dew that falls on the grass o'er his head.

But the night-dew that falls, though in silence it weeps,

Shall brighten with verdure the grave where he sleeps;

And the tear that we shed, though in secret it rolls,

Shall long keep his memory green in our souls. (*PW* 196–97)

　名前は最後まで明かされないので誰のことを言っているかは分からない。しかしこの人物が 1803 年に蜂起して処刑されたエメットであることは多くの人が知っていた。エメットは裁判で死刑判決が下される前に、被告席から自らの反乱の大義を激烈な口調で長時間訴えた。そしてその最後をエメットは祖国に自由が訪れるまで、何人も私の墓碑銘を刻印してはならないと締めくくった。「その名を口にするな」は、このエメットの演説に対するアンサー・ソングである。

　次の「お前を讃えるものが」は、自分は汚名を着たまま死ぬが、お前のために死ねるのは天の与えた誇りだと歌われる。この詩もあいまいな点が多く、「お前」と呼ばれているのが愛する女性なのか、女性に擬人化された祖国なのか判然としない。直前に置かれた「その名を口にするな」から考えて、エメットと恋人サラ・カランの悲恋を連想する人も多かったようだ。しかしムーアが明かしたところによれば、この主人公は後に彼が伝記を書く、1798 年の反乱のプリンス、エドワード・フィッツジェラルドであり、「お

前」とは祖国アイルランドのことである。このようにムーアのユナイテッド・アイリッシュメンへの共感は巧妙な仕掛けを施しながらも、しっかりとこの詩集に刻印されている。しかもエメットが絞首刑にされたうえ、斬首されるという残虐な死を遂げてわずか5年、ユナイテッド・アイリッシュメンの反乱で30万人が惨殺されて10年のこの時点で、これらの作品が発表されたことは実に大胆極まりないと言わねばならない。

3. 『アイリッシュ・メロディーズ』と「息の詩学」

　同時にここで注意を喚起したいのは、「その名を口にするな」で "breathe" という単語が使用されている点である。「言う」(say) でも「呼ぶ」(call) でも「名を呼ぶ」(name) でもなく、「息に出す」(breathe) である。『アイリッシュ・メロディーズ』を見ると、音楽や歌と関連して「息に出す」(breathe) ないしは「息」(breath) が頻出していることが分かる。例えば、「おお、歌人を責めるな」("Oh! Blame Not the Bard") では、「唇は、いまや願望の歌のみを息吹く」("the lip, which now breathes but the song of desire") (*PW* 208)。「音楽について」("On Music") では、「いかに歓迎が調べに息吹くことか」("how welcome breathes the strain!")、「その思い出は音楽の息吹に生きる」("Its memory lives in Music's breath") (*PW* 213)。「わが優しきハープ」("My Gentle Harp") では、「もしそれでも、汝の身体が／歓喜の息吹を吐けるなら、我に与えよ」("if yet thy frame can borrow/One breath of joy, oh, breathe for me") (*PW* 236) と歌われる。このようにムーアが執拗に息に拘ったのは、彼が単に詩人であったばかりでなく、名歌手でもあったことと無関係ではあるまい。彼の詩には、常に歌の息吹きが籠っている。

　彼の作詞が優れていた点は、ほぼ既成のメロディに寄り添いつつ、適切な意味と音を埋め込んでいく能力にあった。しかもそこに非常に巧妙に希望と反抗のテーマを潜ませる。既成の旋律に寄り添うために、彼の歌は通常の英詩にはあまり見られない弱弱強を中心とした詩行や、行の最後に強勢が3つ続くものが多い。ムーアはアイルランド語ができたのかという点について

は議論が分かれるが、アイルランド語の伝承歌のメロディを英語でなぞることによって、アイルランド特有の韻律が出来上がったことは間違いない。そしてムーアは歌いながら作詞していたはずだ。自らの息で伝承の旋律を歌うことは自らの身体で、歌われた過去を追体験することである。そしてそこに新たな英語の歌詞をのせるということは、過去の歴史に希望や新たな意味を上書きすることであった。人が歌を歌う時、そこには歌い手の歌声の息と、それを聴く聴衆しか存在しない。「息」の強調は、過去と未来の結合点を生きる個人の身体性、聴く人たちの身体性の格好のメタファーであった。

　表面上、反抗や直近の反乱の痕跡を消去した『アイリッシュ・メロディーズ』は、アダム・スミスの「共感」(sympathy)、ロマン派の「想像力」(imagination)、感傷小説の「感傷」(sentiment) などの「感受性」(sensibility) の文化で育ったイギリスの中上流階級の子弟にとって、格好の共感の対象となった。反乱や合戦のテーマが出てきても、それらは表面上遠い過去の出来事として、安全な距離を取って共感することができる。それらはむしろ新奇でエキゾチックな魅力、自分が体験しえない戦闘や危機、自己犠牲的な無償の愛のドラマと見えただろう。

　それに対して『アイリッシュ・メロディーズ』は、アイルランド人には政治的、経済的に低迷する祖国を、新たな手段で結びつける象徴となった。しかも表面的には見えない反抗、抗議のモチーフも、身近な人間が少しヒントを与えれば簡単に謎解きができる構造になっている。

　このように『アイリッシュ・メロディーズ』はイギリス、アイルランド両国民に異なる意味を同時に伝える構造になっている。これはムーア自身の周到な計算と、それを巧みに詩に造形する力量に基づくものである。彼は巻頭に掲げた「音楽に関する序文的書簡」(“Prefatory Letter on Music”) で、『アイリッシュ・メロディーズ』の反逆的な性格に触れながら、想定される読者は裕福で教養ある人々なので、過激な行動に駆り立てられる恐れはないと述べる。そして第4版の出版が遅れたのはイギリス政府の干渉があったのではないかという噂を否定する (PW 194)。しかしリース・デイヴィスは、わざわざムーアがこの噂に言及したこと自体、彼が『アイリッシュ・メロディー

ズ』の反逆的要素に注意を喚起していると論じている (Davis 150–1)。ムーアの戦略は否定することによって、逆に存在を浮き出すというような、実に巧妙なものである。

　いまやナショナリズム研究の古典となったベネディクト・アンダースンの『想像の共同体』(*Imagined Communities*) で、アンダースンがネイション想像の母体として重視するのが「印刷文化」(print culture) である。広く流布する印刷物を共有することによって、顔を合わせたことも話をしたこともない人々が「想像された共同体」であるネイションを共有することができる。これは史上空前のベスト・セラーとなった『アイリッシュ・メロディーズ』に見事に当て嵌まるだろう。しかも『アイリッシュ・メロディーズ』は、普通の印刷物のように読んで単に話題を共有するだけでなく、感情を込めてそれらを「歌う」という身体性においてその共有を一層強固なものとする。

　このことはアンダースンも気付いており、ネイションと言語に関する議論で以下の指摘がなされている。これは総じて固い議論に終始する同書の中で例外的に詩的香気を放っている。

　　第 2 に言語だけが、とりわけ詩や歌の形で示唆することができる、特別な種類の共時的共同体が存在する。例えば国家の祭日に歌われる国歌を例にとってみよう。その歌詞がどんなに平凡で、旋律が陳腐なものであっても、それを歌うことには同時性の体験がある。まさにそのような瞬間に、お互い見ず知らずの人々が同じ歌詞を同じ旋律に合わせて歌うのである。そのイメージは斉唱である。「ラ・マルセイエーズ」「ウォルチング・マチルダ」「インドネシアのラヤ」を歌うことは、声を合わせることによって、響き合う声の中に想像された共同体を物理的に現出させる機会を生み出す。（同じことは、儀式で朗読された詩、例えば祈祷書の一節に耳を傾け〔そして多分無言で唱和する〕時にも起こる。）このような場合の斉唱はなんと無私な感じがすることだろうか。もしこれらの歌をまさにわれわれと同時に、まさに同じように他者が歌っていることを意識するならば、彼らが何者であろうかとか、声をかけても届か

ないどこで歌っているのかなどとは一切考えない。われわれを結びつけているのは、他ならぬ想像された音だけなのだ。(*Anderson* 145)

　この「響き合う声の中に想像された共同体を物理的に現出させる」("the echoed physical realization of the imagined community") ことは、この上なく強烈な身体的結束力、同時性のため、恐るべき威力を持っている。アンダースンは、反動的かつ事後的に政府などの権力者側が国家統合を画策することを「公式ナショナリズム」(official nationalism) と呼んでいる。この手の政治権力は常にこの「歌う」ことの共同体喚起力を政治利用しようと狙う。しかし『アイリッシュ・メロディーズ』の場合、その共感は一青年詩人の伝承の旋律に基づく創意と、書店の企画力、ジョン・スティーヴンスン（のちにヘンリー・ビショップ）の編曲の妙によって生み出された。

　それはアイルランド人や当時の英米のアイルランド系住民には、ごく最近の蜂起の挫折と併合法による自治の喪失を喚起すると同時に、新たなナショナリティの創出の希望を与えた。またイギリス人や当時の英米のアイルランド系以外の住民には、新たに連合王国に参入されたアイルランドに対するエキゾチックな興味や、その苦難の歴史への共感を拡げた。その共感の輪は漸次拡大し、『アイリッシュ・メロディーズ』は、1808 年の初版から 1834 年まで 8 回の増補を重ね、19 世紀の英語圏の出版物としては異例のロング・セラーとなり、ムーアをバイロン、スコットと並ぶ当代有数の人気と影響力のある文人に押し上げた。

4. まとめ——シェリー、ヤング・アイルランド、イェイツへ

　歌声の息吹きに体感的なメッセージを込める「息の詩学」は、その後の文学にも大きな痕跡をとどめている。例えばパーシー・ビッシュ・シェリーは早くからアイルランド問題に大きな関心を寄せて、1812 年には新妻ハリエットとアイルランドを訪れ、政治的な言論活動を行ったことは良く知られている。シェリーは大層ムーアを尊敬しており、キーツの死を悼んだ『アドネ

イス』(*Adonais*) の第 30 連で、「永遠の巡礼者」(the Pilgrim of Eternity)、バイロンと並んで、ムーアをアイルランドの女神アイエルネ (Ierne) が荒野から遣わした「アイルランドのこの上なく悲しい惨事を歌う、比類なく甘美な抒情詩人」("The sweetest lyrist of her saddest wrong") (Shelley 419) として登場させ、アドネイスに擬えられたキーツの死を悼ませている。従ってシェリーの傑作、「西風のオード」("Ode to the West Wind") で、彼が思想と社会の改革を託す西風を「秋の存在の息吹き」("breath of Autumn's being") (Shelley 298) と呼ぶとき、そこにはムーアの「息の詩学」の反響が聴き取れる。

　また、カトリック、プロテスタントの宗派の違いを越えてアイルランド人が団結するというユナイテッド・アイリッシュメンの思想は、1840 年代に活躍したヤング・アイルランドの人々に受け継がれた。彼らは週刊新聞『ネイション』紙を舞台とし、トマス・デイヴィスやチャールズ・ギャヴァン・ダッフィーは精力的に評論や詩を寄稿した。彼らの詩はほとんどが政治的メッセージを含む歌、バラッド詩であり、イギリスへの直接的な反抗を歴史的事件に潜ませるなど、『アイリッシュ・メロディーズ』の影響は明白である。しかし主に中上流の階層をターゲットとした『アイリッシュ・メロディーズ』と違い、『ネイション』は幅広い社会階層に向けられていたため、ピアノ編曲した楽譜をのせる余裕はなく、かわって有名な曲のメロディでという前置きを置いた替え歌の形式を取った。こうして 19 世紀後半から今日に至るまで、アイルランドでは数多くの「反乱の歌」(rebel song) が作られ、ナショナリズム運動を底辺から鼓舞した。

　それに対して 20 世紀のアイルランドの国民詩人、W・B・イェイツと、19 世紀のアイルランドの国民詩人、ムーアとの関係には複雑なものがある。イェイツはムーアを酷評したことで知られている。彼は詩人として頭角を現した 1889 年に、「アイルランドの民衆バラッド詩」("Popular Ballad Poetry of Ireland") という評論を『余暇時間』誌 (*Leisure Hour*) 11 月号へ寄稿した。その最後のほうで、チャールズ・ジェイムズ・レヴァー、サミュエル・ラヴァーという文学者とともにムーアを取り上げて次のように書いている。

「ムーアは居間で生きた人で、現在もその聴衆は居間にいる。［中略］彼らは決して民衆のために書かなかったし、従って散文であろうが韻文であろうが、民衆について忠実に書くことはなかった。アイルランドはムーアにとって隠喩であった……」(Yeats 162)。このようにイェイツはムーアが中上流階級の子女から絶大な支持を受けたことを強調し、ムーアをヴィクトリア時代の「お上品さ」におもねった詩人という描き方をしている。これは彼が先輩詩人としてオマージュを捧げた、デイヴィスやジェイムズ・クラレンス・マンガンなどの『ネイション』紙関係の詩人、またアングロ・アイリッシュの先輩詩人、サミュエル・ファーガソンなどとは極めて対照的である。

　しかしイェイツの先輩詩人に対する態度はかなり戦略的であり、公平な文学的評価というよりも、自己の文学的系譜を構成主義的に構築することに主眼がある（及川参照）。確かにベスト・セラーとなったことで、ムーアにヴィクトリア時代の「お上品さ」の強い連想が絡みついていることは確かだ。しかしすでに見てきたように歌をメディアとして活用し、過去の歴史的事件に現在の政治的プロテストを重ねるなどの戦略では、イェイツの賞賛する『ネイション』詩人に対するムーアの影響は歴然としている。

　また初期のイェイツは、老婆の口ずさむ古謡に触発された「柳の園のところで」("Down by the Salley Gardens")、ジョイスが愛唱したという「ファーガスと行くのは誰だ」("Who Goes with Fergus?")、「ドゥーニーのフィドル弾き」("The Fiddler of Dooney") など、歌謡調の詩をしばしば作った。しかし中期以後、そのような歌謡調は影を潜める。一つにはイェイツの作風の変化ということもあるだろうが、何よりも障害になったのは、イェイツ自身が音楽的才能に著しく欠けていた (tone deaf) ということであろう。この点は自ら名歌手であり、ピアノも弾いたムーアとの大きな違いである。

　しかし歌うことを断念したイェイツは 20 世紀に入ったあたりから、女優のフロレンス・ファー、音楽家のアーノルド・ドルメッチとともに自作の朗誦法の追求に多大な努力と時間を費やした。ロナルド・シュチャードによれば、これは「音痴で悪名高く、しかも自ら音楽については無知だと公言した詩人の愉快な逸脱」(Schuchard xix) と見做され研究者からは看過されてき

たが、シュチャード自身の重厚な研究を読むと、この試みが音楽的才能に欠けるイェイツに可能なぎりぎりの音楽への接近であったことが分かる。してみると、イェイツのムーア批判は、ムーア文学の限界というよりも、かつては国民詩人と呼ばれたムーアの名声とその音楽的才能へ対する、イェイツの羨望と競合心も作用していたと考えざるを得ない側面がある。後に20世紀のアイルランドの国民詩人になるイェイツにとって、19世紀の国民詩人たるムーアは最大のライバルであった。このように『アイリッシュ・メロディーズ』は様々な反響を今日まで響かせている。

引用文献

Anderson, Benedict. *The Imagined Communities*. London: Verso, 1983. Print.

Davis, Leith. *Music, Postcolonialism, and Gender: The Construction of Irish National Identity, 1724–1874*. Notre Dame: University of Notre Dame, 2006. Print.

Kelly, Linda. *Ireland's Minstrel—A Life of Tom Moore: Poet, Patriot and Byron's Friend*. London: I. B. Tauris, 2006. Print.

Kelly, Ronan. *The Bard of Erin: The Life of Thomas Moore*. London: Penguin Books, 2009. Print.

Melville, Joy. *Mother of Oscar: The Life of Jane Francesca Wilde*. London: John Murray, 1994. Print.

Moore, Thomas. *The Poetical Works of Thomas Moore*. London: Griffith and Farran, n.d. Print.（文中では *PW* とし、ページ数を記す。）

Schuchard, Ronald. *The Last Minstrels: Yeats and the Revival of the Bardic Arts*. Oxford: OUP, 2008. Print.

Shelley, Percy Bysshe. *Shelley's Poetry and Prose*. Eds. Donald H. Reiman and Neil Fraistat. New York: Norton, 2002. Print.

Yeats, W. B. *Uncollected Prose of W. B. Yeats*. Ed. John P. Frayne. Vol. 1. London: Macmillan, 1970. Print.

及川和夫「W・B・イェイツとサミュエル・ファーガソン：二つのファーガソン論を中心に」『学術研究——人文・社会科学編』第 63 号、早稲田大学教育・総合科学学術院教育会、2015 年 3 月、189–201 頁。

＊本論文はイギリス・ロマン派学会、第 41 回（2015 年）全国大会シンポージアム「ア
　イルランドとロマン主義——「国民国家」と文学——」での発表「Thomas Moore
　の両義性——失われた 'Nation' を幻視する 'Expatriate'」に大幅に加筆修正を加え
　たものである。
＊本論文は日本学術振興会・科学研究費基盤研究 (C)「アイルランドのナショナル・
　アイデンティティ：独立戦争から紛争まで」（研究代表：及川和夫、研究課題／領
　域番号：15K02364、研究期間：2015.4.1–2018.3.31）の研究の成果である。

顕微鏡的博物学とシャーロット・スミス

『詩の手ほどきについての会話集』(1804) を中心に

鈴木　雅之

　シャーロット・スミス (Charlotte Smith, 1749–1806) は、『若き哲学者』(*The Young Philosopher: a Novel*, 1798) ほか十編の小説の作者として、また『哀歌調ソネット集』(*Elegiac Sonnets*, 1784) や『亡命者』(*The Emigrants*, 1793)、『ビーチー・ヘッド』(*Beachy Head*, 1807) のような詩作品を残した詩人として論じられることが多い。しかし、スミスには一貫して博物学 (natural history) への関心があり、晩年には博物学を中心に据えた代表的な作品が幾つも出版されたことについては、十分な議論がなされてきたとは言い難い。[1]

　以下の論考においては、『詩の手ほどきについての会話集——主として博物学に関する主題をめぐって、子どもたちと若者たちの用途のために』(*Conversations Introducing Poetry: Chiefly on Subjects of Natural History. For the Use of Children and Young Persons*, 1804; 以下『詩の手ほどき』と略記)[2] を中心に、スミス作品の博物学的特徴である顕微鏡的眼が、ヘンリー・パワー (Henry Power, 1623–68) 以来の顕微鏡的想像力の系譜をひくことを確認する。次に『詩の手ほどき』に収められた詩をこれと同種の主題を扱ったウィリアム・ワーズワス (William Wordsworth, 1770–1850) 作品と比較検討することによって、スミス作品の特徴を明らかにする。最後にスミスと顕微鏡レンズの媒介性について触れたい。

1. 顕微鏡的博物学の系譜

　1664 年に出版されたヘンリー・パワーの『実験哲学』(*Experimental Philosophy*) は、顕微鏡、水銀、磁気それぞれに関する「新しい実験」観察を「三部構成」に纏めたものである。とくにノミ、虱、キリギリス、ケシの実、ヤツメウナギ等、合わせて五十一もの顕微鏡実験観察報告 (“Microscopical Observations”) からなる第 1 部は、本書のほぼ半分を占め「もっとも独創的な部分」(Hall xiii) として、博物学における顕微鏡的眼の歴史を探る上で重要な文献のひとつとなった。『実験哲学』の「序文」[3] のなかでパワーは、「屈折光学レンズ」(Power, “Preface” 3) の歴史を辿った後、顕微鏡は近代の誇るべき発明であるという認識を示す。伝統か進歩かという新旧論争では明らかに「新」の立場を擁護するパワーは、顕微鏡を「旧」に対する「新」の優位を、「自然」に対する「人為」の優位を証明するものとして称揚する。望遠鏡の発明は人間がいかに狭い世界に閉じ込められているかを、人類はひとつの惑星の支配者にすぎないことを教えたとすれば、顕微鏡は、肉眼では捉えることのできない極微小の中に未知の新しい宇宙が存在することを教えたとパワーは言う。王立協会員であり原子論者でもあったパワーは、「顕微鏡讃歌」(“In Commendation of the Microscope”) と題された詩のなかで、顕微鏡という「人工の眼」(8) は、視力の老いた時代にあってこそ「われわれの盲目」(7) を補強する強力な補助器具であると断言する。すでに堕落した存在であるわれわれにとって、もはや「裸眼」(Power, “Preface” 5) だけではどうにもならない。神の偉大さを確認するためには、汚れた視力を補う「人工の眼」が必須であるとパワーは続け、「その［人工の眼の］拡大する力によってわれわれは、全世界がこれまで見てきた以上のもの」を覗き見する喜びを味わうこともできるのであり、それはまさに「驚異」を発見する喜びでもある (9–10) とつけ加える。神は無価値のもの（ちり）からあらゆるものを創造したが、その無価値なものよりさらに微少なものを神は創った。そのことは、顕微鏡で見れば針先の上にも酢一滴のなかに含まれるものと同じくらい多くのものが存在することからもわかるだろう (65–70) ——「あらゆ

るもののなかで最も微小なものにおいてこそ神は最も偉大である。それゆえ
われわれは、極微小な刻印のなかに神の全能を最もよく読み取ることが出来
ると推測する」(72–74)。[4] 顕微鏡をもたず「肉眼」(“Natural Vision” Power,
“Preface” 3) に頼るしかない「感覚の息子たち（古代人）」(“those sons of
Sense [the ancients]” Power, “Preface” 2) は、微小なものが如何に巧妙に
造られているかを、また微小な生物のなかにこそ神の偉大さと栄光が刻まれ
ていることを知り得なかった (Power, “Preface” 2–3) と言う。パワーは、
「チョウの羽根を顕微鏡で覗くものは、そこに神の絵筆によって描かれた縞
模様を見出すことだろう」(Power 7) と書いている。まさに神は細部に宿り
給う。このような思想は、神＝創造者への大いなる讃歌であり、神慮に満ち
た自然の解明を目指すという、顕微鏡文化を支える最も重要な思想的基盤の
ひとつであった。

　パワーが「極微小」(“the minutest things” Power, “Preface” 2) と呼んだ
ものを、『実験哲学』の翌年 1665 年にロバート・フック (Robert Hooke,
1635–1703) は、『ミクログラフィア』(Micrographia) への「序文」[5] の中で
「微細」(“Particulars” Hooke, “Preface” 3) と言い換える。そしてベイコン的
思想を背景にしたフックは、「哲学の刷新」(“a reformation in Philosophy”
Hooke, “Preface” 4) を計るべきだと主張する。フックによれば、これまで
のスコラ自然哲学は余りにも「頭と空想」(Hooke, “Preface” 5) の産物であり
過ぎたとして、今日必要なのは、顕微鏡という「人工器具」(“artificial Or-
gans” Hooke, “Preface” 3) の力を借り、「誠実な手と忠実な眼」(“a sincere
Hand, and a faithful Eye” Hooke, “Preface” 4) をもって「対象そのものを
あるがままに吟味し記録すること」(Hooke, “Preface” 4) であると言う。こ
うして対象物の形状の忠実で詳細な文字による「記述」と百十八点の細密で
正確な「図版」からなるフックの『ミクログラフィア』は、博物学に多大な
影響を与えた。パワーはフックの重要な先駆者のひとりであった。以降、
「微細」は「顕微鏡的眼」と共に、パワーやフックらから派生した顕微鏡的
語彙としてリンネらによる蒐集と分類の学問と結びつき博物学において中心
的役割を果たし、スミスやジョン・ラスキン (John Ruskin, 1819–1900) ら

に受け継がれることになる。

2. 博物学とスミス

　スミスのハイブリッドな博物学的作品とは、『田舎の散歩——対話による、若者たちのために』(*Rural Walks: in Dialogues. Intended for the Use of Young Persons*, 1800)、『もっと散歩を——続「田舎の散歩」、若者たちのために』(*Rambles Farther: A Continuation of Rural Walks. Intended for the Use of Young Persons*, 1800)、『小さい道徳のお話——博物誌・歴史上の逸話・風変わりな話の素描を間に挟んで』(*Minor Morals, Interspersed with Sketches of Natural History, Historical Anecdotes and Original Stories*, 1799)、『詩の手ほどき』そして『鳥の博物誌——主として若者たちのために』(*A Natural History of Bird, Intended Chiefly for Young Persons*, 1807)である。いずれも子ども向けの作品である。最後のふたつは、ウィリアム・ブレイク (William Blake, 1757–1827) 等を擁護し彼らの著作を積極的に出版したことで知られる、急進主義的出版社主ジョゼフ・ジョンソン (Joseph Johnson, 1738–1809) から刊行されたことは注意しておく必要がある。

　博物学は、過去数世紀にわたって集積された、世界と自然と人間に関する厖大な情報をいかに合理的に整理して秩序づけるか、つまり知識をいかに〈体系づける〉かに大きなエネルギーが向けられた 18 世紀という時代と共振する、当時の最先端をゆく学問であった。[6] ジョルジュ゠ルイ・ルクレール・ド・ビュフォン伯 (Georges Louis Leclerc, Comte de Buffon, 1707–88) の『一般と個別の博物誌』(*Histoire naturelle, générale et particulière*) 第 1 巻は 1749 年、ビュフォン没後に第 44 巻が出版されたのは 1804 年のことである。『詩の手ほどき』と同年の出版である。スミスは『鳥の博物誌』のなかで、スウェーデン生まれのカール・フォン・リンネ (Carl von Linné, 1707–78) こそ博物学者としてもっとも信頼に値する人物であると言明した (Smith, *Works* 13: 244)。[7] リンネは、1735 年に出版した彼の処女作と言って良い『自然の体系』(*Systema Naturae*, 1735) の中で、自然の三界、すな

わち動物界・植物界・鉱物界の体系化を試みた。その中でリンネは、当時行われていた自然物に関する分類方法あるいは体系のなかで最もまとまりが悪く定説というべきものがなく流動的であった植物について、植物の生殖器官にもとづく〈性の体系〉思想を中心に据えた植物界の体系化に成功した。[8]
さらに 1753 年刊行の『植物の種』(*Species Plantarum*, 1753) の中でリンネは、植物の二名式命名法 (binary nomenclature) を全面的に導入する。この学名形式は、種族をあらわす属名と種をあらわす種名（あるいは種小名）との二名を組み合わせて表現する「生物の種の学問上における公式な名称の形式」（西村 14）である。スミスは、自らの作品に登場する植物や昆虫等には、このリンネによる二名式学名を注記することを決して怠らない。

リンネの著作は、最初のリンネ伝記の作者でもあるリチャード・パルタニー (Richard Pulteney, 1730–1801) の『リンネ著作物の総合的解説』(*A General View of the Writings of Linnaeus*, 1781) などによって広く流布し、スミスもその恩恵に浴したひとりであった。[9]『若き哲学者』執筆に際してスミスは、当時のリンネ協会会長であったジェイムズ・エドワード・スミス (James Edward Smith, 1759–1828) に直接アドヴァイスを求めたと言われる (Shteir, *Cultivating* 70)。大衆向け植物学入門書『大英帝国に自生するすべての植物の植物学的配置』(*Botanical Arrangement of All the Vegetables Naturally Growing in Great Britain*, 1776) を書いたウィリアム・ウィザリング (William Withering, 1741–99)、ジャン゠ジャック・ルソー (Jean-Jacques Rousseau, 1712–78) の植物学入門書を翻訳したトマス・マーチン (Thomas Martyn, 1735–1825)、さらには 1760 年代から 1830 年代にかけて多数出版された女性の手になる植物学の書がスミス作品の糧になったことは言うまでもない。その他、鳥類学 (ornithology)、昆虫学 (entomology)、古生物学 (paleontology)、解剖学 (anatomy)、動物学 (zoology) 等、様々な学問がその近代的形を取り始めたのもこの時期である。スミスの『鳥の博物誌』はまさに時代の先端を行く作品だった。[10]

女性の手になる植物学書のひとつ、プリシッラ・ウェイクフィールド (Priscilla Wakefield, 1751–1832) の『植物学入門』(*An Introduction to*

Botany, 1796) は、姉妹間の往復書簡という形式をとる。例えば、その中で
フェリシア (Felicia) はコンスタンス (Constance) に次のように書く――
「顕微鏡を手に取り薬の粉をよく調べてごらんなさい。［中略］自然界の微細
な部分には優雅な精妙さがそなわり、それは最高の芸術をも凌ぐものである
ことがおわかりでしょう」(Wakefield 122)。顕微鏡が植物の観察に欠かせ
ないものであることは、上述した植物学に関する文献にも明らかである。微
細なものを拡大鏡や顕微鏡で観察し、そうして得られた植物の形態や生理の
観察結果を図（絵）と言葉による詳細な写実的描写によって記録して残す、
このような方法が植物学的知識の伝播に固有の形式となった。つまり植物学
を含む博物学という新しい学問は、描写と写実の学問であった。

　博物学者としてのスミスの細部観察と忠実な描写という植物学の特徴は、
次の『ビーチー・ヘッド』からの引用にも遺憾なく発揮されている。

　　〈自然〉の祭壇で早くから礼拝していた私は、
　　自然の素朴な風景を愛した――ウサギの繁殖地やヒースの原、
　　黄色の共有地、カバノキが蔭をなすくぼ地、
　　ノバラや、巻きついたスイカズラに覆われ、
　　人の通わぬ小道を縁取る生垣、
　　そこには絡みついたカラスノエンドウの紫色の房が
　　ツルウメモドキやブリオニと混じって咲き、
　　露が銀色のヒルガオの顎を満たす――
　　［中略］
　　　　　　おそらくそこに、野の花を愛する人は
　　物思いに沈んで、身を休めるだろう。
　　そして鮮やかな緑の苔に包まれた小丘から
　　軽く薄い葉と一緒に、ハート型の三重に折り重なった
　　カタバミを摘むだろう。それは
　　サンゴの数珠のように根を張っている。またその人は、
　　そこで、雑木林の誇りであるアネモネを摘む。

それは、象牙にはめ込まれた金色の飾り鋲のような

この上なく優美な舌状花をつけ、紫雲の色に染められると、

うるわしく変わりやすい四月の額にふさわしい王冠となる。

(Smith, *Works* 14: 164; 346–53, 358–67)[11]

カラスノエンドウ (vetch)、ツルウメモドキ (bittersweet)、ブリオニア (bryony)、ヒルガオ (bindweed) にはリンネ式学名と解説が脚注で与えられる。植物神フローラの神殿を参拝するスミスが描き出す色鮮やかな花々は、まるで数センチの至近距離から彼女自身の眼であるいは拡大鏡を片手に精密な観察がなされたかのように描写され、言葉のタブローとして読者に呈示される。上の引用は、スミス作品の「植物学的精確さの詩学」("a poetics of botanically exact" Pascoe, "Female" 201) を例証する一節と言わねばならない。

3. スミスの博物学的詩学——微細の審美学

『詩の手ほどき』は、タルボット夫人 (Mrs. Talbot) が息子ジョージ (George)、娘エミリー (Emily) というふたりの子どもたちと庭を散策しながら詩を作りあるいは詩について語り聞かせ、併せてエミリーの詩集作りを手伝うという形式をとる。スミスは「序文」の中で、（この子ども向け作品は）博物学を題材にした短い詩を集めたもの (collection) であり、五歳になる孫娘ルゼナ (Luzena) に読み聞かせる詩集を探したが見つからず、それなら自分で作ろうと決意した結果であると語る (Smith, *Works* 13: 61–62)。

『詩の手ほどき』は、親子三人による十の「会話」から成り立ち（第1巻は第1会話—第5会話、第2巻は第6会話—第10会話）、全部で四十一篇の詩が収録されている。主題（対象）は、植物（十二篇）、昆虫・鳥（十八篇）、その他（十一篇）である。四十一篇すべてがスミス作品というわけではなく、スミスの妹で児童文学作家のキャサリン・アン・ドーセット (Catherine Ann Dorset, 1750?–1817?) の優れた詩が十一篇収められている。[12] 他の詩人（例

えば William Cowper, 1731–1800）の作品も字句の変更を加えて収められる。そのいずれもスミスの「めがね」にかなった微細に注目した博物学的詩であることに変わりはない。『詩の手ほどき』は、「散文（会話）と詩からなる詩集」という新しい形態を取っていることは注目しておかねばならない。スミス全集の編者のひとりジュディス・パスコー (Judith Pascoe) も指摘するように、『詩の手ほどき』には、「蒐集」を意味する "collection"[13] や "acquisition" という言葉だけでなく、ひとつの空間の中に自然の全体を取り込むコレクションとしての「博物館」("museum" 142) という表現などが頻出する。先に触れたように「蒐集」「分類」という行為・衝動は、19 世紀初めに隆盛を見た博物学の鍵概念である。集めるという行為は、楽しむこと（気晴らし）と覚えること（記憶）に繋がる。タルボット夫人は、博物学に関わる主題の詩を集め分類するエミリーを手助けするだけでなく、詩は記憶すべきテクストであり記憶を助けるテクストでもあると教える。「わたしたちがこんな風にして集めたイメージは、それを詩にすることでわたしたちの記憶に固定」されることでしょう (Smith, *Works* 13: 215) とタルボット夫人が語るところにも、19 世紀初頭の博物学熱が感じられる。

　『詩の手ほどき』をもう少し具体的に見てみよう。「第 1 会話」には五作品が収められる。そのうちのひとつ「水辺の散歩」("A Walk by the Water") の最終連は、「臆病な魚みたいに怖がることはありません／わたしたちは網も針も持ってはいないのですから。／あてもなく歩き回るわたしたちのたったひとつの願いは／自然という本を読み取ることです」(17–20) とある。博物学のモットー「自然という本を読み取ること」("to read into nature's book") が、そのまま『詩の手ほどき』の基調であることを示す。「第 3 会話」にはスミスによる社会のひずみ批判、もう少し言えば、上流階級が下層階級を見下す態度を強く非難する箇所が幾つかある。例えば、貴族の乗った馬車がある少年を轢いてしまったとき、彼らは少年を助けもせずにその場を逃げ去った。この事件は、スミスに富めるものの精神的堕落と腐敗を知らしめる結果となった。「自己満足が彼らの生活原理なのだ。自分たちは快楽を求めてあちこち動き回るくせに、社会の貧しいものたちの欲求や悲しみのこ

とはまったく無視している」(Smith, *Works* 13: 101–02) と怒る。おそらく
『詩の手ほどき』全篇に流れるこのような社会批判・諷刺が、書肆ジョンソ
ンの気に沿うものだったのかも知れない。

　「あのひとたちは、貧しいひとたちのことを考えることさえもしない」と
批判した後でタルボット夫人は、以前書いた作品「スノードロップに寄せる
詩」("To the Snow-Drop") を披露する。スノードロップはイギリスの野原
や果樹園の縁に自生し球根は蘭の球根同様、ゆでると栄養豊かな食べ物とな
るがこの時期はその繊細で白い花弁が魅力であろう等、当時の植物事典を利
用した記述を行う。最初の二連を引用する。

　　　植物のように生長する雪のペンダント状の花びらにも似た
　　　生まれたての年を告げる早咲きの伝令者よ
　　　果樹園の小枝の下で冒険好きなクロッカスが
　　　咲き誇るより先に、おまえの蕾は姿を現わす。

　　　冷たい北東の風は相変わらず無愛想に顔をしかめるが
　　　葉のない低林にセイヨウハシバミや綿毛の粉を
　　　まぶしたようなサルヤナギの花が現れるより先に
　　　おまえは草地に銀色の雫となって光る。

　　　　　　　　　　　　　　　　　　　　　(Smith, *Works* 13: 103–04; 1–8)

例によってスノードロップには "Galanthus nivalis"、クロッカス (Crocus)
には "Crocus vernus" という学名を、セイヨウハシバミ (hazle) とサルヤナ
ギ (sallows) にはそれぞれ "Corylus acellana"、"Salix caprea" というリン
ネ式学名を注記する。そうすることでスミスは、博物学（植物学）が単なる
趣味の領域ではなく、科学的知識に裏打ちされたものであることを示す。上
にも述べたように、スミスの植物愛は、感傷的な鑑賞に終始するものでは決
してなかったということは忘れてはならない。博物学と詩の融合こそがスミ
スの求めるところである。1 行目の「植物のように生長する雪のペンダント

状の花びら」("pendant flakes of vegetating snow") は、精確な植物学的細部観察と繊細描写が際立つ表現である。「下向きの」を意味する "pendant" は、スノードロップの花茎が伸びてその先端に白色の花が下向きに咲くことからこの単語を使ったのだろう。花びらの一片一片は "flakes" と表現されるが、これは「雪」の縁語でもある。「雪」は、花の白さだけでなく雪の下から顔を覗かせ春の到来を告げるスノードロップに相応しいことから、スミスはこの語を選択したと思われる。スノードロップの学名の後半 "nivalis" という種小名は、「雪の、雪におおわれた」を意味するラテン語だ。「緑」と「白」の対比も鮮やかな一行である。

　この一行でもっとも重要なのは "vegetating" という語であろう。『若き哲学者』第 2 巻においてスミスは、憔悴しきったローラ (Laura) に「わたしは悲しみの時間を何時間もすごしてきましたが、これまで植物界／植物性 (vegetable nature) を眺めることで、わたしの精神が慰められなかったことは一度もありませんでした」と語らせる (Smith, *Works* 10: 157)。[14] スミスにとって "vegetable nature" は、残酷な "human nature" に対立するものであったに違いない。「第 7 会話」の中で、「わたしたちは植物王国から人生の多くの便益と慰みを頂いています」(Smith, *Works* 13: 180) と語るスミスである。愚かで残酷な人間と闘う自分を慰めてくれるものは植物だけであったというこのわれらが植物学者詩人にとって、引用 1 行目の "vegetating" は、極めて重い意味を担った言葉なのである。しかも "vegetable" ではなく動詞 "vegetate" の現在分詞形を使用するところに、細部観察と動的表現に巧みなスミスの鋭い博物学的観察の特徴が現れている。

　最後の第 4 連でスミスは、春の先触れをなすスノードロップもやがて夏が来、秋になるとほかのもっと華やかで豊かな色香のある花々に押されて「青ざめた香りのしない」花となってしまうと述べて、人生も同様、青春は幻想であり後悔の念をもって子ども時代を振り返るのだと語る。このような一種の教訓癖がスミス作品の特徴のひとつでもある。スミスは自らを（やや自嘲気味に？）「教訓好きの植物学者」("a moralizing Botanist" Smith, *Works* 14: 206) と呼んだことがある。

スミス作品をワーズワスの「ヒナギクによせて」("To the Daisy" 1807)
と比較してみると、双方の詩質の違いが一層際立つだろう。「ヒナギクによ
せて」から引用する。

> 光輝く花よ！いたるところに故郷を持つ
> おまえは母なる自然の保護を得て逞しく
> 長い一年を通じて喜びと悲しみの
> 継承者だ。
> 人間性と調和するなにかがおまえにだけは
> 備わっているとわたしには思える
> この森の中のほかのどんな花と
> 比べてみても！(Wordsworth 4: 67–68; 1–8)

確かに冒頭の呼びかけには、この花に対するワーズワスの親愛感のような
ものが漂う。しかしワーズワスには、スミスのような、対象の形状の植物学
的描写への関心は一向に感じられない。それどころか、ヒナギクという花の
形態などはのっけから詩人の眼中にはなく、もっぱら詩人自身の観察力が一
種天才的才能の隠喩として強調される──「人間性と調和するなにかがおま
えにだけは／備わっているとわたしには思える／この森の中のほかのどんな
花と／比べてみても」という詩行を、スミスの「スノードロップ」の描写
「植物のように生長する雪のペンダント状の花びら」と比較してみよう。ふ
たりの詩人がいかに対照的か、よく伝わるだろう。ワーズワスの自然（花）
描写が彼の自我の表出に他ならないとするならば、スミスのそれは己を空し
くして対象を見つめ、微妙に重なり合う花弁とその形態を可能な限り精確か
つ動的に写し取ろうとする。

　『ビーチー・ヘッド』の語り手が切り立つ崇高な岩壁の上から海を眺めつ
つも、「さらに微細なものを観察し、／青白い石灰質の土と／混じりあった貝
殻の／不思議で見慣れない形をみて驚くのです」(Smith, *Works* 14: 165;
372–75) と言うときも、語り手の興味は海岸の全体像にあるのではなく、

あくまでも断崖の頂上に散らばる貝殻の化石ひとつ一つのさまざまな形状でありその感触なのだ。語り手の眼は、眺望から細部へ崇高から美へと移行するが、決して崇高と美の差異化は行わない。ここにスミス作品の特徴がある。スチュアート・カラン (Stuart Curran) は、『ビーチー・ヘッド』の多様な自然描写に触れて、自然に没入するスミスの衝動の激しさを指摘しつつ、その特徴を "multitudinous, uncanny particularity" と表現した (Curran, "Introduction" xxvii)。カランの言葉をわたしなりに敷衍すればこうなる——広大で「多様な」自然界の「微細な部分」に参入したスミスの顕微鏡的眼が描き出すものは、「神秘的」とすら言えると。植物学、地質学そして鳥類学などスミスの博物学的知識と実践に彩られた『ビーチー・ヘッド』に見られる綿密な自然描写は、自然の超越もしくは吸収をはかるワーズワス的ロマン主義ではなく、自然の他者性を凝視しこれを讃えようとするもうひとつのロマン主義である (Curran, "Introduction" xxvii–xxviii)。『ビーチー・ヘッド』のスミスの眼は、『詩の手ほどき』のなかでも植物や鳥や昆虫そして浜辺の風景の細部に注がれる眼として健在だ。

　『詩の手ほどき』のなかでスミスがとりあげた昆虫・鳥・動物を列挙してみると、コガネムシ、テントウムシ、カタツムリ、蜂、モグラ、チョウチョウ、蛾、蛍、ヤマネ、キリギリス、リス、コマドリ、蠅、コオロギ、ツグミ、ハチドリ、カモとなかなか多彩だ。このなかから、「第2会話」所収の「蛾」("The Moth") を見てみよう。一連六行の全六連三十六行からなる詩の第5連を引用する。

　　眩暈を起こした彼はそれの周りをグルグルと回りながら突進する。
　　するとたちまち粉をまぶしたような柔らかな羽根は
　　焼け焦げ、彼の真珠のような目も次第に朦朧となる。
　　今や両足はもがきつつ動かなくなり
　　焦げつき、縺れ、燃え、汚れ
　　きゃしゃな姿は消える——哀れな虫は死ぬ！

　　　　　　　　　　　　　　　　　　　(Smith, *Works* 13: 87–88; 25–30)

引用冒頭の「彼」とは蛾を、「それ」とは、その蛾をおびきよせる蝋燭の炎を指す。まさに飛んで火に入る夏の虫だ。白い粉をまぶしたような羽根は焼け焦げ、両足をばたつかせもがきながら、「哀れな虫は死ぬ！」。死に直面した蛾の悲しみを誘う描写は感動的ですらある。が、読者にとってなお一層驚異的なのは、「真珠のような（蛾の）眼が次第に朦朧となる」("dimmer grow his pearly eyes") という、まさに「顕微鏡的眼」で微細を凝視する詩人ならではの恐ろしくも的確な細部観察描写ではないだろうか。最終第6連 (31–36) でスミスは、蛾を人間になぞらえて、哀れな蛾は、「人の眼を欺く虚栄の炎」(33) に惑わされて自殺行為にも似た死を遂げてしまう人間の「象徴」(31) となりおおせている、という洞察に満ちた教訓で終える。

4. 博物学と詩の融合——顕微鏡的レンズの媒介性

スミスの植物学的微細な描写に満ちた『ビーチー・ヘッド』や、スミス愛読書のひとつであったエラズマス・ダーウィン (Erasmus Darwin, 1731–1802) の『植物園』(*The Botanic Garden*, 1789–91) のいわばスミス版ともいうべき「第10会話」所収の『フローラ』(*Flora*) は、植物学的細部描写と科学的解説（脚注）が織りなす作品である。

『フローラ』は、「空想」(Fancy) の力を借りて花の女神フローラを天界から呼び寄せるところから始まる。フローラの周囲で軽やかに舞い踊る妖精たちは、次のように描かれる。

> 愛らしい女王の周りには同じように忙しく仕える
> 女の妖精たちのとても軽やかな姿が見える。
> 〈フロセラ〉の着る紫色の豪華な衣は
> 〈紫ツユクサ〉の房から紡ぎだされた糸で編まれたもの。
> ハンニチバナの小さな花は女王の額に気品を与え
> 糸状のユッカは女王のほっそりした腰を飾る。

(Smith, *Works* 13: 233; 79–84)

妖精のひとりフロセラがまとう衣は、絹のように柔らかな「紫ツユクサ」(Tradescantia) の房から紡ぎだされた糸で編まれたものだという。引用の「ハンニチバナ」(Cistus) と「ユッカ」(Yucca) それぞれにリンネ式学名と短い説明文を付した上でスミスは、紫ツユクサに次のような脚注を加える。

> この〈紫ツユクサ〉と呼ばれる花には絹のような房があり、それはとても繊細な糸に見える。その細い絹糸を一本取り出して<u>顕微鏡で覗いて見る (examining . . . through a microscope)</u> と、紫水晶が数珠つなぎになったものに見えてくる。(下線筆者)

下線部には、無限に増殖する細部をさらに探求せんとするスミスの欲望・衝動のようなものが露呈している。紫ツユクサの絹のような繊維の一本一本は、「顕微鏡で覗いて見る」と、さらにまた違った世界、「紫水晶が数珠つなぎ」になったものに見えてきたという。先にカランがスミス作品の自然は「神秘的」で(すら)あると指摘した特徴が、ここに現れていると言って良いかも知れない。

　それにしてもこれは不思議な現象である。「対象そのものをあるがままに吟味し記録する」ことが、パワーやフックたちの合い言葉であったことを思い出してみよう。細部観察と忠実な描写を徹底した先にスミスに見えてきた世界は、一種幻想的な別次元の世界——妖精と科学的器具(顕微鏡)が共存する世界——だったということなのだろうか。パスコーは「博物学者的微細への凝視を利用することでスミスは、極微小を目も眩むばかりに爆発させ、女性という立場をむしろ彼女自身を解放する力とした」(Pascoe, "Female" 205) と言う。わたしがここで注目しておきたいのは、顕微鏡「レンズ」の媒介性の問題である。[15]

　顕微鏡的眼は、基本的に二重の眼である。顕微鏡という装置によって初めて、不可視の世界における微少物は、われわれの眼前にその未知の世界を現す。顕微鏡を覗くものは、顕微鏡レンズのこちら側の「現実」と向こう側の「現実」というふたつの「現実」に直面し、そのふたつの「現実」の間に顕

微鏡レンズが介在する。顕微鏡レンズの拡大機能は、そこに結ばれる像にのみ作用するはずであり、それが対象である存在そのものにまで及ぶことはあり得ない。しかし、まさに像においては、そうしたことはあり得る。それを証明しているのが、ほかならぬレンズの媒介性である。非類似的で歪んだイメージ（像）を呈示するレンズの変形作用やレンズという媒体そのものを問題視するか、あるいはレンズの媒介性を無視もしくは抑圧したまま、レンズの向こう側の現実が、あたかも無媒介的で類似的なイメージとしてそのままこちら側に立ち現れるものとみなすか、それに応じて顕微鏡学徒はふたつに分かれるだろう。妖精のまとう衣の細部を「顕微鏡で覗いてみる」と「紫水晶が数珠つなぎ」したようなものに変容したと言うスミスは、おそらくレンズという第三項（媒体）を十分意識していたのだと思う。そしてこちらの「現実」の存在を夢のようないまひとつの向こうの「現実」のなかへと移し入れること、それこそが顕微鏡のからくりであることも。レンズは透明でありながらその変換機能によって、あらゆる存在に対して少なくともそのままの姿では自由に往還することを許さない。しかし、レンズそのものは、やはりこちら側の「現実」（詩作品）に属している。「変形」「拡大」を事とする魔性の器具としての顕微鏡。スミスにとって顕微鏡レンズは、そのまま彼女の創作原理となったのではあるまいか。

注

1. Judith Pascoe, "Female Botanists and the Poetry of Charlotte Smith," Charol Shiner Wilson and Joel Haefner, ed. *Re-Visioning Romanticism: British Women Writers, 1776–1837* (Philadelphia: U of Pennsylvania P, 1994) 193–209 は Charlotte Smith と博物学（植物学）と女の視線の問題を絡めた秀逸な論考であり本稿は示唆をうけた。他には Stuart Curran, "Romantic Poetry: The 'I' Altered", Anne K. Mellor, ed., *Romanticism and Feminism* (Bloomington: India UP, 1988) 185–207; Donna Landry, "Green Language? Women Poets as Naturalists in 1653 and 1807," *Huntington Library Quarterly* 63.4 (2000): 467–89. ロマン主義時代の女性詩人については、Isobel Armstrong, "The Gush of the Feminine: How Can We Read Women's

Poetry of the Romantic Period?" Paula R. Feldman and Theresa M. Kelley, eds., *Romantic Women Writers: Voices and Countervoices* (London: UP of New England, 1995) 13–32. 日本における文献として新見肇子『シャーロット・スミスの詩の世界――ミューズへの不満』(国文社、2010) には本邦初の Smith 詩翻訳と Smith 論が収められている。

2. Charlotte Smith からの引用は原則として Stuart Curran, gen. ed., *The Works of Charlotte Smith* (London: Pickering & Chatto, 2007) vols. 1–14 に依り巻数、頁数を記す (例 Smith, *Works* 13: 78)。

3. 原典の "The Preface" には頁数の記載がないので便宜上の頁数 (1–20 頁) で示す。

4. 引用箇所の原文は次の通り。"how God is [the] greatest in ye Least of things / And in the smallest print wee gather hence / the world may Best reade his omnipotence." 尚、本稿は顕微鏡的博物学の思想的原点に関する考察、拙論「『誠実な手と忠実な眼』――顕微鏡的眼の方法序説」『英文学評論』(京都大学大学院人間・環境学研究科英語部会) 第 LXXX 集 (2008)：1–32 と一部重複する。顕微鏡的眼についての本格的考察は、Marjorie H. Nicolson, "The Microscope and English Imagination," *Science and Imagination* (1956; Connecticut: Archon, 1976) 155–234 をもって嚆矢とする。

5. 原典の "The Preface" には頁数の記載がないので便宜上の頁数 (1–28 頁) で示す。

6. David E. Allen, *The Naturalist in Britain: A Social History* (Harmondsworth: Penguin, 1976) には 18 世紀に〈新しい学問〉としての博物学がファッションとして隆盛をみた経緯が詳しく記されている。

7. Linné に関しては Frans A. Stafleu, *Linnaeus and the Linnaeans: The Spreading of their Ideas in Systematic Botany, 1735–1789* (Utrecht, Netherlands: International Association for Plant Taxonomy, 1971) 他参照。

8. Richard Polwhele は *The Unsex'd Female* (1800) の中で、植物学にのめり込む女性作家たちを Mary Wollstonecraft のように自ら女性であることを否定する革命的な思想の持ち主となるとして揶揄・批判した。

9. 他に *Historical and Biographical Sketches of the Progress of Botany in England* (1790). Pulteney 論としては Beth Fowkes Tobin, "A Naturalist's Notebooks," *Studies in Eighteenth-Centuries Studies*, vol. 45, ed. Michelle Burnham and Eve Tavor Bannet (Baltimore: Johns Hopkins UP, 2016) 131–56.

10.「蒐集」と「分類」という行為は博物学だけではなく、Pascoe によれば 18 世紀の別の蒐集熱――Thomas Percy (1729–1811) らによる古詩の蒐集熱や昆虫等の標本熱――にも現れた。Pascoe, "Introduction" *Works* 13: xvi 参照。

11. 一部表現を変えて新見訳 (194–95) を借用した。他の Smith 作品の訳文はすべて筆者による。

12. *Conversations Introducing Poetry* に掲載された Dorset 作品 (植物：3, 昆虫・

鳥：8）はその後まとめて *The Peacock at Home; and Other Poems* (London: John Murray and J. Harris; Edinburgh: Manners and Miller, 1809) として出版された。

13. ロマン主義時代の蒐集と博物学については Judith Pascoe, *The Hummingbird Cabinet: A Rare and Curious History of Romantic Collectors* (Ithaca: Cornell UP, 2006); Alan Bewell, "A Passion that Transforms: Picturing the Early Natural History Collector," *Figuring It Out: Science, Gender, and Visual Culture*, ed. Ann B. Shteir and Bernard Lightman (Hanover: Dartmouth College P, 2006) 28–53.

14. *Elegiac Sonnets* 79 "To the Goddess of Botany" も参照。Smith の優れた伝記である Loraine Fletcher, *Charlotte Smith: A Critical Biography* (1998; London: Palgrave, 2001) 207–302 には、Smith と植物学と教育の問題の密接な関係について興味深い記述が見られる。

15. Jonathan Crary, *Techniques of the Observer: On Vision and Modernity in the Nineteenth Century* (Cambridge, Mass.: MIT P, 1992) および拙論「顕微鏡的想像力の系譜 (3)──顕微鏡的博物学と媒介性」『英文学会誌』（宮城学院女子大学学芸学部英文学会）第 42 号 (2014): 21–43.

引用文献

Allen, David E. *The Naturalist in Britain: A Social History*. Harmondsworth: Penguin, 1976. Print.

Armstrong, Isobel. "The Gush of the Feminine: How Can We Read Women's Poetry of the Romantic Period?" *Romantic Women Writers: Voices and Countervoices*. Ed. Paula R. Feldman and Theresa M. Kelley. London: UP of New England, 1995. 13–32. Print.

Bewell, Alan. "A Passion that Transforms: Picturing the Early Natural History Collector." *Figuring It Out: Science, Gender, and Visual Culture*. Ed. Ann B. Shteir and Bernard Lightman. Hanover: Dartmouth College P, 2006. 28–53. Print.

Buffon, Georges Louis Leclerc, Comte de. *Histoire naturelle, générale et particulière*. Paris: 1749–1804. Print.

Cowles, Thomas. "Dr Henry Power's poem on the Microscope." *Isis* xxi (1934): 71–80. Print.

Crary, Jonathan. *Techniques of the Observer: On Vision and Modernity in the Nineteenth Century*. Cambridge: MIT P, 1992. Print.

Curran, Stuart. "Romantic Poetry: The 'I' Altered." *Romanticism and Feminism*. Ed. Anne K. Mellor. Bloomington: India UP, 1988. 185–207. Print.

——. "Introduction." *The Poems of Charlotte Smith*. Ed. Stuart Curran. Oxford: Oxford UP, 1993. xix–xxix. Print.

Darwin, Erasmus. *The Botanic Garden*. London: J. Johnson, 1789–91. Print.

Dorset, Catherine Ann. *The Peacock at Home; and Other Poems*. London: John Murray and J. Harris; Edinburgh: Manners and Miller, 1809. Print.

Fletcher, Loraine. *Charlotte Smith: A Critical Biography*. 1998; London: Palgrave, 2001. Print.

Hall, A. Rupert. *Hooke's Micrographia 1665–1965*. London: Athlone P, 1966. Print.

Hooke, Robert. *Micrographia: or Some Physiological Descriptions of Minute Bodies Made by Magnifying Glasses, with Observations and Inquiries Thereupon*. 1665; Illinois: Science Heritage, 1987. A Facsimile Edition. The History of Microscopy Series. Print.

Landry, Donna. "Green Language? Women Poets as Naturalists in 1653 and 1807." *Huntington Library Quarterly* 63.4 (2000): 467–89. Print.

Linné, Carl von. *Systema Naturae*. Leiden: 1735. Print.

——. *Species Plantarum*. 2 vols. Stockholm: 1753. Print.

Martin, Benjamin. *Micrographia Nova*. London: J. Newbery and C. Micklewright, 1742. Print.

Nicolson, Marjorie H. "The Microscope and English Imagination." *Science and Imagination*. 1956; Connecticut: Archon, 1976. 155–234. Print.

Pascoe, Judith. "Female Botanists and the Poetry of Charlotte Smith." *Re-Visioning Romanticism: British Women Writers, 1776–1837*. Ed. Charol Shiner Wilson and Joel Haefner. Philadelphia: U of Pennsylvania P, 1994. 193–209. Print.

Polwhele, Richard. *The Unsex'd Female*. New-York: Wm. Cobbett, 1800. Print.

Power, Henry. *Experimental Philosophy, In Three Books*. London, 1664. Ed. Marie Boas Hall. New York: Johnson Reprint, 1966. Print.

Pulteney, Richard. *A General View of the Writings of Linnaeus*. London: T. Payne and B. White, 1781. Print.

Smith, Charlotte. *The Works of Charlotte Smith*. 14 vols. Gen. Ed. Stuart Curran. London: Pickering & Chatto, 2007. Print.

Stafleu, Frans A. *Linnaeus and the Linnaeans: The Spreading of their Ideas in Systematic Botany, 1735–1789*. Utrecht, Netherlands: International Association for Plant Taxonomy, 1971. Print.

Shteir, Ann B. *Cultivating Woman, Cultivating Science*. Baltimore: Johns Hopkins UP, 1996. Print.

Tobin, Beth Fowkes. "A Naturalist's Notebooks." *Studies in Eighteenth-Centuries Studies*. Vol. 45. Ed. Michelle Burnham and Eve Tavor Bannet. Baltimore: Johns Hopkins UP, 2016. 131–56. Print.

Withering, William. *Botanical Arrangement of All the Vegetables Naturally Growing in Great Britain. with Descriptions of the GENERA and SPECIES, According to the System of the celebrated LINNAEUS*. 2 vols. Birmingham: M. Swinney,

1776. Print.

Wakefield, Priscilla. *An Introduction to Botany, in a Series of Familiar Letters, with Illustrative Engravings*. London: E. Newberry, 1796. Print.

Wordsworth, William. *The Poetical Works of William Wordsworth*. 5 vols. Ed. E. de Selincourt and Helen Darbishire. 1947; Oxford: Clarendon P, 1970. Print.

鈴木雅之「『誠実な手と忠実な眼』——顕微鏡的眼の方法序説」『英文学評論』（京都大学大学院人間・環境学研究科英語部会）第 LXXX 集 (2008): 1–32.

――.「顕微鏡的想像力の系譜 (3)——顕微鏡的博物学と媒介性」『英文学会誌』（宮城学院女子大学学芸学部英文学会）第 42 号 (2014): 21–43.

新見肇子『シャーロット・スミスの詩の世界——ミューズへの不満』国文社、2010 年。

西村三郎『リンネとその使徒たち——探検博物学の夜明け』人文書院、1989 年。

西山清先生略歴および業績一覧

〈略歴〉

1949 年　東京都生まれ

1972 年　早稲田大学教育学部英語英文学科卒業

1980 年　早稲田大学文学研究科博士課程中退（文学修士）

1980 年〜 1984 年　同志社大学専任講師

1984 年　早稲田大学教育学部専任講師

1993 年　早稲田大学教育学部教授

　　　　（名称変更により現在、教育・総合科学学術院教授）

2000 年　早稲田大学より博士号受領（学術博士）

〈主要業績〉

著書

*Keats's Myth of the Fall: An Interpretation of the Major Poems of Keats in
Terms of Myth-making*（1993 年 9 月、北星堂書店）

『聖書神話の解読』（1998 年 11 月、中公新書、中央公論社）

『イギリスに花開くヘレニズム――パルテノン・マーブルの光と影』（2008 年 10 月、
丸善プラネット）

Centre and Circumference（1995 年 5 月、共編著、桐原書店）

Voyages of Conception（2005 年 3 月、共編著、桐原書店）

（他共著 3 冊）

訳書

『アイルランドの怪奇民話』（W・B・イェイツ編、共訳、1985 年 1 月、評論社）

『妙なる調べ』（E・R・ワッサーマン著、1987 年 3 月、桐原書店）

『エンディミオン』（J・キーツ著、2003 年 8 月、鳳書房）

論攷

「ロマン派の史的位相と神話創造」（1985 年 6 月『英語青年』巻頭論文、研究社）

「おわりなき反抗の悲劇」（1988 年 4 月『英語青年』バイロン特集号、研究社）

[273]

「イギリス・ロマン派の美意識と歴史的背景」（2003 年 3 月『教育学研究科紀要』第 1 号、早稲田大学大学院）

"The Enlightenment and the Reception of the Plastic Arts by Painters and Poets"（2012 年 3 月『揺るぎなき信念』彩流社）

"A Cityscape 'To One Who Has Been Long in City Pent'"（A Revision）（2013 年 10 月、Jens Martin Gurr ed., *Romantic Cityscapes*, WVT Wissenschaftlicher Verlag Trier）

（他 40 篇）

学会発表

「「レイミア」考」（1983 年 10 月、イギリス・ロマン派学会全国大会）

「自動律の神話・二つの「ハイピーリアン」」（1986 年 5 月、日本英文学会全国大会）

「キーツ──200 年の軌跡」（日本英文学会全国大会シンポジウム・パネリスト 1995 年 5 月、筑波大学）

"A Historical Process Internalised in 'Hyperion'"（1996 年 8 月、Wordsworth Summer Conference, Grasmere, England, UK）

「ロマン主義と旅」（イギリス・ロマン派学会全国大会シンポジウム・パネリスト 2003 年 10 月、慶応義塾大学）

（他 5 篇）

評論

「イギリス歳時記」（1988 年 4 月～1989 年 3 月『百万人の英語』日本英語協会）

「イギリス・ロマン派とエルギン・マーブル」（2001 年 2 月『学鐙』丸善）

「イギリス社会の Resilience と Tolerance ということ」（2006 年 3 月『総合研究所所報』第 3 号、早稲田大学教育総合研究所）

「石との対話」（2008 年 5 月『会報』第 32 号、イギリス・ロマン派学会）

「模倣の不可能性」（2010 年 11 月『新鐘』第 77 号、早稲田大学）

（他 2 篇）

書評

高橋雄四郎著『ジョン・キーツ』（1989 年 8 月『図書新聞』）

Andrew Motion, *Keats*（1998 年 4 月『学鐙』丸善）

岡地嶺著『英国墓碑銘文学序説──詩人篇』（2001 年 3 月『英語青年』研究社）

Stanley Plumly, *Posthumous Keats*（2009 年 *The Keats-Shelley Review*, winter issue, Keats-Shelley Memorial House, Rome）

Nicholas Roe, *John Keats*（2014 年 3 月『イギリス・ロマン派研究』第 38 号、イギリス・ロマン派学会）

（他 4 篇）

解説・紹介

「ロマン派と現代」（1995 年 5 月『聖教新聞』）

"J. Gay's Fables"（1997 年 4 月〜1998 年 3 月『英語青年』研究社）

『ロマン主義と想像力／詩人ジョン・キーツ／「聖アグネス祭前夜」「ギリシャ古壺のオード」』（2007 年 5 月、ロマン主義入門 *An Introduction to English Romanticism* 放送大学 DVD および下記ウェブ・サイト）

http://www.campus.ouj.ac.jp/~gaikokugo/romanticism

「大英博物館とパルテノン・マーブル」（2009 年 4 月『21 世紀イギリス文化を知る事典』東京書籍）

「私の一冊：*The Gentleman's Magazine, 1731–1907*」（2015 年 11 月『イギリス・ロマン派研究』第 39/40 合併号、イギリス・ロマン派学会）

（他 2 篇）

編注

Life of Our Lord（1980 年 12 月、共編、桐原書店）

Twelve Chapters on Japan（1987 年 11 月、共編、研究社）

Christian Names（1991 年 1 月、共編、北星堂書店）

English and American Poetry（1999 年 5 月、鳳書房）

国内（学術）講演

「イギリスのアウトドア・ライフ」（1997 年 11 月『英国遊学講座』ヴァージン・アトランティック航空）

「イギリス文学の中の自然」（1998 年 6 月『もみじ山文化セミナー』中野区文化・スポーツ振興公社）

「ロマン主義と歴史的必然」（2002 年 5 月、イギリス・ロマン派講座）

「大英博物館とエルギン・マーブルの歴史」（2010 年 7 月、広島日英協会）

"Keats and Romantic Connections with Fragments"（2014 年 6 月、NASSR, *Romantic Connections*, supported by BARS, GER, JAER, RSAA, University of Tokyo, Tokyo）

（他 20 篇）

海外学術講演

"The Romantics and the Aesthesia of Fragments"（2005 年 8 月、Wordsworth
Summer Conference, Grasmere, England, UK）

"Keats and Statuary"（2008 年 3 月、University of St Andrews, Scotland, UK）

"The Enlightenment and the Plastic Arts—West, Coleridge and Keats"（2010
年 7 月、Coleridge Summer Conference, Cannington, England, UK）

"A Cityscape 'To One Who Has Been Long in City Pent'"（2011 年 10 月、
International Symposium of the German Society for English Roman-
ticism, Duisburg, Germany）

"The Prince Regent: A Life in Caricature"（2012 年 8 月、Wordsworth Summer
Conference, Grasmere, England, UK）

（他 2 篇）

〈学会および社会における主な活動〉

イギリス・ロマン派学会副会長（2006年〜2008年）

イギリス・ロマン派学会会長（2008年〜2012年）

Wordsworth Summer Conference
　日本側招集責任者（2005年〜2009年）

The Friends of Keats House (Keats House, Hampstead)
　奨学生選考委員（2007年〜 2011年）

The Keats-Shelley Review (Keats-Shelley Memorial House, Rome)
　編集顧問（2009年〜）

早稲田大学教育学部英語英文学科主任（2002年〜2004年）

早稲田大学大学院教育学研究科専攻主任（2008年〜2010年、2012年〜2014年）

早稲田大学小野梓記念学術褒賞選考委員（2009年）

科学研究費委員会海外学術調査審査委員（2013年〜2014年）

科学研究費委員会研究活動スタート支援審査委員（2016年）

編集後記

　2014年の秋、西山清先生が規定年限から三年も早く退職されるご意志であることを伺い、西山ゼミの門下生には少なからぬ衝撃が走った。と同時に、いったん退職のご意志を公にされた以上は、誰かに懇願されて変更なさるような西山先生ではないことも、わかっていた。かねてより、門下生の間で、先生のご退職のおりには、できるだけアカデミックな論文集を出したい、と話していたこともあり、その年の師走に入ったころ、第一回の編集会議を開くこととなった。論文投稿には、博士後期課程で西山ゼミに在籍し、博士論文ゼミで先生の薫陶を受けた者に加え、西山先生の早稲田大学での同僚であられる木村晶子先生、及川和夫先生、そして長年、西山先生とともに、イギリス・ロマン派学会の中核を担われ、日本におけるイギリス・ロマン派研究をリードしてこられた鈴木雅之先生、笠原順路先生にも論文をお願いすることにした。また、西山先生は、長年、日本のロマン派研究者が国際的視野を広げ、インターナショナルに発信していくことを大きな目標とされ、努力を重ねてこられた。そういった先生のご活動のなかで信頼関係を培ってこられた、イギリスの Nicholas Roe 先生、ドイツの Christoph Bode 先生にも論文執筆をお願いすることにした。

　西山先生のキーツ研究において貴重な協力者であったキーツ・ハウスの元館長、Christina M. Gee 先生にも執筆をお願いしたが、残念ながら、腱鞘炎で手を痛めておられ投稿の拝受にはいたらなかった。また、西山先生がご専門とされてきたキーツ研究分野での諸先生方に投稿をお願いすることは、紙面の関係上、残念ながらかなわなかった。

　しかし結果的に、西山ゼミ内の若手の研究者のみならず、日本、イギリス、ドイツのロマン派研究の権威による論文がそろうこととなった。投稿していただいた先生方にはこの紙面を借りて深く感謝の意をお伝えしたい。また加えて、不慣れな編集者に根気強くお付き合いいただいたことにも、心よ

り御礼を申し上げたい。また同時に、特にキーツ研究に関しては、とりあげる題材や研究のアプローチに関して、期せずして幾筋かの深いつながりを見出すことができる内容になり、私ども研究者がいかに先達の教えと影響のなかで、自分の研究の方向性を見出してきたか、ということを実感できる内容になり、この点はありがたく、また誇らしく感じる次第である。

　まだまだ時間があると思っていた投稿期限が近付いてからは、過ぎゆく時間との闘いであった。それは、西山先生のご指導を受けることのできる残された貴重な時間が過ぎてゆく時間でもあった。この論文集の出版にあたっては、編集者として名前を連ねた者だけでなく、西山ゼミ内の執筆者として加わった面々にもさまざまな形で協力をあおぎ、いわば西山門下生の総力を結集した論文集となったこともご報告しておきたい。

　また、音羽書房鶴見書店の山口隆史氏の多大なるご尽力なしには本書の出版はかなわなかった。門下生一同、ここに深く感謝の意を表させていただく次第である。

　最後に、この論文集が長年の西山清先生のご指導に対する感謝の念を、少しでも表すものになり得ていることを、門下生一同、心より願うものであることを記しておきたい。

　2017 年 2 月

直 原　典 子

英語論文索引

Addison, Joseph 41–42
Akenside, Mark 42
Alfred (Alfred the Great) 8, 16, 18–19
ancien regime 3
Annals of the Fine Arts 66–67
Anthony (Saint) 49
Ariosto, Ludovico 4
Aristotle 72
auditory imagination 14
Aufhebung 28
Bacon, Francis 42, 44
Barnard, John 20
Bate, Walter Jackson 72
Bates, Ely 44–45
    Rural Philosophy: Or Reflections on Knowledge, Virtue, and Happiness 44
Bayfield, Elizabeth Gertrude 43
    Gleanings from Zimmerman's Solitude 43
Beattie, James 9, 30
    The Minstrel 9
    The Triumph of Melancholy 30
beauty 31, 34, 55–58, 70–71, 74
Bede (Saint Bede) 18
    The Ecclesiastical History of the English People 18
Berthin, Christine 32
Blackwood's Edinburgh Magazine 8–9
Blades, John 58
Bode, Christoph 32
Boethius 18
    The Consolation of Philosophy 18
Boileau (Nicolas Boileau-Despréaux) 4
Bolingbroke, 1st Viscount 42
Bonnecase, Dennis 32
Bowring, Jacky 57, 74
Brawne, Frances (Fanny) 37–39, 52
British Classics 41

Brontës, the 9
Brown, Charles 37, 39–40
Brydges, Sameul Egerton 40–41
    Censura Literaria 40–41
Burns, Robert 9, 12, 20
Burton, Robert 30, 57–58, 72, 75
    The Anatomy of Melancholy 30, 57, 74
Byron, George Gordon 30
Carter, Elizabeth 30
    "Ode to Melancholy" 30
Cawthorn, James 42
Charles II 4, 15
Chatterton, Thomas 9, 14–16, 18–19, 39
Chaucer, Geoffrey 4, 6, 14–15, 17
    The Canterbury Tales 17
Clarke, Charles Cowden 5, 11, 20
    Recollections of Writers 15, 20
Clarke, John 15
Coleridge, Samuel Taylor 4, 9, 20, 28–29
    "Dejection: An Ode" 28
    Lyrical Ballads see Wordsworth, William
    "The Rime of the Ancient Mariner" 28–29
Courtier, Peter L. 45
    "The Pleasures of Solitude" 45–46
Cowley, Abraham 41
Cowper, William 41–42
    "Retirement" 41
Cox, Jeffrey 8, 20, 30
Croker, John Wilson 12
Dallas, Robert Charles 30
    "The Caverns of Melancholy: An Ode" 30
Dante (Dante Alighieri) 4
de Almeida, Hermione 31
disinterestedness 63, 65, 72
Doppelgänger 28
Drayton, Michael 60–61, 74

[279]

"The Man in the Moone" 60–61
Dryden, John 4, 41
Dürer, Albrecht 75
Melencolia I 75
Eclectic Review 43–44
Edinburgh Review 4, 20
Eliot, T. S. 14
"Matthew Arnold" 14
Eloise 49
Ende, Stuart A. 76
English Classics 41
European Magazine, and London Review
53
Evelyn, John 40–41
The Examiner 2–6, 18–19, 20
Ficino, Marsilio 72
Flying Dutchman 30
Foster, John 66–68, 72
"On Decision of Character" 66–68
Freud, Sigmund 58
Fuseli, Henry 3
"The Nightmare" 3
Goellnicht, Donald C. 24, 31–32, 74
Gordon, George 44
"The Grand Pugilistic Combat Between
Randall and Turner" 13
"Grand Scientific Pugilistic Match
Between Randall and Turner" 13
Gray, Thomas 3–4, 72 ,74
"Ode on the Pleasure Arising from
Vicissitude" 74
The Progress of Poesy 3–4
Guy's Hospital 7–8
Haller, Albrecht von 49
Harrison, Tony 9–11
"Them and [uz]" 10–11
Havens, Raymond D. 40
Haydon, Benjamin Robert 12, 36, 38,
66–68, 72, 76
The Diary of Benjamin Robert Haydon
12, 76
Hazlitt, William 2–7, 20, 63–64, 66, 72
"Art. II. Christabel: Kubla Khan, A

Vision. The Pains of Sleep. By S. T.
Coleridge Esq. London. Murray,
1816" 4
*An Essay on the Principles of Human
Action* 63
"Mr. Coleridge's Lay-Sermon" 4, 20
"My First Acquaintance with Poets" 5,
20
"The Times Newspaper" 2, 20
Heaney, Seamus 13
Preoccupations 13
Hemans, Felicia 9
Hervey, James 43
"Meditations among the Tombs" 43
Hunt, James Henry Leigh 2–9, 11–12,
15, 17–19, 36, 38, 53, 55–56, 63–64,
66, 73
"Bonaparte in St. Helena. No. IV" 2
*Critical Essays on the Performers of
the London Theatres: Including
General Observations on the Practise
and Genius of the Stage* 63–64
The Feast of the Poets 4, 8, 53
Imagination and Fancy 55, 73
*Juvenilia: or, A Collection of Poems
Written Between the Ages of Twelve
and Sixteen* 9
"Round Table. No. 2" 4, 6
"Young Poets" 3, 5–9, 11–12, 14–15,
19
Johnson, Samuel 42
Keats, George 12, 37
Keats, Georgiana 36–37
Keats, John 2–22, 25, 30–34, 36–78
"Dear Reynolds, as last night I lay in
bed" 76
Endymion 32, 38–40, 48, 50–51, 53,
55–78
"The Eve of St. Agnes" 13–14
"The Eve of St. Mark" 37
"The Fall of Hyperion" 32, 72
"How many bards gild the lapses of
time" 5

"Hyperion" 14, 20, 72
"I stood tip-toe upon a little hill" 12
"If by dull rhymes our English must be chain'd" 13
"La Belle Dame sans Merci" 14
"Lamia" 14
"Lines on the Mermaid Tavern" 14
"Ode on a Grecian Urn" 33
"Ode on Melancholy" 30–33, 56, 58, 71–72
"Ode to a Nightingale" 10, 13
"Ode to Psyche" 40, 52
"On First Looking into Chapman's Homer" 6–8, 11
"On Seeing the Elgin Marbles" 73
Poems 8, 12, 18, 20
"Robin Hood" 14
"Sleep and Poetry" 8, 18, 20, 73
"To Autumn" 8, 13–14, 16–19
"To Charles Cowden Clarke" 5
"To Kosciusko" 18–19
"To Solitude" 5
Klein, Ernest 59–60
Klibansky, Raymond 75
Kosciusko, Thaddeus 8, 18–19
La Cassagnère, Christian 32, 56, 58
Lacan, Jacques 58
Lamb, Charles 51
The Essays of Elia 51
"A Quaker's Meeting" 51
Langbauer, Laurie 20
Langland, William 18
Piers Plowman 18
Lemprière, John 60
Classical Dictionary 60
Louis XVIII 2
Mackenzie, George 40
Mark (Saint) 37–38
Mathes, Carmen Faye 75
McFarland, Thomas 62
melancholy 23–34, 38–39, 42–43, 49, 53, 55–78
Melville, Herman 24

Moby-Dick 23–25, 27–29
Milton, John 3–4, 14–15, 30–31, 42, 51, 72
"Il Penseroso" 30–31
Paradise Lost 3, 14
modern poetic culture 8
Monthly Visitor, and Entertaining Pocket Companion 53
The Morning Chronicle 20
The Morning Post 3
"Morning Post and Gazeteer" 3
Murry, John Middleton 72
Napoleon I (Napoleon Bonaparte) 2, 20
native language (linguistics) 12, 15, 18–20
nature 4–6, 12, 42, 46
negative capability 47, 64–65, 72, 76
neoclassicism 3–4, 6
Olney, Clarke 66
oxymoron 57, 69–71
passivity 64–67, 72–73, 75
Petrarca, Francesco 4, 43, 50–52
Pfau, Thomas 74
philosophes 45
Plato 49, 58
poetical character 47, 64
Pomfret, John 40
"The Choice" 40
Pope, Alexander 4, 42
Potkay, Adam 70–71
Priestley, Joseph 15
The Rudiments of English Grammar 15
Radden, Jennifer 57
Randall, Jack 13
repetition 27–29
revolution 9
Reynolds, John Hamilton 5–6, 14–15, 36, 76
rhythm 13–14
Riede, David G. 58
Rivière, Briton 74–75
Endymion "Ah! well-a-day, Why should our young Endymion pine away"—

Keats 74–75
Robinson Crusoe 37
Roe, Nicholas 63, 67
Rousseau, Jean Jacques 43–44, 48–50
  The Confessions 43
self 27, 32, 39, 55–78
Shakespeare, William 4, 6, 10, 14, 64, 73
  Antony and Cleopatra 73
Shelley, Percy Bysshe 5–6, 9, 39
  Adonais 39
  "Hymn to Intellectual Beauty" 5
Shirilan, Stephanie 75
Sickels, Eleanor M. 74
Sinson, Janice C. 74
Smith, Charlotte 30
  "To Melancholy" 30
Smyth, Philip 52
  "On Zimmerman's Book on Solitude"
    52
Southey, Robert 9, 53
  "Epistle to Allan Cunningham" 53
Spenser, Edmund 4, 6, 11
spleen 23–24, 31
St Clair, William 53
Stafford, Fiona 39
Stephens, Henry 7–8
Stillinger, Jack 31
Stoddart, John 2, 20
sublime 28, 32, 38–39, 45–46, 50–52,
  57, 66, 70–73, 76
Suzuki, Yoshikazu 39
sympathetic imagination 63–66, 71–72,
  76
Taylor, John 38
theoria 61
The Times 2
Thomson, James 42, 71–72
  "A Hymn on the Seasons" 71
  The Seasons 42
"To the Editor of the Times" 2
Turner, Ned 13
Twitchell, James B. 76
Van Ghent, Dorothy 59

Vendler, Helen 31–32
Voltaire 45
Warton, Thomas 30
  The Pleasures of Melancholy 30
Watson, J. R. 76
Wentworth Place 37
Wieder-Holung 27
Wigod, Jacob D. 76
Wolfson, Susan 34
Woodhouse, Richard 40
Wordsworth, William 9, 25, 53, 55, 66
  "Intimations Ode" ("Ode: Intimations
    of Immortality from Recollections of
    Early Childhood") 25
  "Laodamia" 55
  Lyrical Ballads 5
Wright, George 43
  Pleasing Melancholy; Or, a Walk
    among the Tombs, in a Country
    Church-Yard 43
  Retired Pleasures, or the Charms of
    Rural Life 43
  Solitary Walks 43
Young, Edward 42–43
  The Complaint: Or, Night Thoughts on
    Life, Death, and Immortality 42–43
  Love of Fame, the Universal Passion
    42
Z 8–9
  "Cockney School of Poetry. No IV"
    8–9
  "On the Cockney School of Poetry. No
    I" 8–9
Zimmerman, Johann Georg von 40–53
  Solitude Considered, with Respect to Its
    Dangerous Influence upon the Mind
    and Heart 44, 48, 53
  Solitude Considered, with Respect to Its
    Influence upon the Mind and the
    Heart 40, 41, 45, 53
  Solitude; Or, the Effects of Occasional
    Retirement 41

日本語論文索引

ア

アイルランド大王 High King 242
アイルランド併合法 Acts of Union 241
アウグスティヌス Augustine 178, 188
　『創世記註解』 *De Genesi ad litteram* 188
アウトサイダー outsider 221
アクィナス、トマス Aquinas, Thomas 178, 188
　『在るものと本質について』 *De ente et essentia* 188
「アシュリング」 aisling 238
『新しい歌の詞華集』 *A Garland of New Songs* 193, 204
アーチャー、アーチボールド Archer, Archibald 84
　《エルギン・マーブル仮展示室 1819年》 *The Temporary Elgin Room in 1819* 84
アトキンソン、ウィリアム Atkinson, William 223
アナクレオン Anakreōn 236
アーノルド、キャサリン Arnold, Catharine 192–93, 195–96
アームストロング、イゾベル Armstrong, Isobel 268
アリストテレス Aristotle 173
アレン、デイヴィッド・E Allen, David E. 269
アロット、ミリアム Allott, Miriam 136
アンダースン、ベネディクト Anderson, Benedict 248–49
　『想像の共同体』 *Imagined Communities* 248–49
イェイツ、ウィリアム・バトラー Yeats, William Butler 249–52
　「アイルランドの民衆バラッド詩」 "Popular Ballad Poetry of Ireland" 250
　「ドゥーニーのフィドル弾き」 "The Fiddler of Dooney" 251
　「ファーガスと行くのは誰だ」 "Who Goes with Fergus?" 251
　「柳の園のところで」 "Down by the Salley Gardens" 251
イオリアン・ハープ Aeolian Harp 162
伊木和子 Iki, Kazuko 93, 108
息の詩学 poetics of breath 236–53
『イグザミナー』紙 *The Examiner* 85, 114
イーグルトン、テリー Eagleton, Terry 228
イデア Idea 177–78
伊藤健一郎 Ito, Kenichiro 88
イムレイ、ギルバート Imlay, Gilbert 202
印刷文化 print culture 248
印象派 impressionism 89
「インドネシアのラヤ」（楽曲） "Indonesia Raya" 248
ウィザリング、ウィリアム Withering, William 258
　『大英帝国に自生するすべての植物の植物学的配置』 *Botanical Arrangement of All the Vegetables Naturally Growing in Great Britain* 258
ウィットビー Whitby 223, 229
ウィリアムズ、レイフ・ヴォーン Williams, Ralph Vaughan 108
ウェイクフィールド、プリシッラ Wakefield, Priscilla 258–59
　『植物学入門』 *An Introduction to Botany* 258–59
ウェスト、トマス West, Thomas 208–09
　『ファーネスの故事』 *The Antiquities of Furness* 208
ウェスト、ベンジャミン West, Benjamin 83, 85–86, 134–36, 153
ウェバー、ウィリアム Weber, William 108
ウォーカー、ジョゼフ・クーパー Walker, Joseph Cooper 238
　『アイルランド吟遊詩人たちの歴史的回想』

[283]

Historical Memoirs of the Irish Bards 238

ウォーターハウス、ジョン・ウィリアム Waterhouse, John William 107
《つれなき美女》 *La Belle Dame sans Merci* 107

ウォリックのガイ卿 Guy of Warwick 229

ヴォルタ、アナスタージオ Volta, Anastasio 155

「ウォルチング・マチルダ」(楽曲) "Waltzing Matilda" 248

ウートン、セアラ Wootton, Sarah 107

ウルストンクラフト、メアリ Wollstonecraft, Mary 190–91, 195–205, 269
『女性の虐待、またはマライア』 *The Wrongs of Woman: or, Maria* 190–91, 195–205
『女性の権利の擁護』 *A Vindication of the Rights of Woman* 190, 199–205
『メアリ』 *Mary, A Fiction* 200–03, 205

ヴレットス、セオドア Vrettos, Theodore 87

英国美術学会 British Institution 84–85

エヴェレスト、ケルヴィン Everest, Kelvin 111

『エジンバラ・レヴュー』誌 *Edinburgh Review* 158, 166, 236

「エゼキエル書」 "The Book of the Prophet: Ezekiel" 181

エドワード、フィッツジェラルド Edward, Fitzgerald 237, 245

エメット、ロバート Emmet, Robert 241, 245–46

エリオット、ジョージ Eliot, George 94–95
『スペイン人ジプシー』 *The Spanish Gypsy* 95

エリザベス一世 Elizabeth I 191

エリン Erin 241

エルギン卿(第七代エルギン伯トマス・ブルース) Elgin, Lord (Thomas Bruce, 7th Earl of Elgin) 80, 82–83

エルギン・マーブル(パルテノン・マーブル) Elgin Marbles (Parthenon Marbles) 80, 82–84, 87–88, 149

エルジー、ジェイン・フランセスカ Elgee, Jane Francesca 244
「賽は投げられた」 *"Jacta Alea Est* (The Die Is Cast)" 244

エルフェンベイン、アンドリュー Elfenbein, Andrew 221

エルムズ、ジェイムズ Elmes, James 83, 86

及川和夫 Oikawa, Kazuo 251

オーウェンソン、シドニー Owenson, Sydney 241
『12のアイルランド由来の調べ』 *Twelve Original Hibernian Melodies* 241
『野生のアイルランド娘』 *The Wild Irish Girl* 241

王立美術院 Royal Academy of Arts 85–86

王立ベスレム病院(ベドラム) Bethlem Royal Hospital (Bedlam) 190–96, 198, 204

小田友弥 Oda, Tomoya 219

オッタヴァ・リーマ ottava rima 121

小俣和一郎 Omata, Waichiro 195–96

カ

ガイ病院 Guy's Hospital 152–56, 195

カイリー、ロバート Kiely, Robert 222

改良 improvement 208–09

科学 science 130, 152–68, 173, 176, 262, 266–67

囲い込み enclosure 206–09

笠原順路 Kasahara, Yorimichi 81

神の似像 the image of God 178, 181

カメレオン詩人 the chameleon poet 122

カラン、サラ Curran, Sarah 245

カラン、スチュアート Curran, Stuart 265, 267–68

カリー、ジョージ Culley, George 208, 219

カロラン、ターロッホ Carolan, Turlough 238–39, 241

感受性 sensibility 190, 199–203, 247

感傷 sentiment 110, 116, 193, 201–02, 247, 262

カント、イマヌエル Kant, Immanuel 184–86

『実践理性批判』 *Kritik der praktischen Vernunft* 186

カンブレンシス、ギラルドゥス Cambrensis, Giraldus 238–39

『アイルランド地誌』 *Topographia Hibernica* 239

キーツ、ジョン Keats, John 80–168, 195, 236, 249–50

「イザベラ」 "Isabella" 91, 107, 110–21

「エルギン・マーブルを見て」 "On Seeing the Elgin Marbles" 83

『エンディミオン』 *Endymion* 108, 111–12, 131, 152–68

「ギリシア古瓶のオード」(「ギリシア古瓶について」) "Ode on a Grecian Urn" ("On a Grecian Urn") 82, 87, 88

「ギリシア古瓶のオード」(楽曲) "Ode on a Grecian Urn" 108

「睡眠と詩」 "Sleep and Poetry" 112

「聖アグネス祭前夜」 "The Eve of St. Agnes" 90, 110

「チャップマンのホメロスを初めて覗いて」 "On First Looking into Chapman's Homer" 137–51

「つま先立ちて」 "I stood tip-toe upon a little hill" 152

「つれなき美女」 "La Belle Dame sans Merci" 90–109

「ナイチンゲールに寄せるオード」 "Ode to a Nightingale" ("Ode to the (sic) Nightingale") 81–82, 87–88

「ハイピリオン」 "Hyperion" 87, 112

「ハイピリオンの没落」 "The Fall of Hyperion" 87, 131, 152, 159

「ヘイドンへ、エルギン・マーブルを見て書いたソネットを添えて」 "To Haydon with a Sonnet Written on Seeing the Elgin Marbles" 83

「レイミア」 "Lamia" 110, 122–36

『レイミア、イザベラ、聖アグネス祭前夜、その他の詩』 *Lamia, Isabella, The Eve of St. Agnes, and Other Poems* 87, 110, 122

ギティングズ、ロバート Gittings, Robert 152

ギャスケル、エリザベス Gaskell, Elizabeth 221–35

『従妹フィリス』 *Cousin Phillis* 230

『シルヴィアの恋人たち』 *Sylvia's Lovers* 221–35

『妻たちと娘たち』 *Wives and Daughters* 234

『魔女ロイス』 *Lois the Witch* 234

『メアリ・バートン』 *Mary Barton* 221

『ルース』 *Ruth* 222

キュージック、グレッグ Kucich, Greg 149

共感(アダム・スミス) sympathy (Adam Smith) 247

共感的想像力 sympathetic imagination 159, 161, 165

強制徴募(プレスギャング) press-gang 223–28

共有地 commons 209, 259

強烈さ intensity 134–35, 152–68

キングヘレ、デスモンド King-Hele, Desmond 154

クーパー、アストレー Cooper, Astley 155, 157–59

クーパー、ウィリアム Cowper, William 261

クーパー、フランク・カドガン Cowper, Frank Cadogan 107

《つれなき美女》 *La Belle Dame sans Merci* 107

クラーク、チャールズ・カウデン Clarke, Charles Cowden 137–38, 140–41, 144, 149–50

クラブ、ジョージ Crabbe, George 207

『村』 *The Village* 207

グリーン、ウィリアム Green, William 206

クレリ、E・J Clery, E. J. 198

クレーリー、ジョナサン Crary, Jonathan 270

クローニン、リチャード Cronin, Richard 234

ケイト、ジョージ・アラン Cate, George Allan 82, 87

ケリー、ゲアリ Kelly, Gary 195, 204

ケリー、リンダ Kelly, Linda 241

ケリー、ロナン Kelly, Ronan 237

ゲールニヒト、ドナルド・C Goellnicht, Donald C. 152, 154, 166
顕微鏡（顕微鏡的想像力）microscope (microscopic imagination) 254–72
考古学協会 Society of Antiquaries 84
公式ナショナリズム official nationalism 249
コウルリッジ、アーサー・デューク Coleridge, Arthur Duke 97
コウルリッジ、サミュエル・テイラー Coleridge, Samuel Taylor 170–89, 237
　『抒情民謡集』（『抒情歌謡集』）*Lyrical Ballads* →ワーズワス、ウィリアム
　『生命論』*Hints towards the Formation of a More Comprehensive Theory of Life* 176, 188
　『文学的自叙伝』*Biographia Literaria or Biographical Sketches of My Literary Life and Opinions* 179, 187
「黒人の哀歌」"The Black's Lamentation" 193–95
ゴシック・ロマンス Gothic romance 190, 196–203
湖水地方 the Lake District 206–09, 218
ゴドウィン、ウィリアム Godwin, William 190, 198, 201, 204
　『ありのままの現状、またはケイレブ・ウィリアムズの冒険』*Things as They Are: or, the Adventures of Caleb Williams* 198
　『ウィリアム・ゴドウィンの日記』*The Diary of William Godwin* 204
コライアー、ジョン Collier, John 109
　《ヴェーヌスベルクのタンホイザー》*Tannhäuser in the Venusberg* 109
コルテス、エルナン Cortés, Hernán 146–48, 150
ゴールドスミス、オリヴァー Goldsmith, Oliver 207
　『廃村』*The Deserted Village* 207
根源霊 the Fountain-Spirit 171–74, 176, 180–84
根底 the Ground 181–83, 186–87

サ

サイダー、マイケル・J Sider, Michael J. 111
サルニテル Salitter 172, 177–78
三位一体論 the Trinity 171–72, 177, 186
シェイクスピア、ウィリアム Shakespeare, William 91, 93, 95, 149–50, 191–92, 198, 204
　『あらし』*The Tempest* 150
　『ヘンリー五世』*King Henry V* 192
　『リア王』*King Lear* 134, 191–92, 204
ジェフリー、フランシス Jeffrey, Francis 207
シェリー、パーシー・ビッシュ Shelley, Percy Bysshe 84, 90, 249–50
　『アドネイス』*Adonais* 90, 249–50
　「オジマンディアス」"Ozymandias" 84
　「西風のオード」"Ode to the West Wind" 250
シェリー、ハリエット Shelley, Harriet 249
シェリダン、リチャード・ブリンズリー Sheridan, Richard Brinsley 236
シェリング、フリードリヒ・ヴィルヘルム・ヨーゼフ・フォン Schelling, Friedrich Wilhelm Joseph von 171, 176, 184, 188
自己本位的崇高 egotistical sublime 207
思索（スペキュレーション）speculation 122–36
ジャクソン、ノエル Jackson, Noel 166
借地農 tenant farmers 209–10, 219
ジャコバイト・ソング Jacobean Song 238
ジャック、イアン Jack, Ian 82, 87, 147, 150
シャーン・ノス（オールド・スタイル）sean nos 240
シュチャード、ロナルド Schuchard, Ronald 251–52
シューベルト、フランツ・ペーター Schubert, Franz Peter 95, 97, 106–07
　『死と乙女』（楽曲）*Der Tod und das Mädchen* 106, 109
　『魔王』（楽曲）*Erlkönig* 97–98, 106, 109

シューマン、ロベルト・アレクサンダー
　Schumann, Robert Alexander 95, 97
純化作用 distillation 133, 153–55, 162,
　164–66
ジョイス、ジェイムズ Joyce, James 251
上位の存在 superior being 132–35
肖像画 portrait painting 85, 88, 150
蒸発 evaporation 134–35, 153
ジョージ三世 George III 86, 195
叙事詩 epic 87–88, 112
「女中の冷酷な返答」 "The Chamber-
　Maid's Unkind Answer" 194
ショーペンハウアー、アルトゥール
　Schopenhauer, Arthur 186
　『意志と表象としての世界』 Die Welt als
　　Wille und Vorstellung 186
ジョンソン、クローディア・L Johnson,
　Claudia L. 202
ジョンソン、サミュエル（ジョンソン博士）
　Johnson, Samuel (Dr. Johnson) 199
ジョンソン、ジェイムズ Johnson, James 238
　『スコットランド音楽博物館』 Scots Musical
　　Museum 238
ジョンソン、ジョゼフ Johnson, Joseph 257,
　262
私立精神病院 private mad-house 195–
　96, 198
神智学 theosophy 170–71
神秘主義 mysticism 170–89
シンプソン、ディヴィッド Simpson, David
　207
スコー、ヒラリー・M Schor, Hilary M. 225
スコーズビー、ウィリアム Scoresby, William
　223
スコット、ウォルター Scott, Walter 237–38,
　249
　『スコットランド国境地方の民謡集』
　　Minstrelsy of trhe Scottish Border
　　238
スコット、グラント・F Scott, Grant F. 87
スコラ自然哲学 Scholastic natural
　philosophy 256
鈴木雅之 Suzuki, Masashi 269–70

スタンフォード、チャールズ・ヴィリアーズ
　Stanford, Charles Villiers 91–98,
　104–09
　「つれなき美女」（楽曲） "La Belle Dame
　　sans Merci" 91–93, 97–109
スチュアート、チャールズ（チャーリー）・エドワー
　ド Stuart, Charles (Charlie) Edward
　238
スティーヴンスン、ジョン Stevenson, John
　240, 249
ステイツマン statesman 206–20
スティリンジャー、ジャック Stillinger, Jack
　119
ステュアート、ジェイムズ Stuart, James 83
　『アテネの古代遺跡』 The Antiquities of
　　Athens 83
ストーン、ドナルド・D Stone, Donald D.
　233
ストーンマン、パツィ Stoneman, Patsy 228
スナイダー、アリス Snyder, Alice 170–71
スピノザ、バルフ・デ Spinoza, Baruch de
　171, 176, 184, 188
スペリー、スチュアート・M Sperry, Stuart
　M. 153
スペンサー、エドマンド Spenser, Edmund
　149
スペンサー、ジェイン Spencer, Jane 227
スミス、アダム Smith, Adam 247
スミス、ジェイムズ・エドワード Smith, James
　Edward 258
スミス、シャーロット Smith, Charlotte
　254–72
　『哀歌調ソネット集』 Elegiac Sonnets
　　254, 270
　『田舎の散歩──対話による、若者たちの
　　ために』 Rural Walks: in Dialogues.
　　Intended for the Use of Young
　　Persons 257
　『詩の手ほどきについての会話集──主と
　　して博物学に関する主題をめぐって、子
　　どもたちと若者たちの用途のために』
　　Conversations Introducing Poetry:
　　Chiefly on Subjects of Natural

History. For the Use of Children and Young Persons 254–72
『小さい道徳のお話——博物誌・歴史上の逸話・風変わりな話の素描を間に挟んで』 *Minor Morals, Interspersed with Sketches of Natural History, Historical Anecdotes and Original Stories* 257
『鳥の博物誌——主として若者たちのために』 *A Natural History of Bird, Intended Chiefly for Young Persons* 257–58
『ビーチー・ヘッド』 *Beachy Head* 254, 259, 264–66
『亡命者』 *The Emigrants* 254
『もっと散歩を——続「田舎の散歩」、若者たちのために』 *Rambles Farther: A Continuation of Rural Walks. Intended for the Use of Young Persons* 257
『若き哲学者』 *The Young Philosopher: a Novel* 254, 258, 263
セイレム魔女裁判 Salem witch trials 234
先祖伝来の土地 patrimonial fields 206–08
セント・クレア、ウィリアム St. Clair, William 87
セント・ジョージ・フィールズ St George's Fields 204
想像力 imagination 120, 129, 134–35, 152–55, 158–59, 160, 162, 164, 187, 197, 201, 221, 247, 254
ソネット sonnet 83–84, 137–51

タ

ダーウィン、エラズマス Darwin, Erasmus 152, 155, 166, 266
『植物園』 *The Botanic Garden* 266
高橋宣也 Takahashi, Nobuya 109
ダッフィー、チャールズ・ギャヴァン Duffy, Charles Gavan 250
断片 fragment 137–51
チェインバーズ、ポール Chambers, Paul 204

チャタトン、トマス Chatterton, Thomas 94
「吟遊詩人の歌」 "The Minstrel's Song" 94
チャップブック chapbook 229
チャップマン、ジョージ Chapman, George 137–51
『チャンピオン』紙 *The Champion* 88
チョーサー、ジェフリー Chaucer, Geoffrey 95
デ・アルメダ、ハーマイオニー de Almeida, Hermione 154
デイヴィス、トマス Davis, Thomas 250–51
デイヴィス、リース Davis, Leith 247–48
ディクシー、フランク・バーナード Dicksee, Frank Bernard 107
《つれなき美女》 *La Belle Dame sans Merci* 107
ディブル、ジェレミー Dibble, Jeremy 94–97, 108–09
ディレッタント協会 Society of Dilettanti 83–84
「ディレッタント協会、イオニア調査委員会報告」(『美術年鑑』) "Report of Ionian Committee of the Society of Dilettanti" [in *Annals of the Fine Arts*] 84
デーヴィー、ハンフリー Davy, Humphry 156–57
出口保夫 Deguchi, Yasuo 109
テニスン、アルフレッド Tennyson, Alfred 94, 221
天使 angel 171, 177–80, 182, 184, 188
トウィン、フランシス Twinn, Frances 223
読書 reading 137–51
独立自営農民(ヨーマン) freeholder (yeoman) 219
ドーセット、キャサリン・アン Dorset, Catherine Ann 260, 269
ドライデン、ジョン Dryden, John 150
「アレクサンダーの饗宴」 "Alexander's Feast" 150
トリニティ・カレッジ・ダブリン Trinity College, University of Dublin (TCD) 239
ドルトン、ジョン Dalton, John 155–56

ドルメッチ、アーノルド Dolmetsch, Arnold
251

ナ

ナイクィスト、メアリ Nyquist, Mary 200
ナイト、リチャード・ペイン Knight, Richard
Payne 83
長澤順治 Nagasawa, Junji 188
なかにしあかね Nakanishi, Akane 108
ナショナル・テイル national tale 241
ナポレオン一世（ナポレオン・ボナパルト）
Napoleon I (Napoleon Bonaparte) 80
新見肇子 Niimi, Hatsuko 269
ニコルソン、マージョリー・H Nicolson,
Marjorie H. 269
西村三郎 Nishimura, Saburo 258
西山清 Nishiyama, Kiyoshi 80–81, 88–
89, 136
ニーチェ、フリードリッヒ・ヴィルヘルム
Nietzsche, Friedrich Wilhelm 186
『力への意志』 Der Wille zur Macht 186
二名式命名法 binary nomenclature 258
『ネイション』紙 The Nation 244, 250–51
農業改革 Agricultural Revolution 206
ノートン、チャールズ・エリオット Norton,
Charles Eliot 234

ハ

ハイネ、クリスティアン・ヨハン・ハインリヒ
Heine, Christian Johann Heinrich 93
バイロニック・ヒーロー Byronic hero 234
バイロン、アン・イザベラ（レディ・バイロン）
Byron, Anne Isabella (Lady Byron)
237
バイロン、ジョージ・ゴードン Byron, George
Gordon 221, 237, 249–50
ハウ、P・P Howe, P. P. 88
パーキンス、リサ・ハイザマン Perkins, Lisa
Heiserman 136
博物学 natural history 254–72
パーシー、トマス Percy, Thomas 237, 269
『古英詩拾遺』 Reliques of Ancient
English Poetry 237

ハーシェル、フレデリック・ウィリアム Herschel,
Fredrick William 139, 146, 155
パスコー、ジュディス Pascoe, Judith 260–
61, 267–70
ハズリット、ウィリアム Hazlitt, William 85,
88, 110, 136, 158–59, 166
「ジョシュア・レノルズ卿の性格について」
"On the Character of Sir Joshua
Reynolds" 85
「ドライデンとポウプ」 "Dryden and Pope"
110
『人間の行動原理に関する論文』 An
Essay on the Principles of Human
Action 159
「美術」 "Fine Arts" 88
パーソン、ウィリアム Parson, William 219
ハドソン、エドワード Hudson, Edward 241
ハドリー、パトリック・アーサー・シェルドン
Hadley, Patrick Arthur Sheldon 91
「つれなき美女」（楽曲） "La Belle Dame
sans Merci" 91
ハートレー、デイビット Hartley, David 155
バートン、ロバート Burton, Robert 130
バーナード、ジョン Barnard, John 149
ハープ harp 238–39, 241–43, 246
ハモンド、トマス Hammond, Thomas 152
バリー、ジェイムズ Barry, James 85
パリー、チャールズ・ヒューバート Parry,
Charles Hubert 92
「つれなき美女」（楽曲） "La Belle Dame
sans Merci" 92
パルテニー、リチャード Pulteney, Richard
258, 269
『リンネ著作物の総合的解説』 A General
View of the Writings of Linnaeus 258
パルテノン神殿 Parthenon 80, 82
バルボア、バスコ・ヌーニェス・デ Balboa,
Vasco Núñez de 139, 146–48
パワー、ウィリアム Power, William 237
パワー、ジェイムズ Power, James 237
パワー、ヘンリー Power, Henry 254–56,
267
「顕微鏡讃歌」 "In Commendation of

the Microscope" 255
『実験哲学』 *Experimental Philosophy* 255–56
汎神論 pantheism 171, 181–87
バーンズ、ロバート Burns, Robert 237–38, 240
バンティング、エドワード Bunting, Edward 239–41
『アイルランド古楽大全』 *General Collection of Ancient Irish Music* 239
バンティング・メロディ Bunting Melody 240–41
ハント、ウィリアム・ホルマン Hunt, William Holman 90
《イザベラ、あるいはメボウキの鉢》 *Isabella and the Pot of Basil* 91
《マデラインとポーフィーローの脱出》 *The Escape of Madeline and Porphyro during the Drunkenness Attending the Revelry* 90–91
ハント、リー Hunt, James Henry Leigh 86, 147, 150
バンフィールド、スティーヴン Banfield, Stephen 92–93, 95, 97, 108
反乱の歌 rebel song 250
ビア、ジョン Beer, John 233
非国教会的 dissenting – 86, 155
『美術年鑑』 *Annals of the Fine Arts* 80–89
ヒッチンス、クリストファー Hitchens, Christopher 87
一つの生命 One Life 171, 184
ビュエル、アラン Bewell, Alan 270
ヒューズ、アーサー Hughes, Arthur 107
《つれなき美女》 *La Belle Dame sans Merci* 107
ビュフォン（ジョルジュ＝ルイ・ルクレール・ド・ビュフォン伯）Buffon (Georges Louis Leclerc, Comte de Buffon) 257
『一般と個別の博物誌』 *Histoire naturelle, générale et particulière* 257
ヒル、クリストファー Hill, Christopher 188

ヒロイズム heroism 227–28, 230, 232–34
《瀕死の剣闘士》（《瀕死のガリア人》）*The Dying Gladiator (The Dying Gaul)* 80
ヒンデミット、パウル Hindemith, Paul 91
「つれなき美女」（楽曲）"La Belle Dame sans Merci" 91
ファー、フロレンス Farr, Florence 251
ファーガソン、サミュエル Ferguson, Samuel 251
ファス、バーバラ Fass, Barbara 108
ファマニス、ポーシャ Fermanis, Porscha 114
ファム・ファタール femme fatale 96, 106–07
フィッツジェラルド、エドワード FitzGerald, Edward 237, 245
フェミニズム feminism 190
フォード、ジョージ・H Ford, George H. 108
フォックス、チャールズ・ジェイムズ Fox, Charles James 209–11
フック、ロバート Hooke, Robert 256, 267
『ミクログラフィア』 *Micrographia* 256
ブッシュ、ダグラス Bush, Douglas 148
ブラウニング、ロバート Browning, Robert 90, 94, 96
フラックスマン、ジョン Flaxman, John 83
プラトン Plato 178
ブラームス、ヨハネス Brahms, Johannes 97
フランケンベルク、アブラハム・フォン Franckenberg, Abraham von 188
「ベーメの生涯と作品」"De Vita et Scriptis oder Historischer Bericht Von dem Leben und Schriften Jacob Böhmens" 188
フランス革命 the French Revolution 198, 202
『ブリタニカ百科事典』 *Encyclopedia Britannica* 88
ブリテン、ベンジャミン Britten, Benjamin 108
プリングル、アンドルー Pringle, Andrew 208
プール、トマス Poole, Thomas 210, 213
ブルック、シャーロット Brooke, Charlotte 237–38

『アイルランド詩拾遺』 *Reliques of Irish Poetry* 237
ブレイク、ウィリアム Blake, William 257
フレッチャー、ロレーン Fletcher, Loraine 270
フロイト、ジークムント Freud, Sigmund 227
ブロック、ラッセル・クロード Brock, Russell Claude 155
ブロンテ Brontë 221, 223–24, 233–34
　『嵐が丘』 *Wuthering Heights* 224, 234
　『ジェイン・エア』 *Jane Eyre* 234
文学上の遺産管理人 literary executer 237
ヘイヴン、リチャード Haven, Richard 170
ベイコン、フランシス Bacon, Francis 256
ベイト、ジョナサン Bate, Jonathan 207
ヘイドン、ベンジャミン・ロバート Haydon, Benjamin Robert 85–86, 88
　《イエルサレムに凱旋入城するキリスト》 *Christ's Triumphal Entry into Jerusalem* 86
ベイリー、ジョン Bailey, John 208, 219
ペティット、クレア Pettitt, Clare 234
『ベドラムの無垢なる乙女』 *The Innocent Maid in Bedlam* 193, 204
「ベドラムの無垢なる乙女」 "The Innocent Maid in Bedlam" 193
ベーメ、ヤコブ Böhme, Jakob 170–89
　「アウローラ——明け初める東天の紅」 "Aurora, oder, Morgenröthe im Aufgang" ("Aurora: the Day-Spring, or, Dawning of the Day in the East") 170–71, 180, 188
　「恩寵の選び」 "Of the Election of Grace" 171, 186
　『ヤコブ・ベーメ作品集』 *The Works of Jacob Behmen, the Teutonic Theosopher. To which is prefixed, the Life of the Author. With Figures, illustrating his Principles, left by the Reverend William Law, M.A.* 170, 186
ベル、チャールズ Bell, Charles 157

ペルソナ persona 123, 125–26, 128–32
ベルファスト・ハープ・フェスティバル Belfast Harp Festival 239
ヘレニズム Hellenism 83, 88–89
ヘンプソン、デニス Hempson, Denis 239
ホーア、リチャード・コルト Hoare, Richard Colt 84
「英国美術学会理事の言動について」（『美術年鑑』） "On the Conduct of the Directors of the British Institution…" [in *Annals of the Fine Arts*] 84
ホイットマン、ウォルト Whitman, Walt 94
ポウプ、アレクザンダー Pope, Alexander 138, 140–45, 150
ホガース、ウィリアム Hogarth, William 192
　《放蕩息子一代記》 *A Rake's Progress* 192
ボッカチオ、ジョヴァンニ Boccaccio, Giovanni 110–12, 114–16, 119
ポッター、ジョン Potter, John 136
　『ギリシア故事』 *Archæologia Græca: or, the Antiquities of Greece* 136
ボナパルテ、フェリシア Bonaparte, Felicia 224
ボニキャッスル、ジョン Bonnycastle, John 146
　『天文学入門』 *An Introduction to Astronomy* 146
ホブハウス、ジョン Hobhouse, John 237
ホーム、エヴェラード Home, Everard 166
ホメロス Homer 137–51
　『イリアス』 *Ilias* 140, 144, 149
　『オデュッセイア』 *Odysseia* 142, 144
ホール、A・ルパート Hall, A. Rupert 255
ボルー、ブライアン Boru, Brian 239, 243–44
ポルウェレ、リチャード Polwhele, Richard 269
ホルスト、グスタフ Holst, Gustav 108
　『第一合唱交響曲』（楽曲） *First Choral Symphony Op. 41* 108
ホワイト、R・S White, R. S. 149

ホワイト、ウィリアム White, William 219
翻訳 translation 110, 137–51, 236–38, 258

マ

マイルズ、ネイピア Miles, Napier 108
マイルズ、ロバート Miles, Robert 198
マクファーランド、トマス McFarland, Thomas 186–87
「マタイによる福音書」 "The Gospel According to St. Matthew" 188
マーチン、トマス Martyn, Thomas 258
マリー、ジョン・ミドルトン Murry, John Middleton 136, 149
マンガン、ジェイムズ・クラレンス Mangan, James Clarence 251
ミディイーヴル・ベイブズ Mediaeval Babes 91
　「つれなき美女」（楽曲） "La Belle Dame sans Merci" 91
ミナハン、ジョン・A. Minahan, John A. 93, 108
ミルトン、ジョン Milton, John 150
　『コウマス』 Comus 150
ミルンズ、リチャード・モンクトン Milnes, Richard Monckton 90
ミレイ、ジョン・エヴェレット Millais, John Everett 107
　《イザベラ》 Isabella 107
ムーア、トマス Moore, Thomas 236–53
　『アイリッシュ・メロディーズ』 Irish Melodies 236–53
　『アイルランド史』 History of Ireland 237
　「戦の歌──勇者ブライエンの栄光を思え」 "War Song. Remember the Glories of Brien the Brave" 243–44
　「おお、歌人を責めるな」 "Oh! Blame Not the Bard" 246
　「お前を讃えるものが」 "When He, Who Adores Thee" 244–46
　「音楽に関する序文的書簡」 "Prefatory Letter on Music" 247

　「音楽について」 "On Music" 246
　「かつてタラの広間でハープは」 "The Harp that once through Tara's Halls" 241–42
　『国民歌謡』 National Airs 236
　『故トマス・リトル氏詩集』 The Poetical Works of the Late Thomas Little Esq. 236
　『聖なる歌集』 Sacred Songs 236
　「その名を口にするな」 "Breathe Not His Name" 244–46
　『著名なアイルランド族長、ロック大尉の回想』 Memoirs of Captain Rock, the Celebrated Irish Chieftain 236
　『パリのファッジ家』 The Fudge Family in Paris 236
　『腐敗と不寛容』 Corruption and Intolerance 236
　『傍受された手紙、または2ペニーの郵便袋』 Intercepted Letters. or The Two-Penny Post Bag 236
　『ララ・ルック』 Lallah Rookh 236–37
　「わが国の愛しいハープ」 "Dear Harp of My Country" 242–43
　「わが優しきハープ」 "My Gentle Harp" 246
ムーアフィールズ Moorfields 204
無底 the Unground 186–87
「メムノーン像頭部とおぼしき巨大石片、アフリカより大英博物館へ到着」（『美術年鑑』） "Arrival of a Colossal Head, said to be of Memnon … from Africa, at The British Museum" [in Annals of the Fine Arts] 84
メルヴィル、ジョイ Melville, Joy 244
メルクリウス Mercurius 172, 177–78
モーション、アンドルー Motion, Andrew 86, 88

ヤ

ヤング、アーサー Young, Arthur 208
　『フランス・イタリア旅行記』 Travels in France and Italy 208

索引 293

ヤング・アイルランド Young Ireland 244, 249–50
ユナイテッド・アイリッシュメン United Irishmen 236–37, 239–41, 244, 246, 250
ユニテリアン派 Unitarian 222, 231
ヨアヒム、ヨーゼフ Joachim, Joseph 94
『余暇時間』 Leisure Hour 250
「ヨハネによる福音書」 "The Gospel According to St. John" 173

ラ

ラヴァー、サミュエル Lover, Samuel 250
ラスキン、ジョン Ruskin, John 94, 256
ラッセル、ジョン Russell, John 237
　『回想、日誌、書簡集』 The Memoirs, Journal, and Correspondence 237
ラドクリフ、アン Radcliffe, Ann 198
　『ユードルフォの謎』 The Mysteries of Udolpho 198
ラファエロ前派 Pre-Raphaelite Brotherhood 90–92, 96, 107, 109
ラマルク、ジャン=バティスト Lamarck, Jean-Baptiste 155
「ラ・マルセイエーズ」（楽曲） "La Marseillais" 248
リー、オーガスタ Leigh, Augusta 237
リアリズム小説 realistic novel 233
リヴェット、ニコラス Revett, Nicholas 83
　『アテネの古代遺跡』 The Antiquities of Athens →ステュアート、ジェイムズ
リグノール、J・M Rignall, J. M. 228
リスペクタビリティ respectability 221–22
理性 reason 123, 176, 179–80, 187, 196, 200–03, 226
リチャードソン、アラン Richardson, Alan 155, 157
リチャードソン、サミュエル Richardson, Samuel 200
リドリー、M・R Ridley, M. R. 121
リヒター、グレゴール Richter, Gregory 188
輪郭線 outline 89
リンネ、カール・フォン Linné, Carl von 256–58, 260, 262, 267, 269

『自然の体系』 Systema Naturae 257
『植物の種』 Species Plantarum 258
ルソー、ジャン=ジャック Rousseau, Jean-Jacques 200, 258
レヴァー、チャールズ・ジェイムズ Lever, Charles James 250
歴史画 historical painting 82, 85–88, 150
レノルズ、ジェイン Reynolds, Jane 150
レノルズ、ジョシュア Reynolds, Joshua 85
レノルズ、ジョン・ハミルトン Reynolds, John Hamilton 110–11, 150
ロー、ウィリアム Law, William 170
ロウ、ニコラス Roe, Nicholas 86, 88, 137, 149
ロセッティ、クリスティーナ・ジョージーナ Rossetti, Christina Georgina 108
ロバートソン、ウィリアム Robertson, William 146–47
　『アメリカ史』 History of America 146–48
ロビンズ、レジナルド・C Robbins, Reginald C. 91
　「つれなき美女」（楽曲） "La Belle Dame sans Merci" 91
ロマンティック・ヒーロー romantic hero 225–26, 234
ロレンス、トマス Lawrence, Thomas 83, 85–86

ワ

ワイルド、オスカー Wilde, Oscar 244
ワーグナー、ヴィルヘルム・リヒャルト Wagner, Wilhelm Richard 94–97, 107, 109
　『ジークフリート』（楽曲） Siegfried 97
　『タンホイザーとヴァルトブルクの歌合戦』（楽曲） Tannhäuser und der Sängerkrieg auf Wartburg 96, 106, 108
ワーズワス、ウィリアム Wordsworth, William 84, 133, 150, 206–22, 233, 237, 254, 264–65
　「カンバーランドの老いた物乞い」 "The

Old Cumberland Beggar" 221–22

「兄弟」 "The Brothers" 209

「グラスミアの我が家」 "Home at Grasmere" 209, 219

『湖水地方案内』 *A Guide through the District of the Lakes* 218

『抒情民謡集』(『抒情歌謡集』) *Lyrical Ballads* 207, 209, 237

「ヒナギクによせて」 "To the Daisy" 264

「マイケル」 "Michael, a Pastoral Poem" 206–20

「霊魂不滅のオード」 "Ode: Intimations of Immortality" 150

ワッサーマン、E・R Wasserman, E. R. 121, 136

論文執筆者一覧 (掲載順)

Nicholas Roe	Professor of English Literature, University of St Andrews, Scotland
Christoph Bode	Professor, Chair of Modern English Literature, LMU Munich
鈴木　喜和	日本女子大学准教授
岩本　浩樹	早稲田大学大学院博士後期課程在籍
笠原　順路	明星大学教授
小林　英美	茨城大学教授
藤原　雅子	早稲田大学非常勤講師
田中　由香	日本女子大学非常勤講師
伊藤　健一郎	早稲田大学非常勤講師
鳥居　創	早稲田大学大学院博士後期課程在籍
直原　典子	早稲田大学非常勤講師
市川　純	日本体育大学助教
大石　瑶子	早稲田大学助手
木村　晶子	早稲田大学教授
及川　和夫	早稲田大学教授
鈴木　雅之	宮城学院女子大学特任教授・京都大学名誉教授

In Quest of New Romantic Horizons:
Festschrift for Professor Kiyoshi Nishiyama

西山清先生退職記念論文集

知の冒険
──イギリス・ロマン派文学を読み解く

2017 年 3 月 31 日　初版発行

編　者	市川　純／伊藤　健一郎／	
	小林　英美／鈴木　喜和／	
	直原　典子／藤原　雅子	
発 行 者	山口　隆史	
印　刷	シナノ印刷株式会社	

発行所　　株式会社 音羽書房鶴見書店
〒 113–0033 東京都文京区本郷 4–1–14
TEL　03–3814–0491
FAX　03–3814–9250
URL: http://www.otowatsurumi.com
e-mail: info@otowatsurumi.com

© 2017 市川純／伊藤健一郎／小林英美／鈴木喜和／
直原典子／藤原雅子
Printed in Japan
ISBN978-4-7553-0299-2

組版　ほんのしろ／装幀　吉成美佐（オセロ）
製本　シナノ印刷株式会社

Remember me to Mrs and Mr Dilke.
I wrote him a letter at Portsmou
and am in doubt if he ever

Good bye Fanny! god bless